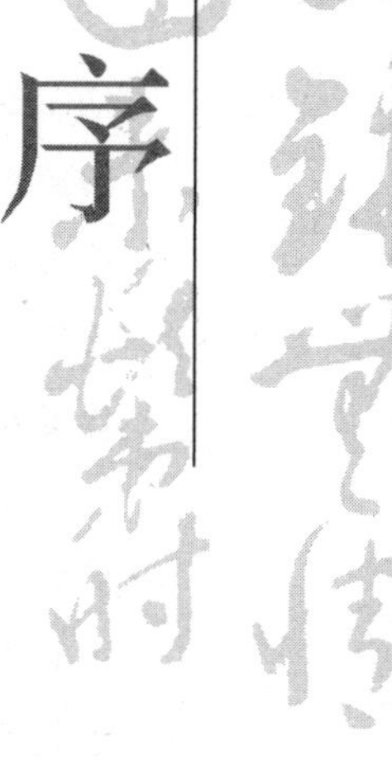

序

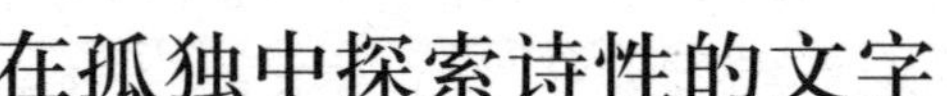

在孤独中探索诗性的文字

文 / 骆烨

在阅读《苏曼殊情传》之前，我是先读了涂国文的随笔集《苏小墓前人如织》的。从《苏小墓前人如织》这部作品中，我分明感觉出作者的骨子里有着一种愤世嫉俗。如果我没见过作者本人，那我必然会把他想象成一个和鲁迅一样连头颅都带着“刺”的家伙。但恰恰相反，生活中的作者，完全是一位具有诗人气质的作家，正如这部《苏曼殊情传》，能把一部传记体的历史小说用诗一般美妙的语言写成，这样的作家，骨子里必然是孤独而唯美的。

在苏曼殊传奇的一生中，他的感情生活维系串联着他整个生命历程。在苏曼殊烂漫的才情中，尤以诗歌称著。《苏曼殊情传》也别出心裁，在每一章节的开头和结尾，都用苏曼殊的诗作来承上启下，这使得我更加感觉到了作者与苏曼殊之间有着一种千丝万缕的联系，他们之间有一种相像，是诗歌一样的质地将他们融合在了一起。于是，在品读《苏曼殊情传》之时，我们能够清晰地感觉到作者那种外溢的文人气质、细腻而略显纤弱的艺术个性、独特的感觉方式和美学风格。

《苏曼殊情传》构成了一个自足、丰富而深刻的文本世界。作者之所以选择苏曼殊这样一个人物来写，他心里的想法必定是非常纯洁的，绝不会带着任何商业价值目的去著述苏曼殊如此干净而伟大的一个人物。正如他在后记中所说："我在书写自己心目中的苏曼殊，我在为自己书写一部心灵史。我写苏曼殊，同时，我也在写我自己。"的确，阅读完《苏曼殊情传》，我们不但感受着苏曼殊大师的孤独，也感受到了作者在创作这部传记时的孤独，甚或是他的整个生活状态的孤独。

我们可以从作者的创作经历中看出，他在文学的文体上经过了不同的尝试，诗歌、散文、小说、杂文、随笔、评论，等等，并都取得了不小的成就，尤其是诗歌。但作者清楚地知道中国的诗歌已是穷途末路，于是他开始寻找另一个突破口，用以释放自己沉重的灵魂，他凭借苏曼殊艰辛的人生历程与满身的诗情，将自己与苏曼殊交融，完成了这部《苏曼殊情传》。

《苏曼殊情传》从严格意义上来说，不是一部标准的小说，而是一部传记、一部清末至民国的通史，民国那段历史上几乎所有重要的人物都一一出场。作者运用巧妙的手段，以苏曼殊这个特殊人物引人入胜的一生行藏为红线，勾勒出了整个清末民初的历史画卷。作者在这部作品中，似乎在把持着他一向偏激的语言，在整个阅读体验中，我觉得《苏曼殊情传》的语言里有一种阴郁的巨大张力，这可能也是诗性带来的新体验。

在《苏曼殊情传》这部作品中，作者对细节把握的娴熟，以及用诗性的语言描写男女之间情感的恰到好处，令人折服。同时，我在阅读《苏曼殊情传》的时候，也感觉到了作者对生命有着独特的见解与诠释，他用一种现代的眼光，重新解读苏曼殊，这也让我沉浸其中，一旦进入他的作品世界便难以逃脱。

《苏曼殊情传》以苏曼殊的情感历程贯穿全书，但如果把这部作品当成一部名人的情史来阅读，那么我们就完全陷入了一个误区。苏曼殊是一位集情僧、诗僧、画僧、革命僧于一身的人。我从《苏曼殊情传》这部作品中，分明又读出了苏曼殊短暂的人生中更为厚重的一层意义，那就是他的爱国之情，我认为这是《苏曼殊情传》"情"字的最大内涵。

苏曼殊无论是流亡日本还是在中国，无论是他的一腔革命热血还是他的诗作、画作，都体现了一位赤子高尚的爱国情操。

《苏曼殊情传》在整体上保证了一个美好的品相。若一定要说《苏曼殊情传》有什么不足之处，那就是作者过于拘泥史实。当然这也许与作者的创作宗旨有关。作者说：“在历史小说的创作手法上，我推崇‘再现’，鄙薄‘塑造’。‘塑造’出来的苏曼殊，也许血肉丰满、栩栩如生，但他不是历史上那个真实的苏曼殊，他可能只是一个顶着苏曼殊名字的一个别的什么人。我认为，那是对历史的不尊重，也是对历史人物的不尊重。”

作者在创作《苏曼殊情传》的过程中，每天晚上都在与苏曼殊孤独地对话，完全将自己的灵魂与苏曼殊的灵魂交融在了一起，所以当他写完这部作品时，感叹：“曼殊活了，我死了。”能达到这般境界，可以说，作者完全“走火入魔”了。无论《苏曼殊情传》是他的一家之言，还是可以代表所有研究苏曼殊的作品中的精华之作，至少作者对得起在另一个世界的苏曼殊，也可以说，作者成为了另一个苏曼殊。

目录

引子

引子

白水青山未尽思，人间天上两霏微。
轻风细雨红泥寺，不见僧归见燕归。

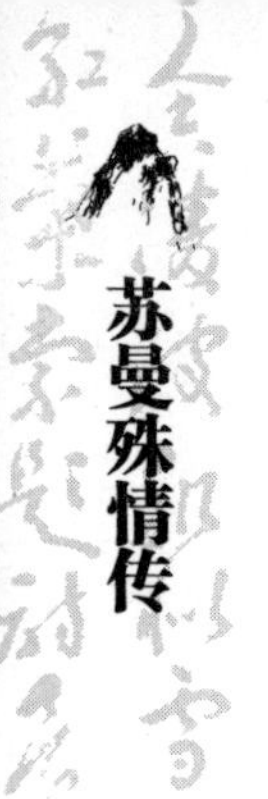

戊午年三月二十二日（公元1918年5月2日）下午的上海，虽然时令刚届初夏，沪上的天气却闷热得叫人抓狂，大块大块的铅云低低地压在黄浦江上空，偌大一个上海，仿佛被扣进了一只巨大而无形的透明玻璃罩之中，空中飘浮着一片片炙人的尘埃和浊气，没有一丝风，似乎只要谁一不小心划着一根火柴，就会将空气引爆。

在位于法租界的上海广慈医院肠胃科的一间病房内，病骨支离的苏曼殊和尚躺在病床上，顽固的痢疾即将把他带到35岁的人生终点。病床前，围满了前来探望他的一干友人和同志，他们有：南社同仁柳亚子、陈巢南、徐自华；广东同乡汪兆铭；革命朋友蒋中正、陈洁如；太平洋报同仁叶楚伧；日本民国杂志同仁邓孟硕；安庆高等学堂同事陈演生；长沙明德中学学生陈果夫；秦楼知己花雪南、张娟娟、贾碧云、金凤等人。

苏曼殊挣扎着坐起来，气喘吁吁地对柳亚子说：

“亚子兄……请……帮我……把……笔墨……拿来……”

柳亚子他们忙把早已搁在墙边桌上的笔墨纸砚取来，抓起病床下的一块木板，放在苏曼殊的被子上，把白纸在木板上铺开。汪兆铭小心翼翼地把苏曼殊搂起来，从柳亚子手中接过已掭好墨汁的毛笔，递到苏曼殊手中。

苏曼殊接过笔，抖抖颤颤地在纸上写下八个字——“一切有情，都无挂碍。”

写毕，苏曼殊扭头向众人说了声——“佛衣藏我……以塔葬我……”头颅向枕边一垂。一代情僧、诗僧、画僧和革命僧阖然圆寂。

柳亚子掏出怀表看了看，此刻正是下午四点整。

护士小姐拿来一条洁白的床单，将苏曼殊的遗体缓缓遮上。

病房里响起一片哭泣声。

这时，窗外突然响起一声炸雷，紧跟着，一场瓢泼大雨，从天上倾倒下来……

珍重嫦娥白玉姿，人天携手两无期。
遗珠有恨终归海，睹物思人更可悲。

第一章 『难言之恫』

月离中天云逐风，雁影凄凉落照中。
我望东海寄归信，儿到灵山第几重。

1

甲申年八月初十日（公元 1884 年 9 月 28 日）午时，日本横滨南京街。骤雨初歇，阳光如练，天色如洗，青条石铺成的街面，莹亮如镜，空气格外的清新，街上又重现人声鼎沸、熙熙攘攘的热闹景象。

街中心处的英商万隆茶行。最里间的买办室里，刚用过午餐的苏杰生，斜倚在一把花梨木做成的太师椅上，随手拿起搁在扶手上的一本账簿，用手指往嘴唇上蘸了点口水，便一页页认真地翻阅起来，一边有一搭没一搭地同正跪在榻榻米上收拾饭桌的大妾河合仙聊着。

苏杰生这年 39 岁，这位原籍中国广东香山县沥溪乡苏家巷的汉子，来日本已经 22 个年头了。他的父亲苏瑞文早期从事进出口生意，开启了家族事业。17 岁时，苏杰生跟着父亲远涉重洋，来到横滨经商，初营苏杭布匹，后转营茶叶。过了几年，苏瑞文岁数大了，看看儿子渐渐地入了门道，便把生意交给他，自己放心地回国养老去了。

苏杰生天生是个做生意的料，精明、果敢、勤劳、和气，一个成功商人所必须具备的素质他都具有了。他苦心经营，前后用了二十几年的时间，把茶叶生意做成了横滨第一，积下了成堆的黄金白银，还担任了英商茶行买办，并在国内捐了个“朝议大夫”的官衔，以光宗耀祖。

生意上一旦春风得意，寡人好色的本质便再也掩藏不住了。口袋里攒足了闲钱的苏杰生，忍不住也要美美地享受一下齐人之福了。正室黄氏在国内，远水解不了近渴，于是他便在日本一气儿纳下了两个偏房：大妾河合仙，来自东海道相州逗子樱山村，原是江户望族子宗郎，不久夫殁，改归苏杰生；小妾大陈氏，是同在横滨经商的一广东布商之女。苏杰生意犹未尽，又背着河合仙，把她 19 岁的胞妹河合若勾引失身，包养在一套僻静的公寓里。

天庭饱满、地阁方圆、耳垂肥大、满面红光的苏杰生，把自己放松在太师椅上。明显发福的躯体，把他上身那件枣红色马褂撑得饱满而优雅。他志得意满地一面瞅着账本，一面欣赏似地瞧着已经 38 岁的河合仙略显笨拙地独自忙碌，脸上荡漾着笑意。

“老爷！老爷！您快回家吧！若姐要生了！”从街上急匆匆地跑进来一个丫头，跌跌撞撞地从长长的柜台前扑进了买办室，上气不接下气一迭声地嚷着。

这丫头是苏杰生指派服侍河合若的侍女小翠。

苏杰生正沉浸在金银交织的晕幻里，一时没有反应过来。他脸色一沉，呵斥道：“小翠！你一进门就大呼小叫的，成何体统！”

“老爷！若姐要生了！她让您快回家去！”小翠大声地重复了一遍。

苏杰生这回听清楚了，他“呼”地从太师椅上跳起身，丢下一句“我先走了”，拔腿就朝外面跑去。

河合仙却早就听清楚了小翠说的话。妹妹要生产了，她也很着急。忙扯着小翠的手，走出买办室，吩咐茶行内的伙计好生看店，然后出了茶行，一路小跑着去追赶丈夫。

苏杰生已在街上拦下一辆人力车，向着自己金屋藏娇的地方——云绪町一丁目五二番地 11 号急奔而去。

“杰生君，等等我！”河合仙对着远去的丈夫大喊，看到不远处正好停着一辆人力车，急忙招手把车子唤了过来，拽着小翠上了车。

“快！快！跟紧前面那辆车！”河合仙催促道。

人力车夫拉着两个女子，咬着苏杰生的车影，飞跑起来……

不到一炷香的工夫，便到了云绪町一丁目五二番地 11 号。苏杰生老远就听到了一阵婴儿尖厉的啼哭声。他跳下车，将几个铜板往车夫的手掌中一丢，撞开木门，跑进了屋。

孩子已经生出来了，早产了十多天。昨天晚上苏杰生来看河合若时还毫无征兆，要不然他今天也不会上茶行。午时前孩子在肚子里忽然发动，河合若忙打发小翠，速跑步去茶行，通知苏杰生。

河合若虚弱地躺在床上，她已经自己用剪刀剪断了脐带。看见苏杰生回来了，给了他一个浅浅的笑。孩子躺在一旁，裹着一块毛巾被，满脸血污，哇哇啼哭。

苏杰生轻轻地握了握河合若的手。是愧疚，也是安慰。接着，他从抽屉里抽出一团药棉，在脸盆里兑上些开水和冷水，用手指探探水温，感觉正好，就用药棉蘸着温水，小心地把孩子脸上的血污擦拭干净。

孩子不哭了。满脸打皱的额头下，一对乌黑的小眼珠子滴溜溜地转着，好奇地打量着这个陌生的世界，像极了一只可爱的小老鼠。

苏杰生心头一热，一下子便喜欢上了自己这个刚来到人世的孩子。他忙弯腰把孩子抱了起来，一边将孩子身上裹着的毛巾被拂开，查看孩子的性别。

“是个小子！”苏杰生高兴得叫了起来。

河合若听了，脸上也绽出了欣慰的笑容，煞白的脸上顿时有了一丝红晕。刚才疼得差点就要昏死过去，她只记着给孩子剪脐带，还真没顾上看看孩子到底是男孩还是女孩呢！

这时河合仙和小翠也跑了进来。河合仙看见妹妹母子平安，长长地松了一口气。河合若轻声地叫了一声“姐！”，脸上现出感激和羞愧的表情。

河合仙迎着妹妹的目光，给了她一个安慰的眼神，就从苏杰生怀里将孩子抱了过来，给孩子进行全身清理。一边吩咐小翠去厨房煮一碗蛋花，给河合若补补身子。

2

这孩子就是苏曼殊。

苏曼殊出生之前，苏杰生已育有二子：长子苏焯，大妾河合仙所生；次子苏焜，正室黄氏所出。苏曼殊排行第三，苏杰生给他取了个乳名，唤做“三郎”，大名苏戬，字子谷，学名玄瑛，又名元瑛。苏三郎长大后出了家，法名博经，法号曼殊，笔名印禅、苏湜等。自然，这是后话。

河合若与姐夫私通，生下苏三郎，羞愧难当。她最感觉对不住的人，就是姐姐河合仙。她出生后不久，父母就双双亡故了，是姐姐毫无怨言地肩负起了抚养自己的职责，把自己一手拉扯大；后来，又是姐姐把自己从相州逗子樱山村带到了横滨。姐姐施于自己身上的恩德，哪怕就是给她做牛做马，也难以报答啊！可是自己却鬼迷心窍，竟背着姐姐，与姐夫干起了苟且之事。她无地自容，她后悔莫及，她无法面对姐姐，她更无法原谅自己。

河合仙虽然心里也感到极其痛苦和悲哀，但她一个弱女子，除了打碎牙齿往肚子里吞，又能怎样？丈夫固然千不该万不该，但世风如此，她能责备谁？她敢责备谁？丈夫娶自己为妾，说穿了也有收留自己的意思。再说自嫁到苏家这么些年来，丈夫对自己也还算不错，重话都没对自己说过几句；后来让妹妹来苏家投亲，他不也没有过一句怨言吗？

除了与妹妹私通，河合仙还真寻不出苏杰生有别的什么不是。因此，她不忍心责备丈夫。可是她又忍心责备妹妹吗？同样不能！妹妹虽然做下了对不住自己的事情，但她毕竟是自己的亲妹妹啊！十几年来，她与这个小自己 19 岁的妹妹相依为命，她也离不开这个妹妹啊！难不成就因为这事将她赶出家门？这么些年来，妹妹一直依恃着自己生活，离开这个家，她还能有活路吗？孩子已经生下来了，她只能承认这个事实，只是可怜了三郎这孩子，一生下来，连个名分也没有，日后他一定艰难啊！

其实在妹妹来苏家不久后，她就看出了丈夫和妹妹之间的异样。但她不能点破，也不敢点破。她一千遍一万遍地在心里祷告：糊涂的妹妹啊，你可千万不要和姐夫做出什么丢人现眼的事情啊！她担心丈夫和妹妹之间的糗事被大陈氏发觉。那个比自己的妹妹还小一岁的女人，可是个惹不起的厉害角色，仗着自己年轻美貌以及和丈夫是同乡，平日里骄横跋扈，对她颐指气使，根本不把她这个大妾放在眼里，摆明了就是欺负她是个二婚的女人。好在丈夫处事比较公平，自己在苏家也就没吃什么明显的大亏。可是这事要是被大陈氏知晓，那苏家还有宁日吗？

一天早晨，河合仙照例早起，来到厨房，为一家人准备早餐。吃过

早饭，她就要跟着丈夫去茶行，为他做午饭，拾掇卫生。在苏家，她整一个老妈子的角色。为一家人做饭洗衣，好像都成了她的分内之事。这些大陈氏是决计不肯做的。大陈氏每日的功课，就是睡觉、化妆、吃饭、上街闲逛、疯狂购物，再不然就是搂着丈夫撒娇，家务事是断断不肯插手的。这些，河合仙都认了。对她这样一个出身贫寒，又经历过婚姻变故的女子来说，只要丈夫开心、儿子快乐、家庭宁息，就是她最大的幸福。

早饭已经做好，河合仙从木桶里舀出一勺清水，净净手，准备去西厢房唤醒丈夫，他每天都是要准时上茶行的。苏家在横滨山下町三十三番地的别墅，是个有前后两进房子的大庭院。庭院里种满了桃、梅、槐、杨、仙人掌、柚子树等，当然更多的是樱花树。前屋作仓库，后屋住人。后屋中房是苏杰生的休息室；河合仙和儿子苏焯住东厢房；大陈氏住西厢房。河合若来苏家后，河合仙就在前屋腾出了一间房子，给妹妹住。

河合仙刚想跨出厨房门，就见妹妹冲了进来，差点与她撞个满怀。河合仙张大着嘴巴，瞪大着眼睛，看着河合若跑进了厨房里头的卫生间，“啪！”的一声关上了门。随即，从里面传出一阵翻江倒海似的干呕声。河合仙忙跑了过去，隔着卫生间的门，担心地问：“妹妹！你怎么了？”回答她的仍然是倒海翻江的干呕声。河合仙急了，“砰！”的一声将门撞开，见妹妹两只手撑在马桶上，剧烈地呕吐着，头发凌乱，面无血色。

河合仙是过来人，一看就全明白了。自己一直在担心着的事情，看来还是发生了。一时间，怨怼、哀婉、痛楚、恐惧的情绪，一齐袭上心头。她顺手捋了捋妹妹的小腹，已明显能感觉出不对。妹妹见瞒不住了，就把与姐夫的事情一五一十地告诉了姐姐。她满脸羞红地站在一旁，低垂着头，浑身筛着糠，等候姐姐的发落。

河合仙本想痛骂妹妹一顿。看见妹妹一副哀苦无助的模样，到了嘴边的话又咽了回去。她轻叹了一声，把妹妹的毛巾从架子上取下，丢在脸盆里，倒上热水，拧干毛巾，交到妹妹手中。河合若用热毛巾在脸上敷了一会儿，惨白的脸庞上又有了血色。

这时苏杰生已经起床，进来洗漱。河合仙一见他，就骂了一句：“瞧你做的好事！”苏杰生一时丈二和尚摸不着头脑，愣愣地问：“我做什么了？”河合仙用手指指妹妹的小腹，说：“都已经怀上了！”苏杰生终于醒悟了过来，脸一阵儿红一阵儿白，不知如何是好。河合若侧过头去，用毛巾捂着脸，一声不吭。河合仙对丈夫说：“事情已经这样，得想个法子啊！”“这事可不能让大陈氏知道！”苏杰生马上接了一句。河合仙朝他白了一眼，说：“早知如此，你为何还要做下这种事情！”

突如其来的消息让苏杰生也乱了方寸，不知如何处置。最后还是河合仙想出了办法，让苏杰生赶紧为河合若另找一套远一点的房子，把妹妹安置在那儿。对大陈氏，则编出一个理由，就说河合若在横滨找着了一家雇主，上雇主家做事去了，以免她起疑。苏杰生连声称好，依计而行，在云绪町一丁目五二番地 11 号找着了一套房子，让河合若住了过去。大陈氏原本就对河合仙把妹妹带到苏家很厌嫌，听说河合若要搬走，正求之不得。

此后隔三差五，苏杰生便会上云绪町一次，给河合若买点吃的、穿的、用的，与她温存温存。但每天晚上，他是必定要回自家别墅的。他怕因自己在外过夜，让大陈氏起了疑心，那麻烦可就大了。为了不使河合若孤独寂寞，苏杰生特意为她请了个丫头小翠，侍候她的日常起居，陪她说说话。

3

时令已然是辜月。横滨山下公园。

这天，连续刮了多日的北风稍见消停。几天没有露脸的太阳，也球一样弹到了空中，并且好像被天幕粘住，停在了中天。气温显见回暖，公园里，杜鹃、茶花、素心蜡梅、三角花、一品红、君子兰、天堂鸟等众多花卉，勃然怒放，给久被寒风所苦的人们，带来了小阳春般的感觉。

公园里，游人如织。一旦暂时解除了寒冷的桎梏，渴望温暖的人们，便如同脱笼之鹊，成群结队地跑出家门，接受阳光的恩惠。

苏杰生和河合若，也加入了这支游园的队伍中。苏杰生怀里抱着出世不到百天的儿子苏三郎，河合若紧挽着他的手臂，依偎着前行。躺在爸爸怀里的婴儿苏三郎，裹着一件厚厚的小棉被，头戴风雪帽，露着粉嘟嘟的小脸，眼睛忽闪忽闪，好奇地看着一路的行人和鲜花。苏杰生和河合若不时停下脚步，弯下腰去，用嘴唇亲一亲儿子那粉嫩的小脸蛋，把他逗得咯咯直笑。

早晨，苏杰生一到茶行，看看外面的天蓝得锃亮，风停了，太阳也出来了，就知道今天一定是个难得的好天气。他想起从三郎出世后，娘儿俩就一直闷在出租房里，还没有带他们出去玩过。今儿个难得的好日头，该去把娘儿俩接到外面玩一玩了。说做就做，他马上停下手中的活计，吩咐河合仙看好茶行，坐上人力车，直奔云绪町一丁目五二番地11号而去。

河合若生下三郎已经三个月了，苏杰生害怕私通之事败露，损坏自己的名誉，更害怕大陈氏的“河东狮吼”，所以一直对大陈氏隐瞒着。每次去看河合若和三郎，他都选择在白天。白天是他在茶行理事的时段，大陈氏是不会知晓的。他从来不敢在河合若那儿过夜，陪一陪母子俩。有时在河合若那儿缠绵得晚了些，也一定会赶在晚饭前回到山下町三十三番地的别墅里。尽管每次临走时河合若都眼泪汪汪的，他也舍不得三郎这个孩子，但却无可奈何。

苏杰生开始觉得有点对不住河合若和三郎这娘儿俩。说心里话，他是喜欢河合若的。从河合若第一次到他家来，他就被这个小姨子给迷上了。相处了一段日子之后，更是被她迷得神魂颠倒。他觉得这个小姨子集中了他的两个姬妾的优点，既有小妾大陈氏的妩媚和性感，又有她姐姐河合仙的贤良和温顺。每当一看见她，每当一想起她，他的心里就火烧火燎的，恨不得一口把她生吞了。那天深夜，他终于按捺不住内心的欲火，从睡得像死猪般的大陈氏身边爬起来，蹑手蹑脚地来到前屋河合若的住处，拨开门闩，爬上了河合若的床。被惊醒的河合若只象征性地做了几下反抗，便快乐地迎接着他的进入。之后两人干柴烈火，一有机会，便行云雨之欢。

苏杰生没有想到，河合若那么快就怀上了。其实，以他一个有着一妻两妾的老男人的经历，他本应该想到的，只是因为耽于欢乐，无暇或不愿去想而已。快乐过后是麻烦。河合若为苏家再添一男丁，固然让他欣喜若狂，但一想到自己的名声，一想到远在大洋彼岸、广东香山老家苏氏家族的冷眼和唾沫，特别是一想到大陈氏这把悬在自己头上、随时可能劈落下来的利剑，他就胆寒心怵。

胆寒心怵之余，苏杰生的心里，渐渐地也就对河合若和三郎这娘儿俩，萌生了一丝愧疚之情。河合若给自己生下了一个如此可爱的儿子，自己却不能给她一个正当的名分——苏杰生知道，即令自己有再行纳妾之心，在黄氏和大陈氏那儿，在苏氏家族，也是断然难以通过的；苏杰生更觉得对不起三郎这孩子，要是让人知道他是自己与小姨子私通的产物，那么，他这样一个私生子和混血儿，日后回国，在国内那样一个礼教森严的环境中，就注定难逃受歧视的命运……

“苏杰生！”苏杰生正想着，身后忽然传来一声尖厉的怒吼，紧跟着，一个年轻女人疯子般地向他扑了过来。

苏杰生和河合若都不寒而栗，急忙转身——原来是大陈氏！

说时迟那时快，大陈氏已然怒狮般扑到了身边。

苏杰生怕伤着了孩子，急忙一闪身。“呲——”的一声，他的脸上，已被大陈氏的长指甲掀开一道长沟，血肉模糊。

三郎被吓得哇哇大哭。

大陈氏不提防苏杰生来这么一下，差点摔倒，慌乱中，她乱舞的手臂抓住了河合若的衣襟，死命地拽着河合若，才没有倒下去。

“不要脸的贱货！”立稳了脚步的大陈氏怒骂着，趁势狠狠地甩了河合若几个大耳光。

河合若被打蒙了，傻傻地站在那儿，一动不动。

“我一进公园就发现前面有两个人好像是你们，原来真是你们这对狗男女！”大陈氏咬牙切齿地说着，两团怒火在她的眼眸里飘燃。

“让我把这个小野种摔死！”大陈氏又恶狠狠地扑了上来，意欲抢夺苏杰生怀里的三郎。

苏杰生一闪身，这回他可被彻底激怒了，把三郎朝河合若手中一塞，转身用力地将大陈氏的双臂往她的背后一扭，把她掀倒在地，狠狠地踹了两脚。

河合若一边抱着孩子，一边腾出一只手来，拼命地拖住苏杰生。

三郎哭得更加厉害。旁边围过来一大群游客，看大戏一样地欣赏着。

苏杰生的肺都要气炸了。他挣脱河合若，上前一步，拎小鸡一样，一把将大陈氏从地上拎起来：“丢人你给我回家丢去！”

说完，拉上河合若，头也不回，向公园门外走去。

“苏杰生！河合若！你们这对奸夫淫妇！我跟你们没完——”大陈氏一边号啕大哭着，一边紧攥着双拳，冲着苏杰生和河合若的背影，捶胸顿足。

“哈哈！”人群中爆发出一阵讪笑声……

4

等待苏杰生和河合仙姐妹的，是一场狂风暴雨。

这天晚上，苏杰生破例没有回他在山下町的别墅里。他睡在了云绪町河合若母子俩的住处。

太阳落山了。河合仙在茶行里等候着丈夫。左等等不来，右等等不来，她断定丈夫一定是从山下公园或妹妹的住处直接回家去了，于是决定不再等下去。她吩咐店里的伙计，收拾好各自的东西，锁好店门，打烊回家。

河合仙一回到家，就看见9岁的儿子苏焯，拉着刚请来不久专门照顾他的小保姆阿芳的手，一把鼻涕一把眼泪地站在别墅大门口，看见她进来，委屈地大喊一声“妈妈！”，一把挣脱阿芳的手，向自己扑了过来。再看阿芳，也是满脸泪水，浑身打着战。

“儿子！怎么了？”河合仙蹲下身去，张开双臂，迎接着儿子，把他紧紧地搂在自己的怀里，吃惊地问道。

“小妈妈在家里砸了很多东西！还打我和阿芳姐……”苏焯一边抽泣着，一边哽咽着告诉河合仙。

“什么？”河合仙“呼”地站起身，听说儿子被打了，一团火焰“腾”地从心田升起，她猛地拽过儿子和阿芳的手，说：“走！回屋看看！”

阿芳才请来十个多月。河合若没搬走以前，苏杰生和河合仙每天都要到茶行忙碌，照顾苏焯的事情，就交给河合若。河合若走后，苏焯在家没人管——寄希望于大陈氏，那是连门也没有的事。怕孩子渴着、饿着和出事，河合仙只好让丈夫为儿子请一个小保姆，这样阿芳就来到苏家了。

河合仙一手拉着儿子，一手拉着阿芳，气腾腾地穿过黑黢黢的前屋，回到后屋。她一看，厅堂里物什狼藉满地；再到厨房一看，锅碗瓢盆被砸得稀巴烂。

河合仙怒不可遏，大喝一声：“大陈氏！你出来！你发什么疯！”

正趴在西厢房床上恨恨不已的大陈氏，听到河合仙的骂声，从黑暗中冲了出来。她像一头发了狂的母狮子，一见河合仙，就骂骂咧咧地扑了过来：

“你们河合家一家的婊子！偷人养汉，今天我跟你拼了！”

河合仙也不含糊，抬起右手，就给了紧紧抓着自己肩头的大陈氏一个有力的大嘴巴：

“大陈氏！你说清楚点！谁偷人养汉了！”

“你妹妹偷我老公，生下了杂种，你还敢打人？”大陈氏委屈得不行，一下搂住了河合仙的腰肢。

河合仙一愣，被大陈氏扑倒在地。

苏焯和阿芳都吓得大哭了起来。

两个女人在地上扭结在一起，一场混战。直到两人都筋疲力尽了，才各自带着一脸的战伤，回到各自的屋中……

第二天苏杰生到茶行上班。看看快到正午，还没见河合仙来茶行，这在以往是从未有过的事情。该不会出什么事吧？他心里咯噔了一下，决定回家看看。

一到别墅，看见家里已经乱成了一锅粥。屋里屋外，地上遍是碎片；大陈氏和河合仙各自和衣躺在自己的床上，都满脸血痂；大儿子苏焯饿得哇哇直哭，趴在小保姆阿芳的腿上直抽泣；坐在一把竹椅上的阿芳则满脸寂容，不知所措。

大陈氏一见苏杰生，就像饿狼见着了猎物，瞪着一双血红的眼睛，扑上去把他扭住，恨不得把他撕了。

苏杰生挣开大陈氏，把脚一跺，不管她如何寻死觅活，脸上带着几道新添的血痕，出了家门，也不回茶行，径奔云绪町而去。

到了云绪町一丁目五二番地 11 号，苏杰生掏出钥匙打开门，见河合若正坐在大房间的床上，给三郎喂奶。三郎含着母亲的乳头，“吧唧”“吧唧”地用力吸着。

河合若猛然发现苏杰生脸上的新的伤痕，惊问一声：“杰生，你怎么了？”

“哎！”苏杰生长长地叹了一口气，垂下头去。

“杰生，快告诉我，发生什么事了？”河合若着了急，“是不是大陈姐找了你的麻烦？”

见瞒不住，苏杰生只好把情况告诉给了河合若。

河合若无语，半晌也说不出一个字。良久，她说：“杰生，我看你还是快一点回家去吧！你躲到我这儿来，也不是个办法！”她担心大陈氏出意外，要是她万一有个三长两短，可如何是好？她更害怕大陈氏再次对姐姐发飙，她知道，以姐姐柔弱的个性，根本不是大陈氏的对手。与此同时，她也为外甥苏焯担心，没人给他做饭，还不饿出毛病来！

“我不回去了，就让她闹吧！看她能闹出什么名堂来！”苏杰生犟头犟脑地说。

“你还是回去吧！家里乱成一团，你不回去咋个办呢！”河合若劝说道，接着就重重地叹了一口气，“这事都怪我！都是因为我，才弄得你们苏家鸡飞狗跳的，才弄得姐姐不得安生！”

河合若深深地自责。

苏杰生轻抚着河合若的肩头，安慰道：“不怪你！是我不好！”

过了一会，苏杰生说：“那好吧！我这就回去！”这时他的心里，也开始有点担心起大陈氏。那样一个小泼妇，是什么事情都做得出来的。

苏杰生俯下身去，在儿子的脸上用力地亲了一口，又在河合若的额头上轻轻地印上了一个吻，步履沉重地低头走了出去。

河合若抱着儿子，若有所思地目送着苏杰生的身影在门口消失。

苏三郎还在含着母亲的乳头。他一会儿猛吸着奶，一会儿又咯咯大笑着……

5

“老爷！不好了！若姐不见了！”第二天上午十点钟左右，带着满脸伤痕回到茶行上班的苏杰生和河合仙夫妇，正坐在买办室里，商量着如何才能平息家里的这场风波，就见服侍河合若母子的丫头小翠，抱着苏三郎，慌慌张张地跑了进来。

“怎么回事？小翠，你慢慢说！”苏杰生站了起来，对小翠说。河合仙从小翠手中接过已经睡着了的苏三郎，神情紧张地盯着小翠，等着她的下文。

小翠大口大口地喘着粗气，说：“今天……今天一起床……我到若姐屋内……帮着……帮着带……带三郎起床……就……就发现若姐……若姐不见了……只有三郎一个人……一个人睡在床上……开始我还以

为……以为若姐上……上卫生间去了……可是过了很久……也……也不见她回来……我就抱着三郎去找……卫生间没人……整个家里都没人……我就认为她到……到外面买菜去了……可是一直等到过了早饭时间，若姐还没有回来，三郎饿得哇哇大哭……后来我在桌上，发现了这张纸条，也不知写的啥，就抱着三郎找你们来了！”

小翠说完，低头从衣袋里掏出一张纸条，递给了苏杰生。

苏杰生拿过来一看，是河合若写给河合仙的。他念了起来——

姐:

我走了，三郎就托付给您了，您就像自己的亲生儿子一样待他吧，妹妹谢谢您了。妹妹对不住您，请求您原谅！你们不必找我，也找不着我！放心，我不会寻短见的。

若字

苏杰生看罢，脸色一变，对河合仙说了句：“快！上云绪町去！”就马上拉着小翠的手，冲出了茶行。

河合仙抱着苏三郎，跌跌撞撞地跟着冲了出去。

他们在街上拦了两辆人力车，苏杰生和小翠坐一辆，河合仙坐另一辆，向着云绪町飞奔而去。

这时苏三郎被颠簸得醒了过来，小脑袋在河合仙胸口猛力拱着，寻找母亲的乳头。河合仙没法，只好解开自己的衣服，把自己有点松软的奶头，塞进了三郎的嘴里。三郎猛地就把它叼在嘴里，只“吧唧”了一口，发觉不对劲，“哇”的一声，大哭起来。

三郎的哭声越来越大，坐在车上的河合仙越不知所措，只好一个劲地抚拍着他的小脊背，“噢噢”连声。

终于到了。苏杰生和河合仙几乎是同时跳下车，一齐向河合若的屋内冲去。

屋内没人。三郎所有的衣服、尿片，都整整齐齐地叠在屋中的小方桌上。旁边放着一些婴儿的食品和玩具。

苏杰生寻找自己过去买给河合若的两只藤条箱，不见踪影。他再把壁衣柜打开，里面同样空空如也。衣服都被带走了。

河合若的一切痕迹都从这套屋子里消失了。仿佛她压根就没有在这里生活过一样。

苏杰生和河合仙抱着苏三郎，发疯一般地在横滨的角角落落到处寻找，都没有找到河合若。

他们又赶到河合仙姐妹的娘家——相州逗子樱山村，找遍了所有与河合家有亲戚关系的人家，同样没有发现河合若的任何踪影。

后来，苏杰生又先后赶到江户、千叶、上野等地寻找河合若，都没有结果。

一个月过去了。几个月过去了。苏杰生跑遍了北海道、本州、四国、九州四岛，都没有河合若的任何消息。

河合若仿佛从人间蒸发了一样，无影无踪。

苏杰生彻底死心了。他只好把三郎交给河合仙抚养。

对妹妹的思念和天生的慈母情怀，让河合仙责无旁贷地肩负起了抚养外甥的重任。三郎这孩子太可怜了，出生才三个来月，就遭到生身母亲的遗弃。她想到了他的未来，这个未婚而孕的孩子，失去了亲生母亲的庇护，日后一定命途多舛啊。她不能辜负妹妹和丈夫对自己的托付，她要做这孩子的保护神，不能让他受到哪怕是一丁点儿的委屈。从抚养三郎的第一天起，她就将他视为己出。甚至，在他身上，她所倾注的爱，远甚于对自己的亲生儿子苏焯。

开头的一些时日，三郎认母亲的乳头，夜夜啼哭。但毕竟是婴孩，忘性很大。更由于河合仙的慈爱和经心，时间一长，他也就把姨妈认成自己的生身之母了。

逼走了河合若，大陈氏并没有就此善罢甘休。她马上托人向国内捎去一信，把苏杰生在横滨纳日本女人为妾，并且与小姨子私通，生下一个私生子的消息告诉给了苏氏家族。苏杰生的老父亲苏瑞文闻知儿子伤

风败俗的所作所为，勃然大怒，马上带着苏杰生的正室黄氏和一干人等，远涉重洋，赶到日本，将苏杰生狠狠地教训了一通，并且逼着他将河合仙和苏三郎赶出了家门。鉴于苏杰生和河合仙所生的儿子苏焯是苏家的长孙，他们才网开一面，将他留在了苏家。

河合仙和儿子苏焯骨肉分离，自然又要上演一出催人泪下的母子生别剧。苏杰生慑于父亲的淫威，也只能徒唤奈何。

河合仙只有抱着苏三郎，凄凄惨惨地回自己的出生地去了。

一年后，大陈氏也产下一女，取名苏惠珊。苏三郎又多了个同父异母的妹妹……

6

河合仙领着苏三郎，回到了娘家相州逗子樱山村八番生活。这里背山面海，松阴夹道，风光秀美，环境清幽。家门口不远处有一条小溪，溪上有一座石桥。清澈的溪水从桥下淌过，日日夜夜，发出“叮叮咚咚”的声响。

由于年久失修，加上两年没有住人，父母留下的那栋两层高的板屋已颓败不堪。河合仙从屋后山上割来了几捆茅草，简单地对它进行了一番修缮，就与三郎在屋内安顿下来了。

家里没有一个男人，三郎又尚在襁褓中，娘儿俩生活的清苦，自然是可以想见的。从苏家被赶出来时，苏杰生给三郎准备的那些婴儿食品，全被大陈氏夺走；他暗中塞进河合仙包裹里的一些银两，也被大陈氏悉数搜出。因此，乍一回到逗子樱山村生活的河合仙母子，实际上是囊空如洗，不名一文。

但倔强的河合仙是不会向生活低头的。没有奶可喂，她便常到山上采来一些野桑葚、野苹果、野樱桃等，用杵压出果汁，或者把玉米或小米熬成糊状，一小瓢一小瓢地舀着喂给三郎吃。后来她干脆特地养了一群母鸡和几只母羊，每天做鸡蛋羹和挤新鲜羊奶给三郎吃。同天下所有的母亲一样，一到晚上，她就要给她的三郎哼摇篮曲；后来，又每天晚上给她讲童话故事，教他唱童谣、儿歌……

河合仙的住地虽然僻静，但离山村其他人家也不是太远。有时稍稍空闲下来，她也会到处串串门。在离八番不远处的山岙口，住着她的堂妹河合堇。一次河合仙抱着三郎到堂妹家做客，分别时，一岁不到的三郎，竟死死地拉着河合堇的女儿——比他大21个月的表姐静子的手，不肯松开。河合姐妹见状一齐乐了。河合堇打趣道："看来这俩小家伙有缘了！姐,等三郎成年了,让他给我做女婿如何？"河合仙大笑着应承。

在河合仙的悉心抚育下，苏三郎一天天长大着。他会喊娘了；他开始学走路了；他会到处跑了；他会帮娘做一点简单的事情了……每当河合仙累了、乏了，只要一看见三郎伸着两只小手，扑向自己的怀里，她所有的艰辛和委屈，便会一齐被抛到九霄云外。

自然，河合仙也不是没有悲伤的时候。每次三郎兀自甜甜地睡去之后，或者她在独自劳作之时，只要一想起留在横滨、跟着丈夫和大陈氏生活的大儿子苏焯，想起不知所踪的妹妹，想到三郎凄苦的身世和前途莫测的未来，她的神情，便会马上变得黯然和忧伤。

在大陈氏的严密控制下，河合仙母子在逗子樱山村生活的几年里，苏杰生没有去探望过一次。

转眼几年就过去了，苏三郎长成了一个活泼淘气的小顽皮。他会在地上一个劲地像皮球一样打滚；他会追得鸡呀羊呀满山冈乱飞乱跑；他会恶作剧地藏起母亲梳头用的镜子和梳子；他会忽然躲起来玩假失踪，害得母亲担惊受怕一阵好找。甚至，他会故意把尿尿在米缸里……

离逗子樱山村八番不远处，有一座神武古寺庙。笃信佛教的河合仙每隔一段时间，便会带着苏三郎，前去拜拜佛，烧烧香。一天，河合仙端了把椅子，正坐在廊前剥豆子，忽听身后传来一声稚嫩的猛喝："苏三郎大和尚来也！"回头一看，见三郎头上裹着母子俩用来洗脸的黄色毛巾，身上披着那块已有点破旧的黄色桌布，手里拄着一把小铁锹作为

禅杖，走到她的身前，双手一合，一连声的“阿弥陀佛”，俨然一个奈良小和尚。河合仙“扑哧”一笑，佯嗔道：“什么不好学，偏要学人家和尚！”当时认为这只是小孩子好玩罢了，因此没有把这件事放在心上。但自此以后，三郎竟乐此不疲，河合仙的内心里，渐渐地起了一种隐忧。

苏三郎似乎对山水情有独钟，他常常独自一人沿着小溪，走得远远的：或爬上溪边的山冈，看夕阳悄悄地西沉；或俯身于溪流之上，用手指拨弄着水波、水草，若有所思。有一天，河合仙把饭做好了，唤他吃饭，叫了几声都没有听到应声，河合仙走出厨房，看见在板屋前的空地里，她的三郎手里捏着一根松枝，蹲在地上，正聚精会神地画着什么。河合仙走过去，朝地下一看，原来三郎正在画一幅画：画面上，一棵松树枝繁如盖，高高地矗立在山冈上；松树后面是连绵起伏的山峦，山峦上傍着半轮落山的太阳；松树脚下，是一条奔腾的溪流……

河合仙看得呆了。这幅用树枝画在泥地里的画，虽然线条粗糙，又没有着色，但山有山影，日有日形，树有树貌，水有水意，无论是构图还是意境，都有可观的地方。并不曾请人教过他绘画呀，苏家和河合家也没有这方面的家传，这孩子无师自通，真是天赋异禀、天生慧根啊！想到这里，一种自豪和怜惜之情从河合仙的心胸中油然升起，她一把将三郎抱在怀里，说：“我儿画得真好！长大了一定能成为一个大画家！”

苏三郎天资颖秀、才华早露的消息，很快在逗子樱山村传开。人们纷纷跑来，看这个只有 4 岁的天才小画家作画。这天，苏三郎又趴在地上用树枝作画，不一会儿，一只昂首蜷腰、怒目蓬毛、威风凛凛、栩栩如生的狮子便跃然而出，引得众人一阵欢呼。这时，一位相士正好偶然路过，看见苏三郎画在地上的狮子，也忍不住驻足赞了一声：“好！”苏三郎抬起头来，目光与相士撞了个正着。相士心中凛然一惊，望着眉骨清癯、双眸朗若流星的苏三郎，一边摩挲着他的头，一边叹道：“这孩子命太寒、太聪明了，应当皈依佛门。否则，不是长寿的兆头啊！”

收拾禅心侍镜台，沾泥残絮有沉哀。
湘弦洒遍胭脂泪，香火重生劫后灰。

第二章 悟尽红尘

碧海云峰百万重，中原何处托孤踪？
春泥细雨吴趋地，又听寒山夜半钟。

1

这天晌午，河合仙在灶间做饭，虚岁6岁的苏三郎，独自在屋前的空地上玩着用小石块搭房子的游戏。忽然从村道上走过来四五个男女，为首的是一个中等身材、圆脸肥耳、穿一袭玄色长袍的汉子。

那汉子见了苏三郎，停下脚步，弯下腰去，和蔼地问："小朋友，请问这是河合仙的家吗？"

正低着头，口中念念有词，聚精会神地玩着的苏三郎吓了一跳，忙抬起头来，疑惑地问："你说什么？"

那汉子重复一遍："这是河合仙的家吗？"

"是啊！"苏三郎点了点头，歪着脑袋，好奇地问，"你找我娘有什么事？"

"什么？她是你娘？"那汉子听了，陡然激动起来，"这么说，你就是三郎了？你真的是三郎？"

"是啊！我就是三郎，难道不行吗？"苏三郎嘴巴一撇。

"行！行！"那汉子连连点头，伸出双臂，要把苏三郎揽进怀里，"三郎，我是你爹啊！"

"你骗人！"苏三郎用力地把那汉子的双手一挡，闪开身去，"我没有爹，我从来就没见过我爹，我爹早死了！"

那汉子听苏三郎这么一说，鼻头有点发酸，眼角有点潮，他追上身去，对苏三郎说，"孩子，爹对不住你！我真是你爹啊！"

旁边的那几个人围了过来，一齐对苏三郎说："三郎，快叫爹！他真是你爹啊！"

"你们都是骗子！骗子！骗子！"苏三郎大叫着，在空地上左突右闪，"我不认识你们！你们快走！快走啊！"

那汉子终于抓着了苏三郎，一把将他抱了起来："来，让爹亲亲！爹可想死你了。"

苏三郎在那汉子的怀里拼命挣扎着，小脑袋拼命地往两边甩，躲避着那汉子的嘴唇，对他又踢又咬。

“娘！娘！你快来啊！有坏人了！”苏三郎朝向厨房的方向，拼命地叫着河合仙。

河合仙听得外面苏三郎的叫声，忙拿起火钳，冲出了厨房。

刚迈出门槛，她的双腿便像被强力胶粘住了似的，定在那儿，一动不动。

她看见空地上那个把她的三郎紧紧搂在怀里的汉子，竟是6年不见的狠心丈夫苏杰生！再看看场地上其他几个人，那个矮矮胖胖的女人，可不就是6年前跟着公公苏瑞文特意从中国赶到横滨，将自己娘儿俩逼出苏家的正室黄氏！

两股泪水从河合仙的眼眶里滚涌而出。

苏杰生看见河合仙，忙放下苏三郎，迎了过去。

苏三郎早已跑到了河合仙身边，两只手紧紧地搂着娘的大腿，小脸贴在娘的腰间，生怕自己再被那汉子抱走似的。

河合仙轻轻地拍了拍三郎的小肩膀。

苏杰生叫了一声妻子。

河合仙用衣袖揩了一下眼泪，冷冷地说：“你来做什么？这儿不需要你！”

苏杰生低下头去。过了一会儿，他说：“我知道我对不起你！这么多年来我都没来看你们娘儿俩，我有我的难处啊！我……”

苏杰生的话儿还未说完，河合仙刚揩干的眼泪再次夺眶而出。

苏杰生说：“几年不见，三郎已经这么大了，你受苦了！”他顿了顿，有点艰难地接着说了下去：“河合，我们这次来，是想把三郎接到中国去！”

“什么？”河合仙失声叫了起来，“这绝不可能！6年来你不闻不问，好像压根就没有我们娘俩似的，现在我千辛万苦把他养大了，你嘴皮一动，却说要把他带走？”

河合仙说完，拉起三郎的手，对他说：“三郎！跟娘进屋去！”

苏杰生他们急忙跟了过去。

河合仙伸手把他们拦在门槛外："你们回吧！我是不会让你们带走三郎的！"

黄氏从苏杰生旁边挤上前去："妹子，有话好好说，有话好好说！"

"没啥好说的！"河合仙用力地将门一掩，黄氏的一只手被夹着了。

黄氏叫了一声。河合仙的手松了一下。

趁这当势，苏杰生他们一齐挤了进去。

苏杰生说："河合，都怪我刚才一时性急，没把话说清楚。我们这次来，是想把你们娘俩一起接到中国去的！"

河合仙说："我们哪儿也不去！我们娘儿俩就在这里过日子，就是金窝银窝我们也不去！"

黄氏一边揉着刚才被门夹得有点红肿的手臂，一边低声下气地说："好妹子，我们这次来，是要把你和三妹大陈氏都一起接回中国，一家团聚。焯儿在老家天天盼着你回去呢！"

"焯儿！老家？他，现在怎样？"听黄氏提起焯儿，河合仙的心猛地震颤了一下，思绪马上悠悠地飘到了焯儿的身旁。她尚不知道，她的焯儿在自己和三郎被苏家赶出的第二年，就被苏杰生送回中国广东香山老家去了。河合仙走后，焯儿便成了大陈氏的眼中钉肉中刺，为了图个安稳日子，苏杰生只得把他送回中国，交给正室黄氏抚养。

"他很好，现在已经长成一个翩翩少年郎了！你见了他，一定认不出来！"黄氏有点讨好似地说。

原来，这次黄氏再来日本，是奉了公公之命的。苏瑞文已经进入暮年，对于一个老人来说，最大的快乐和财富，莫过于儿女满堂、子孙绕膝。然而他家的人丁却不旺，除了杰生生了 3 个男孩外，其他几个儿子生的都是女娃。家里孙女一大串，在膝下承欢的孙子，却只有苏焯和苏焜哥儿俩。因此他决定把当年被自己赶出苏家的孙子苏戬母子俩叫回来，光耀苏家的门楣，延续苏家的香火。

"你刚才说焯儿在老家天天盼着我，你说的'老家'，是怎么回事？

难道说焯儿已经被你们送回中国了？”河合仙疑惑地追问道。

黄氏表情尴尬，点了点头。

河合仙勃然发作：“你们把焯儿送到中国去，竟然不跟我这个做娘的吱一声，你们也太狠了吧！”

苏杰生自知理亏，只好放低声音，说了一句：“我们这不是来接你回去和焯儿团圆吗！”

“我们不去中国，哪儿也不去！”对苏杰生的愤慨已淹没了对焯儿的思念，河合仙厉声叫着。

与此同时，苏家过去对待自己娘儿俩的情景又浮上了河合仙的脑海，让她不能不想到，要是真的去了中国，恐怕苏家也不见得会怎样待见自己和三郎。因此，尽管自己内心是那么渴望见着已离别6年的焯儿，河合仙依然口气坚决，拒绝回中国。

“妹子！既然你不愿去中国，那你就让三郎跟我们走吧，如何？”黄氏小心翼翼地试探着。

“休想！”河合仙斩钉截铁。

苏杰生和黄氏一筹莫展。

河合仙家的大嚷大叫声，在空气中迅即散播开去，不一会儿，就引来了一群村人。

河合堇听到了消息，马上从山岙口赶到了堂姐家。从情感上说，她也舍不得堂姐离开逗子樱山村，到人生地不熟的异国他乡去。六年来，她与堂姐经常走动，互相早已成为了对方的心灵依靠。但是，这么些年来，堂姐母子二人生活的艰难，她也看在眼里，疼惜在心上。家里没有男人的日子，苦不堪言啊！回到中国，苏家是个大户，至少堂姐和三郎可以衣食不愁啊！她决定好好劝劝堂姐。

“姐！我们做爹娘的，可不都是为了子女将来能有个大出息！这里虽然好，但毕竟是乡下，是小地方啊！中国是个大国，而我们日本只是个小岛国，三郎托根上国，可以离绝岛民根性，不是更有利于他日后长进为人中蛟龙吗？再说孩子没有爹，也不行啊！”

围观的村人，也纷纷附和河合堇。

堂妹和村人的劝说，让河合仙渐渐冷静了下来。她觉得大家说得在理。长期孤儿寡母的，对孩子的成长确实不利。自己和三郎到中国去生活，也显然会比在逗子樱山村条件更好些。再说自己这一去，不是马上就可以与阔别了6年的焯儿团聚吗？有这么多好处，自己要是再坚持下去，于情于理，都说不过去。

河合仙的思想最后终于通了。

苏杰生他们托村人雇来了一辆大马车，把河合仙和三郎一起带回了横滨。在横滨待了几天后，在黄氏的率领下，河合仙领着苏戬，大陈氏领着大女儿苏惠珊、二女儿苏惠媛、三女儿苏惠妍，一起离开横滨，坐邮轮回国。

苏杰生继续留在横滨，管理茶行。

2

1889年秋，6岁的苏戬与庶母河合仙一起，跟着嫡母黄氏回到了中国广东省广州府香山县前山镇沥溪村生活。

沥溪村距澳门仅三四公里路程，受澳门开埠影响，商风炽盛，因此村民的生活普遍比较富庶，村居也仿城镇格局构建。在沥溪村，苏氏是个大家族，连片屋宇，占据了大半个村落。河合仙母子仨住在苏家巷，这是一幢青砖土木结构小平房，面积约40平方米左右。年已15岁的长子苏焯到广州府一家新式学堂读书去了，课业紧，一个月也难得回家一次。

可能是水土不服，苏戬一回到沥溪，便拉起了痢疾，发起了高烧。刚刚进入这个陌生家族生活的河合仙，两眼摸黑，手忙脚乱，好在公公苏瑞文对苏戬这个刚从异国归来的孙子很是疼爱，听到消息，忙命家人为苏戬请来医生，好生诊治，精心调养，不出旬日，苏戬就痊愈了。苏瑞文担心他们母子语言不通，生活不便，还让黄氏为苏戬请来了一位奶娘，帮助照顾娘儿俩的生活。

大陈氏原本就对河合仙母子恨之入骨，回到沥溪村没几天，便开始明里暗里地散布苏戬是私生子的流言。不久，整个苏氏家族便都知道了这件事。大陈氏的三个不懂事的女儿，在母亲的教唆下，一看见苏戬，也便“野种”“杂种”地叫着。有一次正好被苏瑞文撞见，遭到了爷爷一阵严厉的训斥，连带她们的母亲大陈氏，也被苏瑞文好好地教训了一顿。然而没过多久，苏老太爷便驾鹤西去。失去庇护的苏戬母子，从此掉入了冰窟窿。

苏杰生远在横滨看不见；黄氏虽然是正室却性格懦弱；河合仙是个外来户，举目无亲。因此在苏杰生一房中，骄横跋扈的大陈氏成了事实上的家长。公公去世后，大陈氏有恃无恐，变本加厉，对河合仙母子横挑鼻子竖挑眼，极尽虐待和迫害之能事。幸亏，请来的奶娘秦氏善良正直，对他们母子贴心贴肺，河合仙在苏家，才有了一个能说得上话的人。

岭南的春天来得特别早。感觉正月才过去了没几天，燕子便从南边飞回来了。一大群燕子又飞入了苏家连片的屋宇中，落回去岁筑好的泥巢里，孵蛋、育雏。这天，7 岁的小苏戬由奶娘秦氏陪着，与大陈氏的几个女儿在爷爷生前居住的上房厅堂中玩耍，几个小毛孩一边在地上做着游戏，一边仰起头，看着屋梁上一只燕子妈妈屋内屋外飞进飞出，叼来小虫子，给刚出世的雏儿们喂食。

忽然，他们听见屋梁上“唧唧”了两声，随即看见巢里栽出一只雏儿，两条细细的爪子钩住了巢上的几根枯草，身子扑闪着，眼看就要摔落下来。说时迟那时快，只见小苏戬迅疾滚将过去，摘下头上戴的绒帽，不偏不倚，正好接住了掉下来的雏儿。小苏戬从帽子里捧起雏儿，托在手心里，疼惜地朝雏儿身上呵着热气。

6 岁的苏惠珊见状，跑了上去，小手朝苏戬一伸，说：“小番子，把小燕子给我！”

苏戬将身子一转，说：“不给！我要把燕子宝宝还给燕子妈妈！”

“给我嘛！给我！”苏惠珊扯住了苏戬，乱抓乱打，一定要把雏儿夺过来。

“不给！就是不给！”苏戬挣扎着，双手紧紧地护着雏儿，就是不肯松手。

秦氏急忙上前劝架，想拉开二人。但她这个近 50 岁的小脚女人，想把两只正在斗架的小牛犊拉开，岂是一件容易的事？

“小番子，你到底给不给我！”苏惠珊急了，撒起泼来，低头在苏戬的手臂上狠狠地咬了一口。

“啊！”小苏戬痛得尖叫了一声，用手朝苏惠珊一推。苏惠珊被推得一屁股坐在了地上，哇哇大哭了起来。

姐姐一哭，她的两个妹妹苏惠媛、苏惠妍，也莫名其妙地跟着一齐大哭了起来。

秦氏急忙跑了过去，想把苏惠珊抱起来。苏惠珊赖在地上，对秦氏又咬又打，就是不肯起来。

这时正好大陈氏来找女儿们，看见几个女儿一齐坐在地上大哭，大女儿被架在秦氏的臂弯里，便问：“怎么回事？谁欺负你们了？”

苏惠珊用手朝苏戬一指：“是这个小番子！他打我！”

大陈氏一听，火冒三丈，一把将苏戬拎了起来，“啪！”“啪啪！”狠命地在他的脸上连扇了几个耳光，一边扇一边骂：“打死你这个东洋小杂种！你吃了豹子胆，竟敢打我的女儿！哈！你不想活了！”

大陈氏还不解气，又朝苏戬腿上踢了几脚。苏戬杀猪般地嚎叫了一声，身子跪了下去。

秦氏见了，扑了过来，把苏戬搂在怀里，紧紧地护卫着苏戬，一边哭着对大陈氏说：“少奶奶，不是那样的！少奶奶，不是那样的！……”

秦氏的辩白，更刺激了大陈氏。她顺手捞起旁边地上的一根木棍，狠狠地骂着：“你这个老不死的，竟敢帮这个野种说话！竟敢帮着他欺负我的女儿！今天老娘就将你一起打了！”话未说完，暴雨般的木棍劈头盖脑地朝秦氏的头上、肩上、背上、腰上倾泻下去。

秦氏躲闪着，扭动着。她顾不上保护自己，拼命用身体覆盖住苏戬，生怕大陈氏的木棍伤着了他。

打完了，大陈氏气咻咻地把木棍朝地上一扔，伸出腿去，一脚把雏燕踏成了一小团肉泥。

秦氏跌跌撞撞地把苏戬带了出去……

河合仙正坐在椅子上为苏戬缝衣服扣子，看见秦氏不声不响，扶着腰进来，再一看儿子，一把眼泪一把鼻涕，两边脸上各有 5 个血红的手指印。她慌得跳了起来："秦姐，你们这是怎么回事？"

秦氏痛苦地低下头去。

河合仙急了："秦姐！快告诉我，发生什么事了？"

秦氏摇摇头。

见秦氏不肯说，河合仙转身蹲了下去，扶着儿子的双肩，急切地说："三郎，快告诉妈，谁把你打成这样了？"

苏戬一边抽泣着，一边哽哽咽咽地说："小妈……打我！"

河合仙简直气疯了，心痛如绞。她"蹭"地一下站了起来，旋风般地向大陈氏的住室冲去……

"大陈氏，你出来！你这个没人性的东西，竟把我儿打成这样！我跟你拼了！"

大陈氏正在屋内教导几个女儿："以后要是那个东洋小野种再敢惹你们，你们给我狠狠地打他！不要怕！有老妈为你们撑着腰呢！"听到河合仙的怒骂声，便冲了出来。

两个女人扭打在一起，相互撕扯着对方的衣服、头发，扇着对方的耳光。

苏家的男人、女人们听见打架声都跑了出来，屋外围了一大帮人。有几个女眷靠了上去，明着劝架，其实暗地里都在帮大陈氏。

这一架下来，河合仙在床上躺了整整 5 天。

3

雏燕风波发生后没多久，嫡母黄氏领着苏戬和苏惠珊到设在村东头苏氏宗祠里的书塾发蒙。

书塾早已在正月十六开学了。元宵节过后第二天开馆，是蒙学一直以来的规矩。之所以过了这么些时日才让苏戬和苏惠珊去报名，原因是在对待要不要让这两个娃儿读书这件事上，原本苏家大部分人是不赞成的。苏戬是个私生子和混血儿，不是纯粹的中国种，这在他们看来，是苏家的一种耻辱，他读不读书，都无关紧要。真的要是让这野种出息了，日后还要分苏家的财产，不是一件合算的事儿。再说他母亲河合仙那个东洋女人刚回到中国不久，并不知道有书塾这桩事。

大陈氏对要不要让苏戬上书塾读书，不置可否。刚与河合仙打过架，她怕自己要是明确表达反对意见，会让族里的人戳脊梁骨。不过对要不要让自己的女儿苏惠珊入学，开始她是明确反对的。珊儿是个女娃，女子无才便是德，读书干啥？只是后来实在拗不过女儿，最后只好勉强答应。另一层意思是，连苏戬那样一个东洋小杂种都让他去读书了，要是不让女儿去，自己不是吃亏了吗？

黄氏之所以同意让苏戬去发蒙，主要是因为在雏燕风波这件事上，她也觉得大陈氏做得有点过分。她虽然嘴上不敢说，心里其实也有点怜悯这两个从异国他乡回来生活的娘儿俩。再说他们母子是自己亲自去日本接回的，公公过世前，也特意交代过丈夫和自己，要好生看待这娘儿俩。苏戬到了入学的年龄，要是不把他送进学堂，她怕日后丈夫怪罪自己。所以当塾师苏若泉先生特意上家里来游说的时候，她便满口答应了。

苏先生把前来投学的苏戬和苏惠珊两人引到孔老夫子的牌位前，令二人行了个磕头礼，算是正式办理了入学手续。两个孩子却也机灵，拜过孔老夫子后，又转身向苏先生磕了一个响头。苏先生乐呵呵地把他们拉起来，领到座位前，一人发给一本线装的《童蒙须知》，便在讲席前正襟危坐，给他们说起蒙学的规矩。

此后，苏戬和苏惠珊便跟着先生，先识方块字，再读《三字经》《百家姓》《千家诗》《千字文》。两年之后，便开始读“四书五经”《东莱博议》《古文观止》等，同时学习吟诗属对。先生授课时，苏戬、苏惠珊和堂兄苏维翰同窗三人，依次把书放在先生的桌上，然后侍立一旁，恭听先生圈点口授；先生讲毕，马上进行复述；复述完后又回到各自的座位上去朗读。先生很是严厉，粗心而调皮的苏惠珊和苏维翰，常免不了被他揪脸皮、耳朵，打手心等。但对苏戬，苏先生却从未动过一次粗。

苏先生对苏戬的身世和他们母子在苏家的处境早已有所耳闻。他很同情这个孩子的遭遇。从苏戬入学的第一天起，他便发现这孩子性情有点孤僻，极少与人言语；其他孩子也不太搭理他。上学放学，他多半独来独往。有时他正坐在位置上读书，读着读着，竟会不自觉地走神，眼神空洞地望着窗外，不知在想啥事情。每逢这个时候，苏先生便会威严地假咳一声，提醒他收回神来，而苏戬每次一听到他的咳嗽声，总会悚然一惊，好像从一场噩梦里惊醒。

苏戬的表现，引起了苏先生深深的担忧。这个不第的秀才，满腹经纶，科举的大门却一直对他紧闭着。后来他彻底死心了，“自闭桃源称太古，欲栽大木柱长天”成为了他的人生理想和追求。他终身未娶，把书塾里的每一个弟子都当成自己的孩子，呵护他们，严格要求他们。他期冀他的所有弟子，在他的教育下，最终都能学有所成，走出山村，成为人中龙凤，为先生争光，为父母争光，为苏氏家族争光。苏戬从小在东瀛长大，父亲又不在身边，对这样一个孩子，更应该给予特别的爱和关注啊！苏先生在心里这样对自己说。

这天放学，他决定上苏戬家去家访一次。刚走出祠堂大门，便听见一阵孩子们的争辩声，从前面的巷子拐弯处传来——

“人之初，性本善！”一个孩子说。

“对！对！人之初，性本善！”一群孩子附和着。

“不对！人之初，性本恶！”一个更高的声音。苏先生听出来了，

说话的是苏戬。

“我们肚子一饿，娘就给吃东西；我们一冷，娘就给我们加衣裳。这不是‘人之初，性本善’吗？”

“小孩子一生下来便会从别人手里抢东西；小孩子都希望好吃好玩的东西归自己。这不是‘人之初，性本恶’吗？”

“我们看见老人摔倒了就会去扶他们，看见老鹰扑小鸡就会去帮小鸡。这不是‘人之初，性本善’吗？”

“鸡呀鸭呀猪呀羊呀也是有生命的，可是我们人却杀它们，吃它们的肉。这不是‘人之初，性本恶’吗？”

苏先生走了过去，觉得这帮孩子争论得有点意思。

“小蛮子！书上都说了‘人之初，性本善’，你为什么还要坚持说‘人之初，性本恶’呢？”领头的那个孩子，睁圆了眼睛，恶狠狠地盯着苏戬说。

“书上说的就没有错吗？”苏戬斜过头去看了他一眼。

那孩子恼羞成怒，挥起拳头，一拳把苏戬打倒在地，又扑了上去，骑在苏戬的身上：“打死你这个东洋小蛮子！让你尝尝‘人之初性本恶’的厉害！”

“打死他！打死他！打死这个番鬼仔！”其他孩子一齐高叫起来，也跟着对苏戬拳脚相加。

这时从旁边围拢来几个苏家的大人，一齐起哄：“打得好，给我狠狠地打！打死这个野种！哈哈哈！”

“给我住手！”苏先生一见，怒火填膺，大喝一声，奔跑了过去。

他俯身将苏戬抱起，搂在怀里，一边愤怒地对那几个蒙童说：“你们争辩就争辩，为什么要打人？”说完，又转身向着那几个大人说：“你们几个大人挑动孩子欺负孩子，羞也不羞！”

那几个大人见苏先生发火了，都不好意思地赶快溜之大吉。

不用去家访了。苏先生已经完全知道了苏戬为什么会沉默少言、郁郁寡欢、性情孤僻、读书走神的原因了。苏戬生活在了一个备受歧视、冷漠、虐待和欺凌的环境中啊！这样的处境，如何能让他静下心来读书？如何能让他快乐得起来？苏先生决定先把苏戬带回书塾，替他把满是血污的脸洗洗干净，替他把满是泥土的衣服弄弄干净，同时也让苏戬平复平复委屈和愤怒的心情。要不然，如果就让他这个样子回家，只会让他母亲气愤和伤心。

苏先生对战战兢兢地肃立在巷口的那几个蒙童，狠狠地瞪了一眼："你们以后不许再欺负玄奘！要是再发生这样的事情，我决计饶不了你们！记住了吗？"

"记住了！"几个蒙童嗫嚅着说。

"回去！"苏先生厉喝一声，大手一挥。几个蒙童得令，作猢狲散。

苏先生把苏戬带回书塾，用热水替他擦干净脸上的血污，再用刷子蘸着清水，把他衣服上的泥土刷干净。之后，苏先生从箱子里取出一套崭新的"文房四宝"，交到苏戬手里：

"玄瑛，这套文房四宝，是我多年前攒下的，现在我把它送给你，希望你好好读书！以后有什么困难，或者有谁欺负你，尽管来找我，先生为你做主！好吧，你回去吧！要是回得晚了，你娘又要担心了！"

"谢谢先生！"苏戬朝先生深深地鞠了一个躬，泪水夺眶而出。

苏先生目送着苏戬远去的背影，轻叹了一口气。

苏先生吃过晚饭，正在房里看书。忽然苏戬的母亲河合仙和奶娘秦氏二人慌慌张张地找上门来：

"先生，我家苏戬在您这儿吗？"

苏先生站了起来："不在啊，他早回去了。怎么，他还没到家？"

河合仙一听，急得哭了起来："我们一直在家等他吃饭，就是不见他回来，还以为在您这儿呢！这孩子上哪去了？天啦！可怎么办啊……"

"玄瑛娘，你先别急，孩子不会有事的。我们一起去找找！一定是躲到哪儿玩去了！"苏先生忙放下手里的经卷，和河合仙主仆两人一起，去寻找苏戬。

终于找到了！

在村外的一座石桥上，身材单薄的苏戬背着书包，怀里揣着先生刚送的文房四宝，倚在石栏上，出神地望着浩瀚的星空，一言不发。

河合仙喜极而泣。她一把搂过儿子，问："孩子！你为什么不回家？"

苏戬幽幽地说："我恨……"紧跟着，他抬起头来，问河合仙："娘！我到底是不是您的亲生儿子？为什么有这么多人骂我是'杂种''野种'？连小妈她们也这样骂我，请您一定跟我说实话！"

河合仙一懵，她没有想到戬儿会问这个问题。良久，她一把将苏戬揽入自己的怀抱中，唯恐戬儿被人夺走似的，大声对他说：

"你是娘的亲生儿子！娘是你的亲娘……"

4

苏戬在充满歧视的冷酷的环境中一天天长大，转眼已经 9 岁了。

这年十月，苏杰生因经营失败，茶行破产，不得不从日本横滨撤离，回到故乡沥溪。

丈夫的归来，并没能给河合仙母子在苏家的境遇带来丝毫的改变。苏杰生如果衣锦还乡，那么，他在大陈氏面前，尚且能挺直腰杆说话。大陈氏当初之所以嫁给年龄整整大自己 21 岁的苏杰生为小妾，贪图的便是苏家可以胡花海用的财富，然而，现如今丈夫却是生意破产而归，大陈氏的脸上，挂起了冰霜。

苏杰生回来的当天，黄氏亲自下厨，河合仙打下手——大陈氏却像个没事人一样，躲在屋内听留声机。姐妹二人忙乎了整整一天，准备了一桌丰盛的菜肴。晚上正室、大妾、小妾三房十几口人，围坐在一起吃饭，既是团聚，也算是为归来的苏杰生接风洗尘。

看到满堂的妻妾子女，苏杰生显得很高兴。经营失败的懊丧，以及连日来颠簸于惊涛骇浪的旅途之上所带来的疲惫一扫而光。他的内心甚至还产生了些许庆幸，正是由于这次在日本的茶行亏空了，他才终于下定了决心，结束横滨的生意回国；才终于有了与妻儿老小一家团聚的机会。

苏杰生还是五年以前回过一次沥溪。几年不见，孩子们都长大了：焯儿已长成一个 18 岁的英俊青年，站起来个头比父亲还高。这次他听说父亲回来了，特意请假从广州学堂赶回了沥溪；小焯儿 4 岁的焜儿，也已是一个翩翩少年郎了，身坯和眉眼像极了他的母亲黄氏，壮实而敦厚；最让他感到高兴的是三郎戬儿，刚才进村时在祠堂前碰见孩子的先生苏若泉，苏先生告诉他，戬儿这孩子天赋异秉，将来必成人中之龙，一定要好好栽培这个孩子。其他几个女儿也个个聪慧伶俐，见父亲回来了，一齐钻到他的怀里来撒娇。

久违的天伦之乐，让苏杰生第一次真切地感知到：人生最大的幸福，不在于赚来多少钱，攒下多大的家业，而在于一家老小能够快快乐乐地在一起。他 17 岁远渡重洋，跟着父亲到横滨做生意，三十多年对顾客讨好赔笑、讨价还价的经商生涯，已让他渐渐萌生了倦意。再过一个年头就是“知天命”之年了，他真想就此金盆洗手，不再经商，在家里好好过一过闲散的日子，亲眼瞅着儿女们一个个长大成人。

在回国的邮轮上，他心里已经对几个子女的未来做好了安排：把焯儿送到欧洲去留学。自己回国前，看见有很多中国孩子到日本留学；也看到有不少日本父母把子女送到欧洲去。虽然自己生意做亏了，但毕竟家底还在，送焯儿去国外留学的费用，总还是有的；焜儿已经 14 岁了，也应该让这孩子到广州去读读新式学堂；苏若泉先生说戬儿天资奇秀，是个可造之才，就更应该好好培养培养，想明年把他送到香港去读书；至于珊儿、媛儿和妍儿，待她们村塾读好后，也送到外面去念念书。时代不同了，女娃子多念点书有好处啊！

坐在饭桌前的苏杰生眉开眼笑，欠身给每个孩子分别夹了满满一筷子菜，塞进他们碗里，以示一个父亲的慈爱和慰勉。接着，他把自己的设想，对妻妾儿女们说了出来。

“读书，读书！家里眼看就要吃不上饭了，还读什么书！”忽然大

陈氏把筷子朝桌上一拍。

一桌子的人都吓了一跳，惊愕地望着她。

“有本事你就从日本多赚些钱回来呀！你要是赚了钱回来，哪怕你把孩子们一个个都送到天堂去，我连屁都不放一个。现在光着身子回来，还净做这样的美梦，你就不怕人家笑话吗？”大陈氏盯着苏杰生，脸色非常难看。

苏杰生听了，差点就要发作。焯儿已经站了起来：“小妈！咱爸刚刚回来，您不要这样好不好？”

大陈氏见焯儿胆敢接茬，马上把全部的怒气都倾泻到了他身上：

“你算什么东西，轮得上你跟我说话吗？你爸要把你送到欧洲去留学，你当然高兴了！我们全苏家人累死累活的，全都是给你们日本人白干！”

“你这说的什么话，什么‘全都是给你们日本人白干’！难道我们不是苏家的人吗？”焯儿听了，脖子都气歪了。

“我说得不对吗？你们自己算一算，你们兄弟二人，这么些年来，花了家里多少钱？好哇！现在嘴皮子一动，一个要送欧洲，一个要送香港，你们大概认为这个家是你们日本政府的吧？那好哇！你们回日本去啊！回日本就能随心所欲了。”大陈氏阴阳怪气地说。

“我们是苏家人，我们凭什么要回日本！”焯儿的拳头，“咚”的一声，擂在了饭桌上。

“怎么，你还想打人？你这个日本小杂种，今天我倒是要借你一千个狗胆，看看你敢不敢动老娘一个手指头！苏杰生，你都看到了，你这个混账儿子要打人了！”大陈氏撒起泼来。

“给我坐下！”苏杰生气青了脸，厉喝一声，狠狠地甩了焯儿一个耳光。

焯儿被打蒙了。一桌子上的人都懵了。

“她这么欺负我们娘儿仨，你还帮着她？你还不分青红皂白地打儿子？”河合仙万箭穿心，她大哭着，扑了上去，扭住了苏杰生，用头撞击着丈夫。

黄氏和焯儿连忙过来，拼力把河合仙拖开。

“我让你好好带着两个儿子，你瞧你都把他们带成什么样的人了？”苏杰生气呼呼地对河合仙说。

“我把他们带成什么了？”河合仙冲着丈夫，悲愤地说：“我到中国这3年来，你知道我们娘儿仨过的是什么日子吗？这个母夜叉对孩子开口闭口‘杂种’‘野种’，张嘴就骂，抬手就打，连对待牲畜都不如啊！既然你们不把我们娘儿仨看作苏家人，你当初为什么要把我们骗回来？”

其实苏杰生那一巴掌，本来是要奔大陈氏而去的，不知怎的，却扇上了焯儿的脸颊。那一瞬，连他自己也有点吃惊。看着自己由于用力过猛而已然发红发烫的巴掌心，他的心里有点内疚，更有点后悔。可是，当他听到河合仙说自己“骗”他们母子回国后，他的心里，陡然蹿起了一把无名火。他怒不可遏地对河合仙说：“既然你为到中国来感到后悔，那你就再回你的日本去啊！”

河合仙做梦都没有想到丈夫竟会说出这样的话来。她原本期冀着丈夫回来了，能为自己母子主持公道，为备受欺凌的娘儿仨做主。苦苦煎熬了3年，苦苦期盼了3年，等来的却是丈夫这样的一句话！那一刻，她彻底绝望了，她对这个家，也彻底死心了。她已经没有了眼泪。只听她幽幽地对苏杰生说了一句：

“好哇！既然你们都盼着我走，那我过几天就回日本去，这个家我是再也待不下去了！反正你已经回来了，你说我带不好孩子，那就交给你自己来带吧！儿子是你们苏家的人，是死是活，以后都与我无关！”说完，河合仙站起身来，向厅堂门外走去。

苏杰生只当河合仙说的是一句气话。他犹自恨恨不已，朝着河合仙的脊背，丢下一句：

“你爱上哪儿就上哪儿！”

5

几天后的傍晚。晚霞染红了西天。

苏戬从祠堂书塾放学回家。一进门，他就习惯性地朝屋内高喊一声：“娘！我回来了！”

没有听到娘熟悉而亲切的应声，也没有看到娘熟悉而亲切的身影。以往每当这个时候，娘一定会笑眯眯地答应一声，迎出来，往他手心里塞一块核桃酥，或者一个红番薯什么的，让他先垫一垫肚子，等候饭熟。

“诶？我娘呢？”苏戬有点纳闷。他跑进厨房一看，见奶娘秦氏正一个人蹲在灶前，往土灶膛里添柴做饭。

“奶娘，我娘呢？”苏戬问。

秦氏直起身，走了过来。她眼角一红，一把将苏戬搂进怀里，说：“你娘走了！”

“我娘走了？走哪儿去了？”苏戬猛地一挣，推开秦氏的手，急切地问。

“她……回日本了！”秦氏低低地说。

苏戬“哇”的一声大哭起来，书包朝地上一丢，发疯似的冲出门去，一边跑，一边凄声哭喊着“娘——娘——”

家里的那只小黄狗，“呼”的一声，箭一般地追了上去。

秦氏慌了，忙从木桶里舀出一瓢水，朝灶膛里一泼，把火熄灭，颠着小脚跑出厨房，去报告苏杰生。

苏杰生正斜倚在厅堂里的躺椅上吸烟，闻听秦氏来说，慌忙站起身，骂了一声：“这个小兔崽子！”拔腿便向门外冲去。

秦氏在后面跟着。秦氏的后面是苏戬的大娘黄氏。黄氏的后面是苏惠珊姐妹。

一条泥路向村外的天边伸展而去。

苏戬在前面跑着。脚边的小黄狗一会儿“呼”地蹿到他的前面，一会儿又“呼”地返身折回到他的身后。

“娘——娘——”苏戬哭喊着，他紧闭着双眼，没命地向前奔跑着。

一块小石头绊了他一下。苏戬“砰”地跌倒在地上。

他爬起身，顾不得掸一掸满身的泥土，继续跑着。

道路两边的树木田野，风驰电掣般地向后退去。

“砰”的一声，他再次跌倒在地。

他又爬了起来，瘸着腿，继续向前奔跑。

“砰！”又是一个趔趄，他再次摔倒在地。

这一次，他再也爬不起来了。他趴在地上，两只小拳头狠力地砸着泥地，放声大哭：“娘——娘——你在哪里啊！”

远处山冈上，凉风扬起乌云，把方才还烈焰般的晚霞，从天幕上一朵朵拭去。地上腾起一群小飞虫，弥漫在空中。夜色悄悄地从四面合围过来。泥路像一条灰蛇，从苏戬身下，蜿蜿蜒蜒，伸向远方深不可测的黑暗中……

终于赶了上来的苏杰生，用胳膊将浑身湿淋淋的儿子一把夹了起来。秦氏和黄氏一人抓托着苏戬的一条腿，三个大人一起使力，把苏戬往家里抱。苏惠珊姐妹和小黑狗紧紧跟在他们身后。

“我要我娘！我要我娘！”一路上，苏戬在父亲的胳膊下挣扎着，对父亲又抓又咬。苏杰生左搪右挡，避免被儿子抓伤咬伤。

苏戬的力气渐渐弱了下来，他在父亲怀里的呜咽着：“我要我娘！我要我娘！娘，你为什么要把我扔下！”

终于到家了。苏杰生虚脱般地把儿子朝屋内一丢，掀起袖子，抚摸着被儿子抓咬得一块块乌青瘀血的手臂，大口大口地喘着气。他叮嘱了秦氏几句，便带着黄氏和三个女儿一起出去了。

秦氏把苏戬搂在怀里，一边用毛巾替他擦着脸，一边不住地哄着他。

小黄狗在他们身边打着转，时不时地“呼哧”“呼哧”地拱拱苏戬的鞋子和裤管，像是劝说，又像是安慰。

苏戬有气无力地哭着。

良久，苏戬终于止住了哭声。他扬起头，哽咽着问秦氏：“奶娘，

我娘……什么……时候……走的？”

秦氏叹了口气，说：“今天上午……就在你去学堂后不久……”

苏戬又哭了起来：“我娘回日本……为什么不跟我说一声？”

秦氏安慰道：“你娘是怕你伤心啊！你娘走的消息，连你焯哥也不知道呢！他昨天上午回广州时，你娘也没跟他说！”

“我娘不要我了……我是没娘的孩子了……”苏戬呜咽着，把头埋进秦氏的臂弯。

秦氏抚摸着苏戬的头，眼眶潮红：“三郎！你娘走了，从今往后，奶娘就是你的亲娘，咱娘儿俩好好地过日子！”

“唔！”泪光闪闪的苏戬，咬着嘴唇，点了点头。

“三郎，饿了吧？咱做饭去！”秦氏牵着苏戬的手，进了厨房，挪过一把竹椅，嘱苏戬在旁边坐下，忙添柴点火。之前被水浇灭的灶膛，又“哔哔吧吧”地爆出了火焰……

吃过晚饭，秦氏从河合仙原先住的房内取出一个果罐和一个包裹，放在桌上。

“今天上午，你娘忽然把我叫过去，告诉我说她要回日本去了，让我好好珍重。无论我怎么劝说，她都决意要走。你娘含着泪把你托付给我，要我好好地照顾你。”秦氏说着，把桌上的包裹解开，对苏戬说，“这是你娘临走前留下的银子，说是给我们娘儿俩今后的生活费。她把平日的积蓄全都留给了我们，自己除了几套换洗的衣服，什么也没有带走……”她说着说着，禁不住哭了起来。

过了一会儿，秦氏抹干眼泪，打开果罐，从里面拿起一张纸条，对苏戬说：“你娘走时，特意把她在日本的住址写在这张纸条上，叮嘱我不要弄丢了，让你长大后按这张纸条上的地址到日本去找她，同时也便于我们联系。”

苏戬将纸条接了过来，见上面写着“日本国东海道相州府逗子樱山村”一行大字。他知道，这是外祖父家的地址。

接着，秦氏又从果罐里拿起一叠照片，对苏戬说：“这是你娘上午留下的几十张相片，你娘说把它们放在果罐里，不容易损坏。她说希望你长大后，不要忘了她的相貌，记着去日本找她……”

“娘！”苏戬接过母亲的照片，一张张翻看着，再一次痛哭失声……

6

河合仙回日本后没多久，苏杰生在大陈氏的逼迫下，不得不把苏家交给她打理，然后离开故乡，到上海开拓相机市场，寻找咸鱼翻身的机会。为照顾丈夫的生活，黄氏也跟着去了上海。

临去上海之前，为避免苏戬受到大陈氏的虐待，更为了儿子长大后能继承家业同外国人做生意，苏杰生把苏戬送到香港皇娘书院读书，师从西班牙籍牧师罗弼·庄湘学习英文。

丈夫和黄氏一走，苏家便成了大陈氏一人的天下。对已失去父母庇护的准孤儿苏戬，她开始肆无忌惮地实施报复行动。

她先是以苏戬已到香港读书，无须奶娘照顾为由，将秦氏从苏家赶了出去。她心里早把秦氏恨得牙痒痒：河合仙还在苏家时，这老婆子与河合仙同声一气，与她作对；河合仙走后，这老婆子又俨然成了苏戬的保护神，让族人没人不知道她对苏戬刻薄寡德。更让她不可忍的是，这老婆子竟胆敢背着她与河合仙通信。好在她早已将苏家控制住了，河合仙每次寄来的信函和金钱，都被她截住、没收。这老婆子详知河合仙的身世，又深爱着苏戬，留下她，心里总归有颗钉子。

接着，她便开始对苏戬下手。秦氏被赶走后，她跑进苏戬的屋内，将河合仙留给儿子的纸条和照片翻出，全部撕毁。又对苏戬诡言他母亲河合仙在回日本的途中，不幸发生了沉船事故，河合仙已葬身鱼腹，让整个苏氏家族，无不认为苏戬是个无母之人。与此同时，她又暗中给远在日本的河合仙写信，谎言苏戬上山玩时，不幸遇到老虎，被老虎吃了，防止苏戬长大后，回日本认母。她要彻底断了河合仙母子俩的联系，以

解心头之恨。

香港皇娘书院，一周一休。但因香港距沥溪有四百多华里的路程，所以苏戬平时并不常回家——他也不愿意回家。只有到放寒暑假时，由于学校不得留宿，他才不得不回到沥溪苏家那个冰窟。

母亲回日本去了，疼爱自己的奶娘被赶走，父亲又远在上海，苏戬在苏家，彻底成了一个“孤儿”，成了大陈氏的“出气筒”。大陈氏欺他无人做主，把他完全当作奴才使唤，脏的苦的重的累的事情，一股脑儿堆在他的身上。有时答应得稍微轻声了一点，动作稍微迟缓了一点，或者做得稍稍不如她的意，就要遭到她的毒打。

十几岁的孩子，正是长身体的时候。苏戬常年觉得自己的肚腹里，有一条饥虫在爬挠。然而歹毒的大陈氏，却经常找出他这样或那样的茬，不给他吃饭，让他饿着。吃饭时，规定他不能上桌，并且每餐只能吃一小碗，也不能夹太多的菜。有时他实在饿得不行，想再盛一次饭，想多夹一筷子菜，就要遭到大陈氏的呵斥。寒冬来临，大陈氏只给他一条薄薄的被子，冻得他整晚做噩梦。在香港读了两年书，苏戬身上所穿的衣服裤子，还是父亲临去上海之前给他买的，袖管和裤管都短了一大截。大陈氏只当没看见，不闻不问。

族里人也欺他孤苦无依，对他的欺凌日甚一日。

在这种肉体与精神的双重摧残下，苏戬原本壮实的身子骨，迅速瘦弱了下来，一遇风寒，便会病倒在床。

一天，族里有几个笃信佛教的老婆婆到村外的一座小寺庙烧香，被苏戬看见了。他偷偷地跟在老婆婆们的身后，也溜进了小寺庙。这是一座弥勒寺，弥勒佛端坐在供坛上方，笑眯眯地看着这个前来拜谒自己的小孩童。这是自母亲和奶娘走后，苏戬在沥溪看到的第一张笑脸。他忽然感到全身泛起了一股暖流，于是便学着那些老婆婆们，在蒲团上跪了下去，对着弥勒佛，虔诚地拜了几拜。寺里的和尚见他好像与佛有缘，便把一本佛经送给了他。

从寺里回来后，苏戬在尽力做好大陈氏指派的家务之余，一有空，便偷偷地看起佛经来。年纪小小的他，似乎对佛门义理有着天生的兴趣和领悟能力。那些在一般人眼里高深莫测的佛理，他一看就懂，一读就能体悟在心。他仿佛明白了人生孽海茫茫的根由；他似乎在无边的黑暗中，看见了一束光明在向自己招手。

这一年（清光绪二十年，公元 1894 年），中日甲午战争爆发。日军全歼中国北洋舰队，逼迫清政府签订了丧权辱国的《马关条约》。消息传出，举国震惊，华夏各地，蔓延着反日仇日的怒火。

受战事的影响，苏杰生在上海刚刚有了点起色的生意，又再一次衰落。苏家从此一蹶不振，家道中落。大陈氏以无钱供养为由，亲自跑到香港，逼着苏戬从皇娘书院退了学，跟着自己回家。

声讨日本的狂潮也席卷到了沥溪。出生于日本，并且有着一半东洋血统，又是“混血儿”加“私生子”的苏戬，自然成了众矢之的。义愤填膺的蚕妇村氓，把对腐败无能的清政府和强盗倭寇的愤怒，都倾泻在这个无人保护的 11 岁小孩的身上。苏戬不敢出门，却不得不时时出门，因为大陈氏交给他办的差事，永远没完没了；因为大陈氏狼一般凶狠的目光，正在身后紧紧地盯着他。

“东洋野种来了，开炮！”一群躲在小巷拐角处的半大小子，看见苏戬走了过来，将手中的石子、瓦片，一齐向他砸了过去。

苏戬猝不及防，扑倒在地。

英勇的小爱国者们一拥而上。唾沫和拳脚，一齐加在了苏戬身上——

“打死你这个小日本鬼子！”

“小杂种，滚回你的东洋去！”

“……”

苏戬不能反抗，也无力反抗。他只能像一只任人宰割的小绵羊，在地上翻滚。

直到那些小爱国者们打累了、骂乏了、感到无趣了、一哄而散了，他才有机会从泥地里爬起身来，带着满脸的伤痕和唾沫，带着满身的脚

印和泥土，一瘸一拐地走回家。走在半路上，忽然闪出几个高大的身影，挡在他身前，对着他大笑——

“小番子！又让人揍了吧？哈哈哈！”

“小倭寇！你在我们中国的滋味好受不好受啊？”

“小杂种！早一点回东洋找你老娘去吧！哈哈！”

苏戬睁开晕眩昏花的双眼，看见几张扭曲而丑陋的嘴脸，在自己身前的天空中直晃……

大陈氏远远地瞧见苏戬一身狼狈地走了回来，幸灾乐祸地偷笑着。

7

又是一年春来临。

苏戬在床上已经躺了一个月。

春节过后不久，一直受冻挨饿惯了的他突然感到非常怕冷，先是手指、脚尖发凉，迅觉背部、全身发冷，浑身冒起鸡皮疙瘩，口唇、指甲发绀，脸色发白，全身肌肉关节酸痛，人非常乏力和倦怠，呵欠连天。紧跟着便全身发抖，牙齿打战，在身上压上几条被子也无济于事，持续多时。寒战消失后，面色赤红，紫绀消失，呼吸急促，脉洪而速，体温迅速蹿升，皮肤灼热而干燥，整个身体就像一只火球，并伴随着剧烈的头疼、腹痛和呕吐。高热过后，先是脸颊和手心微汗，随后遍及全身，大汗淋漓，衣服湿透。这样的状况，基本上每三天就要出现一次。

苏戬痛苦难忍，在床上辗转反侧，不住地呻吟。身旁没有一个人。母亲听说东归时已经葬身鱼腹；奶娘被赶走后便没了音信；父亲自到上海后便好像已经失踪；大哥苏焯在英国；同父异母的二哥苏焜去广州读书了；苏惠珊姐妹几个早已受到母亲大陈氏的严厉警告，不得靠近苏戬，更不得进入他的房间，以免被传染上。大陈氏知道，他这是非常典型的疟疾症状。早就想收拾这个狗杂种了，今天总算老天有眼，让他染上了这个恶疾，他就是死了，也怨不得哪个！想让她为他请医生，休想！

整整一个月，大陈氏对苏戬不问不顾，只当没有苏戬这个人，任他自生自灭。没有人进门来瞅他一眼，更没有人为他端水、送饭。饿了，他只好自己从床上强撑起身子，到厨房吃几口残羹剩饭；高烧发作时，他只好自己跑到灶头，舀一勺生水灌进肚子，浇一浇心头那团烈焰；寒战不已时，他只好自己爬下床去，把被大陈氏扔在屋角的母亲和奶娘曾经睡过的被子，一股脑儿全部抱来压在身上……

这天傍晚，大陈氏蹑手蹑脚地来到苏戬屋前，把耳朵贴在门缝上，倾听里面的动静。屋内静得可怕，一点声响也没有。“该不是已经死了吧！”大陈氏的心头懔然一惊，“可不能让他死在屋内，死在屋内多不吉利！”想到这里，她“啪”的一声撞开了苏戬的房门，冲了进去。

暮色透过那扇布帘低垂的窗棂，把几缕几乎可以忽略不计的幽光抹在苏戬身上。苏戬睁大着眼睛，摊在床上，头发蓬长，脸颊瘦削，眼窝深陷，露出的手和脚，皮包骨头。大陈氏用手在他眼前晃了晃，毫无反应；用力捏捏他的肩胛，也毫无知觉。“难道真的死了？”大陈氏忙将手指往他的鼻尖下探了探，感觉似乎还有一丝微弱的热气。“没死！”大陈氏有点高兴，忙将苏戬身下的被子和草席左右掀起来，把他胡乱一卷，卷成一个筒子，朝自己的肩头一搭，把他扛进了后院的柴房，朝柴草上一丢，说了一声：“小杂种！死与不死，就看你的造化了！”然后掩上柴房门，走了出去。

“哗哗哗——”一阵骤雨忽然从天而降，似要洗尽人间的冤情和罪恶。

在那个狂风骤雨的春夜，形销骨立、奄奄一息的苏戬，被遗弃在又脏又破的柴房里，与死神独处。周围没有一个怜悯的眼神，没有一句关切的话语。我们无法想象，这个年仅 12 岁的孩子，经历了怎样一种心灵的炼狱！

第二天午后。大陈氏正在屋中歇息，忽听院外传来一阵叫门声。

“谁啊？”大陈氏有点愠怒，很不情愿地从床上爬了起来，走向院

子，把院门打开。

是3个十一二岁的孩子。两男一女。两个男孩，一个稍胖，一个微瘦，都上穿黑马甲，下着一条笔挺的黑色小西裤，并且都梳着油光黑亮的小分头。那个小女孩则上套一件鸭蛋绿毛衣，下着一条红格裙。

一看便知，这都是些富贵人家的子弟。

大陈氏心底暗暗地起了一种钦羡，马上和颜悦色地问："请问你们找谁？"

"阿姨，请问这是苏戬家吗？"稍胖的男孩问。

"是……的！"大陈氏有点迟疑。

"我们都是苏戬在香港皇娘书院的同学，我叫冯懋龙。"稍胖的男孩介绍完自己，又指着另外两个伙伴，说："他叫郑贯一，这个女孩是我们罗弼·庄湘老师的女儿雪鸿！"

"请问你们找苏戬有什么事？"大陈氏疑惑地问。

"阿姨，是这样的！苏戬退学已经一个多学期了，我们过去是好朋友，这么长时间没见他，都挺想念他的！所以这次我们特意从香港来看看他！"那个叫郑贯一的男孩说。

"哦……原来是这样……好的好的……欢迎欢迎……不过真是不巧，他前些日子到上海看他爸爸去了！"大陈氏吞吞吐吐地说。

"啊！"三个孩子脸上都露出失望的表情。

只过了一会儿，那个名叫雪鸿的女孩说："没关系的，那我们到上海去找他！"

大陈氏有点慌了，忙说："别，别，我昨天接到他父亲写来的信，说苏戬前几天又到日本去看他亲娘了！"

"又到日本去了？不是说他娘在回日本的路上被淹死了吗？"冯懋龙有点不相信。

"噢，噢，这个……我也不是很清楚！……不过，你们肯定是碰不上他的。"大陈氏尴尬地说。

"既然是这样，那我们这次是见不着他了！"郑贯一自言自语，随即对大陈氏说：“那好吧！阿姨，有缘终有一天会再见面的！等苏戬从日本回来，请你告诉他，就说我们3个今天特意来看过他了。好吧，我们走了！”

大陈氏连忙点头：“好的，好的，你们放心，我一定转告！你们不进屋坐一会吗？”

“不了，我们还要到广州去。阿姨，再见！”三个孩子说完，告辞而去。

“再见！再见！”大陈氏应承着，忙不迭地掩上了院门……

傍晚，苏戬的一位堂嫂到后院柴房抱柴火烧饭。刚一推开柴房门，就看见里面有一团黑乎乎的东西，在柴火堆上蠕动。柴房里光线幽暗，看不分明，很像是一头野兽。

“啊！快来人啦！柴房进野兽了！”堂嫂的脸被吓白了，失声惊叫起来。她想夺路狂奔，可双腿却像被地面粘牢了似的，根本不听使唤。

她定定地愣在那儿。

“堂嫂……是我……苏戬……”那团黑影发出了微弱的声音。

堂嫂回过神来。她惊异而惶恐地走过去一瞧，那黑影，不是戬儿又能是谁！

“戬儿！你怎么在这里？”堂嫂吃惊地问。

“堂嫂……不要说了……”苏戬吃力地向她摆了摆手，示意她不要再追问下去。

看着苏戬的神情，堂嫂心里全明白了：肯定又是那个丧尽天良的女人干的！这么伤天害理的事，她都做得出来，就不怕天谴吗？作孽啊！

堂嫂心疼地把苏戬从柴火堆上抱下来，把他背回自己屋内，赶紧为他请来了大夫进行诊治。

在堂嫂的精心调理、照料下，已向死神报到的苏戬，又奇迹般地活了下来。

8

一片烂漫的桃花海，在沥溪村头两边的山坡上流光涌艳。

东风像一匹透明的绸缎，在阳光中轻轻地飘拂。一群翠鸟在树枝间跳来跳去，弹落的桃花瓣，像一阵欢快的音符雨，谱写着一曲春天的旋律。

苏戬踏着一径粉红的桃花瓣，在山路上且行且止。二月的桃花，烂漫了两边起伏的山坡，也烂漫了苏戬灰暗多年的心胸。疟疾之劫，柴房之弃，让他对苏家断绝了最后的一缕幻想和留恋。他决意逃离那座人间地狱，从此以后，终生不复踏进它的门槛一步。

别了，沥溪村。别了，在苏家6年非人的生活。他决定去相家湾投奔未婚妻相雪梅一家，他要开始新的人生旅程。他甚至连头也没有回一下，对那座给了自己以太多苦难与屈辱的古旧宅院作最后的一瞥。

挣脱牢笼的喜悦和激动，对未来的憧憬和神往，让他的身心感受到了一种前所未有的澄澈和放松；他的步履，显得无比的轻快。

苏戬6年前随母亲从横滨回沥溪不久，有一天，家住沥溪村5里开外相家湾的老员外相敬轩，带着7岁的小孙女相雪梅，上苏家来拜会老朋友苏瑞文。当时6岁的苏戬正承欢于祖父膝下。两位老人谈完正事后，便拿正在一旁玩得不亦乐乎的两个小孙辈寻起了开心。相敬轩故意逗弄小苏戬，不想这孩子伶牙俐齿，对答如流，把个老员外欢喜得心花怒放，心中一动，产生了与苏家结儿女亲家的想法。

苏相两家是世交，知根知底；两家都是大户人家，门当户对；小雪梅又长得灵秀慧巧。今日相员外主动提亲，苏瑞文哪有不答应之理？于是一场婚约当场敲定。两边都是祖父做主，儿子儿媳们也便没有什么意见。过了几天，苏瑞文备下一份厚礼，着黄氏带人专门给相家送去，作为聘金。言明一俟孩子长大成人，便为二人完婚……

苏戬在一座大宅院门前停下。刚才有村人告诉他，这座宅子就是相员外的家。

他叩响了朱漆院门的门环。

“谁呀？”门开了，露出老门房的是一张褶子脸。

“呼！”的一声，从门内蹿出一条大黄狗，伸着血红的长舌头，“哼哧”“哼哧”地围在苏戬脚边乱嗅。

苏戬吓了一跳，忙向旁边闪躲开去。

“原来是叫花子。走，走，到别处讨去！我们老爷不施舍！”老门房说着，就要把院门掩上。

“别！别！”苏戬急了，忙将身子挤进门内，“我不是讨饭的！我是相家的小姑爷，来投亲的！”

“不是讨饭的，相家的小姑爷？”老门房“扑哧”一声笑了，脸上浮起鄙夷和讥诮的神色，“你骗谁呀！快走，快走，否则我就不客气了！”

老门房说完，把苏戬朝门外一推。

苏戬更急了，忙从脖子下褪出一块玉佩，递给老门房：“老人家，我真的是相家的小姑爷，不信您看，这就是我们当初定亲时相家给我的信物！麻烦您拿着它进去通报一声，就说苏家的苏三郎来了，他们就一定知道是怎么回事！”

老门房接过玉佩，半信半疑：“这……好吧！你在门外候着，我进去禀报我们老爷！”

“那太谢谢您了！”苏戬谢了一声老门房。

老门房躬着腰走了进去。大黄狗又“呼”的一声，跃进院子，跟在老门房脚边。

足足过了约莫一炷香的工夫，苏戬才终于看见老门房又躬着腰从院中的房子里走了出来。

“老人家，怎样，我没骗你吧！”苏戬见状忙迎上前去。

“我们老爷说了，不见你，你走吧！”老门房把玉佩朝苏戬手上一塞，双手一扬，就将苏戬往门外赶。

“为什么不见我？”苏戬听了，不亚于晴天霹雳，他愤怒地问着。

“你瞧你都成小叫花子了，还想与我家小姐成亲？快醒醒吧！别癞蛤蟆想着吃天鹅肉了！”老门房的脸上，又恢复了鄙夷和讥诮的表情。

原来，正在屋内吸大烟的相雪梅的父亲相东海，听老门房报告说，过去订下的娃娃亲苏三郎来投亲了。他问那苏三郎现在的穿戴行头是怎样一副模样，老门房告诉他说，与小叫花子没有二致。相东海便皱起了眉头。这时他的心里便坚定了悔婚的打算。虽然6年前老父亲为女儿雪梅订的这门亲事自己也同意了，但那时苏家的生意风生水起，红红火火，可现在就不同了。虽然这几年自己不曾上苏家去过，但苏家的情况他也有所耳闻：横滨的生意破了产，上海的生意也不见起色，家道早已败落了！苏家已经是这种状况，他可不能让自己的女儿往火坑里跳。虽说以前有过婚约，但此一时彼一时也！再者两家的老爷子如今都已经死了，也就用不着碍于什么情面了。主意既定，他便打发老门房将苏三郎快快赶走。

雪梅乍一听说自己的未婚夫来投亲，非常高兴。虽然6年前祖父为自己定亲时自己尚年幼，对婚姻之事一点也不懂，与苏三郎也只在那天见过一次面，但只那一次，苏三郎的形象便已深深地刻进了她的心田。从那天起，小小年纪的她便知道，她有一个未婚夫名叫苏三郎，住在沥溪村，自己长大后，是要嫁给他，与他一起过日子、生儿育女的。随着年龄的增长，先前那种朦胧的认识渐渐地变得越来越清晰，对未婚夫苏三郎的想念在心里也变得越来越强烈。这个年仅13岁的小姑娘，自小母亲便没少跟她说，女人一旦选择了丈夫，便要从一而终，孝顺公婆，相夫教子。这样便可以上贞节牌坊。所以她早就在心里认定苏三郎是自己的丈夫，非苏三郎不嫁，生是苏家的人，死是苏家的鬼。

父亲悔婚，让雪梅大吃了一惊。她万万没有料到，那只有在戏文里才可能发生的事情，竟会发生在自己身上。以前看戏时，每当看到那些女主角小姐的势利爹娘，因为男方的潦倒，而翻脸不认穷书生姑爷时，她便会义愤填膺，对那些势利小人充满愤恨和鄙夷。她没有想到，自己一向敬重的父亲，竟也会成为这种势利眼。这是她万万不能答应的。她可不能做一个遭人唾骂的负心人。因此，当她听到父亲要老门房出去把苏三郎赶走时，她表现出强烈的抗议，甚至不惜以死想要挟。相东海看女儿实在闹腾得不行，便命几个男仆把她拖进房间，把门锁了起来……

“我们是有婚约的！婚约难道可以不认了吗？”苏戬对着老门房咆哮。

“有婚约又咋样！婚约难道是皇帝的圣旨？”老门房讽刺说。

“做人不能这样不讲信用！”苏戬把脚一跺。

“信用？信用值几个钱？我没兴趣同你磨牙了，你到底走不走！”老门房忽然变得凶恶起来。

这时又从屋内跑出几个男仆，他们一起动手，将苏戬抱了起来，扔在院外的泥地里，“咣当”一声，关上了院门。

苏戬从泥地里挣起身来，扑倒在院门上，“嗵！嗵！嗵！”用力捶击着那两扇厚重的朱漆大门：“为什么？为什么？这到底是为什么啊！”

回答他的，是朱漆大门沉闷的回响，和门内一声恶甚一声的犬吠。

苏戬跪在相家大宅院门口的泥地里。

远处的桃花海，漫来一片血色……

水驿山城尽可哀，梦中衰草凤凰台。
春色总怜歌舞地，万花缭乱为谁开？

第三章 灵山旧盟

奥阁生死君莫问，行云流水一孤僧。
无端狂笑无端哭，纵有欢肠已似冰。

1

苏家如魔窟，未婚妻家又悔婚，一时间，苏戬真正感到了走投无路。他踟躇在相家湾村外的山路上，不知何处是他的栖身之所。

这时，从远处来了一位老僧，步履矫健，衲衣飘举，神情专一，双目炯炯。他便是广州慧龙寺住持赞初长老。赞初长老出门化缘布施，途径相家湾村外，刚好与苏戬擦身而过。

忽然，赞初长老停下了脚步。感觉刚才从身边过去一个孩子，那孩子的身影孱弱单薄、饱经忧患，却又慧光闪现，令他心中一动。

他回头一看，前面果然过去了一个孩子。

赞初长老忙把苏戬叫住。苏戬回转身来，疑惑地看着他。

赞初长老只一瞥，心中便已了然：眼前这孩子的相貌神情，正印证了自己刚才的第六感觉。他一向具有相当不错的眼力，一眼便看出这孩子情孽深重，却又天生慧根，如皈依佛门，将来必定能成就一番慧业。他对苏戬说：

“孩子，苦海无边，回头是岸！你是否愿意跟从老衲出家？”

“出家？”漆黑一片的心坎，骤然间射入了一道光柱。苏戬如醍醐灌顶，心中豁然开朗。

亲人皆离散，渡尽人间劫；悲酸深如海，心早凉似冰；红尘已参破，何堪再留恋？苏戬坚定地点了点头。

他跟着赞初长老一路化缘，终于来到了广州慧龙寺。

公元 1895 年，12 岁的苏戬在该寺披剃出家，皈依佛门，法名博经，别号曼殊。

一个流浪的灵魂，终于暂时找到了一处遮风挡雨的屋檐。

按佛制，12 岁出家，还是个小孩，只算摄受为“驱乌沙弥”——只有能力赶赶鸟雀的出家人。

苏曼殊在慧龙寺安下身来，平时做做打水、清扫、挖笋、拣菜之类的轻松活儿。佛门虽是戒律森严之地，但比起在苏家炼狱般的日子，心

灵不知要轻松多少。没过几天，他的少年人的天性便全然恢复，与师兄们打闹逗笑，出门遇见了年轻姑娘也会戏谑几句，还常常作诗。

师兄们都很喜欢这个聪慧机灵的小师弟。特别是师父赞初长老，对他更是呵护有加，寄予厚望。曼殊这个弟子虽小小年纪，却天赋异禀，深奥的经义，稍一点拨，他便能领悟于心，而且还能加以发挥。这是个能将佛经教义发扬光大的绝好人选。多少年来，本宗都没有遇见过像他这样一个奇杰通灵的人才啊！并且，这个弟子参禅，侍师唯谨，威仪严肃，器钵无声，一派大师气度。赞初长老遂决定将他选为曹洞宗传人。不久，赞初长老与他一起去博罗县，坐关 3 个月后，把他带到雷峰山海云寺，受具足戒，传以禅宗正法，嗣受禅宗曹洞宗衣钵。

曹洞宗为禅宗南宗五家之一，由良价禅师在江西宜丰洞山创宗，其弟子本寂在吉水的曹山传禅，故后世称为曹洞宗。

唐大中十三年（公元 859 年），良价来到宜丰洞山，涉蹚洞水时睹影顿悟："切忌从他觅，迢迢与我疏。渠今正是我，我今不是渠。我今独自往，处处得逢渠。须应凭么会，方得契如如。"认为无须四处去求佛，佛在性中，心即是佛，觉悟不假外求，得道靠顿悟，用不着以打坐息想、起坐拘束其心地终年修行来渐悟。从此终止云游，驻锡洞山，弘扬新法。其弟子本寂在洞山学法数年，后到曹山弘扬师法，遂使宗风大举，风靡一时。国内许多著名禅林都是由曹洞宗法嗣所创，正所谓"今天下举宗者，往往推少林，而少林所宗者盖曹洞也"。

苏曼殊在海云寺，担任南楼古刹的知藏。期间他青灯黄卷，精研经义，披历梵汉和欧洲各国佛教典籍，迅速成长为一个学问渊博、造诣精深的禅宗大家，雷峰山、罗浮山、象头山、横岭山四山寺庙的长老们，都极其器重他，赞叹说："像曼殊和尚这样具有德仪的人，除了他还有谁呢？"

然而，苏曼殊毕竟还是一个孩子。婴儿时期生母乳头的突然消失，早已在他的生命潜意识里，深深地埋下了一种对饥饿的本能惶恐；沥溪苏家 6 年挨饿受辱的生活，又进一步强化了他这种痛苦的记忆。而寺庙里绝荤茹素的饮食戒律，更是使得这个正处在长身体的黄金时期，亟需大量营养的十几岁的孩子，常常感到饥火焚身。

一天，苏曼殊研习完经义，出得楼来，在庙里独自散心。当他来到庙后围墙根的小径时，忽然听到前边传来几声“咕咕——咕咕——”的鸟叫声。他屏住呼吸，蹑手蹑脚地靠过去，发现草丛里，停着一只很肥的鸽子，正在一边用尖喙梳理着羽毛，一边“咕咕——咕咕——”怡然地唱着。

只这一看，便钩起了苏曼殊心中的馋涎。他顿时觉得自己的肠胃，像车轮一样辘辘地转动起来了。

苏曼殊悄悄地从脚边拾起一块断砖头，瞄准鸽子，狠力地砸了过去。

“扑通”一声，鸽子被砸中了。它在地上伸腾了几下，脖子一歪，便断气了。

苏曼殊跑了过去，捡起鸽子，把它藏在一棵老柏树底下的草丛里。然后，一路小跑着，跑向大殿旁边的伙房里，朝里面一看，没人！他悄悄地溜了进去，把火镰和火石揣进怀里，又跑出了伙房，回到藏鸽子的老柏树底下，从草丛里拾来几块断砖，搭成一个简易的灶头；又寻来一块瓦片，把瓦片搁在断砖上权当是锅；再把鸽子搁在瓦片上，从身边胡乱地扯过几把枯草，塞进瓦片下，划着火镰和火石，就烤了起来……

飒飒的秋风把鸽子肉的香味传向远处。

“哪来的肉香？”庙里的和尚们循着香气，找到老柏树跟前。

此时的苏曼殊，正坐在树下的草丛里，双手捧着已烤熟的鸽子，津津有味地啃着。

“阿弥陀佛！罪过！罪过！”

苏曼殊一惊，抬头一看，身边已围满了一群僧人。

苏曼殊慌得急忙把还未啃干净的鸽子骨架扔进草地，站了起来。

“佛门禁地，严禁杀生！烤食鸽肉，成何体统！”戒律师的嘴巴都气歪了，他扯过苏曼殊，把他带到住持的禅房里，要求住持严惩。

“阿弥陀佛！和尚违反戒律，该当何罪？”住持智昙长老狠狠地顿

了一下手中的锡杖。

“把他逐出山门！！”众僧一齐回答。

苏曼殊垂手而立，做不得声，只好任凭智昙长老发落。

“哎！”智昙长老叹了口气，“按我寺寺规，擅杀生者，一律逐出寺门，严惩不贷！只是曼殊是广州慧龙寺赞初长老带来的挂单和尚，最好听一听他的意见。这样吧，一灯，你今天就去一趟广州慧龙寺，把这个情况秉明赞初长老，请他处理！”

“是！师父。”那个叫一灯的和尚领命而去。

第二天傍晚时分，赞初长老随一灯从广州慧龙寺赶到了博罗海云寺。他心中对苏曼殊这个爱徒纵有千般不舍、万般怜惜，也不得不对他进行严惩，以肃戒律，以儆效尤。

次日一早，赞初长老将一包苏曼殊平时爱吃的糖果交给苏曼殊，将他逐出寺院……

2

苏曼殊昏昏沉沉，彳亍独行，不觉转到了海边。这时暮色四合，海上骇浪遽起，四顾昏黑，不辨东西。师父赞初长老执法森然，既已将自己从博罗海云寺逐出，断无再让自己回广州慧龙寺之理。他出寺时，本来褡裢中尚有一点干粮，以及尚未吃完的师父送的大半包糖果，不料走出山门才不到10里地，就被一伙强人夺去，幸好没有挨打。粒米未进，只是喝了几次山泉，到这时，他已饿了一整天。穷途末路，莫审所适，苏曼殊一时间悲从中来，怅然涕下。但海边野旷，风高露寒，不是滞留之地，他只得继续摸黑前行。

绕过几个山头，苏曼殊遥见前方有火光如豆；伫足谛听，还隐约听到了几声犬吠。他心头一阵惊喜：天无绝人之路，有灯光、有狗叫的地方，一定是村落！于是他立马抖擞起精神，加快脚步，向着那火光闪现的地方奔去。

不知摔了多少次跤，火光越来越大了，扩展为晕黄的一片。渐渐地，一个村落的轮廓若隐若现地出现在了他眼前。苏曼殊将锡杖往地上一插，稍息片刻，深深地吸了一口气，再拔出锡杖，提在手中，朝村头走去……

出现在苏曼殊眼前的，是一个用篱笆圈成的小院落，几根粗藤和几根木棍扎成的简陋的院门。小院中央，是一架茅棚。院子四周，好像满地都是低矮的灌木影子，似乎还有一丝暗香沁鼻。

苏曼殊正要喊门，就听从茅棚里传出一个老妪的声音："是柱儿回来了吗？今天怎么回来得这么晚啊？"

苏曼殊一听，登时愣在那里。那声音竟如此熟悉，像极了自己的奶娘秦氏！

"柱儿！你怎么不说话啊？"屋内的老妪没有听见回话声，拉开茅棚门，端着一盏油灯，用一只手掌小心地挡着风，向院落走了出来。

那腰身，那眉眼，那动作，那神态，不是自己的奶娘秦氏还会是谁！

苏曼殊的手搭在柴门上，恍然如梦。他不敢相信，天下竟有这样的奇事！奶娘 4 年前被赶出苏家时，他还以为从此以后再也见不着她了！没想到，就在自己再一次濒临绝境时，却又在这里遇见了她！

苏曼殊的双眼润湿了，他嘴唇颤抖，叫了一声："奶娘！我是三郎啊！"

老妪一惊，手中的油灯差点倾落。她急忙把油灯凑近苏曼殊，上上下下看了个端详："孩子，你真的是三郎？你怎么到这儿来了！"

"是的，我就是你的三郎！奶娘，三郎今天又见着您了！"苏曼殊哽咽着，一只手接过奶娘手中的油灯，一只手抓住了奶娘的手。

"孩子……"秦氏扑了上去，紧紧地搂住苏曼殊。苏曼殊侧过身子，端着油灯的手朝旁边远远地伸着，生怕油灯烧着了奶娘。

风"扑"的一声把油灯吹灭了。苏曼殊索性把油灯放在了地上。

母子俩在黑暗中，抱头痛哭。

过了很久，很久，秦氏终于止住了哭声。她对苏曼殊说："孩子，

快进屋吧，外面冷，小心冻坏了身子！”

“唔！”苏曼殊答应一声，从地上摸起油灯，跟着秦氏进了茅棚。

秦氏摸出火镰和火石，点着了油灯。

她看着失而复得的三郎，破涕为笑。

“孩子，你一定饿坏了吧？你坐着，奶娘给你盛饭去！”秦氏说完，忙去灶头盛来满满一碗红薯稀饭。

苏曼殊狼吞虎咽地吃着。

秦氏坐在一旁，充满爱怜地看着他。

“奶娘，您也吃吧！”苏曼殊抬起头，对秦氏说。

“奶娘不饿，奶娘等你哥回来一起吃！”秦氏答道。

“我哥？”苏曼殊停下筷子，疑惑地问。

“是的，你哥！我的儿子柱子，比你大两岁。他一早就出海打鱼去了。按说他现在也该回来了，孩子，你吃着吧，我到门口去看看！”秦氏说着，站起身，就要往门外走。

“吱嘎——”，茅棚门被推开了，一阵风扑了进来，油灯火苗闪了几下，差点熄灭。

“娘，我回来了！”一个壮实的少年闯了进来，手里提着一只沉甸甸的鱼篓。当他看见苏曼殊时，惊疑地问了一声：“咦，家里来客人了，请问你是？”

秦氏忙介绍说：“柱子，这就是我过去常跟你提起的苏家弟弟三郎！”

“哦，你就是三郎弟弟啊！”柱子丢下手中的鱼篓，双手向苏曼殊伸了过去。

苏曼殊忙站起身来，握住柱子的手，叫了一声：“柱子哥，您好！”

两个少年亲热地搂在了一起。

秦氏已将柱子的饭盛了过来。柱子捧过碗，吃了起来，边吃边同苏曼殊聊了起来：“三郎弟弟，怎么看你的样子，好像已经出家了似的？这是怎么回事？”

苏曼殊已经把饭吃完。他放下木碗，对奶娘和柱子哥一五一十地说起了自奶娘被苏家赶走后这 4 年来自己的遭遇。

“大陈氏那个恶婆子！以后要是给我撞见了，我一定饶不了她！”柱子气得把筷子朝桌上一拍，“呼”地站了起来。筷子上的饭粒溅了自己一身。

秦氏听了，眼眶再次发红。她撩起衣角，擦了擦眼泪，对苏曼殊说：“三郎，你娘其实没死！”

“什么？我娘没死？”苏曼殊乍一听到这个惊天喜讯，激动得跳了起来，紧紧地拽住了奶娘的胳膊。不过只在转瞬之间，他怒放的神情又迅速地黯然了下去，“不可能，她回日本时在海里翻船了，她要是没死，怎么可能这么多年一次也不跟我联系呢？”

“你娘真的没死！”秦氏斩钉截铁地说。说完，她走到旁边的床铺前，从枕头底下掏出一个信封，对苏曼殊说：“你娘前年还给我来过一封信呢！”

苏曼殊从信封里掏出信来一看，见娘在信中询问奶娘，听苏家写信告诉她，说三郎在她回日本后不久上山玩耍时，被老虎吃了，是不是真的？为什么她给秦氏和三郎写过多封信，寄过多次钱，却连一封回信也没有收到过，莫非三郎真的遭了意外？娘还说，她自从接到苏家的去信后，每天晚上都做噩梦，梦见她的三郎被恶虎所噬。娘要奶娘告诉她实情，就算三郎真的遭到了不测，也不要隐瞒……

原来娘真的还活着！苏曼殊喜极而泣，紧跟着便搂着奶娘转起圈来。

苏曼殊感到不明白，他疑惑地问秦氏：“奶娘！娘在信里说她给我们写过很多次信，也寄过很多次钱，为什么我们一次都没有收到过呢？”

秦氏把脚一跺，说：“一定是给大陈氏那个恶妇贪下了。这个毒辣的女人，在你这儿说你娘淹死了，在你娘那儿又说你被老虎吃了。她的居心怎么就这么阴毒呢！她为什么这样怕你们娘儿俩团聚……”

“恶妇！恶妇！天下少有的恶妇！”柱子嘟哝道。

“奶娘，我已有整整 4 年没看见过我娘了！既然我娘没死，我想到

日本去寻我娘！”苏曼殊忽然说。

秦氏愣了一下，神情有些黯然。良久，她点了点头：“也好，孩子！你娘也有这么多年没看见你了，她一定想你想疯了！”

秦氏接着说：“孩子，只是奶娘已经老了，赚不来钱；你柱子哥每天出海打点鱼，也换不来几个米粒。家里的情况你也能看出来，实在无法资助盘缠给你啊！这样吧，你过几天到上海去寻你爹，让他给你点路费吧！”

“我不！我就是死也绝对不会去找他！”苏曼殊气愤地叫了起来，“他把我生下来，哪一天对我负过责任？先是把我扔在逗子樱山村，后来又把我扔在沥溪，从来就没管过我的死活。我有这个爹，就跟没有这个爹一样！他心里根本就没有过我这个儿子，我也没有他这个爹！”

秦氏听了，默然无语。三郎这孩子这几年遭的罪，实在不是一般人能够想象和承受的，也难怪他呀！

半晌，秦氏对苏曼殊说：“孩子！我倒是还有其他一个办法，只是怕委屈了你啊！”

苏曼殊听说有办法了，惊喜地忙问：“奶娘，您想出啥办法了？您只管说吧，我不怕委屈的！”

秦氏说：“我们这一带的人家都喜欢养花。我这院子里种了很多花，地里还有个花圃，每到春天，花都开得很盛。现在时令已经过了，等到明年春天，你每天摘一些花枝到四乡八里去叫卖。价钱虽然很薄，但是积上两三年，一定能为你攒够到日本的盘缠！”

苏曼殊听了，大喜过望，连连点头，说：“好的！明年一开春我就卖花去！”

于是，苏曼殊便在奶娘家住了下来。白天为她料理料理家务，偶尔也跟着柱子哥出海去打打鱼。母子三人其乐融融地生活在一起，等候春天的到来……

3

然后，春天来了，百花开了。

秦氏吩咐柱儿，从柴房里推出那辆久已弃之不用的架子车，用抹布抹净车把上的灰尘。然后，又领着柱儿和曼殊，娘儿仨一起到地里的花圃，剪下满满一车新鲜带露珠的花枝，到周边村落去叫卖。

苏曼殊右手持一根竹竿，左手扶着捆扎在车架上的花枝，走在前面。为避免被人认出自己是一个和尚，他特意戴上了柱子哥的斗笠。柱子在后面推车，他把着车把的双手，显得有点忙乱，一看就是个新车把式。

哥俩推着架子车，“叽噶叽噶”地穿行在乡间小径或者村落里的青石板巷道中。春天的繁盛在乡野表现得淋漓尽致，眼前时不时就飘来一团桃花红，或者梨花白。正走着，猛然就会从旁边的土墙院子里，伸出一竿翠竹，或者一枝红杏，拦在他们身前，洒哥俩一身雾水，或者沾他们一身花香。

柱子以前卖过无数次鱼，不过干卖花这样文雅的事情，他还是大姑娘上轿——头一回。以前，花都是娘卖的，从不让他跟着。他觉得一个爷们儿卖花，真是难为情死了，有心想叫卖几声，“卖花”那俩字在嗓子眼里只打了几个旋转，便又被生生地咽了回去，始终出不了口。

曼殊做买卖更是头一遭，但柱子哥不出声，他就只好出声，否则人们不知道哥俩是干啥的，他们岂不是白出来了一趟？再说奶娘让柱子哥陪着自己来卖花，还不是为了给自己筹集去日本探望母亲的盘缠？卖花，可不是别人的事情啊！想到这里，他终于鼓起勇气，闭着眼睛，朝天喊了起来：

“卖花！卖花——新鲜的花枝哟——”

听到苏曼殊青涩的叫卖声，顾主们纷纷从家里跑了出来，以女孩子为多，也有一些妇人。她们一瞧见车架子上那些含雨带露的花枝，立时像一群登枝的喜鹊，叽叽喳喳地围了上去，拈起一两支或一束花枝，同哥俩讨价还价。有时也会有一两个胆大的姑娘，拿起花枝，朝头戴斗笠、

眉清目秀的卖花郎苏曼殊，丢下一个媚眼，钱也不给，便嘻嘻哈哈地笑着跑开了，让哥俩奈何不得。

这一趟，哥俩赚得了近三百文铜钱。

之后月余，哥俩走村串户，四方兜售鲜花。有时卖得快，不出半天便能打道回府；有时卖得慢，要晌午、下午或傍晚时分才能全部卖光；也有时卖了整整一天，满车鲜花只卖了小半捆，而走出家门又太远，这时他们干脆就以鲜花作为住宿费，借宿在顾主家，第二天再接着卖。

这天午后，他们推着尚未卖完的花枝，又转到了一处村落。村头右边是一个清波潋滟的池塘，左边是一个院墙很高的庄园。

哥俩将花车推上了青条石铺成的弄道，沿着院墙根走着。“卖花啰！卖花啰！新鲜的花枝哟！”苏曼殊一边走着，一边吆喝着。经过一段时日的历练，他的吆喝声，已不似往日那般羞涩，而是变得清越悠朗。

“卖花郎，我们买花！”忽然头上响起一个女孩的唤声。苏曼殊忙抬头一看，见墙头有一朱漆绣楼，绣楼上的绮窗开着，一个丫鬟模样的女孩，正趴在窗棂上，将大半个身子探出窗外，朝自己打着招呼。在她身后，站着一个妙龄玉人，似正在观察着自己。

那玉人见苏曼殊目光投去，转身就不见了。

“你窗子那么高，我们怎么把花给你啊？”柱子对那丫鬟说。

“你们再朝前走，前面有个侧门，我在那儿等你们。”那丫鬟说完，“吱呀”一声，掩上绮窗。

哥俩推车前行，那丫鬟已在侧门候着。论定价钱，双方一手交钱，一手交货。柱子抬起车把，哥俩转身欲走。

“等等。”那丫鬟忽然说。

“有事吗？”苏曼殊问。

“请原谅丫头失礼。”那丫鬟向他施了个礼，嗫嚅着问：“请问您从哪里来？是谁家的公子？”

苏曼殊愣住了，心想：这与买花有关吗？

那丫鬟见苏曼殊有点愠怒，忙解释说：“我之所以这样唐突，是受了我家小姐的吩咐。我家小姐性情幽娴，过去从不跟陌生人搭话。刚才你们在院墙外叫卖的时候，我家小姐站在窗口观察了很久。听您的吆喝声，是个标准的卖花郎；但看您的模样，又不像是一个农家子弟。如果您不怪我冒昧的话，我想请问一声，您是不是沥溪苏家的苏三郎？”

苏曼殊听了，惊得差点拔腿就逃。直到这时他才终于醒悟了过来：原来自己哥弟俩竟然鬼使神差，不知不觉转到相家湾未婚妻相雪梅的家门口来了。一年前自己来相家投亲时被逐的屈辱，顿然浮上脑海。一蓬怒火“腾”地升上他的心头。他扭头对柱子说了一声“我们走”，人就蹿了出去。

那丫鬟一瞧苏曼殊的表情，知道他就是苏三郎。她忙追了上去，把苏曼殊拦住：“苏公子请留步，听我同您说。”

“没什么好说的！”苏曼殊拨开她的手。

“三郎，你就听这姑娘说说嘛！”柱子劝道。

“公子，您一年前来相家投亲，老爷悔婚，小姐是坚决不同意的。可是她出不来啊，她被老爷锁在屋里了。”那丫鬟说。

苏曼殊听了，身子戳在那里，如入梦境。

“我该进去回复小姐了。苏公子，明天早晨，请您再来一趟。”那丫鬟说了一声，闩门进去了。

哥俩当晚只好宿在旁边一个村落里。

第二天一早，将信将疑的苏曼殊来到相家院墙外。没过一会儿，侧门开了，走出昨日那丫鬟，朝他手中塞进一个信封：“苏公子，这是我家小姐给您的。”苏曼殊接过信封，觉得有点重，正要询问那丫鬟，那丫鬟把门一关，就进去了。

苏曼殊撕开信封一看，里面有一锭金子、一封纸函和一个小银管，小银管里装有几缕青丝。再细读那纸函，雪梅的少女情怀尽付素笺——

妾雪梅将泪和墨，敛衽致书于三郎足下：

先是人咸谓君已披剃空山，妾以君秉坚孤之性，故深信之，悲号几

绝者屡矣！静夜思君，梦中又不识路，命也如此，夫复奚言！侵晨闻院墙之下有卖花声，惊辨此音，酷肖三郎心声；隔窗复睹华颜，更疑是君矣。盖妾婴年，尝之君许，一抱清光，景状至今犹藏心坎也。故使侍儿冒昧进诘，方知果为吾三郎矣。当此之时，妾觉魂已离舍，流荡空际，心亦腾涌弗止，不可自持。欲亲自陈情于君子之前，又以干于名义，不便就见，还望三郎怜而恕妾。妾自生母弃养，以至今日，伶仃愁苦，已无复生人之趣。继母孤恩，见利忘义，怂老父以前约可欺，行思以妾改嫔他姓。嗟夫！三郎，妾心终始之盟，固不忒也！若一旦妾身见抑于父母，妾只有自裁以见志。妾虽骨化形销至千万劫，犹为三郎同心耳。上苍曲全与否，弗之问矣！不图今日复睹尊颜，知吾三郎无恙，深感天心慈爱，又自喜矣。呜呼！茫茫宇宙，妾舍君其谁属耶？沧海流枯，顽石尘化，微命如缕，妾爱不移。万转千回，惟君垂悯。苦次不能细缕，伏维长途珍重。

苏曼殊读罢，惨然魂摇，柔肠寸断，百感交集。原来自己错怪了雪梅！原来雪梅对自己如此意重情深！

4

苏曼殊愁绪万种地跟在柱子身后回转家中。一路上，他心潮澎湃，波滚浪激。雪梅这个古德幽光的奇女子，对自己原来这般一往情深，坚如磐石！奈何造化弄人，自己早已证法灵山，超然红尘，殊途异归，怕是终要辜负她的一片痴情了！一时间，他的心里翻江倒海，五味杂陈，上穷碧落，下极黄泉，心中除却雪梅的形象之外，不再有别的思虑。

回到家里，苏曼殊把遇见雪梅的事情与奶娘一说，秦氏也感叹唏嘘，热泪潸潸而下。雪梅所馈金锭，已足够他的东归之资，不用再去卖花了。第二天，苏曼殊把金锭拿到墟市，换回一包碎银，给奶娘和柱子哥留下一些，以报答母子二人对自己的深恩，就准备东归了。

这天早晨，空气清新，晨曦在树。苏曼殊与秦氏、柱子母子，在院子里分别。满院被剪去枝条的花树茬子，高高矮矮，参差不齐，那积聚在剪口处的露水，在阳光下滚动，像极了伤心的泪珠。苏曼殊触景生情，想起了过去与奶娘和柱子哥一起剪花枝去卖为自己筹集盘缠的情景，想起了自己与奶娘和柱子哥在这个院落里一起生活的大半年的快乐时光，想到今晨一别，遽作分飞劳燕，不知何日可以再见，苏曼殊悲从中来，泪水夺眶而出。

苏曼殊一哭，秦氏和柱子便再也抑制不住泪水。母子三人抱头痛哭。

良久，秦氏一边揩着眼泪，一边说："三郎，该走了，再不走渡船就要开走了！"

苏曼殊松开手，"扑通"一声在秦氏面前跪下，叩了一个响头："奶娘，我走了，您多保重！"

说罢，他便像飞一样跑出了院门。

他不敢让自己慢下来。他更不敢回头。他怕自己一回头，便会动摇东归的决心……

两天之后，苏曼殊到了广州。他下得船来，准备步行到慧龙寺去看看师傅赞初长老。马上就要东归日本了，以后回不回中国来还是个未知数，他觉得自己应该向师傅作个告别。师傅在他濒临绝境时把他带入佛门，让他有了一个安身之所。在跟随师傅学佛的日子里，师傅不仅对他寄予厚望，悉心栽培，而且在生活上也像待亲生儿子一样待他，给予他无微不至的关怀。师傅每次外出，回来时总要为他买回一大包糖果，让饱尝人生苦难的他，尝到了一丝生活的甜味。从师傅第一次给他买回糖果时，他便爱上了糖果，觉得世上最好吃的东西便是糖果了。虽然最后是师傅把他赶出了佛门，但他知道师傅的苦衷。错全在他自己身上，师傅不得不如此。他不恨师傅。

午后，苏曼殊终于走到了慧龙寺。远远一看，眼前的景象令他大吃了一惊。过去雄伟庄严的慧龙寺，已变成了一片废墟。他急忙扯住一位行人，问他这里到底发生了什么事，赞初长老到哪儿去了。行人告诉他，

就在前两个月，一群新学暴徒冲进了慧龙寺，赶走了所有和尚，捣毁了一切法器，之后，便放了一把火将它烧了。大火烧了三天三夜。至于庙里的长老哪去了，他也不知道，怕是被烧死了吧。

苏曼殊听了，悲愤难抑。这群暴徒！佛门净地，竟敢如此胆大妄为，难道就不怕遭天谴吗！他了解自己的师傅，以师傅的禀性，面对这样一场浩大的劫难，他肯定不会一走了之，只怕是真的已经遇难了。想到这里，苏曼殊对那群新学暴徒恨得牙关“嘎嘎”直响。与此同时，一股悲愤哀伤的潮水迅即漫溢心胸。

没办法，苏曼殊只好决定换船去香港，去看看自己在皇娘书院读书时的英文老师罗弼·庄湘先生。打从皇娘书院退学以来，自己已有两年没见过庄湘先生了，心里非常想念他。在已经过去了的13年岁月中，自己虽然名义上有父亲，却很少或者说从来就没有真正得到过生身之父苏杰生给予的父爱，倒是师傅赞初长老和老师庄湘先生，不是自己的父亲，却给了自己胜似生身之父的深爱，才让自己在这个世界上感受到的爱没有残缺。他们二人，同是他苏曼殊精神上的慈父。

罗弼·庄湘是西班牙籍牧师，早年带着他的夫人和幼女雪鸿来到香港传道，在太平山下买下房子定居，后来被皇娘书院聘为英文教师。在皇娘书院读书的两年间，苏曼殊常与同学冯懋龙和郑贯一一起，上罗弼·庄湘家讨教。不过在这同学三人中，数苏曼殊与罗弼·庄湘的交往最多，师生感情也最深。罗弼·庄湘曾经周游列国，是个大学问家。短短两年，在他的影响和指导下，苏曼殊不仅英文水平日见长进，而且也开始接触起法语和梵语，以及英国诗人拜伦、希腊女诗人莎芙等人的诗歌。在与罗弼·庄湘的交往中，苏曼殊发现这位异国长者不仅博学多才，而且清幽绝俗，实基督教中铮铮之士，非包藏祸心、思觑人国者。这是最令苏曼殊敬仰的地方。

而在罗弼·庄湘眼里，苏戬这个来自中国大陆的弟子，是个与众不同的少年：他天资聪颖，悟性极高；才华横溢，雄辩滔滔；热情奔放，落拓不羁。罗弼·庄湘识人无数，他能看得出来，苏戬这孩子长大后，定会成为一个名动宇内的非凡人物。基督情怀，怜才之心，加上他后来又知晓了苏戬凄苦的身世，对苏戬的不幸遭遇深表同情，对这孩子身上所蕴藏的一种与逆境抗争的精神尤为欣赏，因此他就更加器重苏戬。平日里，夫妇俩完全就像待自己的亲生儿子一样待他，给予热心的关注和爱护。

罗弼·庄湘的女儿雪鸿与苏戬年龄相仿。苏戬常到老师家里来，两个孩子不久也就成了形影不离、无话不说的好朋友。“郎骑竹马来，绕床弄青梅。”两个孩子在一起，度过了一段两小无猜的快乐时光。雪鸿对苏戬非常崇拜和爱护。时间一长，庄湘夫妇便能明显地看出自己的女儿好像甚是属意苏戬。夫妇俩每每见了，都会会心一笑。渐渐地，庄湘夫妇的心里，也便暗暗产生了待两个孩子成年后，将雪鸿许配给苏戬的想法。得天下英才为婿，不亦乐乎！

苏曼殊的突然到访，令罗弼·庄湘夫妇喜出望外。他们忙跑出客厅，迎了出去。

飘零之中，又看见了多时不见，待自己如生身父母的老师和师娘，苏曼殊特别激动，他眼睛一潮，哽咽着喊了一声：“老师！师娘！”便再也说不出话来。

庄湘拍拍他的肩头，以示安慰。接着，替他取下肩上的褡裢。夫妇二人，一人拉着苏曼殊的一只手，把他拉进了客厅。

庄湘对着楼上大喊了一声：“雪鸿，你师兄苏戬从大陆来了！”

正在楼上弹琴的雪鸿闻听师兄来了，飞身奔了下来。

雪鸿在楼梯中间立定。她一眼便看见了站在客厅中间的苏戬：模样没什么大改变，依旧清秀英俊，身材高了不少。她羞涩地叫了一声：“苏戬！”

苏曼殊转过身去。他眼里的雪鸿，金发碧眼，玉颜粉腮。只两年不见，已出落得亭亭玉立，风姿绰约。

苏曼殊不觉怦然心动，也羞涩地叫了一声：“雪鸿！”

“前年春天，我和懋龙和贯一专程到你老家去看你，先听说你去上海了，后来又听说你到日本去了，我还怕今生再也见不到你了！”雪鸿走了下来，拉着曼殊的手，激动地说。

苏曼殊这时才知晓雪鸿两年前曾和同学特意去沥溪看望自己的事情。他愤然地说：“我那时差点死在苏家的柴房里！”

“差点死在苏家的柴房里？怎么回事？”雪鸿和庄湘夫妇听苏曼殊这么一说，都急切地问。

苏曼殊坐下来，把自己从皇娘书院退学后发疟疾被大陈氏扔在柴房，之后出家，一直到这次欲东归探母的事情，一五一十地告诉给了老师一家。不过，他没有把自己与雪梅的事情说出来。他不是存心要隐瞒。连他自己也不知道，他为什么要这么做。

庄湘夫妇和雪鸿听了，都满眼泪水。

“我这次就是来专程跟老师、师娘和雪鸿告别的！”苏曼殊说。

庄湘夫妇和雪鸿无语。他们理解苏戬的心情。

苏曼殊在老师家住了四天。庄湘夫妇一定要自己掏钱为他购置几套西服，并且为他买好船票，苏曼殊阻止不得，只好由着他们。

东归的日子终于到了。这天上午，庄湘夫妇对苏曼殊说：“到日本的邮轮正午启航。孩子，你到日本后好自珍重，上帝一定会保佑你的！你到了后，要记得常给我们写信！”

苏曼殊含着泪，点了点头。

雪鸿一只手里捧着一束紫罗兰和含羞草，另一只手里提着一小捆英文书，拖着一袭蔚蓝色的裙裾出来送行，满面愁容，现出依依不舍的神色。她走到苏曼殊面前，同他握了握手，将自己的礼物送给了师兄。

苏曼殊对雪鸿弯了弯腰，表示感谢……

5

海天茫茫。邮轮在太平洋中劈波斩浪。

归心似箭的苏曼殊凭舷远眺，如烈焰焚胸。想到自己再过几天就要见到阔别多年的母亲，他恨不得马上插上翅膀，飞到母亲身边。他时不时地从怀里掏出记有母亲住址的纸条，看了又看，看了又看，似乎纸条上叠印着母亲的慈颜。母亲还好吗？她的头发是否在对儿子的思念中煎熬成霜？再见时她还能认出自己的儿子来吗？世道多变，母亲还住在原来的地方吗？万一母亲搬离了原址，自己万里投亲，上哪儿去找她？

苏曼殊胡思乱想，忐忑不安。他索性回到船舱中，将师妹雪鸿临别时送给自己的一摞英文书解开，以平静一下自己纷乱的心怀。纸包里有三套书：莎士比亚全集、拜伦全集和雪莱全集。苏曼殊一见，眼睛顿时放光。知我者，雪鸿也！这三位诗人都是他所崇拜的偶像。还在香港皇娘书院读书时，他在罗弼·庄湘老师家里第一次接触到他们的作品，就被深深地折服了。那时，他和雪鸿一起，经常朗诵他们的诗句。他认为，这三位诗人中，拜伦就好比是中国的李白，天才也；莎士比亚就好比是中国的杜甫，仙才也；雪莱就好比中国的李贺，鬼才也！特别是拜伦，他更觉得是自己的异域知音：拜伦的高傲与敏感、浪漫与孤独、不羁与沉沦、激情与忧郁、追求与痛苦，乃至他蔑视一切、反抗一切、破坏一切，甚至牺牲一切的勇气和力量，都使他感觉自己的心灵与拜伦息息相通。

苏曼殊忽发奇想，既然要在这惊涛骇浪中度过五六天无聊的航程，何不试着将拜伦诗歌翻译成汉文，把拜伦介绍给国人？这必将是一件非常有意义的工作！想到这里，他刚稍稍平复下来的情绪迅即重又燃烧了起来。这一念头激动着他的心房。说干就干，他马上坐了下去，从提包里拿出纸和笔，展开拜伦诗集，逐词逐句地翻译起来：

《哀希腊》

巍巍希腊都，生长萨福好。

情文何斐亹，荼辐思灵保。

征伐和亲策，陵夷不自葆。

长夏尚滔滔，颓阳照空岛。

…………

《致大海》

皇涛澜江，灵海黝冥。

万艘鼓楫，泛若轻萍。

芒芒九围，每有遗虚。

旷哉天沼，匪人攸居。

…………

苏曼殊的胸膛，被拜伦火一样的诗句激动着，燃烧着。他每译出一句，便要大声地读出来。一首翻译完了，再接着翻译下一首。水也不记得喝，饭也不记得吃，全身战栗，循环朗诵，摇头晃脑，旁若无人。刚开始，同船舱的乘客们都没有与他计较，只有个别人朝他翻翻白眼，后来实在无法忍受下去，一齐发作了起来："你这个神经病，吃错什么药了？还有完没完？"

苏曼殊从一片骂声中惊醒过来。他不好意思地朝众人摊摊手，表示歉意，把声音压进自己的胸腔里……

第6天上午8时许，邮轮抵达横滨港。苏曼殊走下船来，寻找旅馆投宿。

横滨虽是苏曼殊的出生之地，但他出生没多久便和庶母河合仙一起被赶回到相州逗子樱山村生活，只在6岁那年回中国前在横滨住过几天，所以根本不可能对它留有什么印象。就算当时有些许印象，7年过去，人间沧桑，横滨也不可能不发生变化。

苏曼殊从6岁那年离开日本回中国老家，一晃7年就过去了。这7年，又是多么漫长的7年啊！在这7年中，没有母亲庇护的他，经受了多少人间劫难！见识了多少世态炎凉！他年幼的心灵，早已千疮百孔，痂痕累累。所幸他终于捡回了一条性命！如今他回来了，他即将回到母亲的怀抱，从今往后，他将不再是一个没娘的孩子了！

苏曼殊刚把行李在旅馆中卸下，就急不可耐地掏出那张记有母亲住址的纸条，向旅馆主人打听逗子樱山村在什么地方。旅馆主人告诉他，那地方不是太远，只有五站路，现在有班车通那儿了，只是中途要换车；

横滨去那儿上下午各发一趟车，上午的车已经开走，只好等下午的车了。旅馆主人一边说着，一边问苏曼殊：“客官是去那儿旅游的吧！您选对地方了。那地方环境僻静，风景优美，我看客官闲情逸致，确实应该去那儿玩玩！”

苏曼殊说：“不是，我到那儿探亲！”

“哦！是这样。”旅馆主人明白过来，他接着对苏曼殊说：“那客官您先在我们旅馆歇息一会儿吧，我去帮您买车票。”

“那太谢谢您了！”苏曼殊的心里一阵温暖。他掏出车钱，给了旅馆主人。

午饭过后，旅馆主人陪着苏曼殊来到车站。谢过旅馆主人后，苏曼殊便上了车。

班车开动了。经过两站，到了一个叫大船的站台，司机停下车来，对苏曼殊说：“您在这里下去换车吧，第一站是兼仓站，第二站便是逗子樱站。”

苏曼殊谢过司机，下了车。在站台边没等多久，去逗子樱的车便来了。他招了招手，班车“嘎”的一声，在他身边停了下来。车门打开了，苏曼殊跨了上去……

班车向着逗子樱山村飞驰。苏曼殊感觉自己的心跳得越来越厉害。

兼仓站过了。苏曼殊的呼吸忽然急促起来，满脸绯红。

一块“逗子樱”的站牌扑入了苏曼殊的眼帘。他激动得“呼”地站了起来。

班车猛然一个急刹，苏曼殊差点被抛了起来。他撑起身子，抬头朝旁边一看，“逗子樱”的站牌就在车窗外。

“客人！逗子樱到了！”司机回头大声说了一句，车门“吱嘎”一声打开了。

苏曼殊急不可耐地跳了下去……

苏曼殊顺着指路牌，向八番方向走去。

没走多久，眼前的景物渐渐变得熟悉起来。苏曼殊愣了愣，停下脚

步，静静地朝前面看了一会儿。7年前的记忆忽然闪电般地在他的脑海里苏醒起来！远处出现的，不正是自己当年在上面画过画的那条泥沙路吗？还有，旁边的那山岗，那小溪，那石桥……刹那间，他恍惚回到了7年前的童年时光中。

一蓬火焰“腾”地在苏曼殊的胸膛中燃烧了起来。他撒开脚步，一路狂奔——

“逗子樱！我回来了！娘！我回来了！”

声音在湛蓝的天空中久久激荡……

6

鸟儿在旁边山冈的丛林里欢快地啼鸣，溪水在山冈脚下的沟渠中“哗哗”地流淌。苏曼殊三步并做两步，跨过石桥。

正前方出现了那栋熟悉的两层高的板屋。板屋前面是一块熟悉的空地。一切似乎都没有太大的改变。只是板屋看起来比记忆中更斑驳残败了，屋顶上的几挂苫盖松落了下来，在风中摇摇欲坠；空地面积也似乎小了不少，上面长满了杂草。

苏曼殊抑制住心头的狂喜，冲了过去。

这时从板屋内跑出一个七八岁的小女孩，手里拿着一个小玻璃瓶，瓶里似乎装着一些液体。小女孩用一根看起来似乎是麦秆的管子，插入瓶中，蘸了蘸里面的液体，再把管子拿了出来，凑近嘴唇，对天用力地吹了一下，瞬时，满空便飘起了一个个大大小小、五颜六色的肥皂泡。

苏曼殊愣了一下。他走了过去，迟疑地问道：“小妹妹，请问这是河合家吗？”

小女孩吓了一跳，这才发现家门口来了一位小哥哥。她点点头，说：“是呀，你是谁？”

“我是……”苏曼殊感觉自己一下子不知如何回答是好，他疑惑地反问小女孩："那你是谁？你应该不是河合家的人吧。"

"谁说我不是河合家的人？"小女孩似乎很不高兴，嘟起了嘴唇，白了苏曼殊一眼："我是河合家的女儿！"

"河合家的女儿？不会吧，我娘没有女儿呀！"苏曼殊自言自语道。

"你说什么？你娘？"小女孩有点惊异，瞪大了眼睛，"小哥哥，你还没回答我的问题呢，你到底是谁？"

"我是苏三郎，我从中国来，我来看我娘！"苏曼殊的呼吸有点急促。

"什么？你是中国来的三郎哥哥！你不是死了吗？"小女孩惊异地说。

"胡说！我要是真死了，我还能来这里吗？"苏曼殊有点气恼，也觉得有点好笑。他怕吓着了小女孩，马上脸色舒缓下来，和气地说："小妹妹，我真的没死，你快领我去见我娘！"

"那你真的就是我的中国三郎哥哥啰！"小女孩欢呼起来，马上跑上前抓起了苏曼殊的手，把他往屋里拽，一边拽一边朝屋里高声喊道：

"娘，您快出来啊！中国三郎哥哥没有死，他来日本看您来了！"

"腾腾腾"，从屋内传来一阵急促的脚步声。瞬间，一位五十几岁的老妇人出现在了门口——

她，双鬓花白，额上沟壑纵横，脸上布满皱褶，微胖的身子，显得有点老态。只是那双黯然而略带眯缝的眼眸中，依然闪现着慈祥的光焰，那般亲切！那般熟悉！

老妇人的身子，仿佛被施与了魔法，定在门槛边，神情恍惚地望着苏曼殊。"哗啦"一声，她手中端着的菜篮掉落下去，满篮子的蔬菜，撒在了她的脚边。

"娘！"苏曼殊大叫一声，把行李一抛，扑了上去，跪倒在慈母身前。

"三郎，我的儿！"河合仙如梦方醒。她紧紧地搂住日思夜想的儿子，放声痛哭。

苏曼殊的小妹妹，也在旁边大哭了起来……

过了很久、很久，母子二人把4年来心头所有的思念与煎熬、苦痛

和酸悲全都倾泻出来了，他们终于止住了哭声。

河合仙搀起跪在地上的三郎，像端详一件瓷器一样，端详着自己失而复得的儿子：

“我的儿，让娘好好地看看你！”

苏曼殊双手搭在母亲肩头，站正身子，让母亲贪婪地看了个够。

“我的儿！”河合仙又哽咽起来，“那年娘接到苏家的来信，说你在山上被老虎吃了，那时娘的眼睛差点就哭瞎了。所幸上天保佑，我儿无病无灾，又回到了娘的身边！”

苏曼殊扬起手，为母亲揩拭眼角的泪花。

河合仙把女儿拉到苏曼殊身边，对他说：“这是娘回日本后收的养女，你的妹妹慧子，今年 8 岁，很乖巧，对我又很孝顺。慧子，快叫一声三郎哥哥！”

“三郎哥哥！”慧子对着苏曼殊甜甜地叫了一声，把小脸蛋偎上了苏曼殊的臂弯。

“暖，慧子妹妹！”苏曼殊高兴地应了一声，轻轻地拍了拍慧子的小脑袋。

母子仨一起破涕为笑。

“以后只要你们兄妹两个能天天待在娘的身边，娘就心满意足了！”河合仙高兴地说，“真的要感谢老天爷啊，让我们母子再次骨肉相聚。我们娘儿仨以后天天在一起，永远也不要再分离了！”

苏曼殊和慧子都使劲地点点头。

说完，河合仙俯身捡起撒落在地上的蔬菜，对女儿说了声：“慧子，你带哥哥去收拾收拾房间，娘去给你们做晚饭了！”就进厨房忙碌去了。

“好的！”慧子欢快地答应一声，帮哥哥拎起扔在地上的行李，拉着哥哥的手，进屋收拾去了。

这时，崦嵫落日，渔父归舟，海光山色，一片清丽。忽然从山后传来串串悠扬的钟声，逐海浪与鸥鸟齐飞。慧子告诉哥哥，这是神武古寺的晚钟。苏曼殊马上忆起小时候常跟娘去寺里烧香，回来后饰扮大和尚的往事。转而又想到自己受尽劫难，皈依三宝的现况，他轻轻地叹了口气，自己与佛门的缘分，怕就是在那时结下的吧！

晚饭过后，娘儿仨团坐在一起，听三郎讲述这么些年来的遭遇。其间悲愤啜泣，自不待言。慧子毕竟年幼，撑不牢，早早地便趴在娘的膝盖上睡去了。河合仙轻轻地抱起女儿，把她放到床上去了。母子二人继续聊着，直到深夜两人都疲倦之极，这才分头睡去。不过，对雪梅和出家这两件事，他没有向娘提起。一来是怕娘听了伤心，二来出家与成婚原本就是背道而驰的两件事，自己也不知道如何是好。既然已经皈依佛门，自然是不应该娶亲的。

第二天，苏曼殊一觉醒来，但闻群鸟欢叫，抬首窗外，红日高照，翠峰金波。忙披衣入浴，将几年来的酸辛悲苦、旧污新垢，统统付之于浴桶。洗完澡，觉得身心一片澄澈。走出浴室，母亲早已把早饭做好，娘儿仨又坐到一起，享受着天伦之乐。

吃过早饭，苏曼殊拿出纸笔，开始写信。一封写给奶娘秦氏，一封写给老师罗弼·庄湘。在信中，苏曼殊向奶娘和老师报告了自己已平安到家，见着了母亲的喜讯，并转述了母亲河合仙对两位恩人的感激之情。在给秦氏的信中，河合仙还特别嘱咐三郎写上她希望秦氏和柱子千万珍重，今后大家一定会有再次见面的机会。河合仙还让三郎随信附寄一百金给秦氏，以资助她们母子俩的生活。

信写好后，慧子自告奋勇，提出让她把信拿到邮局去投寄。苏曼殊犹豫地看了母亲一眼，河合仙笑着对他说："放心，你妹妹能干着呢！"慧子从哥哥和母亲手里接过信与银两，蹦蹦跳跳地出去了。

苏曼殊在逗子樱山村住了下来，他重新回到了母亲那温暖而安全的怀抱……

流萤明灭夜悠悠，素女婵娟不耐秋。
相逢莫问人间事，故国伤心只泪流。

第四章 断鸿零雁

孤灯引梦记朦胧，风雨邻庵夜半钟。
我再来时人已去，涉江谁为采芙蓉？

1

苏曼殊这只不羁之舟，在失而复得的母爱的港湾里，暂时泊下了桨楫。河合仙似乎要把儿子十几年来所受的一切委屈，在短短的时间内全部都弥补填平，对他倾注了人世间最醇、最深、最浓的母爱。苏曼殊陶醉在母爱的阳光中，尽情地享受着它的芳香与温暖。

这天，河合仙对他说：“三郎，你堂姨就住在离我们家不远的岙口，你已经回来几天了，今日我们娘儿仨一起去看看她吧！你还记得你小时候堂姨是怎么疼你的吗？那时候，她只要有一天没看见你，心里就空落落的。我们到中国去了之后，你堂姨每当一想起你，就会流眼泪啊！你可要记得堂姨对你的好，一辈子都不能忘记啊！”

苏曼殊连连点头，说：“好的！好的！”

于是河合仙便领着儿子三郎和女儿慧子，一起向岙口进发。

不到半个时辰，岙口便到了。这儿长萝修竹，水石周流，自然环境看起来比逗子樱山村还要优美。堂妹河合堇听邻居小孩跑来报告，说堂姐一家来了，早已迎了出来。

河合堇抬头便瞧见了堂姐的身边跟着一个女孩，一个少年。女孩是堂姐的养女慧子，那少年自己却好像不曾见过。他会是谁呢？河合堇心里正自纳闷，河合仙母子三人已到了眼前。

寒暄完毕，河合堇指着苏曼殊，笑着问堂姐：“这个是谁家的公子？长得这样风骨奇秀！”

河合仙故意跟堂妹捉起了迷藏：“你猜猜看！”

河合堇摇摇头，说：“我猜不出。”

河合仙告诉她：“这是我家三郎，前几天刚从中国回来！”

“啊！”河合堇听了，吃惊得叫了起来。她马上抱住了苏曼殊，上上下下认真端详着：“三郎！你真是三郎？我这不是在做梦吧！”

苏曼殊点点头，叫了她一声：“姨，我真的是三郎！”

河合堇喜极而泣：“真的是三郎，我的三郎果然活着回来了，太让

人高兴了！姐，三郎回来，您为什么不提前通知我一声？”她嗔怪着。

河合仙笑着说：“这不给你带来了吗！”

“三郎，快跟姨进屋！”河合董拉着苏曼殊的手，说“孩子，算来姨已有7年没见你了，仔细辨认，你的相貌，倒还是依稀可以看出一点来，只是比小时候要瘦。”

河合董将娘儿仨领进屋。大伙儿一起在厅堂中的榻榻米上坐下。

河合董对楼上喊了一声“静子，姨妈一家来了，快上茶！”就同苏曼殊聊了起来：“三郎啊，那年你娘从中国回来，不到3个月，就接到你们苏家的来信，说你上山玩要时，被老虎吃了。因为你们那里是山区，本来就虎患成灾，所以我们都信以为真。可怜你娘和我，得知这个噩耗后，一天都要哭昏几次！特别是你娘，一下子就老了二十几岁啊！……”

河合董说着，忍不住又哭了起来。

苏曼殊听了，犹如万箭穿心，难过得也差点跟着流出泪来，抬头看看母亲河合仙，见她神色平静，无悲无戚，于是竭力强压住心头的悲伤，对堂姨说：“三郎永远铭记姨和我娘的恩德！只是戬儿的遭遇，不堪回首，而且都已经能成为了过去，就请姨和我娘把它忘了吧。只要今后戬儿能早晚伺候在姨和我娘的身边，就是戬儿最大的福分了！”

娘儿几个正说着话，忽听楼板“咚咚咚”一串声响，苏曼殊抬头一看，见一位十五六岁、着装淡雅、清丽脱俗的少女，手里托着茶具，从楼上走了下来。苏曼殊觉得这少女似曾相识。

少女把茶具搁在茶几上，把茶冲泡好，先端起一盏摆在河合仙面前，再端起一盏摆在苏曼殊面前，然后身子微微有点颤抖地站在一旁。河合董见状，对那少女说：“静子，这是姨妈的儿子三郎，他刚从中国回来。你还记得十几年前三郎第一次到我们家来，姨妈和三郎临走前，你和三郎死死地勾着手，不肯分开那件事吗？你比三郎大将近两岁，你是姐姐，三郎是弟弟，你大方点，别不好意思。呵呵！”河合董打趣女儿道。

静子还是默不作声，她轻柔地伸出白皙的双手，替慧子梳理着头发，两边脸颊泛起了一抹绯红。

当晚，河合仙娘儿仨宿在河合堇家。静子特意腾出楼上自己的闺房，让三郎安寝，自己和母亲河合堇挤在楼下一床。河合仙和慧子睡楼下另一床。睡至半夜，苏曼殊忽然全身筛起糠来，寒冷难当。继之全身似炭火，如居火宅。他的疟疾宿疾又发作了。正在睡梦中的河合仙和河合堇几乎同时听到了三郎房里的呻吟声，姐妹俩忙披衣上楼，走到三郎屋内，点着蜡烛。河合堇用手朝三郎额头一探，再一看他的症状，心中已然明白，她对河合仙说："三郎打摆子了。"说完，就出去了。

少顷，河合堇端着一碗汤药走了进来，让堂姐扶起三郎，自己一口一口把药喂给三郎服下，一边喂一边说："三郎，这药是姨自己到山里采的，对医治疟疾特别有效。姨平时没有什么事，就喜欢上山去采采药，采来后再亲手熬成汤剂，周济那些没钱看病的穷人。现今那些行医之人，好多都贪财，所以那些穷人要是不幸得了病，就只好在家里躺着等死，世上最悲惨的事，莫过于此。姨这些年来就一直靠采药熬汤打发时光，没有其他乐趣，不太喜欢像别人那样去庙里烧香拜佛……"

河合仙说："妹妹，你这比烧香拜佛还好啊！你这本身就是行善积德啊！"

苏曼殊喝下药汤，不一会儿，全身汗出如注，非常疲乏，头朝枕头上一靠，就沉沉地熟睡了过去。

河合仙姐妹见状退了出去……

苏曼殊在床上躺了四昼夜，终于痊愈，不用再服药了，河合仙、河合堇举家松了口气。

这天早晨，苏曼殊睡醒了。他披衣起床，走到窗前，拉开窗帘，凭窗远眺，但见山光照眼，花鸟怡魂。他忽然想起，自己卧病在床的这些日子，每天一早醒来，就有一阵若有若无的清幽的花香，游入自己的鼻管，在床边的紫檀木桌几上，每天都有一束鲜花插在胆瓶中，花心尚带着露滴。刚才还忽然看见有一枚翡翠胸针，遗落在桌几上。他知道，胸针肯定是静子表姐落下的，如此说来，这每天一换的鲜花，也一定是她摆的。

苏曼殊忍不住仔细打量起这间房子来了。屋内非常干净整洁，陈设非常雅致。鹅卵石形状的云石桌案上，放置着镜子、银盒、笔砚和绛罗等。桌案旁边是一个柚木书橱，样子像鸽子笼，藏书很多。他走过去一看，都是中国古代典籍。再朝左边墙壁一看，墙壁下又有一张小案儿，上面放着一架雁柱鸣筝，似乎还有余音袅绕在琴弦上。苏曼殊这时才惊悟过来，原来这是静子表姐的闺房。与此同时，他的心里，对静子的学问深邃和雅洁脱俗暗生出一种敬慕和心仪的情愫。

苏曼殊的心头一动，但没过多久，却又怅然若失。

正在这时，母亲河合仙拿着套干净衣服走上楼来，嘱他赶紧换了，下楼吃饭。

苏曼殊换好衣服，跟着母亲走下楼去，河合堇、静子和慧子早已在楼下等候。

河合堇一见苏曼殊下来，忙站起身问："三郎，昨晚睡得好不好？还习惯吗？有不周全的地方，只管同姨说！"说完，又回过头去对女儿说："托老天爷的福，三郎今天终于好了！静子，你还不上去同三郎道个晨安！"

静子走上前去，对苏曼殊行了个礼，就退到了一旁，依旧默不作声。苏曼殊瞥了她一眼，但见她密发虚鬟，丰姿愈见娟媚。他不敢正视，只觉得呼吸急促，双颊发烫。

"三郎，你的病刚刚好，就再在姨家调养一段日子吧，别急着回去！"河合堇说。

苏曼殊听了，转头看了一下母亲。

河合仙高兴地说："好的，好的！只要妹妹你不怕麻烦，三郎住到哪一天都行！三郎天性喜欢幽静，住在你这里养病最好不过。再说他与静子年龄相仿，有共同语言，能说得来……"

吃过早饭，河合仙就带着慧子回逗子樱山村去了。苏曼殊留在姨家养病。

2

转眼雁影横空，蝉声四彻。不知不觉，苏曼殊在姨家已住下大半年了。这大半年来，河合堇就像照料自己的亲生儿子一样，精心地照料着他。他在苏家被虐垮的身子骨渐渐康复起来，过往岁月中心灵所遭受的累累创伤也渐渐得以愈合。

母亲河合仙和妹妹慧子也常隔三差五地来看他、陪他，她们来时，不是提来一两只鸡鸭，就是提来几块羊肉、猪肉，或者一袋子鱼虾什么的。苏曼殊知道，娘和妹妹，以及姨和表姐，把她们全部的爱，都倾注到了自己一人身上。他感动，他愧疚，然而他却无法阻止她们。他唯有把自己的身体调养好，才会遂了她们的心愿，才对得起她们的深爱。

这大半年的日子，是他一生中最闲适、最快乐、最幸福的日子。他每日的主要功课，就是吃姨和表姐做的各种营养品。此外就是出门散步，或看书消遣。静子的书柜里藏有很多中国宋代理学著作，还有一些唐代刊印的梵文、波斯文、希腊文等外国著作。他还意外地发现，书柜里竟然还有在中国失传的古印度两大史诗《摩诃婆罗多》和《罗摩衍那》。这一发现，让他对静子的敬慕又加深了一份。

这天傍晚，他又独自一人低着头在姨家的庭院鱼塘堤畔散步。忽然从树上飘下一片落叶，砸在他头上。苏曼殊惊了一下，看见漂在水面的树叶，忽然脑海里跳出一个词来——落叶归根。“归！”对！应该归了！自己在姨家住了这么些时日，让她们母女费尽了心，不能再继续给她们添麻烦了。再说，娘与慧子妹妹在家，心中也一定盼着自己能早点回去，虽然她们不便说出来。

苏曼殊正这么想着，忽听前面传来窸窸窣窣的衣裙声，不一会儿，一阵香风扑来，原来是表姐静子。苏曼殊的心头有点慌乱，忙立定脚步，弯下腰去，向静子打了个招呼：“表姐！”静子脸颊略带羞涩，问：“三郎，这几天身体是否安好？你可要小心点，岙口这地方不比你家逗子樱山村，天气要清冷得多啊！唐人咏罗浮山的诗句说‘游人莫着单衣去，

六月飞云带雪寒'，我看把这话移用到我们岙口来，也是挺合适的。不知三郎以为然否？"

苏曼殊暗暗吃了一惊，连忙说："表姐言之有理，没想到表姐如此博闻广识。敢问表姐平日里喜诵哪位诗人的句子？"

静子低首凝思了一会儿，旋即抬起头来，眸如星辉，粲然答道："我未曾上过学，何谈博闻广识？既然三郎不耻下问，那我就试着说一说吧，说错了还请不要笑话我才好！"

静子随手接住了一片落叶，继续说："我一直最喜读陈师道的诗。陈师道是宋朝江西诗派的二号人物，影响仅在黄庭坚之下。比如他的名篇《春怀表邻里》——'断墙着雨蜗成字，老屋无僧燕作家。剩欲出门追语笑，却嫌归鬓着尘沙。风翻蛛网开三面，雷动蜂巢趁两衙。屡失南邻春事约，只今容有未开花'一诗，只通过叙写几种小动物的活动，就表明了春天已经来到人间，因此元朝方回赞扬此诗'淡中藏美丽，虚处着工夫，力能排天斡地'。"

苏曼殊听了，有点目瞪口呆。

静子继续说："我也喜读陆游的诗。只是他的诗故国西风，泪痕满纸，令人黯然神伤，比如他的'塞上长城空自许，镜中衰鬓已先斑'，比如他的'王师北定中原日，家祭毋忘告乃翁'，等等，真是人间第一酸悲之辞啊！"

静子顿了顿，接着说："而读《庄子》及《陶诗》，则与读陆游完全不同，那是一种逍遥于世外的绝美的感受！"静子说着，眸光闪闪。

忽然，她话锋一转，对苏曼殊说："三郎，你看过我书柜里的那些理学著作了吧，那些书都是中国明朝遗臣，浙江余姚的朱舜水先生赠给我家远祖安积公的！那时安积公参与了德川幕府的政事，对朱舜水先生执弟子礼，朱先生很感动，就把这些书送给了安积公，到现在已有二百三十多年的历史了！"

苏曼殊瞠目结舌。

静子继续说下去："我小时候曾听先父讲过朱舜水先生的遗事，

到现在还记忆犹新，历历在目！”静子长叹一声，“崇祯十七年，也就是我们日本国的正保元年，清兵大举入关，朱舜水先生孤身一人，多次坐船到我们日本长崎，想仿效申包胥作秦廷七日之哭搬回救兵，可我们日本国没有答应。等到万治三年，明朝就覆灭了。朱先生耻食周粟，于是就流亡到了长崎，因为那地方靠平户郑成功的诞生地比较近。后来德川幕府听到了消息，马上派大臣前去把他请到了幕府，奉为宾师。于是朱先生便开始在日本国传播王阳明的学说。他与王阳明是同乡，都是浙江余姚人。朱先生在天和二年春辞世，享年 83 岁。他视满人如寇仇，与之不共戴天。平日里日语说得非常熟练，但是在仙逝前所说的话全是汉语，所以无人能听明白他临终时到底留下了怎样的遗言，太令人遗憾了……”

静子说完，仰面长叹。苏曼殊也怆然神伤。二人伫立无语。良久，静子粲然一笑，对苏曼殊说：“你瞧，我卖弄了，让你见笑了！”

苏曼殊由衷地说：“哪里，哪里，表姐治学如此之深，真是让三郎大开眼界啊！”

静子沉默了一会儿，忽然长叹一声，幽幽地说：“三郎，我从先父辞世之后，已有多年没有这样痛快地与人交流过了！要是三郎能不以静子天资弱愚见弃，令静子能陪侍身旁，随时执书问难，那该有多好啊！”说完，她满脸绯红地看了苏曼殊一眼。

苏曼殊顿时觉得有七八头小鹿在心怀中乱撞。静子的信息再明白不过。她的话犹如一个火把，倏忽投在了他青春驿动的心田中，那蓬久埋心底的对异性的渴求之火，“腾”地燃烧了起来。静子美丽端庄、温良贤淑、慧秀孤标、知书达理，堪与他苏三郎匹配；而大半年时间的朝夕相处，授受弥亲，更让他对静子倾慕在心。他激动难抑，抬起双手，要将静子一把揽入自己怀中。

忽然，天空中响起一声闷雷。苏曼殊伸出的双手，停在了空中。就在那一瞬间，佛借雷声，把它的神谕传告给了他：云、电、雨、雪，实为一物，不过是因热度之差而发生的变异罢了。梵行清净，纵使孽海情

天，终究要绝尘而去。佛本慈悲，菩提明镜却容不得一个情字，更何况男欢女爱！他一个出家之人，四海飘零，萍踪无定，如何能给爱人一个承诺？纵然此恨绵绵，也只得挥泪斩断情丝！

苏曼殊收回双手，轻轻地对静子说了一声："表姐，要下雨了，我们回去吧！"

3

"姨，我想明天回逗子樱山村去！"第二天一早，苏曼殊对河合堇说。

河合堇有点愕然。过了好一会儿，她问道："怎么了？是姨怠慢你了吗？"

"不是，不是，姨对我就好比我娘！"苏曼殊连忙说。

"既然这样，那就再多住些日子吧！"河合堇说。

"我还是回去吧！我担心再在姨家住下去，到时路也走不动了！"苏曼殊夸张地做了个胖子的动作，"再说我在姨家都住了大半年了，我娘和我妹也一定很想我回去！"

河合堇想了想，说："那好吧，再把你留下来，你娘真要嫉妒了。那下午我和静子一起送你回去，我们也到你家住上几天，免得你娘过意不去！"

"真的？那太好了！"苏曼殊惊喜地说。昨晚静子向自己表白时，自己顾左右而言他，心里一直担心静子因此气恼自己，两人不能再像以前那样自如地相处。为避免尴尬，所以他才萌生了回家的念头。与此同时，在他的内心深处，却经受着冰火相煎。这大半年来一起相处的日子，两人情志相契，静子已深深地吸引着他。每当一看见她、一想起她，他对她的爱怜，便如血奔心，即便倾尽寒山冰雪，也难消他胸膛里火热的儿女情肠。然而菩提非树，明镜无尘，净门难容炽情。自己乃三戒俱足之僧，永不容与女子共住者也。他不能去爱她，更不能接受她的爱。既不敢面对她，又怕失去她，这样一种矛盾和痛苦，昨夜整整折磨了他一宿。因此当河合堇说要和静子与自己一起回家时，他简直有点喜出望外。

吃过午饭，河合堇、静子、苏曼殊三人早早地便准备停当，奔逗子樱山村而去……

河合仙猛见儿子归来，很高兴；又看到堂妹和静子一起来了，更是喜不自胜。忙命慧子上菜地去掐一篮新鲜蔬菜，自己则忙着杀鸡宰鸭，准备晚饭。

晚饭过后，大家便围坐在榻榻米上聊天。

“三郎，你坐！”河合堇见苏曼殊站在一旁，招呼道，“孩子，姨和你娘都已经老了，老人都巴望着子女能幸福，至于自身是否劳苦倒不计较。姨只有静子这么一个女儿，她小时候爹就过世了，这些年来我们娘俩一直相依为命。但做女儿的总不可能守着娘一辈子啊！姨看你和静子两个挺般配的，姨想把她托付给你……”

“娘，您说什么啊！”静子娇羞地呵止住母亲，一边朝苏曼殊瞥了一眼，那目光里满带着期待。

苏曼殊赶紧别过头去。

“娘说的可是正事啊！男大当婚，女大当嫁，你已经长大了，迟早都得嫁人的！长大了的凤凰总是要飞出山窝窝的……”河合堇乐呵呵地说着。

“娘！”静子厉喝一声。她刚才看见苏曼殊故意别过头去，心里陡然升起一股既委屈又气恼、既失望又伤心的无名火，真的把脸色拉了下来，“您再说我可真生气了！”

“姐，您瞧静子这孩子，都这么大了，还这么任性！”河合堇朝堂姐呵呵一笑，说，“好，好，好，既然你们都不好意思，那娘就不说了！”

本来挺欢快的气氛，因为静子的生气，冷却了许多。娘儿几个继续聊了一会儿，便都起身去睡觉了。

河合仙跟着儿子进了他的卧房。

“三郎，你姨刚才说的那件事，你是怎么样一个态度？”河合仙对儿子说。

“哪件事啊？”苏曼殊明知故问。

“就是你和静子两个人的事啊！”河合仙单刀直入。

苏曼殊低头不语。

河合仙在儿子的床头坐下来，拉着他的手，问：“三郎，你觉得静子这孩子是个怎样的人？”

苏曼殊回答：“聪明贤惠，和婉有仪，是个非常不错的女孩！”

“是啊，是啊！”河合仙眉开眼笑，“三郎啊，今天晚上娘跟你讲一句话，你仔细听着：娘和你姨已经商量好了，让静子嫁给你做媳妇。你姨都给你们准备好了，明年一开春就为你们完婚！你姨年纪也大啰，静子的婚事一直以来都是她的一块心病。这几年来，上门到姨家为静子提亲的人踏破了姨的门槛，但姨一个都没看上眼。你姨的择婿标准，不看重门第富贵贫贱，只看重人将来是不是有作为。孩子，你姨非常看重你，喜欢你啊！你要是娶了静子，你姨心头的一块石头可就放下啰！”

河合仙拍了拍儿子的手背，继续说：“孩子，像静子这样的女孩可是打着灯笼也难寻啊！你要是能把她娶进门，那可是你们老苏家的福分啊！这段日子我之所以让你住在你姨家，也是想让你们两个好好培养培养感情啊！娘和你姨一辈子受苦受难，如果能看到你们两个小孩拜堂成亲，那我们也就觉得这辈子值了！老佛爷也会保佑你们两个福禄双全的！你意见如何？”

河合仙絮絮叨叨地说着。苏曼殊的心“怦怦”直跳，一声不吭。他想把自己已经出家的事情告诉母亲，又害怕母亲得知真相后伤心痛苦，有违人子之道；不把真相说出来吧，自己又找不出任何拒绝的理由。此时他真是首鼠两端，心乱如麻，不知如何回答母亲是好。

河合仙急了：“你是个什么态度，倒是说话啊！”

苏曼殊的目光躲躲闪闪，嗫嚅着说道：“娘……儿子我……终身不娶！”

河合仙大惊失色，她“腾”地站起身来，大睁着眼睛，直直地看着儿子说：“胡说！你从哪儿学来的这些乱七八糟的事儿？你长大了不娶亲，人家会怎么看我？你姨那么爱你，岂不是白疼你了？你这样的疯话怎么说给你姨听？再说静子过去同我说过多次，非你不嫁，你怎么对得住她？你想想你上次生病躺在你姨家的床上，静子每天给你煎汤熬药、端茶送水，难道你现在都忘了？你竟然还能说出这样的疯话！”

河合仙越说声音越激动，越说脸色越严峻。苏曼殊颤颤惊惊，他流着眼泪说：“娘，儿子扪心自问，儿子是喜欢静子的，而且也十分敬重她的为人，这一点想必她也是知道的。儿子今天说终身不娶，并不是不喜欢她，也不是要故意违背娘和姨的心意。儿子实在是有不得已的苦衷啊！请娘宽恕儿子的不孝……”

河合仙的脸色陡转悲戚，说：“你有什么说不出的苦衷？难道不能跟娘说吗？既然你说你喜欢静子，娘就希望你不要错过了她。对自己儿子的终身大事，难道做娘的会不为你作考虑？你应当知道娘无时无刻不在为你考虑啊！静子这孩子实在是不错啊！娘就盼着你们能早日成亲，那样就算是娘死了，娘在地下也会笑出声来的！”

苏曼殊听了，泪如雨下。自己这个做儿子的不孝，致使母亲这样伤心。他“扑通”一声跪倒在母亲面前：“请娘宽恕儿子的不孝！儿子罪过深重！儿子一定听娘的！”

河合仙转愁为喜：“这就对了。老话说，不听老人言，后悔就来不及啊！好吧，你早点睡吧，明天我就去同你姨说！”

说完，河合仙掩上门出去了。

母亲走后，苏曼殊转侧难眠，云愁海思，席卷而来。他想起刚才对母亲的承诺，惊出一身冷汗。他知道，母亲一旦将自己的承诺告诉给了姨和静子，事情将不可收场；然而要是不答应母亲，他又实在没有勇气面对她伤心的颜容。一时间，他但觉心中崩山裂岸，如汤沸煮。索性披衣下床，走到窗前，推开窗户，敞开衣襟，让寒冷的海风，冷却心中的狂躁……

4

苏曼殊彻夜难眠。事已至此，他只好寄希望于日后，慢慢地说服母亲，或许可以劝母亲收回成命。如果母亲坚决不许，那最后也只好把自己已是空门中人，不容娶妻的真相告诉她了。他在心里一千遍一万遍地祈祷，但愿母亲不要逼迫自己。

第二天早晨起床后，苏曼殊心里惴惴不宁，坐立不安，唯恐母亲旧话重提。河合仙一点也没有觉察出儿子此时正愁肠百结，忧思辘辘。

吃过早饭后，苏曼殊心思重重地独自一人回房里作画，以排遣心头的万种忧愁。他在桌上摊开一张宣纸，拿起毛笔，在砚池里蘸了蘸，就在宣纸上纵情涂抹了起来。顷刻之间，一帧墨色的怒海沙鸥图就出现在了他的笔下。苏曼殊提起毛笔，退后一步，眼睛盯着画幅，心潮与画面上的狂海怒涛一起涌动。

“嗒嗒！”忽然，苏曼殊听到了两声低低的敲门声。他快步走过去，把门打开，原来是妹妹慧子。慧子一只手推着门把手，另一只手拉着红着脸的静子，见他打开了门，便问：“哥，你为什么不出去玩啊？”

苏曼殊没有回答妹妹。他忙对静子施了个鞠躬礼，说：“表姐快请进！今天没事情做，刚刚我在房里画了幅画消遣消遣！”

“哦，让我欣赏欣赏！”静子说完，拉着慧子的手，快步走到桌案旁，拿起上面的墨画，仔细欣赏起来。过了一会儿，她对苏曼殊莞尔一笑：“三郎请恕我唐突。墨画以‘外师造化，中得心源’为最高的艺术境地。中国宋代韩纯全《山水纯全集》中提到‘用笔有三病：一曰板，二曰刻，三曰结。’有此‘三病’，则不能分出浓、淡、干、湿、焦等，就画不出浓淡层次，形成不了墨韵。墨画画到极致的是八大山人，他的墨笔画简朴豪放、苍劲率意、淋漓酣畅，构图疏简、奇险，风格雄奇朴茂，多取荒寒萧疏之景，剩山残水，意境荒凉寂寥，仰塞之情溢于纸素，可谓‘墨点无多泪点多，山河仍为旧山河’，‘想见时人解图画，一峰还写宋山河’，是朱耷自我心态的真实写照。今天我看三郎的画，与八大山人有许多相通之处，使人一见就如同置身于清古之地，实在是造诣很深、快人心目啊！”

说完，静子把画放回到桌上。

苏曼殊听了，面红耳赤：“表姐谬赞了，我哪敢与八大山人相提并论。我画笔荒废了很久，今天兴致所至，胡乱地涂了几笔，实在是受不起表姐的盛赞啊！”

静子说：“三郎，我不是同你客气，我说的是真心话！你看看今日的画坛，一些取悦于市侩小人的庸俗之作比比皆是，只图形似，哪里还有一丝情韵理趣？古人说，好的山水画，画山能听见花开的声音，画水能听到水流的响动，你的画，证明了此言不谬！这幅画同当今那些画坛名家的作品相比，真是珠砾分明，天壤之别啊！”

苏曼殊再次被静子不凡的识见所震惊，他在心里暗自感叹：这个女孩，真是自己的千古知音啊！他悄悄地退后一步，偷偷地抬头再次打量了一下静子，见她鬓发细理，纤秾合度，真是一个美人！他的心里，复又爬上了万千只蚂蚁，在疯狂地嗜啮着他的血肉。然而，理智又告诉他，他不能再往前一步，他必须与静子保持一段距离。

静子已感觉到苏曼殊在偷偷地看她，她的脸颊更红了，忙低下头去，从桌上把那幅画重新拿了起来，说：“三郎！不知你这幅画可不可以送给我？我看这幅画景象苍茫古逸，真是喜欢极了！”

“这幅画画得很粗糙，原本不值得博人一笑，既然表姐喜欢，那就送给您吧！”苏曼殊听静子索画，很爽快地答应了，紧跟着他十分诚恳地对她说，“听了您的一番话，我就知道您于绘画是一个通家，还请表姐能不吝赐教，做我的良师，指点指点我啊！”

静子听了，忙谦虚地说：“我只是瞎说而已，怎敢做你的老师呢！虽然我平日里也喜欢涂鸦几笔，但却一无所成，只留下了一幅放在我的旅行箱里的《花燕》而已！”

“《花燕》？为什么叫《花燕》？”苏曼殊问。

静子说：“我家庭院鱼塘中，每当莲花盛开时，就有无数小巧的紫燕，每晚栖宿在莲花中，花全凋谢了它们还不离开。我感动于它们的性情，把它们唤做‘花燕’，拿起画笔为它们作了一幅画。你等着，我回房去把画取来给你看看，只希望你不要见笑才好！”

说完，静子就出门取画去了，留下几缕似有似无的体香，在屋里缭绕。

苏曼殊问妹妹说：“慧子，家里怎么没有声音啊？娘和姨到哪里去了？”

慧子说：“娘和姨一起到淡岛神社去了。她们说会在十二点半钟以前赶回来烧饭的！”

不一会儿，静子手里拿着一幅绢画进来了。她走到苏曼殊身前，双手捧着画，把它递给苏曼殊，说：“还请三郎指教！”

苏曼殊也伸出双手，毕恭毕敬地把画接了过来。见画中莲池，莲花盛开，垂杨修竹，环绕池堤，旁有玉人，云鬓高髻，碧衣罗裙，俯观花燕，且自看池中妆影，俨然一幅“黛玉观鱼图”。

苏曼殊情不自禁，由衷地赞叹了一声：“真美啊！这女子莫不是琼瑶仙子吧！表姐匠心独运，才调过人，让我叹为观止！表姐若能应允做我的老师，我何其幸运！”

静子听了，脸遽然一红。过了一会儿，她说：“刚才蒙三郎赐画给我，我这幅画三郎要是喜欢，那我也把它送给你吧！”

苏曼殊忙说：“那太谢谢表姐了。我一定好好珍藏！”

“哎哟，坏了！娘临走时让我去菜地摘菜，我竟然忘了！”慧子忽然大叫起来，“哥，静子姐，你们两个谈吧，我得摘菜去了，要不然娘回来要骂我了！”

慧子说完，蹦跳着出去了。

静子和苏曼殊望着慧子已闪出门去的背影，相视而笑。

笑过之后，两人忽然没有了话语。过了很久，静子声音有点颤抖地问：“三郎，从昨天我和娘上你家来，你一直闷闷不乐，心事重重的，是不是不欢迎我们来啊？”

苏曼殊连忙说："表姐说的是哪里话，我怎能不欢迎你和姨呢？我在你家都住了大半年了，你和姨上我家才来了一天，我怎会不欢迎呢？"

"那你究竟为何事忧虑？难道是你不喜欢我吗？"静子追问道。

"我……我……"苏曼殊突然语无伦次起来，他不自觉地把身子退后一步，再也说不出话来。

"三郎，难道我的心你还不明白吗？"静子的眸子里有泪光在闪动，"你知道我娘和姨妈今天为什么出去吗？她们到淡岛神社去了，为我们两个人的事情去祈祷神明了！"说完，她深情地看了苏曼殊一眼。

"我……我……我广东有个未婚妻雪梅！"苏曼殊慌不择言。连他自己也不知道，为什么会把雪梅抬出来做挡箭牌。

静子的身子晃了晃，脸色陡然煞白，如梦方醒。她痛苦地说了句："原来如此，我说你为什么一直躲躲闪闪，原来是心中早有他人了！我……我……"

静子猛然扑在桌案上，放声恸哭起来。

苏曼殊茫然不知所措，他急得不知如何是好。

良久，静子止住了哭声。她猛然抓住了苏曼殊的手臂，把香腮贴在苏曼殊脸颊上，嘤嘤地说："三郎，不管你如何对我，静子这颗心都永远属于你！"说完，她从衣襟里掏出一枚钻戒，填在苏曼殊的掌心，说："这是我娘为你准备的一枚钻戒！我把它提前交给你吧！希望你永远记住有静子这么一个女子，在永远等着你！"

静子说完，冲出了房门。

苏曼殊呆立在房中，天旋地转……

5

情网已张，插翅难飞。苏曼殊瞧着静子悲神而去，知道自己伤她不浅。他不是故意要拿雪梅来伤害他的。他真的是一时找不出其他任何借

口——总不能把自己已经出家的事告诉她吧！如果那样的话，他所伤害的，就远不止是静子一个人了！若母亲知道自己已入身佛门，不定有多伤心、多绝望了！这个家还能不引发一场小小的地震吗？

自一年前在广州慧龙寺披剃之日始，一袭袈裟，便从此永远地和他的血肉、心灵乃至生命牢牢地黏合、长在了一起，成为他抵抗尘世风雨的城堡和铁甲，也成为桎梏他内心热情与爱恋的盒子和铁笼。沙弥十戒中有一条“不娶不淫”，自己作茧自缚，那就只有挥剑斩情丝，方能化蛹成蝶，翩飞于灵山空门。

明确拒绝了静子，苏曼殊的心里竟有了些许的轻松。总算对她明确说出来了。这样也好，不仅对自己来说是一种解脱，对静子来说也未尝就不是一件好事。她那么优秀的一个女孩，总是能找到一个好的归宿的！而如果自己态度模棱两可，一旦奉命成婚，木已成舟，自己一个漂泊浪子，不能给她幸福的生活，那样对她的伤害将会更深。这是他决不能容忍自己去做的一件事。自己今生只能做一个苦情菩提。

刚才冲口而出，将雪梅抬了出来。这会儿苏曼殊的心里，还真是想起雪梅来了。那个同样对自己一往情深的女子，不知她现在到底怎么样了。她还在等着自己吗？她能抵抗得了父亲和后娘的逼迫吗？她馈赠给自己的金锭已经花完，但她写给自己的那封信，连同她的那颗心，还留在自己的身旁，日日夜夜陪伴着自己。想到这里，苏曼殊的心，一下子便飞向遥远的中国去了，飞回到了相家湾雪梅的身边……

对了，还有奶娘和柱子哥，还有罗弼·庄湘老师、师母和师妹雪鸿，还有他生死未卜的师傅赞初长老，他们都还好吗？他已经很长时间没有想起过他们了。不是他忘记了他们，实在是这一段时日以来，他的心，已经被母亲和姨的爱填得满满的，再也装不下其他任何记忆了。他只好在心里请他们原谅，并且默默地告诉他们，他们的三郎永远爱着他们！永远铭记着他们的恩德！特别是师妹雪鸿，他知道她也喜欢他，爱着他，他不是一个木头人，他不会感知不出来。就连老师和师母，也有成全他和雪鸿的意思，这些他都了然于胸。但是他们就跟娘和姨一样，都并不知晓他难言的苦衷……

中午时分，河合仙、河合堇准时赶了回来。姐妹俩一脸桃花，喜形于色。她们在淡岛神社为三郎和静子祈了福，并且为二人合了一下生辰八字，两个人乃一对天佑俦侣，如果能结合在一起，必定大吉大利、大富大贵。做母亲的，还有什么能比得了这种结果更高兴的事情呢？

可是到吃饭的时候，两位母亲看静子和苏曼殊，一个面有哀色、眼带泪痕，一个目光闪躲、只顾吃饭、低头不语，她们都吃了一惊，忙问："你们两个这是怎么了？吵架了？"

静子和苏曼殊都摇摇头。

河合堇问女儿："没吵架，那你为什么闷闷不乐？"

"我说没有就没有啦！"静子不觉抬高了声音。

"没有最好，没有最好！"河合堇见女儿生气了，忙自己找个台阶下了。不过她心里还是放心不下，静子这孩子平时对自己十分孝顺，不是心里有特别的事情，她绝对不会对自己发脾气。

吃完饭后，河合堇悄悄地把把慧子叫到一旁，轻轻地问她："慧子，你一直在家里，你跟姨说实话，静子姐和三郎哥是不是吵架了？"

慧子肯定地说："没有，他们哪会吵架，我看见他们一直在说说笑笑呢！"

河合堇说："真的？你没骗姨？他们真的没吵架？"

慧子说："姨，我哪能骗您呢！"

河合堇点点头："哦！"不过她还是满腹狐疑。她自言自语地说："没吵架？这就怪了！"

转眼隆冬到来，大雪纷飞。河合堇和静子已回岙口多日。两家母亲都在紧锣密鼓地筹办儿女的婚事，但等雪消冰融，春枝花发，便要为三郎和静子成婚。

看着母亲忙碌的身影和喜笑颜开的样子，苏曼殊的心头却有巨石不断累叠，纷乱的思绪与雪花交飞于茫茫天海之间。自己半年前回到日本，原本是为探望失散多年的母亲，哪想一见到静子，竟陷入了一张情网，

真是负己负人啊！这时师傅赞初长老当初对他的谆谆告诫，再次在他耳边响起：“你既然已经皈依佛门，成为一个佛门弟子，以后无论走到哪里，哪怕离佛数千里，都要记住佛戒，不可一日稍忘啊！”

情网累人，苏曼殊深有感触。他的心里经过千百次的辗转，终于下定决心：离开逗子樱山村，离开静子，以免误人误己。只有这样，他才能求得内心的安宁。只是这件事万万不可告诉母亲。母亲要是知道了这件事，自己是决计走不成的。娘！虽然儿子并不忍心抛下您，但儿子已不再只属于您，儿子同时还属于佛、属于众生，只好请您原谅儿的不孝了！姨，您待三郎就如同自己的亲生骨肉，您的大恩大德三郎会永远记在心里，三郎唯愿您多加珍重，颐养天年！静子，你我千古知己，你志向高远，才高卓识，令我敬服，可是你的深情，三郎却无法消受，三郎只有辜负你了！

决心既下，苏曼殊便暗自准备起来。慧子不了解三郎哥的行藏，竟帮着他收拾起东西，苏曼殊却不能明说。望着这个淳朴可爱的妹妹，苏曼殊忽然心中发酸，热泪盈眶。待妹妹出去后，他双手掩面，痛哭失声。他知道，他这一走，将极有可能与妹妹终生都不能再见一面。这个与他毫无血缘关系的妹妹，与他相处不到一年，竟像个大姐姐一样关心他、照顾他，想着他、为着他。他们二人，已结下了不啻亲兄妹的深厚感情。他在沥溪苏家倒是有几个亲妹妹，但她们在大陈氏的教唆下，给予他的，只有无休止的挑衅与谩骂，嘲笑和羞辱。他何曾尝到过一次亲兄妹的真情？想到自己不日就要将年纪日趋衰老的母亲托付给慧子这个年纪尚幼的妹妹照料，他的心里就淌血。

虽然自己不久就要永远离开静子，但苏曼殊还是打算去呑口看看她，也看看姨。就要与她们永别了，无论如何，他都应该去看她们一下。静子让他放心不下。她是带着伤心和绝望回家去的。不知她现在情况怎样？她心灵的伤口可否有些许愈合？她在恨自己吗？在就要与她诀别的时刻，他决心把事情的真相告诉静子。戒欺，也是沙门的一条戒律。这样，他才能走得安心。想到这里，他马上闩上房门，拿起纸笔，惆怅了片刻，给静子写了一封信——

静姐妆次：

呜呼，吾与吾姐终古永诀矣！余实三戒俱足之僧，永不容与女子共住者也。吾姐盛情殷渥，高义干云，吾非木石，云胡不感？然余固是水曜离胎，遭世有难言之恫，又胡忍以飘摇危苦之躯，扰吾姐此生哀乐耶？今兹手持寒锡，作远头陀矣。尘尘刹刹，会面无因；伏维吾姊，贷我残生，夫复何云？倏忽离家，未克另禀阿姨、阿母，幸吾姐慈悲哀愍，代白此心；并婉劝二老切勿悲念顽儿身世，以时强饭加衣，即所以怜儿也。

幼弟三郎含泪顶礼

信写完后，他把它拿到窗边，让风吹了吹，看看墨迹已干，就把它揣进怀里。出门给母亲打了声招呼，便径向忝口姨家而去……

6

苏曼殊顶着呼啸的北风，傍晚时分，终于到了忝口。他攀上了衰草满地的斜坡。姨家的板屋坐落在斜坡上面。

很远便传来了一串悠扬的古筝声。乐声在狂风中翻卷，忽高忽低，忽远忽近。苏曼殊停下脚步，侧耳听了听，听出是浙江筝派的《高山流水》曲调。旋律时隐时现，山的庄严和水的清亮交替出现，一会儿嵯峨出岫，云雾缭绕；一会儿山遏湍流，跌宕起伏；一会儿余波激石，旋洑微沤。其韵扬扬悠悠，俨若行云流水。千古之情，知音之遇，尽在这巍巍洋洋、清远激越的琴声中。

苏曼殊正要朝上走，忽听乐声陡转凄切哀婉。弹奏者已经变换了一支曲。听那琴声，愁肠百结，高则苍悠凄楚，低则深沉哀怨，直透人

心，撕裂肝肠。苏曼殊听出，这是东汉蔡文姬的古琴曲《胡笳十八拍》。听到这首曲子，他的心马上揪紧起来，眼前幻化出这样一幅景象：蹙眉泪眼的静子，俯身在雁柱鸣筝之旁，十根玉葱般的手指，在弦上急遽划拨，正把心中的情感狂潮，排山倒海般，倾注在十个桃花瓣一样的指肚下……

苏曼殊的突然到来，令河合萱无限欣喜。这个自己一向疼爱有加的外甥，大年一过，就要成为自己的女婿——不，准确地说，是要成为自己的儿子了。她已与堂姐商量好，让三郎入赘自己家。从生活条件上来说，自己家要好于堂姐家。因此她和堂姐决定，三郎到岙口来生活；并且，在三郎和静子完婚后，堂姐也将带着慧子来岙口居住，两家合为一家，成为真正意义上的一家人。

“三郎，你来了！”河合萱高兴地说。

“快过年了，我娘惦记着姨和静子表姐，特意让我来看看你们！”苏曼殊撒了个谎。

“瞧你脸都冻红了，快快进屋！”河合萱把苏曼殊拉进屋去。

“表姐呢？”苏曼殊明知故问。

“她呀，整天只知道弹琴！”河合萱接了一句，仰头朝楼上高喊一声：“静子，三郎来了！”

琴声戛然而止。不一会儿，静子从楼上走了下来。

苏曼殊抬眼看去，才十几天未见，静子已苍白消瘦了不少，眼角犹有泪痕，眉端隐见愁态，绿鬓垂于耳际，显然没有梳理。

静子见了他，给了他一个惨然的笑容，没有说话。

苏曼殊的心里一阵悸动。

河合萱没看出女儿和三郎的异样，犹自兴高采烈。她领着三郎参观给他和静子准备的婚房，就房间的布置、家具的摆设、衣被的花色等等，征求他的意见。

静子跟在他们身后，亦喜亦忧。

看完后，河合萱对三郎说了声：“你们两个谈吧，我得准备晚饭去了！”就下楼了。

静子幽幽地问了一声：“你还好吗？”

苏曼殊轻轻地点点头：“还好！”

“昨天我去墟上，路过邮驿时，发现有一封从香港寄给你的信，就帮你带回来了，正准备给你送过去呢！”静子说“你坐着，我下楼去给你拿来！”说完，就“噔噔噔”地跑下楼去了。

苏曼殊快速地从怀里掏出写给静子的信和静子送给自己的戒指，一步跨到静子的床前，塞进了她的枕头底下。

“噔噔噔”，静子又上来了。她把信交给苏曼殊。

苏曼殊接过信，撕开封口。“啪嗒”一声，从信封里面掉出一张照片。

静子弯腰将照片拾起。她的嘴角明显哆嗦了一下——

照片中，一个艳光四射的洋女郎，正朝她妩媚地微笑着。

苏曼殊大窘。

静子酸酸地说：“哟！这个美人是谁啊？莫非又是三郎的一个红颜知己？”

她一边说着，一边从发呆的苏曼殊手里拿过已开口的信封，把里面的信掏了出来。

信上写的都是英文，她看不懂。但是署名写的却是两个中文字——雪鸿。

“雪鸿，这洋姑娘叫雪鸿？”

苏曼殊见瞒不过去，只好说出实情：“是的，她叫雪鸿！我在香港皇娘书院读书时一位老师的女儿，我的师妹，西班牙人。”

静子听了，目动神慌，慧眼含红：“她可真是个绝代美人啊！如此漂亮的女子，三郎你哪能忘怀呢！”

苏曼殊不知该如何回答是好。

“难怪你对我冷若冰霜，原来有这么多女子在爱着你。只是你心里到底爱的是哪个啊？”静子叹了一口气，把信和照片塞进信封，递给苏曼殊，“你收起来吧，好生珍藏！”

苏曼殊恨无入地之缝。

静子走到床边，俯身从床底拖出一只箱匣，从里面取出一些银两，递给苏曼殊："这是我存的一些私房钱，你拿着，说不定什么时候就能派上用场的！"

苏曼殊推却。

静子一定要他拿着。他只好收下……

吃过晚饭，苏曼殊谢绝了姨的挽留，冒着夜色赶回了逗子樱山村。

半夜时分，天空忽然飘起了鹅毛大雪。只一会儿工夫，屋外便一片皆白，亮如白昼。

母亲和妹妹慧子都睡得很安详。

苏曼殊悄悄爬起身来，穿好衣服，将静子送给自己的那幅绢画揣进贴身的衣袋里，给娘和妹妹留下一些银两，自己带上一些，对着娘和妹妹的房间跪下去磕了一个头，然后站起身，蹑手蹑脚地走出房间，轻轻地拨开门闩，再返身轻轻地将门掩上，然后，狠狠心，头也不回，向着大雪深处毅然走去。

雪地上，留下两行深深的脚窝。没过一会儿，大雪就将那脚窝掩埋、填平，就好像苏曼殊从来没来过逗子樱山村一样……

寒禽衰草伴愁颜，驻马垂杨望雪山。
远远孤飞天际鹤，云峰珠海几时还。

第五章 丹霞诗笺

相怜病骨轻于蝶，梦入罗浮万里云。
赠尔多情诗一卷，他年重检石榴裙。

1

天色破晓。苏曼殊雪人似的总算摸到了横滨。一路上，他深一脚、浅一脚，艰难地行进着，不知跌了多少次跤，眉毛已变成白眉老人的长眉了，鞋子也已全部湿透。好在公路上虽然雪很厚，两边的行道树却也分明，给他指示着方向。

生意人的清晨总是比一般人要来得早，这不，晨色微明，街边的早餐店就开张了。几个起得很早的老头老太，已围坐在小店的桌边吃着早点，他们的脚边，是一地的冰渣雪水。

苏曼殊走进一家店，要了一个生鸡蛋、一小块豉汁鱼、两片熏圆腿、两只海虾、两片紫菜、一只话梅、小半碗汤、少许酱菜和三两白米饭。他先将生鸡蛋打碎拌入白米饭中，再用紫菜盖着饭，就着小菜，便开始狼吞虎咽吃了起来。走了半夜的雪路，他已经筋疲力尽。饭吃下肚子后，顿时觉得自己恢复了元气。

苏曼殊掏出几粒碎银，付过账，在店里休息了大约半个时辰，便向店主打听到南京街该怎么走。他想在自己离开横滨之前，到以前父亲和娘做过生意的英商万隆茶行看看。他六岁离开横滨回中国前，跟父亲到那儿玩过几天，心里尚有一点模糊的印象，依稀记得门前有两只很大很威风的石狮子。店主热情地告诉他，路不是太远，但因为天下雪，最好叫一辆人力车。

苏曼殊谢过店主，告辞而出。既然路不远，身上的银子不多，以后自己还不知道要飘零到哪儿去呢，能省则省吧。于是便放弃了叫车的念头，沿着店主所指的方向，一头又扎进了风雪中。

转过几条街，苏曼殊远远看到了前面有两只大石狮子。他一阵喜悦，再走近些，又看见门楣上挂着一块金底绿字的横匾："万隆茶行。"终于找到了！可是时间太早，茶行还没有开门。苏曼殊想走开，又无处可去，决定索性就在这儿候着，等着他们来开门，既然都已经来了，不进去看一看，总是有点不甘心。

好容易捱到八点钟左右，总算有人来了。是几个印度人。他们看见苏曼殊，叽里呱啦地问了他一通。苏曼殊学过梵文，大致能听出他们是问自己这么早站在茶行门前做什么，是不是想卖茶叶。苏曼殊摇摇头，说："看看！"那几个印度人也没怎么理会他，让他跟着进了茶行。

苏曼殊东转转，西看看，找着了当年的一点感觉。幸好茶行只是换了主人，没换店号，否则自己可能永远也找不到这个地方。看过自己童年时玩过的地方后，他心满意足地走出茶行，迎雪顶风，低着头，沿着门前的街道继续闲逛。

猛然，他同迎面而来的一个行人撞了个满怀，差点把那人撞到。他抬头一看，被自己撞到的是一个四十几岁的中年汉子。

苏曼殊连忙向那人道歉："对不起，真是对不起！"

"苏戬！"那人正准备离开，忽然用中国话高叫一声。

苏曼殊一惊：这儿有人认识我？他丈二和尚摸不着头脑："请问您是叫我吗？"

"你是不是从中国来的广东沥溪的戬儿？"那人问。

"是啊！"苏曼殊点点头。

"你怎么到横滨来了？我是你苏家的堂叔啊！"那人急切地说道。

"苏家堂叔？怎么我好像没见过你呀！"苏曼殊一头雾水。

"你当然不认识我，可我认识你啊！"那人说

"认识我？"苏曼殊还是不明白。

"街上风大，我们找个地方坐下慢慢说！"那人说。

苏曼殊跟着那人进了街边的一家小茶楼。那人要了一壶茶，两人坐下来，一边喝着茶，一边聊了起来。

"戬儿，我是你的堂叔苏轩生啊！"那人急不可耐地告诉苏曼殊，"我们应该见过面的。你刚去香港皇娘书院读书时，我正好从这里回广东，还送了你一只日本产的皮箱呢。你想起来了没有？"

苏曼殊搜索记忆，印象中确实听说苏家有这么一位堂叔，而且自己去香港读书时，苏氏家族确实有一位男性长辈送过自己一只皮箱，但究

竟是谁送的，他实在想不起来。既然这人说认识自己，而且也能说出自己的名字、老家，那他应该就是自己的堂叔无疑。谁吃饱了没事冒充他的堂叔呢！

“堂叔！”苏曼殊叫了那人一声，在这种时候，在这个地方，遇到一位与自己有关系的人，总是一件令人高兴的事情。不过他很纳闷，既然这人是自己的堂叔，为什么自己不认识呢？

他把自己心里的疑惑说了出来。

那人哈哈大笑。他接过跑堂递过来的茶壶，先给苏曼殊面前的茶杯，再给自己面前的茶杯分别沏上一杯满满的茶水，将茶壶放下，慢慢地给苏曼殊解释起来：

“你当然有可能不认识我，我与你毕竟只见过一次面啊！我这十几年常年在横滨卖丝绸，很难得回国一次，那次也是因为家里实在有事，不得不回去，正巧碰上了你要到香港读书，我和你爸是好兄弟，他的公子要去香港读书，好事情啊！我能够不有所表示吗？所以就买了一只皮箱送给你表表心意。一转眼时间就过去有四五年了，你忘了我，也难怪的嘛！”

哦！原来如此！怪不得自己与他对面不相识。苏曼殊恍然大悟。

“堂叔！你只见过我一次，而且又隔了这么多年，你的记忆力怎么有这么好，一眼就把我认出来了？”苏曼殊问。

“呵呵！不是我的记忆力好，是你的眉眼没大变，所以我一看到你就认出来了！”苏轩生说，“那年我们送你到渡口，我们大家面对的是你一个人，而你面对的是我们一群人，所以我记你很清楚，而你记我们就很模糊啊！”

“是啊，是啊！”苏曼殊连连点头，接着问，“堂叔您一直在横滨？您现在主要做什么？”

“我那次从沥溪回横滨后，这几年就再也没回去过了。”苏轩生说，“我比你爹晚三年到横滨，你爹做茶叶生意，我做丝绸生意。你爹的生意一直那么旺，后来却说倒就倒了，真是可惜啊！”

爹？苏曼殊听到这个词，觉得很陌生很遥远，并没有激起他丝毫的亲切感和温暖感。他没有接茬。

“戬儿！”苏轩生呷了一口茶，问苏曼殊，“这一年多来你与你爹联系过没有？”

苏轩生在横滨也听到了这个侄子离家出走的事情，还听说他到广州一个什么寺做了和尚。至于苏曼殊在苏家所遭受的虐待，以及他这次到日本寻母的事情，苏轩生并不知道。

苏曼殊摇摇头。

“戬儿，这就是你的不对了！”苏轩生忍不住责备起苏曼殊来，“当初你不同家里说一声，就离家出走；离开家里都一年多了，又不跟家里通个音信，你不知道你爹会有多着急吗？可怜天下父母心啊！孩子。”

着急？他才不会管我的死活呢！苏曼殊很想反驳，转念一想，这次是跟堂叔在异国他乡第一次见面，与他争起来不好，于是就忍住了。

苏轩生见苏曼殊没有作声，大概也觉得自己首次单独与他见面就这样说他也不是太好，于是赶紧换了个话题：“戬儿，你怎么来日本了？”

“我……我到日本来找同学，我同学来日本读书了。”苏曼殊忙编了个理由。他不敢把自己到逗子樱山村探母，为逃避静子的感情再次出走的事情说出来。他怕堂叔知道后会与娘联系，把自己送回逗子樱山村。

“找着同学没有？”苏轩生问。

“没有！”苏曼殊摇头。

“我说你们这些后生啊，做事怎么就这样不稳重？同学都没联系好，就大老远地从中国跑到日本来，你认为是玩过家家啊！这次幸亏被我碰见，否则，你要流落街头了！”苏轩生气呼呼地说。

“是的，是的，幸好遇上了堂叔，否则我还真不知道怎么办呢！这次真的是太巧了！”苏曼殊赶紧奉承道。

“这次你既然遇见了堂叔，堂叔就不能不管你！这样吧，你跟我回家去，我在若松町有一幢房子，暂时没人住，你就先在那儿住下来。前些日子我听人说上野的东京美术学校西洋画科正在招生，你不是很喜欢

画画吗？我托人帮你联系联系，先把你送到上野去学学西洋画，等我与你爹联系上了，我再把你交给他安排。你看怎样？”

“行，行，那太好了！真是谢谢堂叔！”苏曼殊连声道谢。

2

苏曼殊被苏轩生送进了上野东京美术学校西洋画科学习泰西艺术。每到周末，便回若松町住上一天。这段日子，苏轩生设法与自己的堂兄苏曼殊的父亲苏杰生取得了联系，告知苏曼殊已来日本，并被自己送到上野学西洋画的消息。苏杰生喜出望外，要堂弟一定要劝戬儿回中国，去上海投奔他更好，因为他们夫妇和堂妹一家都正在上海经商；回广东沥溪老家也行，随戬儿选择。苏杰生让堂弟转告戬儿，自己对儿子在沥溪受虐待的事都已经知晓，他已严厉地教训了大陈氏一番，大陈氏已向他做出保证，以后决不会再发生类似的事情。苏杰生在信中还恳求儿子原谅自己，原谅他这个不称职的父亲。他说自己正在一天天老去，希望儿子能回到自己身边，父子俩乐享天伦。

不过，在信中，苏杰生并没有要堂弟与戬儿的母亲河合仙联系，他自己也没有给河合仙去信。一来河合仙当初回日本，正是由于他们夫妻二人感情已经破裂，让他主动给河合仙写信，他拉不下这个脸面。二来他觉得戬儿已到日本这件事，不让河合仙知道更好。要是被她知道了，他们母子俩的感情那么深，儿子还有回中国的可能吗？

无论苏杰生的信写得多么煽情，都是不可能打动苏曼殊的。在苏曼殊整个的童年和少年时期，这个被他唤做“爹”的人，给他和他母亲带来的心灵创伤，是他们母子俩一辈子都无法忘却的。他断然拒绝信中要他到上海投奔苏杰生的哀求，他更不可能再回到沥溪苏家那座记忆中的“地狱”中去。苏杰生无法，只好再次给堂弟写信，拜托堂弟代他行使一个父亲的职责，好好照顾戬儿，并对之严加管教。

苏轩生的这幢空房子位于溪边。那是一条南北流向的小溪。溪面很窄，两岸的怪石好似犬牙参差交错。对岸是一个斜坡，栽满了樱花。坡底岸边，稀疏地长着几棵杨柳。樱花林后，几幢和苏轩生家格局相似、白墙黛瓦的民居，与他家的房子隔溪相对。这时正值樱花烂漫的时节，小溪边一片绯红，几只早来的蜻蜓在溪上飞来飞去。时不时地还会有一两群鸽子，从樱花林中腾起，散飞在空中，盘旋几圈，复又“扑喇喇”地停栖在溪边的乱石上，“咕咕”地叫着。

苏轩生一家生意忙，无暇照顾苏曼殊。每到堂侄要回来的前一天晚上，苏轩生便会帮苏曼殊把菜买好，给他送去。至于烧弄，只好让苏曼殊自己干了。好在一个人的饭菜，对付起来也不是太难。除了一天给自己做三餐饭，洗洗衣服外，其余时间，苏曼殊基本上都用来画画。累了，闷了，他就站在窗前，看看窗外的景象；或是走出门，绕到屋后的小溪边，在乱石上坐坐，用小树枝逗弄逗弄溪里的小鱼。眼前这条美丽的小溪，渐渐稀释了他对母亲、姨和静子刻骨的挂怀和愧疚。它就像那条恒河圣水，在他的心房缓缓流过，濯洗着他的心窍和灵魄，让他的心日趋变得轻松和空灵起来。

这天周末，苏曼殊又站在窗前外眺，忽见从对岸的樱花林里，钻出一位姑娘和一个小男孩。两个人来到溪边，在一块大石上蹲下身去，将一只纸船缓缓放入小溪中。纸船微微地晃了晃，就在水面上稳稳地漂移起来。两个人一阵欢呼。那姑娘将头抬起的时候，目光正好与苏曼殊从窗内射出的目光撞了个正着。她没有提防溪对面屋子的窗内，会有人正在窥视自己，小小地吃了一惊，待她看清窥视自己的人是一个眉清目秀、双目炯炯的青年时，她的脸颊上顿时飞起了两朵红云，给了苏曼殊一个娇羞的笑，就拉着小男孩的手跑开了。

以后的每个周末，那姑娘几乎都要在同一时刻，准时带着小男孩到溪边来放纸船。她在放纸船的时候，总要有意无意地朝对面苏曼殊的窗口望一望。有时没有发现苏曼殊的身影，她就会怅然若失，草草地把纸船朝溪水上一丢，就拉着小男孩回去了。时间一长，连苏曼殊也渐渐觉

察出来了，那姑娘每天带着小男孩来对岸放纸船，似乎目的就是为了来看看他。

苏曼殊的心弦渐渐地被拨动了。那是一个美丽而娴静的姑娘，年龄与静子相仿，一头瀑布般的乌黑长发，身材窈窕，动作灵巧。她每次看见他时，总会有点儿慌乱地朝他羞涩地一笑，然后低下头去，一会儿捡起一枚小石子投进溪里；一会儿拔拔脚边的小草；一会儿逗逗小男孩；一会儿又转过身去，用手去抚弄那被风拂起的杨柳枝。一副手足无措的样子。

苏曼殊感觉到了自己内心的悸动。他原本被彻底解放了的心灵，仿佛又被系上了一根红丝绳。每个周一他刚一回到上野，心里就开始盼望起周末的到来；每逢周末放假的前一天晚上，他便归心似箭，辗转反侧，一夜无眠；回家后，每到那姑娘要来溪边放纸船的时候，他就早早地守候在了窗前，等待那姑娘的出现。站在窗口看那姑娘放纸船，已成为他生活中的一项重要内容，成为他心灵中的一个重要节日。姑娘尚未出现，他的心充满焦灼；姑娘来了，他的心一阵狂跳；姑娘离去，他的心怅然若失。他们不曾说过一句话，也不曾打过一个手势，却似乎心有灵犀。每天的这个时候，一个准时来溪边放纸船，一个准时站在屋内观看，成了那姑娘和苏曼殊两个人之间的秘密。

"菊子姐姐！"有一天，那姑娘独自来到溪边，刚把纸船放入溪水，小男孩就从樱花林里钻了出来，大声地责怪那姑娘说，"你今天怎么不叫我，自己一个人偷偷地跑这来了？你好坏哟！"那姑娘吓了一跳，回头见是小男孩，忙向他道歉："寅次郎，姐姐今天看你已经睡着了，就没叫醒你。对不起啊，以后姐姐一定不会忘了叫你一起来！"正守望在窗前的苏曼殊，直到这时才知道，原来两人是姐弟，姑娘叫"菊子"，小男孩叫"寅次郎"。

又是一个周末。又该到了菊子姐弟来溪边放纸船的时间了。可是苏曼殊在窗前一直守候到天黑，菊子和寅次郎还是没有出现。他认为姐弟俩这次一定是临时有事来不了，明天肯定会再来的。当晚他在一种焦灼和期待中，度过了一个不眠之夜。

第二天一早，苏曼殊只好怅然若失、怏怏不乐地回上野去了。

他失魂落魄地在上野度过了整整一周。

周六下午，当他心急火燎地回到若松町，等候着他的，依旧是望尽秋水，不见伊人来。

之后连续几个周末，菊子姐弟的身影，就像被蒸发了似的，始终没有再在溪边出现。

苏曼殊感受到了一种难奈的煎熬。菊子到哪儿去了？她为什么不再出现？她该不是出什么事了吧！她难道不知道自己每天都在窗口前，痴痴地把她守望？想起一段日子以来，自己与菊子近在咫尺却宛若天涯，日日相望却形同陌路，他后悔自己没有把握住机会，没有及时对她诉说衷肠。不行！得去找她！要把自己对她的思念亲口告诉她！

可是，他这样贸然去找一个姑娘家，她会如何看待他？她的家人会接受他这样一个来自异国的浪子吗？尤其是待他稍稍冷静了一些之后，他更想起了自己的出家人身份，想起了佛门的戒律，想起了自己从逗子樱山村出逃的原因。自己之所以抛下至爱的母亲和姨，不正是为了逃避静子的爱吗？他又如何能重蹈覆辙？

苏曼殊的灵魂就这样在碳和冰中辗转。他瘦下了一大圈，神情恍惚，情绪委顿。苏轩生来看他，吃了一惊，以为他得了什么病，急忙催他去看医生。苏曼殊死活不肯。苏轩生只好由着他，唯有叮嘱堂侄好好照顾自己，并特意上街买来一只鸡，亲手炖给苏曼殊吃，给他补充营养。

这天，回家周休的苏曼殊又伫立在窗前作无望的眺望，忽然一个装着石子的小布袋从窗外飞进窗口，落在窗边的书桌上。苏曼殊好奇地打开小布袋，里面有一个小纸卷，展开一看，竟是一片丹霞诗笺，上书诗歌一首：

“青阳启佳时，白日丽旸谷。新碧映郊垧，芳草缀林木。轻露养篁荣，和风送芳馥。密叶结重荫，繁华绕四屋。万红皆专与，嗟我守茕独。

故居久不归，庭草为谁绿。览物叹离群，何以慰心曲？”

署名：“菊子。”

苏曼殊见了，十分欣喜。原来这信是菊子让家中的佣人从窗外扔进来的。

3

苏曼殊拿着那片丹霞诗笺看了又看，看了又看。“万红皆专与，嗟我守空独。故居久不归，庭草为谁绿。览物叹离群，何以慰心曲？”从诗歌中，他读出了菊子对自己的一片情愫。原来菊子并没有远离自己而去，相反，她对自己一见钟情。苏曼殊为这意外飞来的福音而欣喜，之前所有的焦灼、疑虑、揪心和不安都一扫而空，他立刻拿出纸笔，作诗为复——

“却下珠帘故故羞，浪持银烛照梳头。玉阶人静情难诉，悄向星河觅女牛。”

诗下署名：“苏玄瑛。”

他将诗歌装在小布袋里，交给在窗外等候的那个仆人。

苏曼殊的目光和心，也跟着飞了过去……

此后的日子，那个菊子家里的仆人，便往返于这对情郎痴女之间，为他们充当传递心曲的信使。

从纸条中，苏曼殊终于获知了菊子从溪边消失多日的原因。原来他们姐弟俩每个周末准时去溪边放纸船，时间一长，就引起了父母的怀疑。菊子自然守口如瓶，可是年幼的弟弟却经不住父母的哄骗，很快就说了实话。他说姐姐之所以每个周末去溪边，是因为对岸住着一个大哥哥。不用儿子再多说什么，父母的心里已然明白，原来是女儿动了春心。菊子父母的心里其实并不反对女儿与男孩子交往，但他们反对女儿找外国男孩子，因为他们知道溪对面房子的主人是一位中国人。是中国人，最后终归是要回自己祖国去的。因此他们强令女儿不得再去溪边，与苏曼殊接触……

随着信中往来次数的增加，苏曼殊和菊子的感情变得越来越炽烈，苏曼殊再次在心中燃起的爱情之火。流淌在短诗长词中的醉心的甜蜜，让苏曼殊长久地激动不已，他由此感受到了人生的乐趣和温暖，对生活充满了信心和希望。菊子也是如此，情窦初开的新奇与美妙，对未来的神往和憧憬，让她沉浸在一片梦幻般的世界里。两人都在期待和酝酿一次真正的见面。

机会终于来了。这天周末一大早，菊子的父母回乡下老家去探望生病的爷爷奶奶，将儿子寅次郎也带去了，只留下菊子一人在家。菊子看父母已经走远，马上给苏曼殊写了一张小纸条，告诉他自己的父母已外出，家中只剩她一人，约苏曼殊一起到多摩川湖边去游玩。然后让仆人将纸条送给苏曼殊。

美人有约，苏曼殊一阵狂喜。他马上跑出家门，沿着溪岸，直奔远处的桥头而去，与菊子会合。

菊子早已在桥头等着他，见苏曼殊来了，依然是她那招牌似的羞涩的笑。

苏曼殊叫了一声：“菊子姑娘！”

菊子也不应声，低下头，绯红着脸，紧盯着自己的脚尖。她那头黑色瀑布似的长发一齐披垂到胸前，把玉盘似的脸遮挡得影影绰绰。

苏曼殊情不自禁地上前，拉住了菊子的手。

菊子触电似的浑身微颤了一下。不过她并没有甩开苏曼殊的手。过了一会儿，她终于抬起了头，朝苏曼殊“扑哧”笑了一声。

两人都面带羞涩，互相打量着对方。虽然之前他们曾隔着不宽的

小溪见过十几次面，但如此近距离的端详，对他们二人来说，都是第一次。

瞧着眼前的甜美的菊子，一股甜蜜悄悄地爬上了苏曼殊的心头。他把菊子的双手抓起来，紧紧地放在自己的胸前。

菊子轻声地说了一声："走吧！"就把自己的双手抽了出来，往前紧走，把苏曼殊甩在了身后。

苏曼殊赶紧跟上。

看看已经走出了若松町。苏曼殊的手臂不由自主地缠上了菊子的腰肢。菊子又是一阵战栗，依旧没有将身子闪开。两人半偎半依走着前行。

一炷香工夫，多摩川终于到了。两人都感到身子有点瘫软，便在湖边的一块大石头上坐下歇息。

菊子娇喘微微，因运动而发热泛红的瓷器一样的脸庞显得更加媚艳。她好奇地问："玄瑛，听我爹娘说，你是中国人？"

"是的！"苏曼殊答道。

"那你以后还回不回中国去？"菊子继续问。

"当然，那是我的祖国嘛！"苏曼殊不假思索地脱口而出。

菊子的脸色陡然变得落寞。如同枝头上的花瓣，突然被骤雨打落于泥沼。

苏曼殊见了，知是自己的话让菊子伤情了，他急中生智，连忙接上一句："不过要是有人值得我留下来，那我也就不回中国了！"

"真的？"菊子转哀为喜。

"真的！"苏曼殊肯定地说。

菊子把头靠了过来，依偎在苏曼殊的肩头，仰起脸问他："如果菊子要你留下来，你愿不愿意？"她的眸子里，闪烁着一种痴情。

苏曼殊大为感动。一股似隐似现的淡淡的幽香从菊子身上溢出。苏曼殊在芳香的袭扰下，情不能自已。他低下头去，紧紧拥搂着菊子，迎向她恬静秀美的脸庞，忘情地在她红嫩娇艳的嘴唇上，印下一个个深深的吻。这是苏曼殊生平第一次吻一个姑娘。他激动、陶醉、恍若梦境……

湖水在倾泻如泼的阳光下微微波动。几只蜻蜓振闪着薄翼，在荷丛中飞舞。远处天边的云朵，湖边绿色的农田，身边一切的一切，都掉进了一片甜蜜的静谧里。

良久，菊子的唇与苏曼殊的唇才分离了开来。菊子坐正身子，理了理有点凌乱的长发，站起身来，对苏曼殊说；“玄瑛，我们走走吧！”

“好的！”苏曼殊也站了起来。

两人手挽着手，沿着湖堤散起步来。

忽然他们发现湖边泊着一只小木船。菊子的眼睛一亮，激动地问苏曼殊：“玄瑛，我们划划船吧！”

“好哇！”苏曼殊也很兴奋。

菊子蹲身解开了木船的缆绳。

苏曼殊扶着菊子小心翼翼地上了船。

“碧沼红莲水自流，涉江同上木兰舟。可怜十五盈盈女，不信卢家有莫愁。”苏曼殊触景生情，脱口吟出一首诗。

“好诗！”菊子由衷地赞叹了一句。

两人驾起小木船，漂向荷叶深处……

4

恋爱的甜蜜，让苏曼殊和菊子都忘记了饥渴。

两人泛舟湖心，互诉衷肠。时而悠然而划，时而停下手中的木桨，任木船自由东西。有时苏曼殊情渴难耐，想移身过去吻一吻菊子，弄得小木船一阵剧晃，惊得菊子一迭声大叫：“小心！小心！”

两人流连忘返，直到天边出现了淡月疏星，才不情不愿地掉转船头，向岸边划去，弃船上岸。

这时他们都饥肠辘辘。来游玩时谁都忘了带点干粮这茬事，好在路边田里种有连片的豌豆，此时已然成熟，捋下来塞进嘴里，也可以聊以

果腹。

两人一边嚼着豆子，一边说说笑笑地依偎而行。莹亮亮的月轮已经高挂在东边天空，在他们脚下铺出一条银白色的路。他们停停走走，时不时搂在一起，热烈拥吻。月亮也好似理解这对陷入热恋中的人儿，时不时躲进云层中去，以免他们害羞。

吻着菊子娇媚的唇脸，苏曼殊诗思如潮："碧阑干外夜沉沉，斜倚云屏烛影深。看取红酥浑欲滴，凤文双结是同心！"

"凤文双结是同心。凤文双结是同心。"菊子喃喃地复述着。她似乎看见了玄瑛对自己的一颗赤诚的心。

两人走回到若松町溪边桥头时，已是晚上八点多钟。菊子说："我回去了！说不准我爹我娘他们都回来了！"

苏曼殊本欲把菊子送回家去，听到这句话后，只好打消了这个念头。两人再次拥吻在一起，依依而别。

直到菊子已经走远，苏曼殊才拐下桥头，沿着溪岸向自己家里走去。他一边走着，一边回味着一天来与菊子令人销魂的激拥和热吻，心房充溢着无限的温暖和幸福。这种奇妙的感觉，让他深深陶醉，回味不已。这是此前自己与雪梅、与静子之间从未发生和体验过的。他感觉自己的灵魂已彻底被菊子掏空，带走。低头嗅一嗅自己的衣襟，还有菊子留下的缕缕体香，在胸前袅娜，飘逸……

苏曼殊停下了脚步，他看见前面自己家的门大开着，屋里亮着灯光。他吃了一惊，忙加快脚步。

苏曼殊刚想迈进门槛，苏轩生便迎了出来，黑着脸色，劈头问了他一句："这一天你都上哪去了？我都在这等了一天了！"

苏曼殊猝不及防，嗫嚅难答。

"你爹写信给我，说他已经从上海回沥溪去了，他要你也回沥溪去，毕竟画画不是一种正当的营生。"苏轩生说。

"回广东？不回！"苏曼殊没想到堂叔来找自己就为的是这事，他犟头犟脑地回了一声。

“戬儿，我看你爹说的在理。”苏轩生知道苏曼殊刻骨痛恨自己的爹，他尽量把语气放得和缓，“靠画画日后真的很难谋生，你看古代那些画画的，有哪个不是穷困潦倒……”

“我不回去，就算以后饿死，我也不回去！”苏曼殊气恼地说。

“这件事你也不要急于回答，好好考虑一下吧，下周再告诉我。我该回去了。”苏轩生说完，就走了。

刚才与菊子同游多摩川所带来的甜蜜，被堂叔的一番话一搅和，转瞬在苏曼殊心里荡然无存。他的情绪懊丧到了极点，晚饭也没有做，把门一闩，油灯一吹，倒头便在床上睡下了。整个晚上他噩梦连连，一会儿梦见气息奄奄的自己被大陈氏扔在柴房里，一会儿梦见自己发疯似的寻找抛下自己悄悄回日本去的母亲，一会儿梦见自己在寺庙里偷烤鸽肉被师傅赶出佛门，一会儿又梦见自己和菊子被两边的家人生生拆散……

苏曼殊头痛欲裂，直到天色破晓时分才沉沉睡去。

“喳喳！喳喳喳！”窗外的喜鹊把他从梦中唤醒。

“糟糕，误了回学校的时间了！”苏曼殊一个鲤鱼打挺，坐起身来。刚一睁开双眼，一束刺目的阳光便向他扑了过来。他用手背揩揩眼睛，看见窗台上放着一个小布袋。

“菊子来信了！”苏曼殊一阵惊喜。他从床上一跃而起，连爬带滚地扑到窗台前，打开布袋，迫不及待地看信。

原来，菊子又约自己下周黄昏后，到通往多摩川半路上的一孔石拱桥上会面，以再倾情愫。

苏曼殊连忙回信答应。

第二个周末傍晚时分，苏曼殊回到家里，正欲去赴菊子之约，这时苏轩生又来了，问他想得怎样。苏曼殊没好气地回答了一声：“沥溪我是死也不会回去的！如果堂叔是嫌我住在这里给你添麻烦，那我现在就走。”说完，就气呼呼地进屋收拾东西。

“别，别！”苏轩生见堂侄这么执拗，无可奈何，说：“堂叔怎么会嫌你麻烦？堂叔真的是担心你以后的前途，你这么个任性的孩子。好吧，既然这样，那你就再想想，想通了再告诉我。”说完，苏轩生摇摇头走了。

好不容易看着堂叔的身影从视野中彻底消失，苏曼殊拔腿便朝通往多摩川的方向跑去……

这时，天上一面淡月若隐若现、若有若无地在云海里漂浮。苏曼殊伫立在石拱桥上，朝向若松町方向，等着菊子的身影在路上出现。

苏曼殊斜倚在桥边的石栏上，心里充满期待，充满幻想。他甚至设想好了，待会儿菊子来了，他要一把将她抱起来，旋上几圈，再慢慢地把她放下来，纵情地亲她个千百遍……

然而，无论苏曼殊怎样望眼欲穿，菊子的身影，始终都没有出现在他的眼帘中。

月至中天。月影西移。菊子还是没有出现。

苏曼殊的心渐渐开始担心和焦躁起来。菊子到底会不会来？她该不会出什么事吧！她如果不会来赴约，照道理也应该给自己打个招呼啊！她到底遇到什么事情了？

苏曼殊正这么想着，忽然刮来了一阵透骨的寒风，他忍不住打起了寒战。抬头看看天空，灰暗的月影已完全隐去，一片墨云如黑色的铁骑，从西边天空滚滚而来，俄顷，电闪雷鸣，一阵骤雨从天空倾泻而下，苏曼殊无处藏身，被淋成一只落汤鸡。

苏曼殊瑟瑟发抖，拖着一身湿重的衣衫，回到家中。

5

苏曼殊听到窗外有响动，打开窗户，看到窗台上的小布袋，他连忙取出里面的信一看，终于明白了菊子为什么会爽约。原来，菊子正要赴约时，被家人发觉而遭严密监视，身不由己，以致不能践约。她在心中对苏曼殊表达了无限的歉疚之情，并订期后会。

苏曼殊静静地坐了一会儿，给菊子写了一封回信，然后从床头拿起一套干净衣服，朝卫生间走去。待到苏曼殊换好衣服从卫生间里出来，堂叔苏轩生手里拿着自己刚给菊子写好的那封信，青筋暴起，脸色铁青，正站在桌边。

苏轩生盯着从卫生间里走出来的苏曼殊，朝他扬了扬手中那封苏曼殊写给菊子的情书，厉声喝问："这是怎么一回事？"

苏曼殊一个寒战，无法作声。

苏轩生暴跳如雷："你爹几次三番、几次三番地劝你回广东，你不理不睬，原来在背着家里要和那个菊子私订终身！自古以来，儿女的婚姻大事，凭的是父母之命，媒妁之言，哪有私自做主的？你现在做下这种伤风败俗、败坏苏家名声的事情，叫我如何向你爹交代？"

苏曼殊不满地反驳："谈个女朋友就伤风败俗了？父母之命，媒妁之言，我没有爹！我有爹就跟没爹一样！"

"啪！"一个响亮的耳光朝苏曼殊脸颊上扇去，苏轩生的嘴巴都气歪了，"你这个小畜生！竟说出这般不孝的话来！"

苏曼殊没有想到过去一直和蔼可亲的堂叔，竟然会因为自己与菊子相恋而抬手打他。他心寒极了，也气昏了，声嘶力竭地大叫着："我不是苏家人！你们苏家没有一个是好人！"

"你不是苏家人？那好，那好，你现在就给我滚！"苏轩生气得语无伦次，他把手往门口一指。

"滚就滚！"苏曼殊把床头上的几件衣服往褡裢中一塞，就要冲出房门。

苏轩生气呼呼地说："为了一个歌妓，竟不惜跟自己的堂叔闹翻脸，亏你做得出来！"

"歌妓？你胡说！"苏曼殊一愣。

"你去问问别人！一问便知堂叔说的到底是真是假！"苏轩生说。

"歌妓，歌妓我也爱她！"苏曼殊歇斯底里地大喊道。

"没门！你不要脸，我们苏家还要脸呢！"苏轩生气得脚一跺，转

身走了。

苏曼殊一屁股坐在板凳上，掩面痛哭。

他决定离开苏轩生家，直接上菊子家去找她。向她再次重申自己的爱。如果菊子同意，他还想带着她浪迹天涯。

当他绕过小溪远处的那座小桥，沿着溪岸走近菊子家时，老远便听到了一阵吵闹声和哭声。苏曼殊的心一紧，忙加紧脚步，向着斜坡上的樱花林后面走去。

菊子家的门前聚集了很多人。苏曼殊惊讶地看见自己的堂叔苏轩生正站在人群中，戳戳点点；旁边一对50岁上下的夫妇，不住地对他点头哈腰，连声道歉。苏曼殊忙问旁边一位妇女是怎么回事。那妇女告诉他，这个站在人群中间的是个中国人，听说他的一位从中国来的侄子被这家的女儿勾引，两人私订终身。他这次上门是特意来兴师问罪，指责这家做父母的对女儿管教不严，纵任女儿在外面伤风败俗，并说他们是决不会答应让一个歌妓嫁过去辱没门风的，让这家的女儿趁早死了这份心。这家的父母羞愧难当，刚才当着众人的面，将自己的女儿痛打了一顿，并保证一定管教女儿，不会让她再与那个中国小伙接触的……

苏曼殊一听，急火攻心，两眼一黑，差点晕倒。旁边的那妇女忙一把将他扶住，狐疑地看了他几眼。

苏曼殊想冲进屋去，看看菊子到底被打成什么样；他想冲进屋去，给遭爹娘毒手的菊子以抚慰和温存；甚至，他想冲进屋去，带着心爱的姑娘远走高飞……但看见骄横跋扈的堂叔苏轩生、卑躬屈膝的菊子父母和满场围观的人，他顿然失去了勇气——即令他有勇气冲进屋去，菊子的爹娘也绝不会成全他的。

这时苏轩生发现了他，走了过来，捉着他的手，把他拉回家去。苏曼殊已彻底失却了反抗的念头和力气。

第二天一早，苏曼殊被溪对岸一阵呼天抢地的哭声惊醒。不久消息传来，菊子，他心爱的菊子，自知与他结合无望，已于头天晚上投海自杀，玉殒香消，芳魂缥缈，幽冥永隔。

苏曼殊闻听消息，犹如晴天霹雳，痛不欲生，万念俱灰……

6

菊子的蹈海殉情，让苏曼殊第一次领略了生命的无常、爱情的虚幻。他又听到了梵音的召唤。他决定终止在上野东京美术学校的学业，回广州去寻找自己的师父赞初大师。慧龙寺被新学暴徒所毁，师父生死未卜，除非已经明确得知师父已经不在人世的消息，否则他是决不会放弃的。

回国前一天，他再一次回到逗子樱山村。佛的真谛是爱，爱是慈悲，而慈就是母亲。自己要回中国了，无论如何，都得同母亲道一声别。爱情如繁花朝露，难以持久；唯有母爱，是亘古不变的山峦。

河合仙苍老了许多。苏曼殊悔婚出逃，对她的打击很大。她只有认命。她对儿子放弃静子虽然感到遗憾，却没有过多的指责；她明白，儿子已经大了，自己已无力为他安排未来的人生道路。她对儿子的爱，并没有因此发生丝毫改变。她知道儿子早晚会回来的。因此，当儿子出现在她面前时，她虽然惊喜，却没有过多的意外。

苏曼殊哽咽地叫了一声“娘！”，就跪倒在了母亲面前。河合仙忙把儿子搀起来，朝屋内高喊一声：“慧子，你三郎哥回来了！”将儿子拥进屋去。

慧子闻声扑了出来，看见半年没见的苏曼殊，高兴地喊了一声：“哥！”就吊上了他的脖子。

苏曼殊将妹妹放了下来，把她瞧了个仔细：比半年前明显长高了，但却黑瘦了许多。他知道。这是妹妹帮着母亲辛苦劳作所留下的烙印。他的心头泛起一丝悲酸和愧疚。

娘儿仨在一起欢快地聊了一阵。苏曼殊忽然静默了。河合仙知道儿子心里在想什么，便告诉他，他去年出走后，静子大病了一场，对他彻底死心了，病好后就嫁给了一位海军军官，到江户生活去了。姨也跟了

过去。苏曼殊听了，心里无喜无忧。

苏曼殊在家里住了一晚，第二天一早，便起身了。河合仙知道自己无法留住儿子，只能暗自流泪。妹妹慧子明显地表现出不舍，但她也无法留住哥哥。苏曼殊答应母亲和妹妹，以后自己会经常回日本看望她们的。母女俩默默地送苏曼殊上路……

几天之后，苏曼殊的身影出现在了广东海边。他到一个小集镇上买来一套僧衣，换下身上的西服，便急急地去寻奶娘秦氏和柱子哥。自去春东渡后，已快一年半没听到他们的消息，不知娘俩可否安好？

苏曼殊在山径上疾走。终于看见奶娘家的茅棚了，苏曼殊激动地奔了过去。

院子里，一个粗壮黝黑的青年人，正弯着腰在铲粪泥，听到院外传来脚步声，忙抬起来头。

“柱子哥！”苏曼殊一眼便认出他正是自己时常思念的柱子哥，兴奋地叫了一声。

“三……三郎？”柱子惊呆了，他手中那把刚刚扬起的铁铲“咣当”一声跌落在地。

柱子看了苏曼殊许久，终于悲咽着说：“三郎，真是你啊！你什么时候回来的？”

苏曼殊冲了上去，紧紧地把他搂住：“柱子哥，你可想死我了！我刚从日本回来了，就上这儿来看你和奶娘！”

柱子的眼圈一红，簌簌落泪。良久，他才回答说：“娘，娘在今年春天……过世了。”

苏曼殊听了，肝摧胆裂，天倾地覆。他抱着柱子，痛哭失声：“我一回国就奔这儿来，就想着先来看看奶娘！不想奶娘却再也看不到了……”

柱子止住泪水，安慰他说：“三郎，人死不能复生，你也不要过于伤心。好在娘去的时候，没遭什么大罪。她只是记挂着你。如今你既然平平安安地回来了，她在九泉之下，也就放心了……”

“柱子哥，奶娘葬在哪里？您带我到她老人家的坟上看看吧！”苏曼殊呜咽着说。

“唔！”柱子答应道。

两人走出院门，走过一条长长的山道，来到秦氏的土坟前。坟上泥土犹新，四边白杨萧萧，几只乌鸦栖在枝间，见有人来，“啊！啊！”几声，一齐飞走了。

苏曼殊忍不住再次热泪滚滚而下。过往岁月中的一幕幕情景次第浮上脑海。奶娘待自己情同亲娘，恩重如山，自己尚未报答她的恩情，她却抛下自己独自去了那遥远的天国。去春奶娘在院子里送别自己的情景犹在眼前，不想转眼竟成永诀！想到这里，苏曼殊肝肠寸断。他“扑通”一声跪了下去，给奶娘叩了几个响头，用手掌在脚边刮起一捧捧泥土，扬上奶娘的坟头……

祭奠完奶娘，兄弟俩走在回家的路上。苏曼殊向柱子问起奶娘的准确殁时、殁于何疾。柱子一一作答。苏曼殊听了，又是一番黯然神伤。

走着走着，苏曼殊忽然想起了雪梅。他停下脚步，把脸转向柱子，问：“柱子哥，雪梅她最近怎样？”

柱子脸色微微一变，默不作声。

一种不祥之兆袭上苏曼殊心头。他的呼吸陡然变得急促起来，惊悸地问：“雪梅怎么了？您快说啊！”

“三郎，雪梅她……她……去年冬天……已经死了。”柱子低声答道。

苏曼殊但觉脑袋“轰”的一声，差点栽倒。

柱子忙一把将他搀住。

“她……她……她怎么死的？”苏曼殊扶着柱子的肩膀，颤抖着问。

“听说她后娘一定要逼她嫁给一个富贵人家，她死也不从，一直不吃不喝，在出嫁的前一天晚上就饿死了……多好的一个姑娘，可惜啊！”柱子沉痛地叹了一口气。

“柱子哥，我想去看看雪梅的坟！”良久，苏曼殊咽住悲声，说道。

“这……”柱子停顿了一会儿，探询地问，“我们先回家吃饭，吃完饭再去如何？”

“不，我想现在就去雪梅家。您回去吧，我一个人去就行了。”苏曼殊说。

“还是我陪你去好！”柱子不放心，跟着苏曼殊，一起上了路。

苏曼殊恨无双翼，在前面急步如飞；柱子气喘吁吁，在后面紧追慢赶。

第二天早晨，两个人来到了雪梅家。

院门紧闭，哥俩叩了很久，都没人开门。他们只好沿着院墙根，绕到先前的那个小侧门。

“嗑！嗑！”他们又叩响了门扉。

“谁呀？来了！来了！”过了好一会儿，从门内传来一串脚步声，紧跟着一个女孩的声音在问。

门“吱嘎”一声开了。

双方都怔住了。开门的女孩，正是他们一年前见过的雪梅的那个丫环。

那丫环见了他们，身子好像忽然被地面粘住了，脸色一改，紧盯住苏曼殊，好像认识他又好像不认识他似的。

苏曼殊近前一步，对那丫环说：“姑娘还记得去年春天的卖花郎吗？请问雪梅姑娘的芳魂葬在什么地方？您能带我们去看看吗？”说完，呜呜哭了起来。

那丫环严峻的脸色突然变得愤怒起来，厉声说道：“人都死了，哭有什么用！请问我家小姐可曾有对不起你的地方？她天天在家等着你来迎娶，你却像泥牛入海，一点消息也没有！试问你这个卖花郎，我家小姐到底是为谁而死的？和尚你走吧，丫头对不起你了！”说完，“啪”的一声，就把门锁上了。

苏曼殊呆立在门前，心如刀割。雪梅为他而死，可他却连她葬身何处也不知晓。

这时暮色四合，寒气袭人。苏曼殊心力交瘁，饥渴交迫。菊子跳海、静子远嫁、奶娘仙逝、雪梅绝食而亡，一连串的打击，把他的心灵彻底掏空。

“苦海无边，回头是岸……”他听到佛祖在黑暗的尽头这样对自己说……

十日樱花作意开，绕花岂惜日千回？
昨宵风雨偏相厄，谁向人天诉此哀？
忍见胡沙埋艳骨，空将清泪滴深怀。
多情漫作他年忆，一寸春心早已灰。

第六章 蒲涧逃禅

槭槭秋林细雨过，天涯飘泊欲何之。
空山流水无人迹，何处蛾眉有怨词？

1

广州白云山蒲涧寺。香烟缭绕，钟磬声声。经堂里，几十个和尚正盘腿坐在莲花蒲团上，听身披金色袈裟的住持智昙长老宣讲《弥陀经》。

忽然有小沙弥来报告，说门外有个叫曼殊的年轻和尚，要求重新剃度，入蒲涧寺修行。智昙长老停下话头，对坐在正对面的大弟子博经轻轻地说了一声："博经，你去看看吧！"

"是，师父！"博经领命而去。

出得经堂，博经见寺门外站着一个肩挎褡裢的年轻人，骨削似蝶，神色苍寂，一身僧衣，却又头发长长。于是施礼问道："请问施主，所为何来？"

"师父，弟子曼殊，原在慧龙寺出家，今日来投蒲涧寺，请求重新剃度！"苏曼殊回答道。

"既是慧龙寺和尚，为何又要重新剃度？"博经不解地问。

"弟子曾因犯戒，被逐出寺门。今已幡然悔悟，是故请求重新皈依三宝！"苏曼殊说。

"施主，佛门不是菜园子，岂能如此随心所欲，我看您还是请回吧！"博经说完，拔腿便走。

"等等！"苏曼殊忽然高叫一声，"嗖"地从绑腿上拔出一把匕首，搁在自己的脖子上，说："师父如不给曼殊剃度，曼殊便死在蒲涧寺门前！"

博经和小沙弥大惊失色。

"阿弥陀佛！罪过，罪过……施主快放下刀具，有话好说，有话好说！"博经闭上眼睛，连声求告。

"师父到底答不答应？"苏曼殊追问一句，把利刃朝脖子根挪了挪。

博经慌了，忙说："施主先把刀放下，在门口候着，待我去禀明住持，马上回告施主。"说完，他就急匆匆地往经堂跑去，留下小沙弥看着苏曼殊。

智昙长老听了博经的汇报，心里骂了一声：“荒唐！”马上中止弘法，随博经走出经堂，向寺门外而去。

经堂里的和尚们都跟了出来。

智昙长老来到寺门，见苏曼殊犹自把匕首横在脖子上，脸色一沉，呵斥一声：“胡闹！佛门圣地，岂容亵渎？还不给我把凶器放下！”

苏曼殊乖乖地把匕首扔在了地上。

智昙长老见苏曼殊已将匕首扔了，脸色和缓了下来，问道：“小施主既已还俗，为何又要重入空门？”

“长老！曼殊重陷尘网，弥天愁苦，人间无二；于今万念皆空，心如木石。恳请长老慈悲为怀，准许曼殊重皈佛门，以求救赎！”苏曼殊情真意切。

“皈依我佛是好事，为何要以刃加颈，亵渎净地？”智昙长老不悦地问。

“弟子行此下策，实在是唯恐被拒。万请长老体察弟子苦衷，遂我心怀！”苏曼殊恳求道。

“方才老衲听言小施主曾于慧龙寺出家，为何不重回该寺，要来我蒲涧寺剃度？”智昙长老问。

“长老，慧龙寺为新学暴徒所毁，我师傅赞初长老遍寻不着，弟子走投无路，是以来恳求长老收留！”苏曼殊说。

“唔！老衲也曾听说此事！说来赞初长老也是一望重德隆之高僧，遭此劫难，罪过！罪过！”智昙长老沉思了一会，说，“既然如此，那么老衲就准了你的请求吧！”苏曼殊的幼稚让他觉得好笑，苏曼殊的机巧让他称奇，苏曼殊的执着更令他感动，智昙长老不得不答应。

“多谢师父！”苏曼殊说。

“这是你的大师兄博经！”智昙长老指着博经，向苏曼殊介绍说，“以后你要多向大师兄请教！”

“是，师父！”苏曼殊连忙答应，转身向博经施礼：“见过大师兄！”

博经回礼。

智昙长老将众和尚一一向苏曼殊做了介绍。

苏曼殊与众师兄一起，跟着智昙长老走回大殿……

第二次出家的苏曼殊在白云山蒲涧寺做了一个门徒僧。

为了表达自己的诚意和决心，苏曼殊自行闭关三月，以离绝尘俗，潜心修行。过往岁月中，自己为一个“情”字羁绊甚苦，因此，苏曼殊决心在色戒上狠下功夫，他每日手不释卷，精心研习《般若波罗蜜多心经》等经义。

苏曼殊以“自刎”的奇特方式，逼迫智昙长老为他披剃的举动，一时在蒲涧寺传为奇闻，众和尚都觉得这个门徒僧有趣，与众不同，因此有事没事，便常爱来找他攀谈。没过多久，苏曼殊便与和尚们熟悉了。

寺僧们不久便发现这曼殊和尚有个奇怪的爱好，那就是爱吃糖果。他进寺时，满满一褡裢里装的竟然全是糖果。更奇的是，才几天工夫，这袋糖果便给他吃了个底朝天。再看那床头地下，花花的糖纸扔了满地。曼殊和尚也曾把这些糖果分给他们尝过，酸酸甜甜的，他们很不喜欢这种怪味道。同时他们的心里也觉得纳闷，曼殊和尚一个大男人，咋就这么喜欢这种只有女人才喜欢吃的零食呢？

更让众寺僧感到吃惊的是，每次与曼殊和尚出门化缘，回来的路上，只要是碰见糖果店，他总会旁若无人，走进店里，掏出几块碎银，称上个五斤六斤，用牛皮纸包成几袋，带回寺里享用。

一天，苏曼殊正在一边读经，一边吃糖果，大师兄博经走了进来，见状便与苏曼殊开起了玩笑：“师弟！你既然这么爱吃糖果，不如我送你一个雅号如何？”

“什么雅号？”苏曼殊放下手中的经卷，好奇地问。

“古有唐三藏西天取经，今有苏曼殊爱吃糖果，我看你就叫‘糖僧’算了——‘糖果’的‘糖’！”博经嘻嘻一笑。

“‘糖僧’！这名字好，曼殊喜欢！”苏曼殊大嚷了起来，抱着博经转了几圈。

博经待苏曼殊疯够了，便正颜厉色地告诫他说：“做和尚，就必须

戒除贪欲，爱吃糖果也是贪欲的一种表现。不吃零食是佛教对僧人的要求，这既是僧人威仪的需要，也是僧人的修行需要。持戒不严，怎能修成正果？今后你要好好节制这种不良嗜好！”

说完，博经便走了。

苏曼殊获博经赠“糖僧”雅号，喜不自胜，从此常在人前自称“糖僧”，不久这雅号便传开了……

“山斋饭罢浑无事，满钵擎来尽落花。”

山寺生活的清苦，青灯黄卷的枯燥，本就不是浪子苏曼殊所能够长期坚守得住的。特别是吃饭时长年见不着荤腥，更是令他这个天生的酒肉和尚难以忍受，心中每有食不果腹的饥饿感。而他第一次出家时所参禅的曹洞宗，本来就崇尚“悟道”，并不过分拘泥于节律持戒，只要心在寺院，即令身在红尘，也丝毫不会影响悟道；相反，即令身在寺院，如果心在红尘，也同样难以参得真经——这一教义已在他的心底深深地扎下了根。

这样一来，苏曼殊对蒲涧寺森严的戒律便感到特别地难以适应。时间一长，忧愁便重新爬上了他的心房、眉头。雪梅、静子、菊子这几个为他或死或嫁的女子，乃至那个已很久不见的师妹雪鸿的身影，又经常情不自禁地浮现在他的脑海中。他无法心静如水，经常长吁短叹。

一天，苏曼殊又在寺中独自徘徊，有位来自草堂寺的挂单和尚，见他眉目之间堆砌愁惨之色，便问道：“你已经出家了，为什么还发出这么多忧生之叹？”苏曼殊回答说：“我是由于摆脱不了感情上的困境才出家的，现在虽然出了家，只不过是以情求道，所以经常感到愁闷。”挂单和尚瞪大了眼睛，吃惊而不解地望着苏曼殊，久久说不出话来。

苏曼殊渐渐觉得，蒲涧寺不是个久留之地。经过几个夜晚的辗转反侧，他决定再次逃出寺门，回到滚滚红尘中去。

机会终于来了。这一天，博经带着几个师兄弟出门去做法事，寝舍里空无一人。苏曼殊潜入博经的房间，将他的度牒及其仅存之银洋二角窃出，悄然离去，向广州城而行。

这次出家，他在蒲涧寺待了不足 4 个月。

2

苏曼殊在广州意外地遇见了自己在香港皇娘书院读书时的同学张文渭。张文渭因为家境贫寒，两年前从皇娘书院毕业后就辍学了，来到羊城一家小杂货铺做小伙计。

同学相见，分外亲热。两人将离开皇娘书院后的情况互相做了个简短的介绍，都没有想到才几年工夫，各自都竟然经历了那么多坎坷。特别是苏曼殊这些年来所遭遇的磨难，更是令张文渭感叹唏嘘。

"玄瑛，你从庙里跑出来了，正没个去处。我在这里给人当伙计，也没多大意思。不如我们去一起去上海看看吧。"张文渭提议道。

"去上海？"苏曼殊有点犹豫，"我们在上海又没个熟人，去那儿做什么？"

"不是听说你父亲在上海做生意吗？我们去找他好了！"张文渭说。

"找他？打死我也不会去！"苏曼殊连忙摇头，"再说他早已离开上海回沥溪了，就算我们去找也找不着！"

"那……"张文渭挠挠后脑勺，神情沮丧。

"噢，我想起来了！"苏曼殊兴奋地说，"我过去好像听说有个姑妈在上海，在徐家汇开了家名叫什么'林家铺子'的绸庄，我们可以去找找她！"

"那太好了！"张文渭跳了起来。

几天后，两人搭乘由广州开往上海的火车，来到申城，辗转找到了苏曼殊姑妈家开在徐家汇的绸庄。

尽管从来没有见过这个侄子的面，姑妈对苏曼殊的到来依然很高兴。毕竟血浓于水。哥哥苏杰生生意不顺回沥溪去了，侄子从广东来投奔自己，也是一件暖心窝的事情啊。她马上吩咐下去，做菜做饭，盛情招待侄子和他的同学。

表哥林紫垣对表弟的到来，也表现得挺开心。林紫垣的父亲早亡，是舅舅苏杰生一直在帮衬着他们娘儿俩，并且把他栽培成人。舅舅对他有大恩大德，没有舅舅，就没有他林紫垣的今天啊。现在表弟来上海了，

无论如何，他都得好好地尽尽心意，把自己对舅舅的感恩之情，报答在表弟身上。

帮着母亲把表弟和同学安顿下来后，林紫垣特意停下手头的事情，陪着苏曼殊和张文渭，在上海足足转了3天。

苏曼殊和张文渭都是第一次来上海。那碧波粼粼的黄浦江，那高高的摩天楼，那闪烁变幻的霓虹灯，那熙来攘往的街道，那灯红酒绿的市街，那花样百出的各色小吃、甜点，甚至城市方言，都让苏曼殊着迷。他深深地爱上了这座城市。

疯玩了几天之后，这天晚上，苏曼殊、张文渭和姑妈一家正围坐在一起吃饭，林紫垣忽然对苏曼殊说："表弟，过些天我就要去日本，到横滨开一家绸缎分行。这几年中国有很多年轻人都跑到日本去留学，我思忖着也把你带去，让你到那儿读书。舅舅过去对我们家帮助很大，现在我有这个能力了，也想帮帮你们，你在日本的学费由我来出，你觉得怎样？"

"去日本？那太好了！"苏曼殊惊喜得站了起来。从日本回国离开母亲已有大半年时间了，他无时无刻不在思念着她啊。再说自己也曾在上野的东京美术学校学习过一段时日，回日本去继续学业，好事一桩啊！

"玄瑛要去日本留学？那好哇！"张文渭也高兴得叫了起来。他转头对苏曼殊说："我们皇娘书院的同学郑贯一去年就去日本了，冯懋龙更早，3年前就到日本去了。"

"真的？"苏曼殊听了，更是喜出望外。这几年东西飘零，对那些老同学的情况他是一点也不知晓。

"不会有错！"张文渭肯定地说，"他们都给我写过信呢！"

"哦！"苏曼殊点点头，说："文渭，不如你与我一起去日本吧！"

"去日本？这……"张文渭无语。家里经济拮据，去国外留学的事，他从来就没有想过。

"你同我一起去嘛！"苏曼殊拉着张文渭的手，热切地望着他，诚恳地说。

张文渭低下头去，满脸忧色。去日本留学，他当然愿意，可是，钱呢？不要说在日本的学费，就是去日本的船票，他也买不起啊。

“表哥，您帮帮我同学吧！”苏曼殊忽然抬起头来，对林紫垣说。

林紫垣猝不及防。他没有想到表弟会向他提出这么一个请求，一时不知该如何回答才好。

餐桌旁的空气凝固住了。

“表哥，您就做个好事吧！只要帮我同学买一张去日本的船票就行，至于到日本以后的学费，他自己另想办法。”苏曼殊生平第一次求起了人。

张文渭低着头，心里却巴巴地在静候着林紫垣的答复。

“这……”林紫垣的大脑在飞快地转动着。不是他林紫垣吝啬，帮助表弟乃他的分内之事，而张文渭是个与他毫无关系的人，他实在没有帮助的义务。然而既然表弟已经开口了，他也感到不好意思拒绝。

“行！”过了半晌，林紫垣终于做出了决定。

“表哥万岁！”苏曼殊搂着林紫垣转了起来，“吧嗒”一声在表哥脸上亲了一口。

一桌子的人全大笑起来。

“谢谢表哥！”张文渭激动难抑，走到林紫垣身边，深深地鞠了一躬。

1898 年秋，15 岁的苏曼殊和同学张文渭一起，随表哥林紫垣，漂洋过海，重新回到日本横滨，进入大同学校就读。

大同学校为中国维新运动领袖康有为“万木草堂”弟子徐勤、汤觉顿等旅日华侨所创，学校门额“大同学校”四字乃康有为亲笔所书。学校课程分甲、乙两级，甲级则授中、英文两科，乙级单授中文一科。按照规定，苏曼殊和张文渭这样的新生，必须先由乙级低段班读起，再读乙级高段班；之后是甲级初段班、甲级高段班，一共 4 个学年。在苏曼殊的请求下，林紫垣为张文渭先垫交了一个学期的学费。两人起初都寄居在林紫垣家，没过多久，便一起从林紫垣家搬出，同在学校旁边租了一间租金最低廉的“下宿屋”住下。

张文渭到达横滨后，马上给广东老家写去一封信，告诉父母自己已到日本横滨留学的消息，并请求父母设法为自己筹措学费，归还林紫垣。父母收到张文渭的信后，愁肠百结。儿子能去日本读书，做父母的自然欢欣，然而到哪儿去筹钱啊？儿子的学费，就像千斤巨石一样，压在了夫妇俩的心头。好在张文渭有个经济条件较好的堂叔，义薄云天，得知堂侄的处境，慷慨解囊，这才解了张文渭父母的燃眉之急。

钱很快就寄到了横滨。张文渭把它还清了林紫垣垫交的船费和学费后，所剩无几。而苏曼殊的情况也好不到哪儿去，林紫垣对他的资助，每月只有十元日币，仅够房租与膳费两项。为了省钱，两人晚上不敢点灯，吃的也是掺了谷糠的米饭，过着最穷苦的生活。好在这样的日子并没有持续太久，苏曼殊从欧洲学成回日本的大哥苏煦亭（苏焯），不知怎么得知弟弟来横滨求学的消息，找到学校，给了他一些钱，同学俩的生活才得到了一定的改善。

这时，苏曼殊为自己取了个学名“苏子谷”。特立独行的苏曼殊常常一个光头、一袭僧衣，并常常在空闲时间绘僧像、念佛经，以之为乐。没过多久，全校同学便都一起叫他“苏和尚”。

3

“懋龙！贯一！”一天，苏曼殊和张文渭从学校图书馆看完书出来，在门口的石径上，有两位中国青年迎面走过，张文渭惊喜地脱口叫了起来。

“文渭！是你？你也来日本了？”那二人同时停下了脚步，报之于同样的惊喜。

3个年轻人搂成一团。

“这是我们的老同学苏戬！”张文渭忙把苏曼殊拉到他们跟前。

“苏戬？原来人们说的‘苏和尚’就是你呀！”两位老同学一齐张

开双臂，向苏曼殊扑了过来。

“懋龙！贯一！”正愣在一旁的苏曼殊醒过神来，也激动无比地叫了一声老同学。

冯懋龙和郑贯一的四只手臂，紧紧地把苏曼殊箍在了中央。

在异国久别重逢，四个年轻人都异常兴奋，他们当即相拥着一同走到学校外面的小饭馆，叫上几瓶酒、几个小菜，一边喝酒，一边畅叙友谊。

“懋龙，贯一，你们是什么时候来日本的？”苏曼殊问。

“我是在你从皇娘书院退学的那年冬天来日本的，算来已有整整三年时间了，现在在学校读甲级低段班。”冯懋龙说完，用手指了指郑贯一，说，“他是去年来的，现在在读乙级高段班。”

苏曼殊点点头，转向郑贯一：“贯一，你怎么想到要来日本留学啊？”

“唉！”郑贯一叹了口气，接着说，“康梁变法，神州鼎沸，粤人多言而寡要，我早知其终无成也，为避祸乱，是故东渡。”

“康梁变法？怎么回事？”苏曼殊听得一头雾水。这些年来，他辗转于僧俗之间，于时事实在是很惘然。

“我们广东南海的康有为、新会的梁启超等先生，为匡扶社稷之将倾，他们策动光绪皇帝变法维新，冀望中国走上君主立宪的道路。后来遭到朝廷守旧派的强烈反对，今年9月，慈禧发动反击，光绪被囚，谭嗣同等六君子被斩于菜市口，真是血沃中华，风雨如磐。”

郑贯一说着，胸口剧烈地起伏起来。他猛喝了一口酒，将心头的义愤强行压下。

“这些满清鞑子，着实可恶！”虽然苏曼殊以前不关心世事，但他对满清政府的倒行逆施到底还是知道一些的。因此当他听郑贯一说到慈禧太后残酷镇压变法人士时，不由得恨恨地骂了起来。

郑贯一歇了一口气，接着说：“康梁变法，前后百日，故又称‘百日维新’。变法失败后，康有为、梁启超先生都到日本避难，现在都在

横滨。而大同学校就是康有为先生的弟子徐勤、汤觉顿等华侨创办的，梁启超先生不久前也在横滨创刊了《新民丛报》和《国风报》……”

“康有为、梁启超两位先生现在就在横滨？那真是太好了！我们什么时候去拜访拜访他们！”苏曼殊听了郑贯一的话，兴奋得大叫起来。

“是的，他们都在横滨，而且梁启超先生就在我们学校做教员！”冯懋龙接过话头。

“梁先生就在我们学校做教员，这是真的？”苏曼殊再一次瞪大了眼睛。

“可惜啊，可惜！”郑贯一忽然感叹了起来。

“可惜什么？”苏曼殊一头雾水。

“满清政权已是腐朽透顶，谁也无法挽救灭亡的命运。可惜康有为、梁启超这样两个曾经壮怀激烈的维新先驱，现在竟堕落成了一对阻挡历史进步的顽固派。他们在日本组织‘保皇会’，鼓吹改良、反对革命，竟然宣称要誓死保皇保大清！”冯懋龙气愤地说。

“他们竟要效忠垂死的腐朽王朝？”康有为、梁启超的形象在苏曼殊的心头坍塌。

“是的，为了表示我与康有为们的决裂，我决定从今天开始，改名叫‘冯自由’，你们以后不准再叫我‘冯懋龙’了！”冯懋龙毅然决然地说。

“‘冯自由’！这名字好！”郑贯一、苏曼殊和张文渭一齐拍手叫好。

“自由！自由！我们为自由而生！我们为自由而战！我们为自由而死！”四个年轻人一齐欢呼起来。

“苏戬，文渭，你们听说过孙中山先生和兴中会吗？”冯自由问苏曼殊。

“孙中山先生？兴中会？”苏曼殊摇了摇头，他从没有听说过。

“孙中山先生与你和贯一是老乡，他也是广东香山县人。甲午年他在檀香山组织了‘兴中会’，以‘振兴中华，挽救中局’为宗旨，主张‘驱除鞑虏，恢复中华，创立民国，平均地权’。乙未年，孙先生来到日本后，广泛发动爱国华侨，在各地成立兴中会分会。最近，他就与陈少白、郑士良诸兄一起，在我们这里成立了兴中会横滨分会！”

“孙中山先生也在横滨？”苏曼殊觉得太匪夷所思了。只在不到半个时辰之内，就得知在横滨这么一个弹丸之地，竟然风云际会着这么多影响中国政局的大人物。他似乎听到了横滨看似平静的表面下所掩藏的阵阵风雷；他同时预感到自己的人生，将迎来一个风云激荡的全新时期。

“是的，孙先生目前就在横滨。现在我们这儿，中国的两大政治集团保皇党和兴中会都在活动。我们要坚决拥护孙中山先生的革命派，同康有为、梁启超的保皇党做坚决的斗争！”冯自由握紧拳头，坚定地说。

“拥护革命派！打倒保皇党！”四只铁锤般的拳头，高高地举过头顶。

“那么，懋龙——不，自由兄，你带我去拜会一下孙中山先生吧，我也想参加兴中会！”苏曼殊急不可耐地说。

“孙先生很忙，你先不要急着去见他，以后肯定会有机会的！”冯自由制止苏曼殊。

“苏戬兄想参加兴中会？那太好了！”郑贯一高兴得站了起来，差点碰落桌沿上的酒杯。他忙用手掌拦了拦，酒杯这才没有掉到地上。“懋龙——不，自由兄和我都是兴中会的会员，我们都可以介绍你加入兴中会的！”

“你们都是兴中会会员？太让人敬佩了！”苏曼殊激动地说，“你们真的可以介绍我加入兴中会，跟着孙先生投身于革命洪流中？”

冯自由和郑贯一郑重地点点头。

郑贯一对苏曼殊说：“你参加兴中会的事，包在自由兄身上！自由兄可是一个老资格的兴中会会员啊！三年前他在长崎就加入了兴中会，那时他只有 14 岁，是兴中会中年龄最小的会员，有‘革命童子’之称啊！”

苏曼殊吃惊得张大了嘴巴。

郑贯一继续介绍道：“自由兄的家庭可是个‘革命之家’！他的父

亲冯镜如老先生从香港来到日本长崎后，开办了一家名叫‘金赛尔’的公司，主要从事文具商品和印刷业，在长崎华侨界中享有盛望。冯老先生与孙中山先生关系密切。孙先生每次到长崎，都住在冯老先生家里。孙先生3年前在长崎组成了一个小规模的兴中会支部，冯老先生就是该支部的负责人！”

郑贯一又呷了一口酒，接着说："冯老先生对革命的贡献可大着呢！他不仅捐钱资助孙先生的革命活动，而且还利用自己从事印刷业的便利条件，无偿地为兴中会印制了大量宣传品。比如前几年兴中会散发的大量反满文件、传单，以及这段时间革命派和保皇派在日本的论战文章，包括我和自由兄不久前创办的革命刊物《开智录》半月刊，都是由冯老先生无偿印刷的……"

“好了好了，贯一兄就别再表扬下去了！”冯自由将郑贯一的话打断，“能为孙中山先生所领导的革命活动做一点贡献，也是我们父子的荣幸和义务！先驱者们为民族不惜流血牺牲，我们做了这一点点小事，又何足挂齿呢！”

苏曼殊在一旁静静地听着。一种对冯氏父子由衷的敬慕之情在心底油然而生。他做梦都没有想到，眼前这个过去性格腼腆温顺的老同学冯懋龙，才几年不见，已经变成一个为了国家和民族，不惜牺牲个人一切的坚定的革命者冯自由了。与此同时，他也在心里渴望着自己能早日加入革命组织，像冯自由一样，追随孙中山先生，把自己的一切都献给革命、献给祖国和民族。

4

苏曼殊和张文渭一起漫步在校园。张文渭兴高采烈，满脸喜气。他在横滨的一位族人收到他父母从广东寄来的一封求助信，把他介绍进了太古洋行横滨支行上夜班，这样他便可以一边读书一边工作，赚取自己的生活费。更让他意想不到的是，学校在得知他的困境后，特许其为免费生。好朋友双喜临门，苏曼殊也为他感到特别高兴。两人边走边谈，畅想着美好的未来。

“子谷，原来你们在这里！”学校教习汤觉顿急匆匆地走来，叫住了苏曼殊，“梁启超先生找你，你快去吧！”

汤觉顿名眷，号荷庵，祖籍浙江诸暨，因父亲汤世雄一直在广东番禺做官，故又称广东番禺人，是南海康有为主讲的“万木草堂”的后起之秀。

“梁启超先生，他找我什么事？”苏曼殊嘟哝了一句。上次在学校外面的小饭馆，郑贯一和冯自由说起过他是铁杆保皇，他在苏曼殊的心里形象不佳。

“你去了就知道了！”汤觉顿故意卖了个关子，“这样吧，我陪你去。”

苏曼殊只得别过张文渭，跟着汤觉顿向梁启超的办公室走去。

“梁先生，我把苏子谷带来了。”汤觉顿推开汉文教师第二办公室的门，朝正坐在最里面一张办公室前忙乎的一位脸型清癯、约莫二十五六岁的青年人说。

“哦！谢谢汤兄。”梁启超忙站起身，从旁边挪过来两把椅子，给汤觉顿和苏曼殊让坐。

“谢谢！”汤觉顿谢过梁启超，在椅子上坐了下去。

“你就是苏子谷？快快请坐！”梁启超转头和气地对苏曼殊说。

“谢谢！”苏曼殊道了声谢，也在椅子上坐下。他感觉梁启超似乎并不那么面目可憎，他的心里甚至对梁启超产生了好感，“请问梁先生找我有什么事？”

“呵呵！把你找来，主要是有两件事要同你商量。”梁启超乐呵呵地说。

“哪两件事？梁先生您只管吩咐！”苏曼殊说。

“好！这第一件事嘛，就是想请你为我们教员撰写的教科书画一批

插图。”梁启超单刀直入。

“画插图？这事以前我可没有做过，只怕画不好。”苏曼殊说。

“呵呵！你就不必谦虚了！我看过你的不少画作，笔法挺秀简括，非常适合做插图。”梁启超拍了拍苏曼殊的肩头。

“行，那第二件呢？”苏曼殊答应下来，紧跟着问。

“承蒙南海先生的错爱和各位校董们的高看，让我来大同学校执教。既然来了，我就想最大限度地发挥自己的作用，为祖国多培养几个英才！现在中华国势颓荡，版图瓜裂，列强垂涎，风雨飘摇。祖国需要大批杰出人才啊！因此我想在学校成立一个辅导班，从全校学生中挑选五六名优秀者，给予特别辅导。汤先生向我大力举荐你，我也关注你多时了。你意下如何？”梁启超目光炯炯地望着苏曼殊，等候他的回答。

原来，梁启超几乎是与苏曼殊同时进入大同学校的。没过几天，苏曼殊这个剃光头、着僧衣，特立独行的“和尚”学生，便引起了全校师生的瞩目，也引起了梁启超的好奇和注意。他从侧面了解到，这位学生天赋异禀，学业优良，诗画皆擅，已显露出绘画与文学才能，并曾在香港师从西班牙牧师罗弼·庄湘学过英文。而且他的为人爱憎分明，疾恶如仇，身上有一股铮铮之气。更为可贵的是，这位学生虽然是个中日混血儿，有着一半的日本血统，且生于日本，可他从来就认定自己是个中国人，曾以“假如需要且必要，我便是当今之荆轲”这样的话来明志。梁启超是个爱才之人，他认定苏曼殊这样一个年轻的有志之士，正是祖国最需要的可造之才，便有意加以栽培。

苏曼殊的心头有点激动，能成为名震海内外的维新领袖梁启超先生的亲授弟子，是多少人梦寐以求的事情啊！现在梁先生主动垂青，自己焉有不识抬举之理！只是听郑贯一和冯自由说，梁启超现在已堕落成为一个保皇派，万一他向自己灌输反革命理念，自己岂不是要上错贼船？不过就刚才梁启超留给自己的第一印象来看，感觉他应该不是这样的一个人……

“子谷，你还考虑什么？还不快谢谢梁先生？”坐在旁边的汤觉顿捅了捅苏曼殊的手臂。

“谢谢梁先生！”苏曼殊站起身来，向梁启超深深地鞠了一躬。他心里已拿定主意，先答应了再说。日后若是梁启超真的向自己输送保皇思想，自己就坚决与他决裂！

“不用，不用！”梁启超拉着苏曼殊的双手，朗笑起来，“得天下英才而教之，不亦乐乎？哈哈哈！”

“子谷，梁先生的两件事你答应了，我的一件事你可也得答应啊！”汤觉顿忽然说。

“哦？汤先生也有事情？”梁启超和苏曼殊几乎异口同声。

“是的！”汤觉顿点点头，目光投向苏曼殊，“我们学校美术教员人手不够，想请你兼做美术教员。你看行吗？”

“呵呵，由子谷来兼任美术教员，那是再合适不过啊！”梁启超拊掌赞道。

“没问题，既然先生垂爱，子谷我万死不辞！”苏曼殊爽快地说，“只是我担心自己才疏学浅，难堪此任，误人子弟！”

“好了，谦虚就不必了，这事就这么定了。呵呵！”汤觉顿笑意盈盈，起身告辞。

苏曼殊同梁启超道声再见，也跟着走出办公室。

没过几天，大同学校的美术课上，便出现了一位学生教员。他只有15岁。他便是苏曼殊。

苏曼殊成为兼职美术教员后，与比自己年长5岁的教习汤觉顿的关系更加密切了。两人缔结了情逾师生的兄弟般的友谊。

苏曼殊到梁启超的辅导班上过几次课。他一方面为梁启超学贯中西的博大学问所折服，另一方面，对梁启超有意无意地宣扬保皇和立宪思想很不满。没过多久，苏曼殊便悄悄地离开了辅导班。之后两人在人生道路上渐行渐远，再也没有交汇过。

碧城烟树小彤楼，杨柳东风系客舟。
故国已随春日尽，鹧鸪声急使人愁。

第七章 兵火头陀

六幅潇湘曳画裙，灯前兰麝自氤氲。
扁舟容与知无计，兵火头陀泪满尊。

1

光绪二十八年（1902 年），苏曼殊与张文渭一起以优异的成绩从横滨大同学校毕业，随即一同前往东京，双双考入了早稻田大学高等预科学校政治科学习。

在横滨大同学校的 4 年间，苏曼殊曾回逗子樱山村探望过母亲河合仙几次，并于 1899 年短暂回国，南归岭海，居虎山法云寺。在法云寺时，最让他高兴的事，莫过于他终于获知了师父赞初法师的下落。师父尚在人世，就住在广州城里。苏曼殊闻知喜讯，连夜赶赴羊城，在师父处盘桓数日，与师父酣享父子般的师徒之乐。苏曼殊东归之日，赞初法师买来一大袋爱徒爱吃的糖果糕饼，让他带上路。

在横滨大同学校 4 年的学习生活是令人难忘的。正是在这一时期，八国联军的铁蹄突入中国国门，蹂躏中华大地。辛丑条约、庚子赔款，灾难深重的中华民族更加水深火热。大同学校虽远在东洋，却高度关注着国内局势。康有为万木草堂的得意弟子、校长徐勤常以救国勉励学生，每次演讲时事时，都慷慨激昂，闻者莫不感动。学校每个教室里的黑板上方都大书着“国耻未雪，民生多艰，每饭不忘，勖哉小子”的十六字标语，师生每日下课时必大呼这十六字口号始散。徐勤又自编一首短歌：“亡国际，如何计；愿难成，功莫济。静言思之，能无恧愧！勖哉小子，万千奋励！”让学生每天诵读。正是在这种环境的熏染下，苏曼殊的爱国之情愈益浓厚。

转眼到了冬天。夜来飘落下一场大雪，东京城一片银装素裹。

雪地里，走来了两位中国青年。一个胖圆脸、身材敦实，他就是冯自由；另一个瓜子脸、身材瘦削，他就是苏曼殊。今天是中国旅日留学生反清爱国革命团体“中国青年会”酝酿成立的日子。冯自由带着苏曼殊，前来与陈独秀、蒋百里、秦毓鎏、叶澜、张继、潘赞化、董鸿祎、汪荣宝、王维忱等人一起参加筹备会议。就在 3 个月前，陈独秀因在安庆藏书楼进行爱国演说而获罪，再次流亡到了日本。苏曼殊此前曾跟着

冯自由去听过陈独秀的多次演讲，他心中的爱国烈火被彻底引燃，决心投身到反清救国的革命激流中去。他们“咯吱”“咯吱”的踏雪声，有节奏地在街道中响起，急切而欢快。

两人在街旁一座3层高的砖瓦楼房前停下脚步，各自拍了拍裤脚上的雪屑，顿了顿靴子上的雪水，推门走了进去。

他们登上3楼，一干人早已齐集在室内。

“我来介绍一下，这位是苏子谷兄！”冯自由把苏曼殊推到身前，向各位革命志士做着介绍。

“啪啪啪！”室内响起一阵热烈的掌声。

同样来自于早稻田大学的汪荣宝善意地朝苏曼殊开起了玩笑：“早认识了，大名鼎鼎的‘苏和尚’嘛！”

苏曼殊友好地朝汪荣宝点点头。

“欢迎你，子谷兄！”陈独秀走了过来，向苏曼殊递上一双温厚的大手。

苏曼殊激动地迎上前去，将陈独秀的手紧紧握在自己的手掌中。

陈独秀请苏曼殊和冯自由入座。会议正式开始。

陈独秀说：“诸位志士！当此之时，中华民族面临生死存亡的严峻考验，内政衰朽，外敌继踵，民不聊生，山河破碎！祖国和民族空前的危机，煎熬着我们每一个心系祖国的赤子的心！推翻腐朽的专制制度，赶走列强，拯救衰亡民族的重任落在了我们每一个人的肩头！虽然我们远离祖国，但天下兴亡，匹夫有责！救亡图存，是时代赋予我们每一个中国知识分子义不容辞的责任！”

会场上爆发出经久不息的掌声。

陈独秀的双手往下按了按，示意大家停止鼓掌。他接着说：“秦毓鎏、叶澜兄近日动议成立‘中国青年会’，得到了在座诸位和广大旅日留学生朋友们的积极响应。今天我们在这里举行筹备会，就是要集中群众的智慧，通过展开充分的讨论，确定我们的组织宗旨，制定我们的行动纲领，请各位畅所欲言！”

人们热烈地讨论起来。尖锐的言辞在交锋，不同的观点在碰撞，爱国的激情在迸溅，青春的热血在飞扬。整个会场，就像一片沸腾的海洋。

苏曼殊静静地倾听着每个人的发言。这是他首次参加这样的会议，他没有发表自己的看法。然而，在他的内心，却滚涌着一股炽热的岩浆。他心底的火山已爆发。一种摧枯拉朽的爱国烈火在他的心房翻滚，令他激动难耐。他恨不得马上冲出会场，飞回多难的祖国，走到广场上的演讲台上去，走到游行示威的队伍中去，走到抗击外侮的战场上去……

经过激烈的争论和商讨，会议最终圆满地完成了各项议程。“中国青年会”主要发起人之一的陈独秀做总结发言：

“诸位！我们今天发起成立的‘中国青年会’，将以民族主义为宗旨，以破坏主义为目的。章太炎先生有句名言：革命是补泻兼备的良药。金瓯已缺，积疴已深，我们要以我们的一腔热血、一片丹心，付诸革命，积极投身于反帝反封建的洪流中，补华夏倾塌苍天，泄民族百年壅瘀，创造一个民主自由与繁荣富强的全新的中国！”

与会者们报之一阵雷鸣般的掌声。

陈独秀最后说：“今天到会的诸位，都将列名为‘中国青年会’的发起人。让我们情系国家和民族的危亡，以唤起民众、报国雪耻为己任，永远保持一种高昂的、积极进取的斗志，积极开展革命活动，创办各种报刊，编译出版各种书籍，把民主、自由的火种，播撒到每一个炎黄子孙的心间，特别是每一个青年人的心间！”

筹备会在山呼海啸般的革命激情中胜利结束。

回到校园后，苏曼殊依然心潮澎湃难抑。在过去的 15 年中，他一直活在一己悲欢中。从今往后，他要把自己同祖国的命运、民族的存亡和同胞们的疾苦紧紧地联系在一起，把自己满腔的热血乃至青春的生命，献给多难的祖国和民族……

他不由得想起自己 4 月份还在横滨大同学校时，与张文渭一起去参加章太炎、秦力山等人发起举行的“支那亡国二百四十二年纪念会”的情景（这年二月，章太炎为避恩铭等人的追捕，再次东渡日本，暂寓横

滨《新民丛报》社，与梁启超、孙中山相会——作者注）。那天上午，阳光明媚，《新民丛报》社外的小广场上，聚集了上千名从各地赶来的中国青年留学生，身量有点发福的中年章太炎站在一张方桌上，操着满口的浙江余杭话，痛斥满清政府的昏庸和颟顸，揭露日俄等列强的狼子野心，号召全体海外游子凝结起来，肩负起民族的兴亡。台上的演讲者慷慨激昂，台下的听众群情激奋。那一刻，苏曼殊的心头再次有了一种强烈的感受——

炎黄子孙中有这么多热血男儿，中华民族一定不会灭亡！

2

苏曼殊决定去拜访陈独秀，向他重点讨教有关中国国内形势方面的问题。在这一点上，苏曼殊几乎是一张白纸。而陈独秀刚从国内流亡来日，对国内的局势应该了如指掌。

这天下午散学后，苏曼殊雇了辆人力车，直奔陈独秀的学校而去。

苏曼殊在一位热心青年的引领下，来到陈独秀的住处。陈独秀的房门大开着，他正背对着门坐在藤椅上，与坐在对面的一个人说着话。

“唉，也不知道家里怎么样了！”只听陈独秀叹了一口气。

对面那人说：“仲甫兄是挂记高晓岚大嫂生产的事吧？你就放宽心吧！嫂子不是头一胎，再说家里还有孟吉夫人呢！”说完，抬头朝门外看了看。苏曼殊一眼就认出来了，他就是上次与自己一起参加过“中国青年会”的筹备会、正在东京振武学堂学习军事的潘赞化。

“倒也是，若我冒冒失失地回去，说不定清廷的爪牙们正等着我自投罗网呢！”陈独秀说完，忽然发现潘赞化正朝自己示意有人来了，忙回过头去。

“陈先生！潘先生！”苏曼殊向二人打着招呼。

“哦！原来是子谷兄，欢迎欢迎！”陈独秀连忙站起身来，亲热地握住了苏曼殊的手。

潘赞化也热情地同苏曼殊打了个招呼。

主宾 3 人入座。陈独秀对苏曼殊说："子谷兄！我们都是革命同志，你不必客气，往后就叫我的名字吧！"

"好的，仲甫兄。"苏曼殊点点头。

"这就对了！"陈独秀哈哈大笑，问，"子谷兄光临寒舍，不知有何贵干啊？"

"我来向仲甫兄请教国内的形势。子谷连年来身如飘蓬，对国内的形势是两眼摸黑啊！盼仲甫兄有以教我！"

"呵呵！不敢当不敢当。"陈独秀谦虚地说，"就和子谷兄交流交流吧！"

陈独秀端起茶杯，呡了一口，随即把茶杯放下，开始娓娓道来，从鸦片战争到百日维新，从清廷的昏庸腐败到各地风起云涌的反满浪潮，为苏曼殊做了个细致的勾勒。潘赞化在旁边时不时地进行补充。

夜色渐渐笼罩下来。苏曼殊如沐春风。这是他第一次详细地听人讲述国内形势。中国的政局和面临的重重危机，在他的心房渐次明朗起来。与此同时，对清廷的憎恶、对列强的仇恨、对国民的悲悯和对祖国命运的忧虑，在他的心头愈加变得强烈起来。那蓬爱国的怒火，又在他的胸膛中熊熊燃起。

正在这时，青年会发起人之一、留日学生会总干事、也在成城学校学习军事的蒋百里，和苏曼殊早稻田大学的校友、同为青年会发起人之一的汪荣宝也来了。汪荣宝一进门便大声嚷嚷："啊！这么多人，好热闹啊！"他是个喜欢开玩笑的人，待看见苏曼殊后，马上又开起了玩笑："苏和尚，听说你的未婚妻同你断绝关系后，你想再娶，却没有一个人愿意嫁你，你于是就跑入妓院大哭，把妓女们都吓得落荒而逃。有这样的事情吗？"

蒋百里怕苏曼殊不高兴，马上喝止住汪荣宝："瞎扯，流言你也相信啊！"

苏曼殊倒并不以为意："呵呵！太玄兄相信其有便有，不相信其有便无啊！"

苏曼殊的话把大家一齐逗乐了。

这时，蒋百里从衣袋里掏出一张信纸，对大伙儿说："最近我们同在日本留学的浙江老乡们组织成立了一个同乡会，准备明年一开春就创办一本杂志《浙江潮》，他们要我写一个发刊词。正好各位文豪都在这里，请大家给我提提意见！"

说完，蒋百里把发刊词交到了陈独秀手中。

陈独秀抑扬顿挫地朗读了起来——

"岁十月，浙江省留学于东京者，百有一，组织一同乡会。既成，眷念故国，其心恻以动，乃谋集众出一杂志，题回《浙江潮》，且述其体例而为之辞曰：

"我浙江有物焉，其势力大，其气魄大，其声誉大，且带有一段极悲愤极奇异之历史，令人歌，令人泣，令人纪念。至今日，则上而士夫，下而走卒，莫不知之，莫不见之，莫不纪念之。其物奈何？其历史奈何？曰：昔子胥立言，人不用而犹冀人之闻其声而一悟也。乃以其爱国之泪，组织而为浙江潮。至今称天下奇观者，浙江潮也。

"秋夜月午，有声激楚，若怨若怒，以触于吾耳者。此何为者也，其醒我梦也欤？临高以望，其气象雄，其声势大，有若万马奔腾，以触于我国者。此何为者也，其壮我气也欤？大子胥之事，文明之士所勿道。虽然，其历史可念也。呜呼！亡国其痛矣，不知其亡勿痛也，知之而任其亡勿痛也，不忍任其亡而言之而勿听，而以身殉之，而卒勿听，而国革以亡。呜呼！忍将冷眼，睹亡国于生前，剩有雄魂，发大声于海上，若事往矣，可勿言矣，而独留此一纪念物，挟其无穷之根，以为吾后人鉴，吾后人可勿念哉？

"抑吾闻之，地理与人物，有直接之关系在焉。近于山者其人质而强，近于水者其人文以弱。地理之移人盖如是其甚也。可爱哉！浙江潮，可爱哉！浙江潮。挟其万马奔腾排山倒海之气力，以日日激刺于吾国民之脑，以口其雄心，以养其气魄。二十世纪之大风潮中，或亦有起陆龙蛇挟其气魄以奔入于世界者乎？西望葱龙，碧玉万里，故乡风景，历历心头。我愿我青年之势力，如浙江潮。我青年之气魄，如浙江潮。我青年之声誉，如浙江潮。吾愿吾杂志亦如之。因以名，以为鉴，且以为人鉴，且以自警，且以祝。”

陈独秀朗诵毕，屋内响起一片掌声。

“方震兄写得太好了！南宋周密的《观潮》有此文气概，而无此文之胸怀！情文并茂，气壮山河，此文必千古流传！”苏曼殊由衷地赞叹。

“我同意子谷兄的看法！”陈独秀也附和道。

蒋百里倒有点不好意思了，忙说：“子谷和仲甫兄谬赞了！还请多多指教！”

“好了，时间不早了。”陈独秀说完，站起身来，“今日得方震兄雄文，亦人生一大快事耳！我们到外面吃饭去，我请客！”

“不不！今晚这顿算我的！”蒋百里连忙把东道主的资格夺了过去。

“好！好！写出这样好的文章来，请客是应该的！哈哈！”众人一齐赞成。

五个人浩浩荡荡，杀奔饭馆而去。

3

1903年春天，苏曼殊决定终止在早稻田大学的学业，转入东京成城学校学习军事。成城学校是专为准备进入日本士官学校深造军事的中国留学生而开办的一所陆军学校，那里有他亲密的师友陈独秀。更为主要的原因是，苏曼殊在与陈独秀的多次长谈中，深刻地认识到，在这天柱将倾、四维欲绝的民族生死存亡之秋，“百万锦绣文章，终不如一枝毛瑟”，唯有敢于流血牺牲，拿起真刀真枪，才能推翻满清的反动统治，才能将列强赶出国门。“宁为百夫长，胜做一书生”，他决心做一个军

人，血战沙场，杀敌报国，

然而由于苏曼殊在东京积极参加青年会组织的反清爱国活动，引起了表哥林紫垣的不安，他暂时中断了对苏曼殊的经济援助，以示警诫。苏曼殊面临失学的窘境。这时，恰逢清廷驻日公使、留日学生监督汪大燮传达清廷的新政，准许各地的优秀留学生改为公费生。在横滨侨商的大力保荐下，苏曼殊最后终于以公费生的身份，如愿以偿地进入了成城学校。

“应该好好地教训教训这条走狗！”三月最后一天的下午，苏曼殊和刚认识不久的成城学校的新同学刘季平一起去找陈独秀。陈独秀铁将军把门。两人正要退下楼去，忽听从走廊最里面的一间活动室内传出愤怒的声音。

苏曼殊和刘季平折回身，向活动室走了过去。

屋内满是人：陈独秀、蒋百里、张继、蔡锷、陈天华、黎仲实、潘璇华、葛温仲、周筠轩、董鸿祎、王维忱、邹容、黄兴、蓝天蔚、龚宝铨、陶成章、陈寅恪、魏兰、刘揆一、秦毓鎏、叶澜、张肇桐、廖仲恺、钮永建、陈去病。他们全都是留日学生中反清爱国的活跃分子。

“你们在开会吗？要教训谁呀？”刘季平问。

“姚煜！清廷在日本的一条走狗！”张继气呼呼地说。

“是应该狠狠地教训教训他！”苏曼殊说。

原来，留日中国学生的爱国活动，一直受到清廷的监视，东京陆军士官学校学监姚煜便是清政府的一条忠实走狗。此人经常向清廷告密，早就激起爱国留学生们的义愤。

“好！我们今天晚上就动手吧！”邹容说。

“行！”陈独秀点点头。

这天晚上，东京陆军士官学校的校园里月色朦胧，暗香浮动。月光下树影幢幢，昆虫们在嫩绿的草坪中欢快地鸣叫。这时，从围墙外翻进来十几条黑影，顺着围墙根，蹑手蹑脚地向学监姚煜的寝室摸去。

“嗵”的一声，门被踹开。

“谁？”里面传出一声惊恐的叫声。

“我们是中国留学生！今晚来取你的狗头来了！”回答他的是义正词严的声音。

正睡在床上的姚煜“扑通”一声滚到了地下，黑暗中，紧紧地搂住了站在身前的一双腿，连声哀求饶命。

“狗命留下，猪尾难留！”一双大手抓着他的长辫，把他从地上提了起来。只听“咔嚓”一声，姚煜但觉后颈脖掠过一丝凉风，头上的辫子连辫根带辫梢被齐刷刷地剪去。

顷刻间人去房空。

第二天一早，人们看见中国留学生会馆的门前，悬挂着一条猪尾巴一样的辫子，旁侧书写道：“清廷走狗、留学生公敌姚煜辫。”

下面是一幅漫画：一个极度夸张的歪瓜裂枣，手里托着一根粗辫，在画面上呼天抢地。

漫画出自苏曼殊之手。

姚煜顶着空荡荡的头颅，找到中国驻日公使汪大燮哭诉。汪大燮大怒，马上要求日本警方展开调查。不久，查出为首者是陈独秀、张继、邹容三人，立即将他们驱逐出境……

驻日公使和日本警方的联合弹压，并没能吓倒广大中国留学生们。相反，一股反清爱国的烈火迅速在东京蔓延开来，演变成一场声势浩大的救亡图存运动。

4 月下旬，沙俄拒绝按约从我国东北撤兵，并向清政府提出 7 项新的侵略要求，妄图永久霸占我国东北。然而腐朽无能的清廷，卖国求荣，竟准备同其签订密约，出卖东北主权。消息传到日本，广大中国留学生无不义愤填膺。

29 日上午，东京神田锦辉馆。五百余名中国留日学生在这里举行隆重的抗俄集会，声讨沙俄的罪行。

“各位同学！3 年前，八国联军侵我京津，俄国趁机出兵占领我东北三省许多重要城市，企图吞并我国东北，建立所谓的‘黄俄罗斯’。

按条约规定，俄国应于今年4月从我国撤兵。然而，现在时间到了，俄国非但拒不从我东北撤兵，反而向清廷提出7项新要求，妄图永远置中国东北为其殖民地，祖国再一次面临主权沦丧的耻辱！这是我们每一个热血男儿都绝对不会答应的！我们将以青年会为骨干，组织一支‘拒俄义勇队’，奔赴祖国东北战场，抵御沙俄侵略军！”

这是来自于陆军士官学校的蓝天蔚。身材魁梧、一脸刚毅的他正站在演讲台上，慷慨激昂地揭露沙俄的狼子野心。

“打倒腐败无能的清政府！把北极熊赶出东北！”台下群情激昂，高举的手臂如森林般茂密……

晨光熹微。东京郊外的一座树林里，杀声阵阵，枪声连连。这是‘拒俄义勇队’正在进行操练。拒俄集会结束后，一支200余人的“拒俄义勇队”迅速组建起来，他们有：黄兴、陈天华、蒋百里、蔡锷、黎仲实、潘璇华、葛温仲、周筠轩、董鸿祎、王维忱、龚宝铨、陶成章、魏兰、刘揆一、秦毓鎏、叶澜、张肇桐、廖仲恺、钮永建、陈去病、刘季平等等。苏曼殊也从成城学校退学，加入到了这支队伍中。

陆军士官生蓝天蔚被推举为队长。他对义勇队全体队员进行体格检查，根据身体的强弱编成甲、乙、丙三个区队，每个区队下编4个分队。苏曼殊被编入甲区队第4分队。蓝天蔚每天带着队员操练，准备率队开赴东北对俄作战，实质是为推翻清政府作准备。

“苏湜（苏曼殊在成城学校用的名字——作者注）兄，你体质不是很好，可要悠着一点啊！”蓝天蔚走到苏曼殊身边，关切地对他说。

“季豪兄，我真是恨不能一天之间把所有的本领都学会，马上奔向杀敌报国的战场啊！”苏曼殊端着步枪，继续练着，一边回答说。

“是啊，大家都是一样的心情。每一个爱国同志，都怵于亡国之祸，欲以至贵至重之躯，捐之沙场，以拒强虏，以争国权，这实在是中国有史以来从未有过的光彩，也实在是中国有史以来从未有过的悲剧啊！”蓝天蔚沉重地说。

顿了顿，蓝天蔚又问：“陈天华兄的事情你知道吗？”

“已经知道了！”苏曼殊回答说。就在拒俄集会结束后不久，陈天华咬破自己的手指，写下多封血书，寄给国内故乡湖南省的多个学堂，表明自己与俄寇和清廷血战到底的决心。

“陈星台兄一片拳拳的赤子之心，真是天地可鉴啊！”蓝天蔚感慨道，“只是不知他的血书寄到国内后，能否产生一点作用！”

“我想应该会有作用的。每一个中国人，只要他的良知尚存，在星台兄的血书面前，都不可能无动于衷！”苏曼殊肯定地说。

蓝天蔚点点头。

这时廖仲恺走了过来。他摘下挎着的军用水壶，喝了一口水，对苏曼殊说：

“苏湜兄，你一个出家人，却以天下为怀，以苍生为念，以救国为职志，万死不顾一身，真是令人敬佩啊！孙中山先生已经知道你的事情了，他称赞你为‘兵火头陀’和‘革命和尚’啊！”

“‘兵火头陀’！‘革命和尚’！说得太好了！请仲恺兄转告孙先生，曼殊和尚谢谢他的勉励！有机会我一定亲自登门去拜访孙先生，聆听他的教诲！”

“我一定转告！”廖仲恺说。

4

由于出了内奸，东京“拒俄义勇队”的活动，被清廷获悉，引起了他们的极大恐慌。于是一纸电令飘到了驻日公使汪大燮的案头：“昨据袁世凯密折，内言东京留学生蓝天蔚等若干人，编集数军，希图革命……该学生等既反叛朝廷，朝廷亦不得妄为姑息……于各学生回国者，遇有行踪诡秘，访闻有革命本心者，即可随时获到，就地正法。”严令汪大燮会同日本政府，严加镇压。“拒俄义勇队”被迫解散。

蓝天蔚、叶澜、秦毓鎏、董鸿祎、王维忱、张肇桐、龚宝铨、陶成章、

陈天华、黄兴、刘揆一、苏曼殊等原“拒俄义勇队”中的坚定者，决定秘密组建一个新的革命团体——“军国民教育会”，继续进行爱国活动。7 月 5 日，他们在东京再次集会，将“养成尚武精神，实行民族主义”确定为“军国民教育会”的组织宗旨，将“起义、暴动、暗杀”确定为“军国民教育会”的行动纲领，把斗争矛头直接指向清廷封建统治者。

鉴于“拒俄义勇队”是因为叛徒告密而失败的，因此“军国民教育会”的组织极为严密：开会无定期，会场无定所，所有成员必经严格筛选，皆有徽章以供识别联络。徽章为圆形镍制，一面为轩辕黄帝头像，另一面镌刻誓词：“帝制五兵，挥斥百族。时维我祖，我膺是服。”聘俄国、日本教官教习格斗、爆破、刺杀、军械各种技能，并派“运动员”（亦称“实行员”）回国联络各地志士，共同反清。不久，董鸿祎、王维忱等被派往南洋，龚宝铨被派往上海，陶成章被派往浙江，黄兴、陈天华被派往湖南活动。

一天下午，苏曼殊正在室外洗衣服。练了大半天的刺杀和投掷，身上的衣服早已被汗水浸透，发出阵阵难闻的馊臭味。因此他中午一回到住处，就把衣服换下泡在水盆里。

这间简陋的住房是他和刘季平合租的。刘季平找陶成章去了，住房只有他一人。

“苏湜兄，跟我到我家去见一个人！”这时廖仲恺忽然来了。他一把夺过苏曼殊手中正绞着的衣服，将它扔进水盆。

“哎！哎！仲恺兄！你要带我去见谁啊？我的衣服还没洗完呢！”苏曼殊一边挣扎着，一边说。

“你去了自然就知道了！”廖仲恺不由分说，拉着苏曼殊就走。

苏曼殊只好跟着廖仲恺向外走去。

廖仲恺在街道上拦下一辆人力车，拉着苏曼殊坐了上去。

人力车穿街绕巷，一炷香工夫，终于到了廖仲恺的家。

屋内一个约莫二十四五岁的女子听到外面的人声，迎了出来。

廖仲恺介绍道：“这是内子何香凝，刚从国内来日本不久。”

苏曼殊连忙向何香凝打招呼：“嫂子好！”

“快进屋，孙中山先生已等候你多时了！”何香凝说着，把苏曼殊引进屋内。

“孙中山先生！是孙先生要见我？”苏曼殊听后，不敢相信自己的耳朵。原来廖仲恺带自己来见的，竟会是自己景仰已久、名震寰宇的革命领袖孙中山先生！

苏曼殊激动异常，他一步跨进门去。

屋里桌旁的一张藤椅上，正坐着一个圆脸、短发、大耳、隆鼻、白髭，目光炯炯、英气逼人的中年男子。

“孙先生，苏玄瑛来了。”何香凝说。

孙中山站起身，向苏曼殊伸出温厚的大手。

“孙先生！”苏曼殊激动地叫了一声，他快步走向前去，迎接着孙中山向自己递来的那双大手，把它紧紧地、紧紧地握在自己的手掌中。

“哦！玄瑛你好！”孙中山先生和蔼地说。

苏曼殊激动得一时不知说什么是好。他缓缓地松开握着孙中山的手，“啪”的一声立正，向着孙中山，庄严地行了一个标准的军礼。

孙中山哈哈大笑。他亲切地说：“玄瑛，请坐！”

苏曼殊、廖仲恺、何香凝三人，围着孙中山坐了下来。

孙中山说：“玄瑛，仲恺跟我说你想见见我。明天我将离开日本去檀香山，也不知什么时候能够回来。今天我正好来找仲恺商量一点事情，就让他把你给请来了！”

苏曼殊没有想到孙先生这样一个叱咤风云的革命领袖，竟然是这般的谦逊，他由衷地说道：“谢谢孙先生的接见！”

孙中山接着说：“玄瑛啊！说来我们是老乡呢。听仲恺说你是广东香山的，我也是广东香山人啊。你老家在香山哪里？”

“沥溪！”苏曼殊吃惊于孙中山先生对自己了解得这么清楚。而且，他竟然这般平易近人，与自己拉起家常来了。

“沥溪？那是个好地方啊！”孙中山先生夸赞道。

“可我一点也不觉得它有什么好，倒觉得它是一座人间地狱！”苏曼殊直率地说。

“为什么？”孙中山先生关切地问。廖仲恺和何香凝也欠过身子，等着苏曼殊的下文。

苏曼殊把自己在沥溪的遭遇向孙中山和盘托出。

孙中山听后，叹了一口气，说：“原来玄瑛有这般不幸的遭遇！我理解你为什么会出家了。你是个率真之人！这样吧，玄瑛，我们把过去忘了，一切向前看，你看好吗？”

“好！”一股暖流漫溢在苏曼殊的心房，他噙着热泪，使劲地点点头。

孙中山又说：“听说你先后参加过中国青年会、拒俄义勇队和军国民教育会？”

苏曼殊说：“是的！”

“你做得好啊！当此国家衰亡之时，一切爱国人士，自当惕然奋起，驱除鞑虏，恢复中华！你们的青年会、义勇队和教育会，于革命推进有力！你们要好好操练军事技能，以备将来回国参加武装起义。要推翻满清的专制统治，唯有暴力革命这一条路途啊！”

苏曼殊聆听着孙中山先生的教诲，将他说的每一句话，每一个字，都牢牢地刻在心里。革命领袖和导师高屋建瓴，为他详尽地剖析着国际国内大势，描绘革命的理想蓝图，为他指点革命的方向，令他血脉贲张，心潮澎湃。转眼夕阳西沉。为了不致过多地耽误孙中山先生的时间，他只得恋恋不舍地告别而出。

此后，廖仲恺和何香凝的这幢住宅，便成为了孙中山的联络点和开会场所。苏曼殊常来这儿参加会议，接受孙中山先生的指示。

拜见孙中山后几天，苏曼殊利用假期，到泰国、斯里兰卡等国，简短地游历了数天。

回东京途中，他特意去平户拜谒了中国明朝民族英雄郑成功的诞生

处，作诗一首："行人遥指郑公墓，沙白松青夕照边。极目神州余子尽，袈裟和泪伏碑前。"（《谒平户延平诞生处》）

"军国民教育会"规定，会员必须每月义务捐款四角，苏曼殊生活拮据，可他每次都捐一到两圆。由于表哥林紫垣已有很长一段时日没给他提供生活费了，苏曼殊的日子过得极其艰难。他与刘季平合住一处，有次又断炊了，刘季平叫他拿几件衣服去当铺换点钱买吃食，自己则在屋内等着。哪知苏曼殊竟一去不返。等到半夜，刘季平实在熬不住，正要去睡，这时苏曼殊回来了，手里捧着一本书。刘季平高兴地问："你买回什么吃的了？"苏曼殊喜滋滋地说："这本书我找了很久，今天终于在夜市上找着了。"刘季平叫道："你这个疯和尚！你忘记了我还在饿着肚子？"苏曼殊说："我还不是一样？你过来看看这本书，就不饿了！"刘季平嘴巴都气歪了，连骂"疯和尚"，但却无可奈何，只好带着剜心的饥饿，爬上床去，蒙被而睡。苏曼殊则一直看书到天亮，直到看完为止。

孙中山先生听说了苏曼殊的窘境，派廖仲恺给他送去二百元银洋，苏曼殊拿到钱后，欣喜若狂，立即广发请帖，宴请各位好友。孙中山和廖仲恺也接到了请帖。廖仲恺目视孙先生的反映，孙中山笑着说："这就是玄瑛！我们也去赴宴吧，让他高兴高兴！"

一天，苏曼殊听说兴中会的同志都已发到了津贴，他也跑到廖仲恺那里去领。廖仲恺心想：你又不是会员，怎么能发给你？但他处事一向非常谨慎，并没有当场拒绝苏曼殊，而是说："玄瑛兄你且等一下，让我去请示一下孙先生！"说着就跑去请示孙中山。"发！当然要发！"孙中山说，"在我心里，玄瑛早已是我们的同志了！"苏曼殊到底是在孙先生那里个别参加兴中会的，还是因为孙先生心里有苏曼殊，廖仲恺对这个问题没有问孙先生。请示回来后，廖仲恺当着苏曼殊的面，在兴中会的会员花名册上，写下了苏曼殊的名字，把津贴发给了他。

5

“苏湜兄！陈仲甫将邹容的《革命军》寄到了！”这天傍晚，苏曼殊刚从射击训练场回到住处，刘季平乐滋滋地走了进来。

“刘三兄，快给我看看！”正在擦脸的苏曼殊将手中的毛巾朝凳子上一扔，将书从刘季平手中夺了过来。

毛巾“哧溜”一声滑落到地上。

“除数千年种种之专制政体，脱去数千年种种之奴隶性质，诛绝五百万有奇被毛戴角之满洲种，洗尽二百六十年残惨虐酷之大耻辱，使中国大陆成干净土，黄帝子孙皆华盛顿，则有起死回生，还命反魄，出十八层地狱，升三十三天堂，郁郁勃勃，莽莽苍苍，至尊极高，独一无二，伟大绝伦之一目的，曰‘革命’。巍巍哉！革命也！皇皇哉！革命也！”

苏曼殊迫不及待地朗诵起来。

刘季平凑身过来，也跟着苏曼殊一起念了起来——

“吾于是沿万里长城，登昆仑，游扬子江上下，溯黄河，竖独立之旗，撞自由之钟，呼天吁地，破颡裂喉，以鸣于我同胞前曰：呜呼！我中国今日不可不革命，我中国今日欲脱满洲人之羁缚，不可不革命；我中国欲独立，不可不革命；我中国欲与世界列强并雄，不可不革命；我中国欲长存于二十世纪新世界上，不可不革命；我中国欲为地球上名国、地球上主人翁，不可不革命。革命哉！革命哉！我同胞中，老年、中年、壮年、少年、幼年、无量男女，其有言革命而实行革命者乎？我同胞其欲相存相养相生活于革命也。吾今大声疾呼，以宣布革命之旨于天下……”

两位年轻人一口气将《革命军》的“绪论”朗读完毕。

“唉！也不知邹容兄和太炎先生现在情况怎么样了？”苏曼殊将书一放，忧虑地说。

“是啊！邹容兄太傻了，他完全可以逃走的，为什么要自投罗网呢！”刘季平扼腕叹息。

“邹容兄乃真丈夫也，是革命军中的谭嗣同啊！”苏曼殊感叹一声。

刘季平点点头，表示赞同：“‘我自横刀向天笑，去留肝胆两昆仑’啊！”

苏曼殊说：“也不知道‘苏报案’最终会如何判决！”

“我估计清廷是不会发善心的。”刘季平气呼呼地说。

《苏报》1896年由胡璋创办于上海租界。1903年，第三任主办人陈范聘爱国学生章士钊担任《苏报》主笔，《苏报》增设“学界风潮”和“舆论商榷”两个专栏，公开支持学生的爱国运动和革命活动，大造革命舆论。一个多月内，先后发表了《哀哉无国之民》《客民篇》《驳革命驳议》《杀人主义》等十几篇具有强烈民主革命色彩的评论；大力宣传邹容写的《革命军》，刊登邹容为该书写的自序，以及章士钊写的《读革命军》和章太炎写的《革命军序》等文。同年6月29日，《苏报》又以显著位置刊出章太炎《康有为与觉罗君之关系》一文，驳斥康有为“只可行立宪，不可革命”的主张，并直呼光绪皇帝为“载湉小丑”，指斥他和慈禧太后都是“汉族公仇”，对革命发出热情的礼赞。这些言论，引起了清廷的震惊和恐慌。就在该文发表的当天，两江总督魏光焘派江苏派候补道俞明震赴上海，会同租界当局对《苏报》进行迫害。陈范、章士钊等先期走避，章太炎被捕，次日邹容主动投狱。清廷随后查封了《苏报》。

“仲甫兄4月上旬与邹容、张继离开日本回到上海不久给我来过一封信，说他们一起去《苏报》编辑部看章士钊。章士钊听了他们3人的被逐经过，哈哈大笑，说他们来得正好，《苏报》正打算加强革命宣传，希望他们都能留下来。结果，仲甫急着要回家，邹容要写《革命军》，只有张继答应留在《苏报》编辑部了。没想到时间才不到半年，邹容就身陷满清的囹圄了。”苏曼殊说。

“‘庆父不死，鲁难未遂！’可恨的满清鞑子！”刘季平咬牙切齿地说。

“不说了，我们去顺源吃饭吧！”苏曼殊提议道。

“行！”刘季平说完，走到床头，从枕头底下拿出几张纸币——这是他和苏曼殊仅有的生活费了。苏曼殊从成城学校退学以来，他的表哥林紫垣只给他送来过一次生活费，加上苏曼殊又是个“日光族”，因此这段时日以来，他基本上都是与刘季平共享刘家寄来的生活费。

到了顺源餐馆，苏曼殊要了三大碟炒鸡、一碗虾仁面、两个苹果和一碟生姜，狼吞虎咽起来。

“苏湜兄，你这么个吃法，肚子不要撑出毛病来啊！”刘季平担心地说。

“食色性也，不吃白不吃！”苏曼殊潇洒地回答。

次日，苏曼殊由于饮食无度，肠胃再次发病，在床上翻滚呻吟。正巧在这时，林紫垣来了，问明苏曼殊得病的原因，乃暴饮暴食所致。林紫垣气得脸色发青。他当初带苏曼殊来日本留学时，曾对舅舅苏杰生承诺，一定要把苏曼殊培养成才。哪知道苏曼殊到日本后，却热衷于革命，今天拒俄，明日反清——这弄不好不仅要给他自己，也会给苏家和林家招来杀身之祸的啊！林紫垣这会儿可是真的动了雷霆之怒，他勒令苏曼殊马上回国。否则，今后自己决不再为他提供生活资助。

过了两天，林紫垣就将回中国的船票给苏曼殊送了过来。

这时期军国民教育会的成员都纷纷回国从事革命活动。苏曼殊一方面迫于生存压力，另一方面也是想回国有所行动，准备投身国内正在兴起的民族民主革命高潮，于是就把林紫垣手中的船票接了过来。

苏曼殊的恩师和挚友、大同学校的教习汤觉顿，得知消息，特意从横滨赶到东京，为苏曼殊饯行。苏曼殊深为感动。临行前，他铺纸挥毫，作诗绘画，赠别汤觉顿。诗云——

其一

蹈海鲁连不帝秦，茫茫湮水著浮身。国民孤愤英雄泪，洒上鲛绡赠故人。

其二

海天龙战血玄黄，披发长歌览大荒。易水萧萧人去也，一天明月白如霜。

1903年9月初，苏曼殊乘上日本轮博爱丸回到上海。一下船，他即给林紫垣寄去一封假遗书，说自己“今日黄浦投江死”，意在要林紫垣转告其家人自己已不在人世，借以表明自己与表哥断交，与家庭决裂，许身革命，勇赴国难的决心。

6

几天后，苏曼殊乘坐的博爱丸号客轮抵达上海。

先于苏曼殊从日本回国开展革命活动的东京“军国民教育会”的同志龚宝铨、陶成章、黄兴、刘揆一、陈天华，已事先获知苏曼殊抵沪的准确时间，一齐来到轮船码头接站。

战友相见，分外亲热。众人簇拥着把苏曼殊架上包车。几部车子向着位于美租界新衙门北首和康里第四街的上海爱国女校飞驰而去。

女校门口站着一位戴圆边眼镜、身材颀长、清矍儒雅、约莫三十四五岁的中年人——他就是上海爱国女校校长蔡元培。

蔡元培看见包车来了，忙伸出右手，迎了过来。

“孑民兄，苏玄瑛接来了！”龚宝铨对蔡元培朗声道。

“好！好！谢谢诸位！”蔡元培呵呵一笑，把双手递向苏曼殊，说：“玄瑛兄，一路辛苦了！”

“这就是蔡孑民先生！”龚宝铨指着蔡元培对苏曼殊介绍道。

“蔡先生，您好！”苏曼殊上前一步，紧紧握住了蔡元培的手。

蔡元培将苏曼殊和一干人等领进校园。

众人随蔡元培一起来到一间僻静的小会议室。

“蔡先生，听说您去年夏天曾游历过日本？”苏曼殊问。

“是啊，不过我在日本没呆多久，秋天就回国了！”蔡元培说。

“那时我不知道先生在日本，真是失之交臂啊！”苏曼殊遗憾地说。

“今天我们不是见面了吗？”蔡元培哈哈大笑，“有缘千里来相会啊！”

“蔡先生从日本回来不久，就在上海创建了爱国女校和爱国学社，被推举为总理，以《晨报》为阵地，大力提倡民权，宣传排满革命思想！”陶成章介绍道。

“爱国女校现在成了我们开展革命活动的大本营啊！”龚宝铨接过话头，“我和成章从东京回上海后，组建了一个‘军国民教育会暗杀团’，仲甫兄和孑民兄都是我们的团员。仲甫兄从上海回安庆后，又组织了一个‘岳王会’，以岳武穆精神为号召，在安庆新军中拥有极大的实力！孑民兄是上海爆破组的主要负责人，正领着杨笃生、俞子夷、费天健他们试制炸药和子弹呢！”

“‘暗杀团’！我可以参加吗？”苏曼殊一下子来了兴趣，他激动得站了起来，双目熠熠发光。

“当然！我们这些原东京‘军国民教育会’的成员，本来就都是经过严格审核、对革命无限忠诚、革命意志无比坚决的一批同志嘛！”龚宝铨肯定地说。

“既然这样，那么也算我一个吧！”苏曼殊请求道。

龚宝铨、陶成章、蔡元培一致同意。

蔡元培继续通报情况：“现在全国各地的反清团体如雨后春笋，满清政权的覆灭指日可待，革命形势发生了很大变化，‘暗杀’这种行动方式将逐渐被正规的军事行动所取代。我和成章、宝铨正在考虑对‘暗杀团’进行改组，创建一个新的组织，名字和口号都已经想好了，名字就叫‘光复会’，口号是‘光复汉族，还我河山，以身许国，功成身退’。各位以为如何？”

“‘光复会’很好！”黄兴说，“我和天华、揆一、张继、宋钝初、章行严他们也准备在湖南创建一个新的革命组织。你们叫‘光复会’，那我们就叫‘华兴会’好了！”

“好！一个‘光复’，一个‘华兴’，光复山河，振兴中华！东西呼应，珠联璧合！”众人一齐叫好。

“对了，克强兄，我记得你和天华、揆一兄当初不是回湖南了吗？怎么也在上海？”苏曼殊问黄兴。

“是回湖南了。我们这次来上海，是找孑民先生和宝铨、成章兄一起商讨一下暗杀和起义计划，顺便拎一拎上海的情况！”黄兴回答道。

黄兴受东京“军国民教育会”派遣，于夏天回长沙后，任教于长沙明德学堂，以教书作掩护，暗中进行反清革命活动。

“对了，苏湜兄！”黄兴说，“你现在有何打算？可否愿意随我们一起去长沙？我们长沙的革命活动可是风起云涌啊！”

“我刚回国，生活正没个着落，就随克强兄你们一起去长沙吧！”苏曼殊点头答应。

在上海休息了两天之后，苏曼殊随黄兴、刘揆一、陈天华一起回长沙。

一路上关河萧索，一片衰世惨象。被革命激发起来的豪情，在惨淡黯然的现实面前，一下子跌回到冰点，苏曼殊痛不欲生。渡湘水时，他作赋吊三闾大夫，对着滔滔江水长歌号啕。一到旅驿，他马上铺纸挥毫，作《写忆翁诗意图》，配诗“花柳有愁春正苦，江山无主月自圆”，其与南宋诗人郑思肖相通的亡国之痛溢于纸面。

这次，他见到了《苏报》案后从上海逃回故乡的章士钊。

在黄兴的介绍下，苏曼殊到长沙实业学堂做学生寝室的管理员。寝室管理员在学校没有任何地位，经常要受到学生们的侮辱和戏弄。虽然苏曼殊在留日学生中是一个名气很响的诗人、画家和革命志士，但在长沙实业学堂，却没有一个人知道他。苏曼殊心情压抑，常常背着人一个人独自兀坐，歌哭无常。看人时，常常目光炯炯地直视着人家，眼珠子几分钟也不转动一下。除管理寝室外，苏曼殊整天闭户不出，有时在宿舍里绘绘画，但每次一画完，他就把画给撕了。没过多久，全学堂的人都知道他是一个怪人，都叫他“苏神经”。好在学堂里有个叫杨性恂的教习和一个叫陈果夫的学生，和他很谈得来。苏曼殊便常常带着他们两

个到外面大吃大喝。寝室管理员的地位虽然低，但薪金还是非常不错的。苏曼殊有了挥霍的条件。

苏曼殊感觉自己再也不能在长沙实业学堂待下去了，他寻思着开溜。正好在这时，留日苏州籍学生吴秩书、吴绾章兄弟来信邀请他到苏州吴中公学任教英文。于是他便离开了长沙，经由上海赴苏州履教职。在吴中公学，他结识了包天笑、祝心渊，并与他们缔结下深厚的友谊。在此期间，他曾与包天笑、祝心渊等人一起到苏州郊外猴子山“招国魂”，并为包天笑绘制了一幅《儿童扑满图》，寓意“扑灭满清”；包天笑也曾作《送别苏子谷》诗二首回赠予他。然而由于苏曼殊对吴侬软语一窍不通，只能与同仁们作笔谈，闲暇时就只有整日沉默寡言了。偶尔他也涂抹几笔画，写一写小诗。由于他言行举止滑稽怪诞，他的课也没有受到学生的欢迎——他实在不是一块教书的料。于是没过多久，苏曼殊便又离开了吴中公学，重新回到上海去了……

碧城烟树小彤楼，杨柳东风系客舟。
故国已随春日尽，鹧鸪声急使人愁。

第八章　飘扬报人

公子才华迥绝伦，海天辽阔寄闲身。
春来梦到三山未，手摘红缨拜美人。

1

同芳居茶馆。店堂舒适雅洁，茶具精致。

这是一家位于上海棋盘街广东路转角处的粤式茶馆。陈独秀、章士钊、张继、卢和生 4 人正在这里，为从苏州吴中公学回到上海的苏曼殊接风洗尘。茶馆是陈独秀特意选的。苏曼殊是广东人，又嗜好甜食。这家茶馆除了品茶之外，还兼卖各种粤式糕点和西式糖果，收费虽然昂贵，但沪上的广东茶客仍趋之若鹜。请他来这儿喝茶吃点心，是再适合不过的了。

此前《苏报》案的紧张风声已经过去，章士钊从长沙回到了上海。他与原《苏报》编辑张继，以及因在安庆组织“岳王会”遭到清廷缉捕重新回到上海的陈独秀一起，又创办了一份《国民日日报》，同仁有何梅士、陈去病、林懈、金天翮、高旭、刘师培、谢晓石、柳亚子、卢和生等人。章士钊闻知苏曼殊要回上海，便决定把他请来做《国民日日报》的翻译。

“没问题！”一身僧衣的苏曼殊满口答应。他通晓汉、日、英、法、梵五种文字，做翻译，于他是如鱼得水。

“和生兄！”陈独秀说，“《国民日日报》自创刊以来，秉承《苏报》的宗旨，致力反满，发刊未久，风行一时，世人咸称为‘《苏报》第二’。光是有关沈荩被杖毙一案的抗议文章，就刊载了 30 余篇；有关《苏报》一案的抗议文章，也刊载了近 70 篇。此外，章太炎先生的狱中书稿和有关各地学潮的报道文章，以及揭露清廷密卖满洲内幕的文章也多有刊载。我担心这样下去易遭清廷的注意和忌恨。《苏报》的教训应该吸取啊！和生兄你生长于香港，是英国海军工程毕业的老留学生，又曾担任《上海西报》的记者，清廷奈何不了你！我想《国民日日报》不如用你的名字在英领署注册。由你来做发行人，这样就可以少了许多的麻烦，不怕清廷干涉了。不知和生兄意下如何？”

“我同意！”章士钊说。

“好主意，我也赞成！”张继附议道。

“行！既然大家认为这样做有必要，我没意见！”卢和生点头同意。

“既然和生兄这儿没问题，那就这样定了？”陈独秀问章士钊。

章士钊说：“定了！明天我们就可以开始就去办手续了。”

说完，章士钊把头转向苏曼殊，“子谷兄！你这个四海闻名的大才子，既然现在已经到上海来了，可得挥起你的如椽大笔，多为我们的报纸写写稿子啊！”

正在忙着大啃糕点的苏曼殊抬起头来，说：“好！那是一定的。”说完，他用僧衣揩了揩油亮的嘴唇，转身从挂在椅背的褡裢中掏出几张纸来，递给章士钊：“这是我前些天写的一个杂文，秋桐兄看看可不可以刊登？”

章士钊接过来一看，文章的题目叫《呜呼广东人》。他轻声念了起来——

“吾悲来而血满襟，吾几握管而不能下矣！吾闻之：外国人与外省人说，中国不亡则已，一亡必亡于我广东人手。我广东人有天然媚外的性质，看见了洋人，就是父爷天祖，也没有这样巴结。所以我广东的细崽洋奴，独甲他省。我们看他不像是广东人；他偏不愿做广东人，把自己祖国神圣的子孙弃吊，去摇尾乞怜，当那大英大法等国的奴隶，并且仗着自己是大英大法等国奴隶，来欺虐自己祖国神圣的子孙。我今有一言正告我广东人曰：‘中国不亡则已，一亡必先我广东；我广东不亡则已，一亡必亡在这班入归化籍的贱人手里。’于今开通的人讲自由，自思想言论自由，以至通商自由，信教自由，却从没有人讲过入籍自由，因为这国籍是不可紊乱的。你们把自己的祖宗不要，以别人之祖宗为祖宗，你看这种人还讲什么同胞？讲什么爱国？各国以商而亡人国，我国以商而先亡己国！你看我中国尚为吗？你看我广东人的罪尚可逃吗？吾思及此。吾悲来而血满襟，吾几握管而不能下矣！”

“写得太好了！”章士钊击节道，“对那些数典忘祖、认贼作父的洋奴们的丑恶嘴脸揭示得真是入木三分啊！发！《国民日日报》马上

发！”

卢和生从章士钊手中把文章拿了过去，“好！笔锋犀利，饱含激情，何等斩截痛快啊！”

张继和陈独秀也先后传看，都赞不绝口。

张继说：“苏湜兄，行严兄答应要刊布你的文章，你可得请客啊！这样吧，我们明天继续来同芳居喝茶，你看怎样？”张继呵呵大笑道。

苏曼殊捂着肚子，表情很难受：“不行啊！今天吃多了，明日肯定病，后天也肯定病，三天后我一定请你们再来！”

众人一齐大笑。陈独秀关切地说：“玄瑛，不要紧吧？以后饮食可要注意节制一点啊！这样对身体不好。”

“仲甫兄，无妨！”苏曼殊摇摇头，答道。

一行人离开同芳居，回到《国民日日报》报社。报社没有多余的寝室，苏曼殊只好与陈独秀、章士钊和何梅士同挤一室。

晚上，苏曼殊的肠胃病果真发作，在床上折腾了一宿。第二天，陈独秀、章士钊要办理《国民日日报》变更注册手续的事情，只好把他托付给同事何梅士。

苏曼殊在病中与新同事何梅士相识并成为了好朋友。

第四天一早，苏曼殊感觉肚子不痛了。他爬起床，草草地洗漱了一番，喝了几口何梅士端来的稀粥，就到编辑部上班去了。杂文《呜呼广东人》已在前一天由章士钊交《国民日日报》刊布，财务喊他去把稿酬领了出来。他没有食言，晚上，他果真把张继、陈独秀、章士钊、卢和生以及何梅士等人，一齐请到同芳居喝茶去了。

此后，同芳居茶馆便成为苏曼殊常常光顾的场所。每有润笔收入，他就会拖着同事们一块儿去那儿喝茶消遣。自然，大嚼糕点和“摩尔登”糖，是他的一个保留节目。

没过多久，他又写出了杂文《女杰郭耳缦》，同样刊发在《国民日日报》上。

女杰郭尔缦，生于俄国圣彼得堡，16 岁偕妹至美国，定居于洛旗斯达，组建无政府党，极力倡导无政府主义，崇尚暴力革命（暗杀）。她受到了同样极度仇恨秩序、蹈刃不顾的苏曼殊的高度崇拜，成为苏曼殊心目中的英雄。

2

苏曼殊与陈独秀、章士钊、何梅士四人同居一室，日促膝谈，夜抵足眠，意气十分相投。

一天，陈独秀对苏曼殊说："玄瑛兄，你的文章慷慨激昂、气势沛然，然于持论、理趣而言，尚有所亏欠；再如你作的诗，清新扑面，自出机杼，然徒逞才气而多有悖于格律，平仄和押韵并没有很好地把握，你有空时还是得系统地学点国学啊！"

"仲甫兄真畏友也，所言极是！玄瑛自小身世飘零，颠沛流离，并不曾系统地学习过中华文化，玄瑛有心拜师日久，还请仲甫兄不吝教我！"苏曼殊诚恳地说。

"古人说，'如切如磋，如琢如磨'，我们一起切磋提高吧！"陈独秀爽快地答应了。

"那太谢谢仲甫兄了！"苏曼殊高兴得跳起来，对陈独秀深深地施了一礼，算是拜师。

此后的一段时日，苏曼殊但有新作的诗词文章，便拿来向陈独秀请教。陈独秀替他修改了几回，对某些缺笔少划的地方和文法上的错误，都一一用朱笔圈点出来并加以订正。章士钊有时也会帮着替苏曼殊修改。苏曼殊到底天赋异秉，陈独秀、章士钊稍加点拨之后，他的文笔马上判若两人，令人刮目相看。

报馆的工作自由而散漫，四个人基本上每天都要睡到上午 10 点左右才起床。陈独秀、章士钊和何梅士一般都是起床后随便吃几块点心，即到报馆上班、用午膳；苏曼殊则要看他起床时的兴致：早餐可能吃，

可能不吃，也可能暴吃一顿。一日晨起，陈独秀煮好了一锅汤圆，每人碗里分上几只，问苏曼殊吃不吃。苏曼殊睬都不睬，一言不发，径自朝门外走去。不一会儿，他就回来了，手里抱着五六笼热气腾腾的小笼包，搁在桌子上，顾自吃了起来。等陈独秀他们傍晚下班回来，又看见他肚子疼得在床上直打滚……

“仲甫兄，这是我翻译的法国嚣俄（即雨果）的《惨社会》（即《悲惨世界》），你有空时帮我看看吧！”一天上午到报馆，苏曼殊推开了陈独秀办公室的门，将一叠厚厚的书稿交给陈独秀。

“好的！玄瑛兄，你先放着，等我忙完了手头的事情再看行吗？”陈独秀说。

“好的！”苏曼殊退了出来。

晚上，陈独秀把《惨社会》的译稿带回了住处，对苏曼殊说：“玄瑛兄，译稿我大致浏览了一下，你的翻译并不忠实于原著啊！不仅有所删削，更离开原著杜撰情节，从第七回开始到第十三回，你简直是另起炉灶啊！那个大骂皇帝是‘独夫民贼’‘孔学是狗屁不如的奴隶教训’，公然蔑视上帝、神佛、道德、礼义、天地和圣人的革命侠士明男德，原著中有吗？有你这种译法吗？呵呵！”

“我翻译《惨社会》，本来就是借尸还魂，揭露满清治下的悲惨世界和数千年来的封建观念，通过明男德这个英雄形象，唤醒国人推翻专制统治，建立一个没有剥削和压迫的公道的新世界！”苏曼殊解释道。

“呵呵，你不必紧张。”陈独秀乐了，“你这种不愿受原著束缚的翻译法也是亘古一奇啊！这样吧，我帮你改改，争取在我们报纸上发表出来吧。”

“那太好了，谢谢仲甫兄！”苏曼殊高兴得直道谢。

“玄瑛兄不必客气，我还得代表读者们谢谢你呢！”陈独秀诚恳地说。

没过几天，署名“〔法〕嚣俄著、苏子谷译”的长篇小说《惨社会》，便开始在《国民日日报》上连载。

苏曼殊又得到了一笔可观的稿酬。

“走，我们花钱去！”苏曼殊在报馆呼朋唤友。钱对于他来说，就犹如放在口袋中的炸弹，不马上把它甩出去，他心中不安。

“这回就换一换口味，不要去同芳居了吧！喝茶，把我的肚子都快撑破了！”章士钊说。

“去哪里？”苏曼殊道，“行严兄你选个地方吧！”

“去‘江南春’吧，那里的姑娘漂亮！”章士钊说。

众才子听说要去“江南春”吃花酒，一起欢呼起来。

一行人浩浩荡荡地向“江南春”开拔而去。

“江南春”的老鸨看见章世钊带来了这么多客人，粉脸马上笑成了一兜菊花，她忙扯起嗓子朝楼上高喊：

“湘四、轻轻、宛雏、海棠、阿蕉、阿崔、秦筝、丽娟、小凤，客人来了，还不快出来接客！”

“来了！”十几个十五六岁的美人排着队，袅袅婷婷地从楼上走了下来。

大堂中一片莺歌燕语。

“哟，这位公子是新来的吧？瞧你这脸蛋，长得多俊啊！”那个叫湘四的妓女，扭着腰肢，走到苏曼殊身边，趁势捏了一把他的脸。

苏曼殊第一次到这种风月场所中来，有点不习惯，他下意识地偏了偏头。

湘四被逗得“咯咯”大笑：“瞧，还不好意思呢！”

众才子倚红偎翠，转眼间雾失楼台、月迷津渡。苏曼殊也被湘四拥入她的香巢。

龟奴端进来酒菜碗筷，在桌子上摆放好，掩门退了出去。

湘四拿起酒杯，倒了两杯酒，双手端着，花枝微颤，向苏曼殊走了过去。

她脸朝苏曼殊，在他的腿上一屁股坐了下去，将酒递到他手中：“公子，人生得意须尽欢！喝。”

苏曼殊接过她手中的酒。湘四的一条玉臂，趁势缠上了苏曼殊的脖子。

苏曼殊手里端着杯子，既不喝酒，也不说话。他瞪大眼睛，定定地凝视着湘四，眼珠子半天也没有转动一下。

湘四吓了一跳，忙站了起来。

苏曼殊埋下头去，风卷残云，把桌上的饭菜吃了个精光。然后，站起身来，向湘四合十顶礼。

湘四撒开脚丫，飞也似的逃了出去，边跑边呼："神经病！神经病！"

"湘四，怎么了？"楼道旁的一间房门应声而开，走出一位三十老妓。

湘四一头扎入她的房间，气喘吁吁："老赛，我今天接的客人是一个神经病！"

"神经病？不会吧！"老赛狐疑地说。

"真的，不信你去看看！"湘四急了。

"好，好，我跟你去看看！"赛金花说。

这个被湘四称作"老赛"的老妓，就是名噪一时的赛金花。

赛金花，又名傅彩云，安徽黟县人。幼年被卖到苏州为妓，15岁时被前科状元洪钧看中纳为小妾。不久洪钧奉旨为驻俄、德、奥匈、荷兰四国公使，傅陪同出洋。后洪钧归国不久即病死。傅在送洪氏棺柩南返苏州途中，潜逃至上海为妓，改名"曹梦兰"。后又至天津，改名"赛金花"。1900年八国联军攻陷北京时，居北京石头胡同为妓，利用与德军统帅瓦德西的交情，终使辛丑和议成功。1903年在北京因涉嫌虐待幼妓致死而入狱，解返苏州，出狱后来到上海。

赛金花随湘四来到她的房间。苏曼殊还没有走，只见他已把桌上的碗盘杯筷拢到一旁，正俯身拿着毛笔在纸上写着什么。

赛金花走了进去，近前一看，原来是一首诗——

"禅心一任蛾眉妒，佛说原来怨是亲。雨笠烟蓑归去也，与人无爱亦无嗔。”

“好诗！”赛金花赞道，“察公子之诗，禅心一片，礼佛至虔！敢问公子大名？”

“佛门弟子曼殊。”苏曼殊说，“大姐如何称呼？”

“风尘女子赛金花！”赛金花答道。

“大姐原来是赛金花？”苏曼殊惊道，“大姐之事，衲亦有所耳闻。自古风尘出侠女啊！想大姐的一句‘国家是人人的国家，救国是人人的本分’，比起那些蝇营狗苟之徒、卖国求荣之贼，真是不知要强出多少倍呢！”

这时众才子都在楼下大呼小叫着“回去了！”“回去了！”苏曼殊匆匆别过赛金花，下楼付账。

过了几天，苏曼殊的《岭海幽光录》在《国民日日报》上刊布，他又获得了一笔丰厚的稿酬，继续引朋唤友，来到“江南春”吃花酒。他向老鸨打听上次接待自己的那个姑娘的姓名，好像对那姑娘恋恋不舍。老鸨把他带到湘四房里。然而苏曼殊神情举止依然如故，最终不言而归。

3

兰心大剧院。

苏曼殊与包天笑、柳亚子、徐枕亚、刘铁冷、陈蝶仙、许指严、贡少芹相约一起到这儿看戏。包天笑刚从苏州来上海，供职于上海《时报》馆，编辑《时报》副刊《余兴》。为了给好友接风洗尘，同时也是为了回报在吴中公学任教时包天笑对自己的照顾，苏曼殊慨然做东，请包天笑和其他几位新近认识的写小说的朋友一起看个戏，并拉上了《国民日日报》的同仁柳亚子。

舞台上演的剧目，是由“伶圣”汪笑侬主演的《桃花扇·沉江》。

明代末年，重执权柄的魏忠贤阉党阮大铖，为报当年拉拢“复社”中坚侯方域，被侯方域的红颜知己、秦淮歌妓李香君拒绝的一箭之仇，设计陷害侯方域，迫使其投奔史可法，并强将李香君许配他人，李香君坚决不从，撞头欲自尽，血溅桃花扇……

忽然人群中传来啜泣声，继之是一阵号啕。众皆愕然，举目搜寻，原来是一个年轻和尚，正在座位上掩面痛哭。

“子谷兄，你怎么了？”坐在苏曼殊左右两旁的包天笑和柳亚子一齐关切地问。

苏曼殊没有作答。他站起身，冲出了剧院。

包天笑、柳亚子、徐枕亚、刘铁冷、陈蝶仙、许指严、贡少芹也一起跟着跑了出去。

剧院里引起了一阵小小的混乱。

“子谷兄！”众人终于追上了在前面疾跑的苏曼殊。

苏曼殊停下脚步，奇怪地问：“你们跟着我做什么？”

众人傻了：“你莫名其妙地哭，又跑出剧院，我们怕你出事，所以跟着你啊！”

“我为李香君而哭，关你们什么事？”苏曼殊疑惑地问。

“呵呵！”众人一齐乐了，大笑起来。

“玄瑛兄！李香君血溅诗扇，山河动容；你是却扇一顾，倾城无色啊！”柳亚子开玩笑地说。

“弃疾兄见笑了！”苏曼殊说。

“现在我们去哪儿？”许指严问。

苏曼殊思考了一会儿，说：“去‘圣约翰’吧！”

“圣约翰”是一家高级外国饭店。苏曼殊若遇钱囊稍丰，喜居外国饭店，曾多次对朋友们说“一月不住外国饭店，即觉身体不适”。

“好！‘圣约翰’!”众人一齐叫好。

几辆包车直扑“圣约翰大酒店”。

“咦！这里怎么会有那么肥的一个洋妞？”陈蝶仙眼尖，老远便看见酒店大堂右侧的沙发上堆着一坨金发碧眼的洋肉。

“在哪里？”苏曼殊眼睛一亮，兴奋地问。

“右边，沙发上！”陈蝶仙嘴巴一努。

“哈罗！”苏曼殊大摇大摆着走上前去，朝那洋妞打着招呼。

“哈罗！”洋妞挣扎着坐起来，热情地回应着苏曼殊。

“美女，请问你体重多少？”苏曼殊问。

“200公斤，按你们中国人的说法就是400斤啦！”洋妞实话相告，并不羞涩。

“那你要是找男朋友，能找到和你一样体重的吗？”苏曼殊担心地问。

“我不找胖子，我要找一个瘦子！”洋妞回答。

“我体重只有49公斤，你愿意和我匹配成双吗？”苏曼殊问，十分诚恳的样子。

“NO！ NO！”洋妞的头艰难地摇晃着，“你太瘦了，太瘦了！”

大堂里响起一片哄笑声。

苏曼殊做出一副非常遗憾的表情，耸耸肩，摊摊手，转身向楼梯走去。

酒店的迎宾对苏曼殊已经非常熟悉了，照例把他引向“罗马厅”。

一行人跟着迎宾在回廊上穿行，走进“罗马厅”，各就各位。

苏曼殊先点了一只自己喜欢吃的板鸭、一瓶特吉拉酒，并让侍应生去给自己拿一盒雪茄。完了，对众人说：“各位，你们喜欢吃啥，自己点吧！”

包天笑、柳亚子、徐枕亚等每人点了一道自己喜欢吃的菜。不一会儿，酒、菜、烟一齐端上桌来。

笑语喧哗，觥筹交错。

“玄瑛兄！听说你每次请客，都喜欢请很多人，有时人数不够，你就让朋友把他们的朋友也请来，你和朋友的朋友又不认识，请他们做什么？”刘铁冷忽然放下手中的杯子，问苏曼殊。

“铁冷兄！喝酒图的就是一个气氛，客人太少，和尚没劲啊！”苏曼殊答道，随后摇头晃脑起来，“‘五花马，千金裘，呼儿将出换美酒，与尔同销万古愁！’”

“李太白有儿子，和尚你有儿子吗？和尚能有儿子吗？”包天笑打趣道。

“阿弥陀佛！”苏曼殊双手合十，“佛陀在没有出家以前，是个王子，也曾娶妻，还生了一个孩子。佛陀尚且可以娶妻生子，和尚难道就不能了吗？”

苏曼殊的回答，激起了众人的兴趣。

“那和尚你打算什么时候娶妻生子呢？哈哈！”柳亚子醉醺醺地问他。

“曼殊我天生情种，于胭脂堆里参禅，风流而不下流，狎而不乱，不取肉欲之乐！”苏曼殊正色道。

柳亚子点点头：“和尚说的倒是人实话。姹女盈前，弗一破其禅定啊！”

正在这时，忽然响起敲门声。紧跟着侍应生领了一个花枝招展的女子进来。那女子笑靥如花，手里端着一杯葡萄酒，“哇！和尚，你们这儿好热闹啊！”

“娟娟！多日不见，想我了吧？”苏曼殊忙站起身来，向那女子走去，一手搂住那女子的腰。

“呸！呸！”女子佯怒道，轻轻推开苏曼殊的手。

“我来介绍一下，这是沪上名花张娟娟小姐！”苏曼殊先把手掌摊向那女子，接着在餐桌上画了一个大圈，“这些都是我的朋友，包天笑、柳亚子、徐枕亚、刘铁冷、陈蝶仙、许指严、贡少芹！”

“各位好！”张娟娟向包天笑、柳亚子他们一一打着招呼。

一干才子热情地请张娟娟入席。

有佳人加盟，宴席重新掀起高潮……

“娟娟，最近有何新作啊？”苏曼殊拉着张娟娟的手，温柔地问。

“维摩居士太猖狂，天女何来散妙香。自笑禅心如枯木，花枝相伴也无妨。”张娟娟挣脱苏曼殊的手，吟诵道。

随即，她俯身贴着苏曼殊的耳根说：“这是敬安和尚的诗作，呵呵！”

苏曼殊把头一偏：“八指头陀一时兴致之语，非学吞针罗什。”

包天笑哈哈大笑，对苏曼殊说：“‘自笑禅心如枯木，花枝相伴也无妨。’八指头陀倒是能够做到，你曼殊和尚恐怕无法做到吧！”包天笑说完，意味深长地瞟了张娟娟一眼。

“哈哈哈哈！”众人一齐哄笑起来。

“各位，你们慢用，我还要去隔壁应酬应酬！”张娟娟说完，起身告辞。

美人走了，众才子一下子兴味索然。

“我们也该回去了。”柳亚子第一个站起身，环视众人，“我们是去‘江南春’‘海国春’或者‘一家春’，还是打道回府？”

“去‘海国春’吧！听说那里新来了两个姑娘，赛若西施！”徐枕亚说。

“真的？那好，今天不去‘江南春’，去‘海国春’！”众人一起响应，鱼贯而出，走下楼来。

“先生，请问你们谁付账？”柜台里面的酒店收银员见他们就要走出了大堂，忙高声喊道。

苏曼殊转身用手指了指柳亚子：“他！”说完，头也不回地就向门外走去。

“你这个死和尚，怎么你请客要我来付账啊？”柳亚子急得大喊。

“我们是兄弟，还分什么彼此？我的钱就是你的钱，你的钱就是我的钱！”苏曼殊在门外朗声答道。

柳亚子哭笑不得，只好从口袋里掏出钱包……

4

《国民日日报》馆会议室。正发生激烈的争吵。

会议桌上首，坐着报纸的出资人谢少石和名义总经理、英国人高茂尔。左边一排坐的是编辑部人员，他们有主编章士钊、主笔陈独秀、柳亚子、苏曼殊、张继、何梅士、陈去病、林獬、金天翮、高旭、刘师培；右边一排坐的是报纸名义发行人卢和生、销售部经理李少东和经理部的几位职员，以及前来调解的在沪同志冯镜如、叶澜、连梦青、王慕陶等人。

“李少东，你起了上海的黑势力和满清政府起不到的作用！”章士钊指着李少东的鼻子怒骂，“上海的黑势力向上海当局投诉我们《国民日日报》‘扰害大局’，但他们毕竟投鼠忌器，对我们并不敢怎么样！满清政府慑于《苏报》案的教训，也不敢再贸然封禁我们的报纸，只是通饬各地政府和民众不准买我们的报纸而已。你停发大家的薪水，这是要从内部搞垮我们的报纸！我不得不怀疑你是满清政府的奸细！”

“章行严，你别信口雌黄，血口喷人！我李少东追随孙中山先生投身民主革命的决心，不会比你章行严弱多少！”李少东针锋相对，毫不示弱，“办报，生存是第一位的，只有生存下去，其他的一切才有可能，为了报纸的生存，一定的妥协是必要的！”

“什么叫‘一定的妥协’？是让我们向清廷献媚邀宠吗？如果那样，我们的《国民日日报》还有存在的价值吗？”章士钊反唇相讥。

“办出的报纸没人买，命都没法活，还奢谈什么‘存在的价值’？”李少东说。

“我要纠正你的一个错误。不是说我们办出的报纸没人买，而是清廷使用卑劣的手段，不准民众购买！”章士钊道。

“那性质还不是一样！”李少东答。

“大不一样！”章士钊义正词严，“正因为清廷践踏办报自由，所以我们才更要同他们展开坚决的斗争！”

“我们同意章行严兄的意见！”陈去病、高旭、刘师培、何梅士、张继纷纷表态，“如果清廷一施压，我们就膝盖发虚，主动缴械，这是对革命的背叛！”

“你们不要乱扣帽子！”李少东脸色铁青，“我是销售部经理，我要考虑市场，我要对出资人负责！”

“你考虑市场、对出资人负责当然没错！但你无权要求我们改变立场，更无权侵害我们的切身利益！”章士钊毫不退让。

“我来说一句，”冯镜如这时插话道，“刚才听了行严兄和少东兄的辩论，我觉得双方都有点过激。为了报纸的生存，我们适当调整一下斗争的策略，自然是应该的，而且是必须的。但少东兄以停发编辑部的薪水来迫使编辑部就范这一做法是不可取的。当然，行严兄对少东兄的指责并不客观，我认为少东兄的目的和动机也是良好的，那就是把《国民日日报》继续办下去。从这一点来说，我觉得双方的目标都是一致的。既然目标一致，那问题就有希望解决。革命最怕的是起内讧。‘太平天国’的失败就是一个惨痛的教训啊！”

“是啊！”王慕陶接上冯镜如的话茬，说，“听说你们经理部和编辑部意见不统一，我们在沪上的同志都感到很揪心，因此我们今天都过来了，目的就是想劝大家以大局为重，寻找一个妥善的解决办法。”

“和为贵啊！”卢和生、叶澜、连梦青都点头表示赞同。

“和？”章士钊咄咄逼人，“我们编辑部的反清立场，是决不会屈服于任何压力的！经理部必须将扣发的薪金全部发还给我们，并且保证以后绝不再发生类似事件！”

“既然我们谈不拢，那么我现在就决定，自即日起，解散《国民日日报》编辑部，你们另栖高枝吧！”坐在会议桌上首，一直没有吭声的谢少石终于被激怒了，他“腾”地站起身，宣布道。

“你无权这么做！”章士钊愤怒地说

“我是报馆的所有人，我想我有这样的权力！”谢少石拿起搁在会议桌上的皮包，撂下一句。

“我们编辑部将向租界法庭提出诉讼，控告你们的违法行为！”章士钊咆哮着说。

“悉听尊便！”谢少石拂袖而去。李少东、卢和生、高茂尔和经理部的几位职员跟着退出了会议室。

几天后，章士钊代表《国民日日报》编辑部，将一纸讼状递交到了租界法庭。法庭调解无效，《国民日日报》报馆遂关闭。

孙中山的结盟兄弟、香港《中国日报》社社长陈少白闻知《国民日日报》内讧的消息，心忧如焚，深夜赶往上海，分别找到谢少石和章士钊进行劝说，并设宴邀集沪上诸同志联络感情。在陈少白的斡旋下，双方答应和解。然而，《国民日日报》经此风潮，已是人心涣散，元气大伤，虽欲重整旗鼓，却回天乏术……

苏曼殊亲眼看见了《国民日日报》解体的全过程。他单纯的心里，怎么都弄不明白：同是革命战友，竟会为了区区一点小事而撕破脸面、闹上法庭。他不知道人性是复杂的，他更不知道革命队伍的斑驳陆离。他不忍心谴责谁，他和他们双方都是很好的朋友和同志。他觉得他们都有道理，又似乎都没有道理。然而，他又没有能力劝说他们冰释嫌隙。革命，此前在他的心目中是一片纯正的赤红，现在，他开始看到了这片纯正的赤红上，有阴霾甚至是脓污在涌动。他无法接受这样一种现实。他只有一趟又一趟往“江南春”“海国春”或是“一家春”跑，在胭脂堆里麻醉自己。看见苏曼殊如此放逐自己，陈独秀叹息道：“在我们这些朋友中间，像玄瑛这样单纯的人，真是不可多得啊！”

报馆的关闭，胭脂堆里的消磨，使苏曼殊又陷入了经济危机。这天，他的烟瘾又犯了，翻遍所有的衣兜，也没找出一文钱来。陈独秀、章士钊、何梅士三个室友又都不在屋内，连个借钱的人都没有。他无计可施，急得如热锅上的蚂蚁。忽然，他咧嘴一笑：自己嘴里不是有一颗金牙吗？想到这里，他连忙拉开抽屉，摸出一把小榔头，张开嘴巴，对着墙上的镜子，“咔嚓”一声，将金牙敲下，然后一手捂着血糊糊的嘴巴，兴冲冲地跑到门口小店里，换回几包吕宋雪茄烟和一捧糖果。正在这时，陈独秀、章士钊、何梅士回来了。苏曼殊把烟和糖果朝桌子上一丢，埋怨道："你们几个怎么不早一点回来，害我把金牙都变卖了！"陈独秀、章士钊、何梅士这才注意到他的嘴巴血糊糊的！三个人哭笑不得，连连摇头："你呀你！"

《国民日日报》停刊后，章士钊又有了创办"东大陆图书局"的念头，欲邀请苏曼殊加盟。然而，经此诉讼事件后，苏曼殊决意离开上海，他拒绝了章士钊的好意。他想起9月初自己从日本回国时，好友冯自由曾给他写过一封介绍信，要他日后如果去香港，可到《中国日报》社找陈少白。他知道陈少白是位资深革命者，与孙中山先生关系密切；他也听说了陈少白为了劝说章士钊和谢少石赶往上海的事。只是因为陈少白实在太忙，第二天晚上就又回香港去了，自己与他竟缘悭一面！在苏曼殊心中，陈少白是个值得信赖的同志和大哥。因此，他决定前往香港，去《中国日报》社投奔陈少白。

"仲甫，行严，梅士，我想离开上海，去香港看看！"冬天的上海特别冷，这天吃过晚饭后，陈独秀、章士钊、何梅士爬上床，正想睡觉，苏曼殊忽然说。

"不行！"三个人异口同声，"我们4个好朋友，谁也不准离开谁！"

"可是我去心已决，待在上海只会更加痛苦！"苏曼殊说。

"说不行就不行！"章士钊说，他恍然大悟，"原来你不答应同我一起创办'东大陆图书局'，是想一个人开溜啊！"

"别跟他啰嗦！这家伙说走就走的，从明天开始，我们三个人轮流值班，严密监视他，让他难以脱身！"陈独秀说完，钻进被子，蒙头便睡。

"好主意！"章士钊和何梅士连声称好。

"惨了！"苏曼殊大叫一声，也爬上床去。

第二天、第三天、第四天，连续多天，在陈独秀、章士钊和何梅士的轮流监视下，苏曼殊遁身无术。

第五天，陈独秀、章士钊有事外出，何梅士值班。

“梅士兄，这几天被你们囚禁在房间里，闷都闷死了，不如我们一起去看看戏吧？”苏曼殊提议道。

“你这个和尚，想要什么花招？”何梅士警惕起来。

“梅士兄，我能有什么花招呢？有你看着，难道还怕我跑了不成？我不会跑的，只是想到外面透透气罢了！”苏曼殊可怜兮兮地说。

“你真的不跑？那好，我们走吧。”何梅士答应道。他心里想，我一个大活人看着你，你就是想跑，谅你也跑不了！再说自己和陈独秀、章士钊接连几天陪着这疯和尚，心里也觉得着实憋闷。

两个人一起进了戏院。舞台上演的剧目是《党人碑》，戏很精彩，何梅士没过多久便入戏了。

“哎哟！哎哟！”苏曼殊忽然叫唤起来，“梅士兄，我的肠病又犯了！我去一趟五谷轮回之所。”

何梅士正看得入了迷，他扬扬手：“好！去吧，去吧，快去快回，可不许跑了！”

“不会，我上完厕所马上回来。哎哟！哎哟！”苏曼殊站起身，猫着腰，捂着肚子，动作轻缓地擦着观众，向戏院门口挪动。一出戏院，他马上撒开脚丫，向住处飞奔而去。

戏快落幕了，何梅士突然想起苏和尚去厕所已大半天了，却还没见人回来。该不是他的肠病又发作得像前几次那样厉害了吧！何梅士担心起来，马上站起来，向门外的厕所跑去。

何梅士到厕所一看，哪里还有苏曼殊的踪影。何梅士心里一惊，马上跑回住处。推开门，只见苏曼殊床上的铺盖已经没了，桌上留着一张字条，告诉何梅士和陈独秀、章士钊，他已经走了，并且取走了章士钊放在枕头下的30元钱作路费。

何梅士把脚一跺：“该死！上他的当了！这个该死的和尚，竟学会骗人了！”

5

苏曼殊挎着褡裢，背着铺盖，坐上了开往上海火轮房的汽车。他计划从那里搭乘一段路的火车，先去长沙，再由长沙去香港。

汽车在郊外奔驰，朔风从破裂的窗玻璃缝隙钻进车窗，扑向苏曼殊脸上。苏曼殊非但丝毫不觉得寒冷，反而感到无比的神清气爽。一段时间以来，因《国民日日报》的内讧而淤积在心头的郁闷一扫而空。他感觉自己就像一只脱笼之鸟，心情无比的轻松和愉快。

第二天晚上，苏曼殊抵达长沙，先在客栈住下，次日一大早，他便去长沙明德学堂，找在那儿任教的黄兴。

"苏湜兄，是你？"乍见忽然出现在自己面前的苏曼殊，黄兴喜出望外，他跨步上前，给了苏曼殊一个热烈的拥抱。

"你来得正好，我们今晚有一个重要会议，你也来参加吧！"黄兴说。

"什么会议？"苏曼殊问。

"待会儿你就知道了！"黄兴没有马上告诉他，而是带着他分别去见老朋友陈天华、宋教仁、刘揆一、杨笃生、周震鳞、翁巩、秦毓鎏、柳聘农、柳继忠、胡瑛、徐佛苏、彭渊洵等人。

"今天是克强兄的生日，我们准备今天借为克强兄庆祝 30 岁生日之名，召开一个秘密会议，筹商成立革命团体'华兴会'的事宜！"陈天华告诉苏曼殊。

"克强兄，原来今天是你生日，太好了！可是我事先不知道，没给你准备礼物啊！"苏曼殊对黄兴说。

"苏湜兄，你这么说就见外了！"黄兴拉着苏曼殊的手，诚挚地说："你今天能参加我们'华兴会'成立筹备会议，就是送给我的最好的礼物啊！"

"是的！是的……"众同志一齐表示赞同。

晚上，他们到蛋糕店买来一只大蛋糕，来到保甲巷彭渊洵家里。

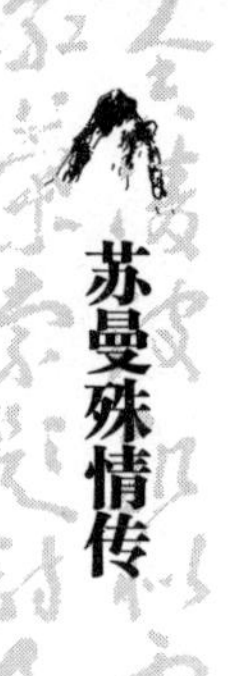

彭渊洵家是座有着三进排屋的小庄园。他父母见儿子领进一大帮青年人，忙问儿子什么事。彭渊洵告诉爹娘，一位朋友过生日，大家伙儿要为他庆祝一下，因为自己家房子大，所以一齐上家里来了。

“哦！是这么回事，欢迎！欢迎！”老人家乐呵呵地说，“你们这些后生就痛痛快快地玩吧！老朽就不妨碍你们了！”说完，就与老伴儿一起回屋休息去了。

众人一起恭身送走彭渊洵父母，会议便开始了。

“诸位！今天必将是个载入史册的日子！我们在渊洵兄家里秘密集会，筹商成立反清革命组织‘华兴会’的有关事宜！参加今天筹备会的各位，都是‘华兴会’的当然发起人。行严兄是‘华兴会’的积极倡导者之一，他现在正在上海，一时难以回长沙，不能参加今晚的会议，他是我们‘华兴会’的一个重要的发起人！”

黄兴话音刚落，室内响起一片掌声。

黄兴继续说：“‘华兴会’以‘驱逐鞑虏，恢复中华’为宗旨，积极投身国民革命！我们将在长沙联升街设立机关。为避免引起官方注意，我们这个机关对外是在兴办矿业，称‘华兴公司’，我们这些骨干对外都称公司的股东，入会均称‘入股’，股票即为会员证。以后我们会员间通讯也都用商号作为化名。我们将在湖南率先发难，争取各省响应，并从联络军、学两界和会党入手，在慈禧太后 70 岁生辰时，乘机在长沙发动起义！”

会议就“华兴会”的行动纲领和活动方案进行了热烈讨论和周密部署，持续到天色将曙方散。

“苏湜兄，你留下来参加我们长沙的革命活动吧！”散会时，黄兴诚恳地对苏曼殊说。

“不了，克强兄！我还是去香港吧。我想到《中国日报》社陈少白先生那儿看看！”苏曼殊坦言相告。《国民日日报》革命同志间的内讧，留在他心房中的阴影尚未消除。这时，他的革命积极性不像先前那样慷慨激烈，甚至有点儿心灰意冷。

“那好，我不强留你！”黄兴有点失落，但又不好勉强，“欢迎你今后有机会来长沙，我们后会有期！”说完，黄兴把双手递给了苏曼殊。

苏曼殊紧握着黄兴的手，心里有点内疚，说：“这样吧，克强兄，我在长沙留两天。我今天加入了‘华兴会’，就是‘华兴会’的一员了。我不能参加‘华兴会’的活动，也得做一点贡献吧！我想画一批画捐助给‘华兴会’，你看如何？”

“那太好了！”黄兴高兴地说。他知道，苏曼殊的画精致细腻、风格独特，当时的许多画家纷纷赞其“精妙绝伦”。他们共同的朋友刘季平就曾把苏曼殊比作晋代的天才画家顾恺之，说他擅“三绝”——诗绝、画绝和痴绝啊！

苏曼殊留在长沙，足足画了两天，画作全部捐给了“华兴会”，让他们拿去拍卖作为革命活动的经费。

第三天，苏曼殊离开长沙，乘车至广州。他去看望师父赞初法师，哪知四年不见，赞初法师已于年初怛化。苏曼殊心绪悲凉地来到轮渡码头，乘船去香港……

苏曼殊手里捏着冯自由为自己写的介绍信，来到《中国日报》社。

“你就是苏子谷？欢迎！欢迎！”儒雅蕴藉的陈少白看过介绍信，热情地接待了苏曼殊，“你的名字我早就知道了，孙中山先生也曾向我提起过你啊！”

这位三十四五岁的香港兴中会负责人，一见面，就给苏曼殊留下了和蔼可亲的美好印象。苏曼殊心里泛起一阵温暖，他说：“陈先生！懋龙介绍我来找您，还请您多多关照啊！”

“没问题，懋龙是我的好朋友，他的朋友就是我的朋友！”陈少白豪爽地说，“你远道而来，明天先在报社转转吧，看看在我这儿能做点什么！”

“那太谢谢陈先生了！”苏曼殊感激地说。

“子谷兄，我呢，实在是忙，也没空陪你了。这样吧，我先安排你在报社住下来，工作的事情过两天再说，你有什么需要再来找我，好

吗？”陈少白抱歉地对苏曼殊实话相告。

“谢谢陈先生，您忙您的，不必管我！”苏曼殊说。

陈少白拎起办公桌上的电话，摇了几下：“喂！老徐吗？请到我办公室来一下。”

不一会儿，有人敲门，走进来一位四十几岁的汉子。

“老徐，这位是苏子谷先生，刚从上海来。你给他安排一下，房间要好，伙食标准要高！”陈少白对那汉子说。

“是，陈先生！”老徐答应道，转头对苏曼殊说，“苏先生，请！——”

6

苏曼殊被安排在《中国日报》社大楼的一间客房住下，与也是从内地来的青年书画家王秋湄同居一室。陈少白整天忙于兴中会香港分会和报馆的工作，他能够做到为苏曼殊提供良好的食宿，却分身乏术，没空经常来陪苏曼殊，为苏曼殊落实工作的事也迟迟不见回音。苏曼殊整天窝在客房里，百无聊赖地打发着日子。

香港是苏曼殊少年时的求学之地，皇娘书院还有他的恩师罗弼•庄湘先生夫妇和师妹雪鸿，但他暂时还不想去找他们。自得知师父赞初法师已于年初怛化的噩耗后，他的情绪就一直浸染在一种悲凉中，人也懒得动，连找陈少白打听一下工作的事也不想去。

无事可做，苏曼殊便在房里画起画来。王秋湄是个活动家，苏曼殊白天基本上见不着他的影，往往只有到了夜深人静之时，才能听见他用钥匙转动门锁的声音，之后便能依稀看到一个人影，蹑手蹑脚地走近对面的床铺，轻轻地揭开蚊帐，爬上床去睡觉。有时苏曼殊实在憋闷得不行，就爬下床去，将电灯打开，走到王秋湄床边，把他拎起来，一定要他看看自己的画，并与自己谈上几句。

王秋湄是个书画双杰的行家，他当然明白苏曼殊画作的艺术造诣。没过几天，整个《中国日报》社便都知道报社大楼客房里住着的年轻和尚，是一位优秀画家，便纷纷带上宣纸上楼去索画。苏曼殊有求必应。然而他有个奇怪的规矩，就是拿到他的画作后不能道谢。索画者大可一言不发将画拿起就走，他绝对不会怪罪，可谁要是同他客气，向他道谢，他一准一把将画夺回来，撕个粉碎，丢进垃圾篓里。

苏曼殊怪诞的行为，在《中国日报》社被很多人视为异类，他们都觉得这个和尚是个不通人情世故的呆子，没有什么交往的价值。因此在《中国日报》社，除了陈少白和王秋湄，苏曼殊没有别的朋友。陈少白太忙，王秋湄只有晚上才归巢，这样，苏曼殊食宿之余，鲜有与人交谈的机会。他愈加的孤独寂寞。心里闲得发慌，只有拿起画笔，不停地画，又不断地将它们撕毁。或是到收发室要来一两份报刊，一个字一个字地翻来覆去地看。再不然就是跑到资料室，讨来一叠旧报刊，将上面的美人玉照一一剪下，集在一起，然后照着把她们的形象临摹到画稿上去，借此消磨时光。

这天傍晚，他从新取来的报纸上看到了这样一则消息：《苏报》案审理有了新进展，涉外公堂宣判章太炎、邹容“应科以永远监禁之罪”。原来，章太炎、邹容被捕后，清政府要求引渡二人，上海租界当局一方面为维护治外法权，一方面也是迫于舆论，不敢将二人引渡给清廷，故组成上海租界会审团，对此案进行会审。“荒谬！”苏曼殊大声骂了一句，一拳砸在书桌上，“这是什么判决？分明是满清政府和帝国主义者相互勾结，联合绞杀中国革命的一幕丑剧！”

苏曼殊义愤填膺。他点燃一支雪茄，走到窗前，遥望北方，心潮起伏。窗外，大团大团的阴霾，在朔风的裹挟下，在香江上空翻腾。“水晶帘卷一灯昏，寂对河山叩国魂。”专制政府的腐朽邪恶、帝国列强的居心叵测，社会现实的沉重黑暗、民族命运的风雨如磐、革命前途的坎坷多难、革命战友的生命安危……一齐袭上他的心头。

“嗑！嗑！”有人敲门。

苏曼殊走过去，把门打开。门口出现了一个满身风尘、体格魁伟的汉子。

“你找谁？”苏曼殊问。

“请问苏玄瑛住这儿吗？”来人问。

“我就是！”苏曼殊答道。

来人眼睛一亮：“太好了！我叫杨鸿钧，刚从湖南过来。黄克强兄让我来找你！”

“克强兄，他怎么样？”苏曼殊急切地问。

“他正在积极地策划起义！”杨鸿钧回答说。

苏曼殊把杨鸿钧让进屋里，给他倒上一杯热水，问：“杨先生找我何事？”

“唉！”杨鸿钧叹了一口气，“我们湖南哥老会想配合克强兄他们起事，没想到走漏了风声，我这个首领被清廷通缉，只好亡命到香港来了。”

“那杨先生现在有何打算？”苏曼殊问。

“我来找玄瑛兄是为另外一件事！”杨鸿钧说。

“何事？”苏曼殊问。

“我是为康有为那个老贼而来的！”杨鸿钧气呼呼地说。

“康有为？怎么啦？”苏曼殊疑惑地问。说起来，他与康有为也可算得上有师生之谊，他的母校——日本横滨的大同学校，就是康有为和他的弟子们创办的。

“玄瑛兄，不瞒你说，在来你这儿之前，我先找过陈少白先生。”杨鸿钧在椅子上坐了下来，喝了一口水，详细地对苏曼殊说起了事情的原委：

杨鸿钧前几天从湖南逃到香港后，身无分文，又患上了重感冒，无计可施之时，忽然想起曾有过一面之缘的陈少白，于是上《中国日报》社去找他。陈少白热情地接待了他，可是陈少白只是一介报人，生活也很拮据，觉得就算是给他三元两元的接济，也只是杯水车薪，解决不了什么问题，于是便为他写了一封信，让他带着去找康有为试试。一来陈少白在日本时与康有为私交很深，二来康有为在日本时借着与孙中山联合组建新党的名头，从华侨手里得到了六十余万元的捐款，这时已成了富翁，接济一下他只是水牛身上拔根毛，完全没有问题。哪知他兴冲冲地带着陈少白的信去找康有为时，却被赶了出来。陈少白误认为他话没有说好，于是又为他写了一封信，让他再去康有为家，结果又被赶了出来。他听说苏曼殊这时正住在《中国日报》社，于是找苏曼殊来诉诉苦……

苏曼殊听完后，肺都快气炸了。康有为这个昔年风光一时的维新变法领袖，彻底堕落成了一个逆历史潮流而动的铁杆“保皇派”不说，他的人品竟也如此低劣！关于他的糗事，苏曼殊也听到过不少。正是这个所谓的“南海圣人”，“百日维新”失败后逃到了日本，大要两面派手段，一方面借着与革命党联合的名头，大肆骗取各地华侨的捐款；另一方面，又紧紧抱住满清政府的大腿不放，暗中破坏民主革命。当他明白满清大势已去，“保皇”必将无望时，于是便携巨款来到香港，寓居在云咸街，过起了养尊处优的生活……

这个人已完全没有存在的价值了，留着他，对革命只会是个祸害！苏曼殊这样恨恨地想着。“对，杀了他！”他决心已定。

送走杨鸿钧，他来到了陈少白的办公室。从上次带着冯自由的介绍信来找陈少白之后，这是他第二次走进这间办公室。

陈少白正在忙，看见苏曼殊走了进来，忙放下手头的事，招呼道：“玄瑛，有事吗？”

“陈先生，借你的手枪一用！”苏曼殊伸出手去。

“做什么？”陈少白吃惊地问。

“我要把康有为那老狗杀了！”苏曼殊恨恨地说。

“什么？”陈少白大惊失色，“你可别胡来啊！”

“不杀他难解心头之恨！”苏曼殊紧攥着拳头。

“为什么？”陈少白问。

“为了他对革命的破坏，为了他道德的堕落！”苏曼殊一字一顿。

“这样的人遍地都是，你杀得完吗？”陈少白说，“再说康有为是一个公众人物，他与革命党正在论战，你把他杀了，不是给革命帮倒忙吗？”

“这……”苏曼殊一时语塞。这一点，他倒是没有想过。

“玄瑛啊，革命斗争要讲究策略，要多动动脑筋，不可意气用事啊！”陈少白语重心长地告诫他，“意气用事，其结果只会适得其反！”

刚刚萌生的计划顷刻夭折，苏曼殊怏怏不乐。陈少白看出来了，忙转移话题：“玄瑛，这些日子你还好吗？你看我，整天忙得连轴转。对了，昨天老徐同我说，报社满员，要给你腾出一个职位来似乎有点困难，我都不知道该怎么同你说了……”

“陈先生，不要紧！”苏曼殊看出陈少白为难，“这几天我也在想，就这样留在香港也不是个办法，我想过几天就回大陆去。曼殊本身是个和尚，疏离佛陀已有很长一段时日了，我想回去后沉潜一段日子，好好地钻研一下教义！”

陈少白听苏曼殊说要离开香港，心里很内疚：“玄瑛啊！都怪我，没把你照顾好……”

“陈先生，不关你的事，是我自己想回去。我衷心地感谢你！这段日子，我一点事没做，你们却一直好菜好饭地招待我。”苏曼殊诚恳地道谢。

“唔……好吧，既然你去意已决，我也就不强留你了！”陈少白说着，从抽屉里抽出一叠钞票，递给苏曼殊，“这些钱你拿着，能派上用场的。你回去时，我就不送了，欢迎你以后随时回《中国日报》社来，多多保重吧！”

苏曼殊欲推辞，陈少白一定要他拿着，他只好把钱收下……

苏曼殊刚回房没多久，陈少白忽然领着一个青年人敲门来了。

“陈先生，有事啊？”苏曼殊问。

“玄瑛，这位是你广东沥溪老家来的同乡！”陈少白指着那青年人说，“他刚才找到我办公室，说受你父亲的委托，找你有急事。”

“什么事？”一听到“父亲”二字，苏曼殊便皱起了眉头。

“三郎哥，我叫苏基助，我们小时候还一起玩过呢！”青年人自我介绍道。

苏曼殊摇摇头，没有任何印象。

“你父亲杰生叔为你在乡下定了一门亲，新娘子可漂亮呢！听说你在香港，杰生叔就让我陪着到这儿一起来找你，请你回家完婚去。他怕你不肯见他，就让我先来给你报个信。他现在正在客栈等着呢，你快收拾一下吧！”

“完婚？不去！”苏曼殊斩钉截铁地说。

“玄瑛啊，革命的目的就是为了创造美好生活！六亲不认、天性薄凉，可不是我们革命者的行为。我看你还是跟你父亲回去吧！”陈少白力劝道。

苏曼殊踌躇了好一会儿，终于说：“好吧！你们先下去，我收拾收拾就来。”

“好的！”陈少白和苏基助退了出去。

看看他们二人已经下楼，苏曼殊胡乱地把东西一卷，从另一侧楼道迅速冲了下去。他猫着腰闪出报社大门，消失在茫茫夜色中……

平原落日马萧萧，剩有山僧赋大招。
最是令人凄绝处，垂虹亭外柳波桥。

第九章　白马投荒

蝉翼轻纱束细腰，远山眉黛不能描。
谁知词客蓬山里，烟雨楼台梦六朝。

1

广东番禺县园冈乡雷峰山雷峰寺。这是一座破败的小庙，门前几棵已经快要落完了松针的老松，兀立在黄泥地里。几声疏落的钟声，在寒风中袅娜，似有似无。几个黑瘦的和尚，盘腿坐在佛龛前的破蒲团上，有口无心地诵着经。庙里的住持智铨禅师常年住在羊城，庙里并没有多少事情可做，弟子们倒也落得个自在逍遥。

这时从禅房里走出一个20来岁的和尚，僧衣僧履，罩以薄棉蓝布长坎肩。他就是苏曼殊。《国民日日报》的内讧、《苏报》案的判决、《中国日报》社的闲在、康有为的堕落、父亲的劝婚……这接踵而至的一件件事情，使得他心烦意乱、心绪索然。他决定重新回到佛的怀抱中去，“扫叶焚香，送我流年”。唯有清净的佛门禁地，才能安置他痛苦空虚的灵魂。

这是他第三次出家。那天夜晚从《中国日报》社逃出来后，他即乘船悄悄地回到了广东，在海边流落了几天，茫然无所之，不久陈少白相赠的钱全部花光，在一个好心人的指点下，他终于来到了雷峰寺落发修禅。

他向着禅房后的山林中走去。昨天傍晚他在散步时，意外地发现山林中有一座碑林，石碑上镌刻的全是澹归法师的诗词。澹归和尚是清朝“文字狱”的一个主角，他是明朝崇祯年间的进士，曾做过知州，明亡后参加抗清义军，失败后出家为僧，在广东韶州丹霞寺，任住持。他死后将近一百年的某天，乾隆亲自审阅各地呈缴来的禁书时，发现澹归和尚的《偏行堂集》中有反清内容。该书是当年的韶州知府高纲募资刊刻的。由于高纲已死多年，乾隆无法给他治罪，于是降诏将他的子孙抄家治罪。澹归和尚的一切著作均被彻底销毁，丹霞寺内所有澹归的碑刻全部推倒打碎，埋骨之塔刨毁，寺僧死者五百余人，是一起骇人听闻的惨案。

澹归法师文采风流，一直就是苏曼殊敬慕的一位高僧。没想到在这小小的雷峰寺，竟还保存着他的诗词碑刻。这个意外的发现令苏曼殊如

获至宝。他手里抱着笔墨和一叠黄纸，兴冲冲地向碑林走去，决计把石碑上的那些诗词全部抄下来，记录一份珍贵的史料……

寒风吹得他铺展在膝盖上的黄纸“嗦嗦”作响。苏曼殊跪在地上，一首首抄录着，无比认真而虔诚。月亮般晕黄的太阳终于钻出了云层，薄饼一样贴在头顶上的天幕上，苏曼殊终于完成了全部工作，他站起身来，长长地嘘了一口气。

回到禅房后，他对着抄录的诗词终日研习，收益良丰……

然而，渐渐地，苏曼殊便开始厌烦起这儿的生活了。他之所以来到雷峰寺，是因为自己“看淡红尘，终归佛法”。可是，这儿的情况却是，住持不在庙里住持，几个和尚都慵懒闲散，整日游手好闲，打打闹闹。自己来这里本来是为了与众僧一起研佛的，现在却只能每天以诗画自谴。既然这样，那又何必跑到这庙里来呢？更让他受不了的是，由于没人到这个破庙来请他们去做法事，毫无经济来源，他们每餐吃的都是水煮白菜、酱油拌饭之类，人都给吃绿了。

苏曼殊的心又开始动荡起来。他原本就是一个纵情适性之人，如何长期耐得住寂守古寺之苦？经过几天的深思熟虑，他决定出门去云游一段时日。

苏曼殊第一次出家时，即皈依了曹洞宗，算起来应是曹洞宗的第 47 世传人。因此，他把自己首次云游的目的地选定为衡山的南台寺。南台寺建于六朝，位于衡山的掷钵峰下。唐代天宝年间，一个名叫希迁的和尚在此修禅，后来他的再传弟子良价和良价的弟子本寂在江西宜丰创立了曹洞宗。曹洞宗后来又传到了日本。日本的曹洞宗把衡山南台寺尊为“祖庭”。苏曼殊是曹洞宗的正宗嫡传，与日本又有着渊深的关系，因此当苏曼殊来到南台寺时，他感到格外的亲切。南台寺的住持热情地接待了这位从广东远道而来的本宗传人，陪同他拜谒了庙内所有的殿堂，并陪他登上祝融峰，俯瞰湘江，游目骋怀。

这天深夜，苏曼殊已在寺庙的客房中歇下，忽然响起了叩门声。苏曼殊忙披衣下床，打开门一看，原来是白天陪了自己一整天的南台寺住持，听说苏曼殊是位丹青妙手，特来向他求画。苏曼殊感动于住持对自己的盛情接待，马上濡笔铺纸。他以自己为原型，画了一个年轻和尚，手执锡杖，肩挑行囊，风尘仆仆，在崎岖的山路上艰难跋涉，执着而坚毅。在画中，苏曼殊融入了自己全部的情感和信念。这幅自白书式的绘画，得到了老住持高度的赞誉和发自内心的感激。

送走索画的老住持后，苏曼殊心里突然萌发了一个想法：他也要像唐代的玄奘法师一样，浪迹天涯，做一个白马万里投荒的第二人，去朝拜南亚的佛教圣地。主意既定，苏曼殊决定马上南返。他谢绝了南台寺住持的诚恳挽留，于次日踏上了南归之途。不过他没有回到番禺的雷峰寺去，而是直奔香港。

几天之后，一身袈裟、芒鞋破钵的苏曼殊又出现在了香港街头。

苏曼殊决定回《中国日报》社住上几天。两个半月前从《中国日报》社不辞而别，他觉得有点对不住陈少白先生，所以这次特地回来向陈少白谢罪，同时，他也想把自己准备南行的计划告诉陈少白一声。经过上次的逃婚事件，陈少白已充分领教了苏曼殊的个性——这和尚一旦做出了决定，九头牛也休想把他拉回来。陈少白勉励了他几句，没有作深入的交谈。两人寒暄几句后，苏曼殊即告退。

这天，苏曼殊正在客房画画，忽然又有人敲门，苏曼殊打开门一看，原来是他的广东同乡简世昌。简世昌急急地告诉他，他父亲苏杰生沉疴缠身，奄奄待毙，托了很多同乡在香港寻找苏曼殊，希望他能回去，父子见上最后一面。苏曼殊冷冷地说："我是一个穷和尚，回去干什么呢？没钱，不回。"简世昌只好黯然而返。没过几天，苏杰生便去世了。家里人又托人找到苏曼殊，希望他能回家奔丧，又遭他断然拒绝……

苏曼殊整理好行囊，出门叫了辆人力车，直奔太平山下罗弼·庄湘先生家。

"老师！师母！"苏曼殊老远便看见了正弯着腰在院子里给花草浇水的罗弼·庄湘夫妇，他两手紧紧拽着肩上的包裹，兴奋地大喊一声，冲了过去。

罗弼·庄湘夫妇闻声，都抬起了头，见面前站着一个年轻和尚，身体孱弱，骨轻似蝶，满脸兴奋，一头汗水。两人疑惑地问："你是？"

"老师！师母！我是苏戬啊！"苏曼殊将包裹朝地上一丢，高声嚷道。

"苏戬？你是苏戬！"罗弼·庄湘夫妇热泪盈眶，伸开双臂，揽了过来。

夫妇俩一一搂着苏曼殊，热烈地行着贴面礼。

"孩子，我们有7年没见面吧？你长大了！"罗弼·庄湘夫人松开苏曼殊，拉着他的手，喃喃道。

"是的，师母，6年了！我13岁去日本时，还是你们为我送的行呢！"苏曼殊说，他朝屋内张望了一下，问："师母，雪鸿呢？"

"哦，她回马德里去了！不过过段日子就会回来的。"罗弼·庄湘答道。

"大约多长时间回来？"苏曼殊问。

"一个月左右吧，不过要是你想见她，我们马上写信叫她回来！"罗弼·庄湘说。

"不必了，我马上要去南亚次大陆一趟！"苏曼殊说。

"去南亚做什么？"罗弼·庄湘夫妇异口同声地问道。

"老师，师母，我想效仿唐朝的玄奘大师，白马投荒，也上西天取经，到暹罗、锡兰和印度去朝圣！"

"几个人一起去？"罗弼·庄湘夫人关切地问。

"就我一个人！"苏曼殊回答。

"那太苦了，也太危险了！"罗弼·庄湘夫人说。

"没事！师母，我不怕！"苏曼殊安慰她说。

"孩子，你这个行动能取消吗？"罗弼·庄湘夫人探询着问。

苏曼殊摇摇头。

"唉！这孩子决定了的事，谁也无法改变啊！"罗弼·庄湘叹了一口气，对夫人说，"让我们为他祈祷吧！"

第二天早上，苏曼殊该上路了。罗弼·庄湘夫妇把他送到门口。

“孩子，师母和你老师年纪都大了，要不然我们这次就陪着你去。你一个人孤行万里，我们都不放心啊！”罗弼·庄湘夫人红着眼睛，把一个小包袱递到苏曼殊手中，“戬儿，这是我和你老师这几年的一点积蓄，你带上吧，希望你不要推辞，你省着点花，够你去南亚一趟的！”

“师母，我不要！”苏曼殊哽咽着，把小包袱推回到师母手中。

“拿着，要不然你师母和我可要生气了！”罗弼·庄湘严厉地说。

苏曼殊知道老师和师母的脾气，只好把小包袱揣进怀里。

师生三人依依惜别……

2

盘谷（即今曼谷）青年学会门外广场，此刻正在举行一场盛大的法会。

广场四周，隐约可见一片林立的寺庙和巍峨的佛塔。如瀑的阳光泼泻在远处那些飞檐尖塔之上，浮光跃金。

近千名青年僧侣兼学子盘腿散坐在广场上，抬着头，虔诚地瞩望着讲坛，聆听他们的老师——前不久万里投荒，从中国跋涉到此的曼殊大师开示佛法。

和苏曼殊并排而坐的，是盘谷著名高僧，龙莲寺住持乔悉磨长老，以及盘谷青年学会的主持者们。

苏曼殊从讲坛上朝下看去，近千名身披地黄色袈裟的青年僧众，就像近千朵初绽的嫩黄莲花，盛开在佛池中，煞是壮观……

从香港启程后，经过近一个月的白马玄黄，横渡红河、湄公河、湄南河、萨尔湿江和伊洛瓦底江，穿越越南、老挝和缅甸三国，苏曼殊终于抵达暹罗（即今泰国），来到盘谷，驻锡龙莲寺。

苏曼殊不畏万里遥途来到暹罗的毅举，震惊了盘古的佛教界，他们

对苏曼殊深表钦佩，把他比作中国晋朝的法显和唐朝的玄奘，尊称他为“曼殊大师”，旋即邀请他至青年学会任教。

面对坛下一双双充满钦敬和渴求的眸子，苏曼殊思绪万千。万里征途上的一幕幕情景，重又浮上了他的脑海：

他选择的这条“一钵千家饭，孤僧万里游”的朝圣之路，需要横跨整个中南半岛。一路上山高水阔，充满艰险，真可谓九死一生。一天在老挝境内，走得精疲力竭的他正俯身在溪边洗脸，忽然听到一声虎啸，他急忙抬起头来，发现就在溪对岸，一只斑斓大虎正对他眈眈相向。苏曼殊吓得撒腿就跑。老虎“呼”地就朝他扑了过来，紧跟着“嗵”的一声巨响，水花飞溅——老虎掉进溪里了。还有一次，在缅甸境内，他攀着一根粗藤跨越一道悬崖，哪知那条粗藤已经枯朽，“啪”的一声，藤断了，幸亏他反应灵敏，眼疾手快，抓住了旁边的一株矮松，要不然定将粉身碎骨。在整个征途中，像这样的危险，他遇上了不下 10 次。

他一边漫游，一边认真考察和记录沿途各地的僧侣生活及佛教活动情况。当人们听说他这位孤僧一路跋涉是为了去暹罗朝圣时，都被他的精神所感动，纷纷布施接济。他一路走走停停，终于来到暹罗。暹罗真不愧为“佛国”，到处是金碧辉煌的寺庙和嵯峨庄严的佛塔。一群群朝圣者在离金身佛祖数里之外就持香跪拜，虔诚无比。他抵达盘谷后，消息不胫而走，人们从四面八方涌来看他。乔悉磨长老特地从龙莲寺赶来，请他驻锡该寺……

“曼殊大师，弘法吧！”乔悉磨长老的话，把苏曼殊从追忆中拉了回来。他朝乔悉磨长老点了点头，便开始宣讲起来。

苏曼殊首先从自己对梵文的认识谈起——

“如是我闻：此梵字者，亘三世而常恒，遍十方以平等；学之书之，定得常任之佛智，观之诵之，必证不坏之法身；诸教之根，诸字之父母，其在斯乎？……”

苏曼殊对梵文的精辟见解，令坛下那些青年僧众双目放光。

“夫欧洲通行文字，皆源于拉丁。拉丁源于希腊，由此上溯，实本梵文。他日考古文学，唯有梵文、汉文二种耳，余无足道也！”苏曼殊由梵文转而谈到了汉语。

“梵文第一，汉语第二，有道理！”坐在他身边的乔悉磨长老频频颔首。

“顾汉土梵文作法，久无专书。现存《龙藏》者。唯有唐智广所选《悉昙字记》一卷。然音韵既多又不合，至于文法，一切未详。此但持咒之资，无以了知文义……”苏曼殊又从中国尚无一部梵文写作方面的专著这一遗憾，谈起了自己的一个夙愿——撰写一部《梵文典》，以沟通梵汉，流布佛典，填补中国佛教史上的一页空白。

“撰写一部《梵文典》？好！此举若能成功，必将成为我佛教界的一件盛事！”乔悉磨长老赞道。

苏曼殊的演讲获得了巨大成功，盘谷唯一的报纸《暹罗报》次日在头版头条对此作了报道。

此后，盘谷青年学会的僧众学子们，每天与他们崇敬的曼殊大师零距离切磋交流。

苏曼殊的雄心和他极高的悟性，令乔悉磨长老欣喜万分。这位精通梵语、学识渊博的高僧，认定苏曼殊将来一定会在梵语研究上取得巨大成功，完全可以对他寄予厚望，于是倾尽自己的毕生所学，悉数传授给他。苏曼殊每天一从青年学会回到龙莲寺，便虚心地向乔悉磨长老求教。他原本就有很不错的梵文基础，得到乔悉磨长老的指点后，学问更是突飞猛进。乔悉磨长老和他一起草拟了《梵文典》的体例和结构，并且将数部梵文经卷送给苏曼殊，供他揣摩、学习。

两个月后，苏曼殊告别乔悉磨长老，前往狮子国锡兰（即今斯里兰卡），驻锡菩提寺，继续学习梵文和开筵讲经，受到了锡兰佛教界的热烈欢迎。在锡兰，苏曼殊盘桓了大约半个月的时间，这时，夏季风已从南洋登陆广东、福建沿海，劲拂着中国大地，苏曼殊的心房，忽然袭来一股无可抵挡的乡愁，他决定回国。

农历 4 月中旬，他回到了广州……

3

初夏的羊城。太阳刚从东边的天宇露出头脸，灼热的气浪便在窗外滚涌。几只不知名的鸟儿在树枝上起劲地聒噪，给闷热的街道更增添了几分窒息。

这是临街一家小客栈二楼的一间小客房。窗门大开着，靠窗处是一张油漆已然剥落，花花斑斑的旧长桌。桌上摊着一叠书稿，桌子右上角，一支墨汁已经干结的毛笔，压在一张斜放着的毛边纸上，毛边纸偏右，赫然竖写着三个大字："梵文典。""典"字左边，竖写着两个小字："博经。"

苏曼殊掀开盖在身上的薄毯，一骨碌从床上坐了起来。他光着膀子，对着窗户和书桌怔了好一会儿，猛然回过神来，连忙抓过搭在床头的褐色僧衣，披在身上。跟着轻轻地叹了一口气。

昨晚整整一宿他都没有睡好，噩梦连连。忽儿梦见自己与雪鸿一起在海上泛舟，突然一个浪头打来，雪鸿被海水卷走了；忽儿又梦见自己与雪鸿手拉着手一同登山，猛地刮来一阵怪风，把他挟向无底的深渊……

他知道，自己之所以如此心神不宁，都是因为雪鸿的缘故。

他从暹罗回到广州后，消息不胫而走。昨天中午，他小睡了一会儿之后，正准备出门，去慧龙寺和师父赞初长老曾经住过的小巷一趟，凭吊一下他老人家的遗踪，慰藉一下自己心中的追思，忽然老师罗弼·庄湘先生一家从香港辗转找到他住的客栈来看他了——

"苏戬！"雪鸿张开双臂，向苏曼殊跑了过来，紧紧拥抱着他，与他行着热烈的贴面礼。8年未见，这个已经22岁、出落得风姿绰约的大姑娘，性格依然像个小孩。

"雪鸿！你什么时候回来的？"苏曼殊一边羞涩地避闪着，一边惊喜地问道。

"我上个礼拜回来的。"雪鸿蹦跳着，掩饰不住再见到苏曼殊的欢欣，“这些年你过得还好吗？听说你现在已经成为一个大名鼎鼎的人物了，真好！”

“你去南亚前，我在马德里接到爹地的信，说你回来了，正想回香港，爹地又来信说你走了，所以我就一直等到上个礼拜，把在马德里的学业都结束了这才回香港，没想到回来对了。”雪鸿没等苏曼殊回答，拉着他的手，连珠炮似的说着。

“学业结束了？这才是初夏，没到学期结束的时间啊！”苏曼殊疑惑地问。

“我们是学分制，期中也进行学业考核的。”雪鸿犹自兴奋不已。

“哦！”苏曼殊明白过来，他真诚地说：“祝贺你，雪鸿。”

“谢谢！”雪鸿点点头，咬着嘴唇，辣辣地看了苏曼殊一眼。

苏曼殊忙避开她的目光。

“‘梵文典’？”雪鸿看见了桌上的书稿，她走过去，拿了起来，转头问苏曼殊。

“是的，这是我正在撰写的一部书稿，也是我此次西行的一个最大收获。”苏曼殊答道。

“孩子，你这次孤身一人去南亚，一定吃了不少苦吧！路上还安全吗？”一直没来得及作声的罗弼·庄湘夫人，疼爱地问着苏曼殊。

“安全，师母。”苏曼殊宽慰着师母的心。他不敢把自己一路上遭遇的险境和盘托出，怕老师、师母和雪鸿担心。

“上帝保佑，安全就好！”罗弼·庄湘夫人在胸前划起了十字架。

“苏戬，这么久了，你就不请我们坐一坐啊！”罗弼·庄湘在一旁乐呵呵地打趣道。

苏曼殊脸一红，忙说：“老师请坐！师母请坐！雪鸿请坐！”

罗弼·庄湘一家三人看见苏曼殊笨手笨脚的样子，一齐笑了起来。

“戬儿，你现在有何打算？”罗弼·庄湘关切地问道。

“唔——”苏曼殊略微迟疑了一会，说：“暂时还没有想过——不过，我想还是先把《梵文典》写好吧！”

“那你就跟我们回香港吧。家里房子大，正适合你安心写作，你这样住在客栈，终归不是个事情。”罗弼·庄湘夫人说。

雪鸿瞪大着眼睛，看着苏曼殊，等待着他的回答。

苏曼殊躲过雪鸿的目光，对罗弼·庄湘夫人说：“不了师母，我在广州还有点别的事，以后再去香港看你们吧！”

雪鸿脸上迅速掠过一丝失望。

“既然戬儿还有其他事要做，我们也就不勉强了。”罗弼·庄湘说。

屋内片刻的沉寂。

“你住的这个房间太素了，像禅房似的。”雪鸿说，“我去给你买束花来！”

“我本来就是一个出家的和尚嘛。不用不用！”苏曼殊连忙制止道。

“那也不行！”雪鸿站起身，拉着罗弼·庄湘夫人的手：“妈咪，您陪我一起去吧！”

“雪鸿，师母，真的不用！”苏曼殊恳切地说。

“戬儿，你就由她们去吧！”罗弼·庄湘大手一挥，对苏曼殊说。

雪鸿拉着母亲的手，走了出去。

听着母女俩“噔噔噔”下楼去了，罗弼·庄湘对苏曼殊说：“戬儿，你和雪鸿都已经不小了。雪鸿的心思，你也知道。这些年来有很多优秀的小伙子在追她，她都没有答应。她是在等你啊！我和你师母的态度一直没变过。做父母的，都希望小辈好啊！你明白我的意思吗？”

苏曼殊点点头。

“那我现在就正式问你一声，你愿意娶雪鸿吗？”罗弼·庄湘说完，目光热切地盯着苏曼殊。

苏曼殊的心里翻江倒海。雪鸿，这么些年来，一直都活在他的生命里，是他精神中的一个重要伴侣。他爱她，那种爱，是一种熔铸着亲情和友情的爱。那种爱，由于老师和师母对自己的垂爱，由于自己与她有着一段青梅竹马般的少年同窗时光，由于双方有着许多共同语言的相知相处，而变得更密切、更深沉、更坚固、更持久。然而，自己早已出家，特别是此次西行，使他对佛学的体悟更加深刻，向佛之心更加坚定，佛俗殊途，他无法肩负起家庭的职责。

“老师！”苏曼殊叫了一声罗弼·庄湘，缓缓地说，“雪鸿是个好姑娘，能娶到她是我的福分。可是学生证法身久，实在无法接受她的爱啊！只好恳请老师原谅了！”

说完，苏曼殊愧疚地低下头去。辜负了老师的一片深爱，他感觉对不起老师。

“我早就料到了你的回答。”罗弼·庄湘叹了一口气，沉重地说，“感情的事，不可强求。婚姻是讲缘分的，有缘无分，也是常有的事。好吧，戬儿，不管你能否与雪鸿成亲，你永远都是我们的好儿子，我们会一如既往地爱你！疼你！”

罗弼·庄湘说着，眼圈有点泛红。

苏曼殊走了过去，紧紧地搂着罗弼·庄湘，将头埋在老师的双膝上。

罗弼·庄湘腾出一只手，轻轻地摩挲着苏曼殊的头，像一位慈父，神情充满着爱怜和疼惜……

雪鸿和母亲回来了。雪鸿手里抱着一大捧鲜艳的玫瑰花；罗弼·庄湘夫人一手抱着一个花瓶，一手拎着一大袋吃食。

雪鸿把苏曼殊的书稿收拢摞在桌子一角，接过母亲手里的花瓶，朝桌上一摆，再将玫瑰花束往瓶中一插，整个房间顿时亮丽了起来。接着，她又把母亲手里的袋子解开，将吃食摊开在桌上，有牛肉，有板鸭，有酥糖，都是苏曼殊爱吃的。

看看夫人和女儿都回来了，罗弼·庄湘起身对苏曼殊说：“戬儿，我还要去办点事，我们就先走了，你什么时候去香港，只管来找我们！”

“好的！”苏曼殊点头答应。

“什么？我和妈咪才刚进门，就要走啊！”雪鸿不满地抗议。

“是啊，等等再走吧，让雪鸿和戬儿好好谈谈吧！”罗弼·庄湘夫人附议道。

“是真的有事，培正书塾的校长正等着我们呢！”罗弼·庄湘说。

“既然这样，那就走呗！”雪鸿撅着嘴巴，极不情愿地说……

第二天，苏曼殊正在写“梵文典”，忽然传来了敲门声。

“谁呀？”苏曼殊问。

“是我，雪鸿。”门外答道。

“雪鸿！”苏曼殊忙把门打开。

雪鸿斜挎一个皮包，手里捧着一束红玫瑰走了进来。或许是走了一段路的缘故，她的额上香汗涔涔，原本就白里透红的脸，在玫瑰花的映衬下，更加娇艳无比。

“苏戬！”雪鸿亲热地叫着，挽住苏曼殊的胳膊，走向书桌边，把昨日插在瓷瓶里的花取出，换上新鲜带露的刚买的玫瑰。

“昨天才买的，今天就不要了？”看着那束被雪鸿丢弃在垃圾筐里的玫瑰，苏曼殊心疼地说。

雪鸿含情脉脉地看着苏曼殊，并不作声。

“雪鸿，你和老师、师母没回香港去？”苏曼殊问。

“没有，我爹地昨天和培正书塾的校长约翰先生谈得很晚，所以我们就没回去。”雪鸿说，“我们在书塾外面的一家客栈住下了。我爹地和妈咪还在睡觉，我先起床来你这儿了！”

苏曼殊无语。

“苏戬，跟我们回香港吧，这儿太苦了！”雪鸿走近苏曼殊。一股若有若无的体香，混合着玫瑰的芳香，向苏曼殊袭来，让他一阵窒息。

苏曼殊忙闪开身子。

“苏戬，如果有一位姑娘，主动向你表白，说要嫁给你，追随你一生，你愿意接受她的爱吗？”雪鸿忽然说，秀目炯炯地盯着苏曼殊。

苏曼殊轻轻地摇摇头。

“为什么？”雪鸿陡然激动起来，“是那姑娘不好吗？”

苏曼殊又轻轻地摇摇头。

“那为什么！”雪鸿不解地问。

“我已是一个佛门中人，四海为家，萍踪飘零，又如何能承担起照顾家庭的责任！”苏曼殊答道。

“你就不能为那姑娘选择还俗吗？要知道，并没有人强迫你一定要出家啊！”雪鸿急切地说。

“不能，出家是我的自愿选择！人世间苦海无边，唯有佛门才能泅渡我的灵魂！”苏曼殊微闭双目，痛苦地说。

“你这分明是逃避！”雪鸿顿了顿，接着说，“人世间的感情你难道真能逃避得了？你潜入佛门，你的痛苦难道真的就能消失？”

“我不知道。”苏曼殊喃喃道，“我只知道既然已经许心佛陀，就应心坚如磐！”

“你的心难道真的就这么硬？”雪鸿抓起苏曼殊的手，合在掌心中，紧紧地贴上自己的心窝，“你听听这颗心，它已经为你跳动了多年，你难道就忍心让它绝望？”

雪鸿的眼眶，滚出了晶莹的泪滴。

苏曼殊把双手从雪鸿的掌心中抽出，颓然地在床沿上坐了下去。

雪鸿低头拉开挎包的拉链，从里面掏出一个厚厚的用红绸子扎着的日记本，默默地递给苏曼殊。

苏曼殊接了过去。他轻轻地拉开绸带，一页页看了起来。

这是雪鸿多年来记的一本日记。在日记中，雪鸿详尽地记述了自己对苏曼殊由情窦初开、爱恋，到刻骨相思的全过程。

苏曼殊长叹一声，缓缓地合上笔记本，欲把它还给雪鸿。

“我不要！这本日记是为你而写的，还是留给你合适！”雪鸿赌气地说。

“唉！”苏曼殊又轻叹一声，幽幽地说：“雪鸿，你的心思我何尝不明白。但我已是一个佛门弟子啊！佛门戒令，和尚是不能娶妻的！”

“我不管，我只要嫁给你！”雪鸿坚定地说。

“雪鸿，真是对不起，我真的不能答应你的爱，请原谅我只有辜负你了！”苏曼殊无限愧疚地说。

“你不是崇拜拜伦吗？为什么你有拜伦的才情，却没有拜伦的勇

气？”雪鸿大哭起来。

“雪鸿！我与拜伦人生遭际不同啊！”苏曼殊沉痛地说。他不知道该怎样去安慰和说服雪鸿……

第三天，雪鸿又抱着玫瑰花来了。她没有随父母回香港去，独自留了下来，在一家旅社住下。她坚信凭着自己的执着，最后一定能够叩开苏曼殊紧闭的心扉。

第四天，第五天，第六天……雪鸿的身影，每天都会准时出现在苏曼殊的门前。

面对雪鸿发起的猛烈的情感攻势，苏曼殊感到无力招架。他决定再次踏上投荒之路，遁入佛门净地以求安宁。他把这次西行的目的地定为印度。他发愿要去佛陀的故乡，一饮恒河的智慧之水，洗涤自己的灵魂和生命。

4

一个月之后，苏曼殊的身影又出现在狮子国锡兰的龙莲寺。他这次西行，走的是与上次一样的线路：由香港启程，穿越南、老挝和缅甸，经暹罗、锡兰，最后奔赴目的地印度。龙莲寺是他曾经的驻锡之地和开筵讲经之所。熟路、熟人，因此他这一次行程比上次要顺利得多。

苏曼殊上次在离开香港前，曾到《中国日报》社与陈少白会晤。陈少白当即拨通了孙中山先生的电话。其时孙先生刚从旧金山回到广州，听说苏曼殊欲赴南洋，即委托苏曼殊在西行朝圣的同时，利用他在南洋佛教界的影响，广泛联络爱国华侨，为兴中会筹集革命经费。苏曼殊愉快地接受了孙中山的指令。

这天上午，苏曼殊刚刚结束了一个佛学讲座，正要返回龙莲寺，忽然听得身后有个女声在叫：“曼殊大师，请留步！”

苏曼殊回头一看，见呼唤自己的人是一位20岁上下、黑发白肤、身材窈窕、着装艳丽的女子。

苏曼殊立定脚步，顶礼问道："女施主，请问何事？"

"大师，小女子名叫佩珊，是锡兰华侨之女。"那女子自报家门，神情喜不自胜，"上次您来锡兰时，我听过您讲经，这次是第二次了。您讲得太好了，我很崇拜您！"

"哦，谢谢！"苏曼殊双手合十致谢，"施主是华裔？请问您祖上是何时来锡兰的？"

"回大师，我祖上是明朝末年从福建迁来锡兰的！"佩珊说。

"哦，那应该来锡兰有两百三四十年了！"苏曼殊应道，说完，转身欲走。

"大师，请等一等！"佩珊趋前一步，诚恳地说，"我可以请您吃个饭吗？顺便向您讨教一些问题！"

"吃饭？谢谢！不必了。"苏曼殊推辞道。

"大师，锡兰的饮食风俗很奇异啊！难道您就不想亲身体验一下吗？"佩珊说着，电光火石般的眸子里放射出无限娇媚。

"饮食风俗很奇异？"苏曼殊这下来兴致了，他两次到锡兰，都是在寺庙里吃的斋饭，对这个国度的饮食风俗还真是从未体验过呢。

"是的，小女子决不会骗大师的。您等下见了就知道了！"佩珊见苏曼殊有点心动，忙说。

"那好吧，曼殊也真想见识见识呢。请前面带路！"苏曼殊点头应允。

佩珊见苏曼殊终于答应了，雀跃起来，她近前一步，很自然地挽起了苏曼殊的胳膊，说："大师，我们走！"

"阿弥陀佛！"苏曼殊将胳膊从佩珊的臂弯里抽出，弯腰划手，做了个"请"的动作："女施主，您先请！"

佩珊走前，苏曼殊随后，两人向街边的一家小饭店走去。

店家见来了顾客，忙从屋内迎出，双手在面部合十："欢迎光临！客人里边请！"

佩珊闪开身子，让苏曼殊先走了进去。

“请问客人，要不要来一份本店的招牌菜咖喱鸡？”店家问道。

苏曼殊正要点头，忽然想起，在锡兰，点头和摇头的含义与中国正好相反，点头表示不是，摇头则表示是，就连忙把正要上下运行的头颅改为左右运行。

尽管动作有点别扭，毕竟没有闹出笑话来，苏曼殊心中暗自庆幸。刚才与佩珊说话时，自己早忘了这是在锡兰而不是在中国，幸好佩珊是华裔，要不然，这个糗可就出大了。

两人在桌前坐了下来。

“大师，您两度来锡兰，请问您对锡兰的印象如何？”佩珊问道。

“太美了！确实是镶嵌在印度洋上的一颗明珠。当年马可波罗把锡兰称为‘世界上最美丽的岛屿’，没有说错啊！”苏曼殊回答说。

“既然大师这么喜欢锡兰，那您就留下来吧！佩珊愿意随时陪侍在大师身边。”佩珊以手支颐，痴痴地看着苏曼殊，幽幽地说。

苏曼殊的身子微微一颤，一种异样的感觉闪电般掠过心房。他情不自禁地认真看了看面前这位女子一眼：自然微卷的一头黑发，纯净和狂野交融的双眸，瓷器般光洁的脸庞，细长而白皙的脖子。透过她支颐的臂弯，还隐约可见她那对饱胀的双峰……

看到这里，苏曼殊忽然产生了一种罪恶感。他连忙将目光从佩珊的胸前移开。

“客人，上菜咯。”店里的伙计们一声吆喝，苏曼殊的眼前便摆上了两碗清水和几盘热气腾腾的菜。

“大师，开吃吧！”佩珊说。

“开吃？”苏曼殊说，“等等吧！筷子还没拿来呢！”

佩珊咯咯大笑：“大师，锡兰人吃饭是不用筷子的！”

“不用筷子？”苏曼殊疑惑地问，“不用筷子，那怎么吃饭？”

“喏！这样子，您跟我学。”佩珊把右手伸进一碗清水里，洗洗手指，然后将拇指、食指和中指并在一起，从盘子里捏起一块咖喱鸡，扔进嘴里大嚼起来。

“抓饭菜吃啊！”苏曼殊惊叫起来。

佩珊嘴里含着鸡块，点了点头。

“真有趣！”苏曼殊学着佩珊的样，也伸出右手，在清水碗里洗洗手指，用拇指、食指和中指三根手指捏起一块鸡，津津有味地吃了起来。

两人说说笑笑，不一会儿，便把几盘菜全部报销。

“大师，您还吃米饭吗？我已经饱了。”佩珊问。

“吃，为什么不吃？我还没有用手抓过饭吃呢！”苏曼殊说。

佩珊扭头对厨房喊道：“店家，来一小盆米饭！”

“好咧！”伙计将一小盆混合着各种汤汁的米饭端了上来。

苏曼殊无师自通地用手指将饭盆里的米饭和汤汁搅动拌匀，一撮一撮地抓起来，送进嘴里。

“过瘾，过瘾！”苏曼殊大呼。一小盆饭转眼见底。他把手指伸进清水碗里洗了洗，用荷叶将水擦干，然后，端起另一碗凉开水，喝了几口，对佩珊说：“走！”

“大师，我再带您去看看锡兰的舞蹈吧！”佩珊提议道。

“行！”苏曼殊兴致正高，连忙答应。

佩珊挽着苏曼殊的手臂，一起走出小饭店……

河边草地上，一群男青年正绕着一支插在地里的箭杆，跳着奔放的维达族舞蹈。他们时而转圈，时而托举，时而跳跃，时而踏步，时而顿脚，时而四肢摆动，时而击拍腹部……他们看见苏曼殊和佩珊走了过来，一齐向二人发出邀请：“小师父，美女，你们俩也来跳一圈吧！”

“大师，您进去跳吧，我为您加油！”佩珊怂恿道。

“不行不行！刚吃过饭，这样跳的话，肠子都要跳断了！”苏曼殊连连摆手。

“那好，我们就站在旁边看一会吧！”佩珊不再坚持。

那群小伙子一边疯转着，一边不断地向佩珊和苏曼殊抛着媚眼，挑逗着二人。佩珊看得哈哈大笑，苏曼殊也在一旁直乐。

看看小伙子们还没有要结束的架势，苏曼殊说：“佩珊，我们回去吧！”

“好的大师，我送送您。”佩珊应道。

佩珊拉起苏曼殊的手，苏曼殊没有拒绝。

两人一起向龙莲寺方向走去。一路无言。苏曼殊但觉心头有无数头野鹿在乱撞。他想从佩珊掌中抽出手来，却又不敢、不想、不愿、不舍丢开佩珊的手。

快到龙莲寺，佩珊对苏曼殊说：“大师，我就送您到这儿了，您进去吧！”说完，她猛然抱紧苏曼殊，在他唇上印上了一个热烈的吻。然后，转身跑去。

苏曼殊愣住了。他傻傻地站在路边，久久地回味着刚才的一幕。7年了！整整7年，自那年在日本被菊子吻过后，这是他第二次被一位青春异性所热吻。

他感觉那久违的爱情之火，又重新在胸膛燃烧了起来。

之后，佩珊每天都要来龙莲寺的路口等他。两个人俨然一对情投意合的情侣，花前月下，卿卿我我。苏曼殊完全不顾旁人的侧目，像一只飞蛾，义无反顾地投身于这一场死灰复燃的爱情烈火中。

“曼殊，听说您也是一位出色的画家，什么时候也送我一幅画吧！”一天晚上，正依偎在苏曼殊怀里的佩珊，忽然仰脸提出了一个请求。

“好啊！曼殊我平时轻易不给人作画，但今晚我挚爱的佩珊向我求画，我怎能不答应呢！”苏曼殊亲了一下佩珊的脸庞，说：“送给你的画可不能随便画。这样吧，你容我好好构思构思，我一定给你画一张最满意的！”

“谢谢曼殊！您真好。”佩珊深情地说，她坐起身来，搂着苏曼殊的脖子，又给了他一阵缠绵而热烈的狂吻……

“曼殊大师，您的信。”苏曼殊送走佩珊，刚一回到龙莲寺，寺僧便给他送来一信。他撕开封口，就着油灯一看，信是好朋友刘季平从国内寄来的。在信中，刘季平极力推崇他的白马投荒之举，并赠诗一首给他。诗云："早岁耽禅见性真，江山故宅独怆神。担经忽作图南计，白马投荒第二人。"

"担经忽作图南计，白马投荒第二人……担经忽作图南计，白马投荒第二人！"苏曼殊喃喃地念道，额头冷汗涔涔。友人对他的西行寄予厚望，把他比做自法显和玄奘之后的西天取经第二人，可他却六根不净，情不自禁，缠绵于温柔之乡，沉湎于男欢女爱，既忘了孙中山先生的委托，又忘记了自己此次西行的目的，真是愧对佛祖啊！自己还有何颜面继续前往印度，去拜谒佛陀的故乡？

苏曼殊幡然醒悟过来。他决定终止自己的印度之行，并且，从与佩珊的爱情中退出，打道回府，立即回国。

已经答应给佩珊画一幅画的承诺不能不作数，苏曼殊拿起画笔，认真地为佩珊画了一幅《白马投荒图》，并且，把刘季平的赠诗题在画上，作为自己送给佩珊的诀别赠言。

第二天，苏曼殊把自己的决定告诉了佩珊。

"为什么？为什么？"伤心欲绝的佩珊，面对苍天和大地，撕心裂肺地质问。

"只因为我是一个和尚！"苏曼殊痛苦地回答……

1904 年夏季，欲前往印度一饮恒河之水的苏曼殊，结束了他与佩珊为期不到半个月的短暂而绚烂的爱情，半途而废，自锡兰狼狈地悄然回国。

棠梨无限忆秋千，杨柳腰肢最可怜。
纵使有情还有泪，漫从人海说人天。

第十章　狂歌走马

小楼春尽雨丝丝，辜负添香对语时。
宝镜有尘难见面，妆台红粉画谁眉？

1

长沙实业学堂教工宿舍。

房门大开着，苏曼殊正在窗前作画。他一会儿俯身伏案，轻描重抹；一会儿又眉宇紧蹙，翘首窗外。案桌上，一幅将成的空野荒村图——萧索冷逸、清寒淡远。

从锡兰归国后，苏曼殊本欲离群索居，茅庵偕隐，不想在广州碰见杨德邻，一定要拉他去长沙访秦毓鎏。秦毓鎏此时刚入苏曼殊曾经工作过的长沙实业学堂任教不久，见苏曼殊和杨德邻来访，喜出望外。故友重聚，好不亲热。苏曼殊问起杨性恂，被告知已离开长沙实业学堂去上海了。秦毓鎏建议苏曼殊重回学堂任教，与自己做个伴。在他的力劝下，苏曼殊答应了下来。

“苏湜兄，你这幅画卖给我吧，呵呵！”门外风风火火地走进一人，苏曼殊扭头一看，来人是黄兴。

“是克强兄啊！快请坐！”苏曼殊忙停下手中的画笔，招呼道，“你知道的，和尚我是从来不卖画的，你如果真想要的话，和尚就送给你好了。当然，要是你不好意思，资助我到哪个名山大川出游一次也行啊！呵呵！”

“拿钱让你去游山玩水，那个代价也太高了点吧！不如就让我占个便宜，白送我好了！”黄兴眉开眼笑，顺手就要将案桌上的画幅卷起来。

“你也太急了点吧，还没有画完呢！”苏曼殊急忙捉住黄兴的手，拿起画笔，朝砚台上蘸了蘸，在画幅上描了几笔，再在其上题上一串蝇头小字，然后，把画笔往砚台上一搁，说：“现在好了。克强兄，过会儿你就可以拿去了！”

“无功怎敢受禄！苏湜兄，这幅得意之作，你还是留着自己珍藏吧！”黄兴呵呵大笑，在床边的椅子上坐了下来。

“克强兄找我何事？”苏曼殊问。

“有正事找你！”黄兴脸色陡转严肃，“年初我亲自去了一趟湘潭，与洪江会首领马福益谈好了起义计划，决定在11月16日慈禧太后70岁‘万寿’前起事！目前宋教仁、胡瑛在湖北，建立了‘华兴会’武昌支部；陈天华、姚宏业在江西，正在游说防营统领廖名缙届时响应；周维桢去四川了，联络那里的会党；杨性恂、章士钊在上海成立了爱国协会，作华兴会的外围；刘道一、田桐等两湖留日学生成立了‘新华会’，准备伺机回国参与起义。”

“需要我做什么？”苏曼殊急切地问。一度潜伏的革命激情又在他的心房熊熊燃烧起来。

“你的任务，便是和秦毓鎏一起，利用教师的身份，积极做好反清宣传，伺机策应！”黄兴说。

“派给我一个具体的任务吧，克强兄。”苏曼殊请求道，“你知道我的个性，这种不痛不痒的事情，会把我憋闷死的！”

“苏湜兄，革命宣传的重要性你应该知道啊！”黄兴说。

“我知道，”苏曼殊说，“可是做宣传工作毕竟没有拿着真刀真枪冲锋陷阵来得痛快淋漓啊！”

“我们这样安排，也是有考虑的！你现在是个颇有影响的佛教界人士，不宜打打杀杀，请你理解！”黄兴说。

“这……”苏曼殊语塞。

“好吧，苏湜兄，就这样定了！”黄兴起身告辞……

转眼就到了深秋，凉风在屋外吹起了鸽哨，树叶“扑簌簌”地旋落。苏曼殊凭窗远眺，情不自禁地吟起屈原的《九歌·湘夫人》：

“帝子降兮北渚，目眇眇兮愁予。袅袅兮秋风，洞庭波兮木叶下。登白薠兮骋望，与佳期兮夕张。鸟何萃兮蘋中？罾何为兮木上？沅有芷兮澧有兰，思公子兮未敢言。荒忽兮远望，观流水兮潺湲……”

“咚咚咚！”楼板上忽然响起一阵急促的脚步声，跟着，房门“吱呀”一声被撞开，秦毓鎏跑了进来。

“苏湜兄，快准备一下，马上转移！”秦毓鎏上气不接下气地说。

“发生什么事了？”苏曼殊着急地问。

“计划泄露了，官厅正在缉捕我们！克强兄让我来通知你，赶快离开长沙！”秦毓鎏说。

“怎么回事？为什么会泄密！”苏曼殊语气急促地问。

“一位同志在研制炸药时，不慎爆炸了！”秦毓鎏简短地回了句，催促苏曼殊说，“你收拾一下，马上就走，我也得去准备准备了！”

说完，秦毓鎏转身跑了出去。

苏曼殊赶紧胡乱收拾了一下，潜出长沙。

原来，华兴会与洪江会商定，于慈禧太后寿辰那天，在长沙皇殿埋置炸药，炸毙前来行礼的湘省大吏，乘机起事。不料一位会员在研制炸药时，发生爆炸，起义计划泄露，湖南官厅迅速对华兴会与洪江会成员展开了缉捕……

几天后，上海爱国协会。从长沙脱险的黄兴、宋教仁、陈天华、刘揆一、秦毓鎏、苏曼殊等人，与在沪的华兴会骨干杨性恂、章士钊等一起，正在秘密集会。

“这次起义，由于安全工作没有做好，导致起义计划泄露，功亏一篑，教训惨痛啊！”黄兴沉痛地说，“现在清廷正在对我们展开疯狂的缉捕，国内形势异常险恶，为了保存革命火种、积聚革命力量，我和钝初、星台、揆一、效鲁不日将重返日本，继续同清廷进行百折不挠的斗争！”

会议接着由杨性恂介绍上海的革命形势。杨性恂说：“最近，蔡孑民先生和陶成章、李燮和、魏兰、龚宝铨、刘汉光等兄，已将‘反清暗杀团’正式改名为‘光复会’，蔡孑民先生被推举为会长！”

会场响起一片热烈的掌声。

杨性恂接着说：“‘光复会’成立前，蔡孑民先生曾到监狱探视过章太炎先生和邹容兄，征求章太炎先生的意见，得到了他的赞同。因此，章太炎先生事实上也是‘光复会’的一个重要发起人之一！”

“章太炎先生和邹容兄现在怎样？”听到杨性恂提起章太炎和邹容，苏曼殊一下子激动了起来。《苏报》案后，他先是到番禺雷峰寺出家，后来又两次万里投荒，已经很久没有听到他们二人的消息了。

“他们的案子已经判决下来。”杨性恂说，“起初清廷极力主张杀他们，但租界会审团迫于舆论压力，初审时判决他们终身监禁，以后又不得不改判章太炎监禁三年、邹容监禁两年，罚做苦工，限满释放，驱逐出境。”

“这狗日的清廷！”苏曼殊忍不住恨恨地骂了一声。

“苏湜兄，有两个好消息要告诉你。”杨性恂继续说。

“是什么好消息？”苏曼殊迫不及待。

“第一个好消息是，陈仲甫兄又回上海了！”杨性恂说。

“仲甫兄又回上海了？真的！”苏曼殊高兴得差点跳起来。

“是真的，他是行严兄请回来的。他也是我们‘反清暗杀团’成员，坚决主张用武力推翻清朝政府，现在正天天与我们在一起试制炸弹呢！”杨性恂回答。

“那太好了，散会后你就陪我一起去见见他吧！”苏曼殊有点急不可耐。

“行！”杨性恂答应道。

“那第二个好消息是什么？”苏曼殊问。

“刘三出来了！”杨性恂答。

“刘季平回国了，这我知道。前几个月我在锡兰时他给我写过一封信！”苏曼殊一时大意，把杨性恂说的“出来了”听成了“回来了”。

“我说的是他刚从沪租界巡捕房获释了！”杨性恂答。

“刘季平被巡捕房逮捕过？”苏曼殊大吃一惊，“他怎么会被逮捕！”

杨性恂告诉他，刘季平年初从日本回国后，即与军国民教育会的同志费公直一起，协同自己的堂兄刘东海在江苏华泾老家，创办了一所“丽泽学院”，聘请革命同志朱少屏、黄炎培等人讲学，修文习武，积蓄和培育反清力量。不久，他又参与谋刺两江总督端方，事败被捕，羁押在沪租界巡捕房半年多，经黄炎培的多方营救，日前终于获释。

“原来如此！”苏曼殊慨叹连声，自己离开革命队伍才不到一年，竟然发生了这么多事情！真是“佛门才一日，红尘已千年”啊！

“那你也陪我去见见刘三！”苏曼殊说。

“好！”杨性恂应道。

2

转眼到了 1905 年 4 月。

苏曼殊从长沙脱险后，一直住在美租界新衙门北首和康里第四街的上海爱国女校。这所学校他 1903 年从日本归国后曾经小住过一段时日。当时蔡孑民先生尚在学校主政。后来由于蔡孑民先生在爱国学社和爱国女学开展的革命活动，引起了清廷的警觉，遭到侦讯，蔡孑民不得不离开爱国女校，辗转于青岛、日本、绍兴、上海等地，继续进行革命斗争。

“子谷兄，你快起来，邹容被折磨致病，死于狱中了！”4 月 5 日一大早，苏曼殊尚在睡梦中——这些天他正在撰写《梵文典》，每天都睡得很晚。门“砰”地一声被撞开了，刘季平手里捏着一张报纸，急急地跑了进来。

“你说什么？”苏曼殊揉搓着惺忪的睡眼，说。

“邹容兄被折磨死了，就在前天！”刘季平扬了扬手中的报纸，悲愤地说。

“什么？邹兄死了！”苏曼殊猛地从床上坐了起来，一把将刘季平手中的报纸夺了过来。

这是一份蔡元培出任主笔的《警钟日报》。

报纸头版头条，一行粗黑体的标题——“革命军中马前卒邹容前日瘐死狱中”赫然入目。其下登载着一幅邹容的遗照，其状惨凄。

苏曼殊迅速浏览了一下照片旁边的文字。原来，章太炎被捕后，邹容自动投狱，与老师共患难，被判刑两年，罚做苦工，因洋人待“犯人”甚虐，麦饭食粗劣，终被折磨致病，于 4 月 3 日卒于狱中，年仅 20 岁。

“嗵！”苏曼殊的拳头狠狠地砸在床沿上。

“子谷兄，我打听到邹容兄的遗体已由《中外日报》备棺殡殓，因四川道远，无法归葬，暂放在四川会馆，题名为‘周镕’。我想不如先把遗体运回我的老家华泾安葬，待条件成熟时再迁回他的故乡四川。”

“这倒是个好办法，只是你这样做，恐怕是会受株连的！”苏曼殊不无担心地说。

“邹容兄为拯救民族而死，我刘三为他做这一点事情、冒这一点险又算什么？”刘季平毅然决然地说。

“好！”苏曼殊的心里油然而生敬意。他问：“需要我帮什么忙？”

“不用了，人手够了！”刘季平说。

当天晚上，刘季平与堂兄刘东海等人一起，将邹容的灵柩从四川会馆抬出，搁上马车，运往自己的老家江苏华泾乡野，安葬于自家的黄叶楼下。一代革命志士终得入土为安。

为躲避株连，刘季平再度流亡日本。

刘季平逃日前，苏曼殊连夜挥毫，为刘季平作《白门秋柳图》《黄叶楼图》画两帧，赠予刘季平，以表自己对他的敬重和惜别……

八仙桥鼎吉里。苏曼殊已从爱国女校迁往这里寓居多时。

邹容瘐死狱中、刘季平再度流亡日本后，苏曼殊心情极度压抑，高涨的革命激情陡然低落，为了排遣苦闷，他又开始出入花丛，浪迹女肆。计划要撰写八卷的《梵文典》刚刚完成了一半，也停了下来。

他经常约上高燮、陈去病等人，一起上“海国春”。还是在《国民日日报》做翻译时，他便是这家百花馆的常客。如同院外纷乱的世事一样，“海国春”不断有老面孔消失，也不断出现一些新面孔。这段日子，他们又结识了新来的贾碧云、小杨月楼、花雪南、桐花馆和素贞等几个新来的校书。一来二去，他便与她们混得烂熟。

这天，苏曼殊又在“海国春”设琼花之宴，偕众才子与女校书们一起玩乐。

“和尚，听说你是个痴子，经常招来校书，却又瞪目凝视，久无一言，随即遣之而去。可有此事？”小杨月楼好奇地问。

“是的，秀色可餐亦又不可餐也！”苏曼殊回答说。

“怎解？”小杨月楼一头雾水。

“色可色，不可色！”苏曼殊说。

“和尚，你这话我就更不懂了。”小杨月楼不解地问，“既然你一心向佛，为何又流连于烟巷柳馆？”

“我将佛祖视为苍茫前途的明灯！男女之情，不过人生的舟楫而已，以情求道耳！”苏曼殊说。

“和尚，你可真是个‘情僧’‘情圣’啊！”桐花馆插话道。

“人谓衲天生情种，实则别有伤心处！”苏曼殊说完，脸上现出痛苦的表情。

桐花馆正要追问苏曼殊有何“伤心处”，高燮忙岔开话题，为苏曼殊解围，吟道：“住心常觉众生苦，冷眼犹嫌热泪多！”

“无官似鹤闲偏少，饮酒如鲸醉不多。”杨珩接上一句。

桐花馆见高燮和杨珩酸溜溜地吟起诗来，不感兴趣，便对苏曼殊道：“和尚，你和我们姐妹相识多时，不妨说说你对我们的印象吧！”

“好啊！”苏曼殊说，他一把将桐花馆搂进怀里，说：“桐花亭亭玉立，如初日芙蓉，偶尔花冠革履，宛然西方美人。惊才绝艳也！”

桐花馆脸上浮起两朵红云。

“我呢？”贾碧云将身子凑了过去。

“一曲凌波去，红莲礼白莲。”苏曼殊拉着她的手，按在自己脸上，“江南谁得似，犹忆李龟年。”

“不通，不通！”贾碧云挣脱苏曼殊的手，撅起了嘴巴。

“该说我了！”素贞说。

“佳人名小品，绝世已无俦。横波翻泻泪，绿黛自生愁。舞袖倾东海，纤腰惑九州。传歌如有诉，余转杂箜篌！”苏曼殊脱口而出。

众才子一起鼓起掌来。

小杨月楼见苏曼殊送给素贞的诗赢得了一片掌声，便道：“和尚！你也送我一首诗吧！”

“好！”苏曼殊稍一沉吟，张口吟出：“罗襦换罢下西楼，豆蔻香温语不休。说到年华更羞怯，水晶帘下学箜篌。”

“好！”众人一起喝彩。

小杨月楼的虚荣心得到了满足，高兴地退向一旁。

花雪南在一旁静听众芳与苏曼殊嬉闹，含笑不言。苏曼殊转头对她说：“五姑为人持重，生性婉慧，不冷不热，落落大方，兼姿容美丽、气质清高，曼殊最为欣赏。好一碗暖而不热的‘温吞水’也！”

陈去病起哄道:“五姑，曼殊和尚如此夸赞你，你得给他一点奖赏！”

“花雪南，苏曼殊，亲一个！花雪南，苏曼殊，亲一个！”众校书、才子们一起山呼起来。

花雪南只好绯红着脸，朝苏曼殊走了过去，弯下腰，在他的脸颊上重重地亲了一口。她与苏曼殊相互倾恋日久，情意缠绵。今天苏曼殊能当着众人的面，说出对自己的欣赏，令她非常高兴。

“呵！”一阵狂热的掌声。

“五姑，听说你与秋瑾女侠交情甚浓，秋女侠十分欣赏你的侠骨柔情，曾赠你七绝两首，以‘雪南可人’四字嵌入句首。可有此事？”陈去病问花雪南。

花雪南点了点头。

“可否读来让大伙儿欣赏一下？”杨珩说。

“我破锣嗓音，还是不读为好，免得糟蹋了秋女侠的好诗！这样吧，下回我将诗稿带来，可以吗？”花雪南道。

“也好。”杨珩说，他转头问苏曼殊：“子谷兄，最近还好吗？”

“他呀，身上有钱就烧包！”高燮快人快语。

“是啊，子谷兄是个与钱有仇的人，一有钱就要马上花光，最不好的习惯是暴饮暴食！前些天我买了一大包糖炒栗子去看他，他当场就把栗子全部吃完，还觉得不过瘾，自己又跑去买回好几大包，回来大吃特吃。结果当夜，他的肠胃又闹病了！”陈去病毫不留情地揭苏曼殊的老底。

“子谷兄，这样对身体可不好啊！”杨玠关切地说。

“世人飘零谁似我！”苏曼殊痛苦地闭上了眼睛……

“和尚，听说你的画画得很不错，今儿个你就给我画一幅吧！”素贞忽然向苏曼殊提出请求。

“行！男人索画，我基本不给，但美人索画，我是一律免费赠送的。不过我有一个条件，你必须拿一张照片来同我交换！”苏曼殊陡然来了精神。

“小事一桩！”素贞转过头去，从屁股后面抓起坤包，拉开拉链，从皮夹中取出几张照片，一齐递给了苏曼殊，说：“你要是不嫌本姑娘丑，这些照片都送给你吧！”

苏曼殊接过照片，“吧嗒！”“吧嗒！”在每张照片上都亲了一口。众才子和众校书们一齐大笑起来。

“好，和尚我要作画了！”苏曼殊命龟奴取来了笔墨和画纸。众美人环侍在苏曼殊的左右，帮着他伸纸研墨。

苏曼殊拿起笔来，却不往砚台里蘸墨，而是将笔锋指向小杨月楼的樱唇。

小杨月楼吓了一跳，忙偏头躲过。

苏曼殊抓住她的双肩，说：“别动！我要以你唇上的胭脂作颜料！”

众人一齐吃惊地瞪大了眼睛。

苏曼殊扶住小杨月楼的香肩，将画笔在她的朱唇上蘸了一下，随即朝画纸上一抹。

一朵桃花跃然纸上。

他又掇起画笔，分别在贾碧云、花雪南、素贞、桐花馆的樱唇上各蘸了几次，在画纸上轻描淡抹。

不一会儿，一幅妖冶的桃花图便告完成。画面凄艳凌人，让人不敢逼视。

校书、才子们一个个惊得目瞪口呆。

贾碧云抢前一步，将桌上的桃花图胡乱一卷，塞进自己的皮包里：

“和尚这画，我珍藏了！”

“那是我的！”素贞大叫起来。

“你让和尚再画一幅吧！”贾碧云护着自己的皮包，说。

“碧云，你这样做就不厚道了吧，你没把照片给苏和尚呢！”众才子一起大笑着“声讨”起贾碧云来了。

“今天没带，明天一定补上。嘻嘻！”贾碧云撒着娇。素贞无可奈何。

苏曼殊说：“素贞不要着急，和尚我再给你画一张就是了！”

“我也要！”“我也要！”“我也要！”小杨月楼、花雪南、桐花馆一齐大叫起来。

“好，好，好！每人一张，可以了吧？”苏曼殊连忙应承。

于是如法炮制。于是皆大欢喜。

夜已深，众才子说：“和尚，我们回去吧！”

“不了，我今晚就宿在花五姑的香巢里！”苏曼殊转身搂着花雪南的腰肢，对众才子说。

“那是苏和尚的家！”高燮戏谑地说，“这段日子，苏和尚寝食都在这里，衣服杂用之物，好像自己家一样。”

“呵呵！那和尚你就尽情地玩吧，我们可要回去了！”众才子呼了一声，作鸟兽散。

苏曼殊搂着花雪南，走入她的香巢。花雪南宽衣解带，等待着苏曼殊实质的抚爱。苏曼殊却不解衣。花雪南大为不解，问其故。

苏曼殊说：“爱情，是灵魂之空气。灵魂得爱情而永存，无异躯体恃空气而生活。情欲乃爱情之极，物极必反，犹如登山，及峰必降。我俩相爱而不及乱，才能永守此情，虽远隔关山，其情不渝，乱则热情锐减。”

花雪南惊得差点掉下床来，她说：“爱到深处，便是肉体的结合，这是人之常情啊！”

“我不图肉体快乐，而伤了精神之爱。愿你我共守！”苏曼殊认真地说。

花雪南瞠目结舌。

苏曼殊和衣与花雪南相拥而眠，一夜无话。

第二天上午，苏曼殊回到住处，从箱子中取出素贞的照片，贴于四壁。此后但遇空暇，便对着墙上的照片，默默地欣赏着……

3

杭州西湖。雷峰塔下的白云禅院。

朗月吐辉，丹桂飘香，米粒般的桂子撒满禅院。靠院墙的一间禅房里，烛光摇曳，一老一少两位和尚正在促膝而谈。老者是禅院的住持昙谛法师，少者为前些日子从上海来的苏曼殊。苏曼殊在昙谛法师的陪同下，刚游完孤山回来，兴犹未尽。

“长老，孤山与杭州城明明连在一起，为何却被叫作‘孤山’呢？”苏曼殊好奇地问道。

“大师有所不知，西湖有三怪啊！”昙谛法师乐呵呵地回答说。

“‘三怪’？哪三怪！”昙谛法师的回答激起了苏曼殊的兴趣，他急不可耐地问道。

“孤山不孤，长桥不长，断桥不断！亦称‘西湖三绝’也！”昙谛法师说。

“孤山不孤，诚然！可我弄不明白的是，它明明不“孤”，又为何叫‘孤山’呢？”苏曼殊执拗地问。

“孤山的得名，除开它在地理上孤离城市深入西湖之外，与两个原因有关！”昙谛法师说。

“哪两个？”苏曼殊问。

“其一，孤山是西湖中最大的岛屿，风景特别优美，历史上一直被称为‘孤家寡人’的皇帝所占有，所以被称为‘孤山’。”昙谛法师说，“其二，与宋代孤标自赏、隐居于此的林和靖处士大有关联！”

“哦，我明白了！”苏曼殊说道。他随口吟出了林和靖的《山园小梅》：“众芳摇落独暄妍，占尽风情向小园。疏影横斜水清浅，暗香浮动月黄昏。霜禽欲下先偷眼，粉蝶如知合断魂。幸有微吟可相狎，不须檀板共金尊！”

“林和靖 40 岁后开始隐居孤山，62 岁死于孤山、葬于孤山，近 20 年没去过城市，他可真当得上是孤山之魂啊！”昙谛法师感慨地说。

苏曼殊点点头，说：“他的《山园小梅》，实开孤山咏梅之先河啊！”

“不然！”昙谛法师摇摇头，说：“其实在林和靖之前，白香山就曾作过一首《忆杭州梅花》诗——‘三年闷闷在余杭，曾与梅花醉几场。伍相庙边繁似雪，孤山园里丽如妆’。”

“那孤山之梅流韵就更久长了！”苏曼殊说。

“是啊！”昙谛法师说，“林和靖处士的诗之所以盖过了白诗，不仅是因为他的诗中有‘疏影横斜水清浅，暗香浮动月黄昏’这样的名句，也与他终身不娶、梅妻鹤子的人生佳话有关啊！”

“都说林和靖梅妻鹤子，我却对此始终都有怀疑。如果他真的绝意情爱，能写出《长相思》那样情怀绵绵的词来吗？”苏曼殊说完，低头吟道：“‘吴山青，越山青，两岸青山相对迎，争忍离别情。君泪盈，妾泪盈，罗带同心结未成，江头潮难平’。”

“处士还有一首《点绛唇》词！”昙谛法师接话道，“金谷年年，乱生春色谁为主？余花落处，满地和烟雨。又是离歌，一阕长亭暮。王孙去，萋萋无数，南北东西路。”

“如此看来，林和靖的眼中也应该是有泪的，他的心里，也应该是有爱的！”苏曼殊说。

“大师说得对极！”昙谛法师附和说，“总因眼中热泪太多、心中情爱太炽，所以最后索性全部将它们捐弃如灰。大爱大空，大空大爱，空山红尘，概莫如是啊！”

昙谛法师充满玄机的话语，在苏曼殊心里，激起了圈圈涟漪。“大爱大空，大空大爱”，这 8 个字就像一炷火炬，投掷在他黑暗的心房。

苏曼殊大彻大悟，但觉自己的心空，刹那间一片通明。

从昙谛法师的禅房回到自己的住处后，苏曼殊彻夜难眠。想起自己羁身情网经年，伤人无数，自己的心灵亦伤痕累累，正如昙谛长老所言，皆因眼中热泪太多、心中情爱太炽之故啊！

此时，他的脑海中浮现出下午与昙谛法师同去西泠桥头拜谒苏小小墓时的情景。

想起苏小小，苏曼殊心头忽然一阵凄恻。这个与自己同姓的南齐钱塘名妓，曾怀抱着炽热的爱情理想，每天乘坐油壁车，与恋人相会于松柏之下，期盼着能与恋人共结同心。然而现实无情地嘲弄了她，最终只落得一缕冷月葬香魂，长眠在那萧索凄清的西泠桥畔。

苏曼殊的眼眶湿润了，他难抑情伤，泚笔而书——

“何处停侬油壁车，西泠终古即天涯。捣莲煮麝春情断，转绿回黄妄意赊。玳瑁窗虚延冷月，芭蕉叶卷抱秋花。伤心怕向妆台照，瘦尽朱颜只自嗟。”

他把这首诗寄给了花雪南。

在上海的花雪南接到苏曼殊的信后，大为感动。她读懂了苏曼殊对自己的一片情愫。她知道，苏曼殊在诗中把她比做苏小小。他在诗中对她说：你的油壁车停在什么地方呢？要知道我俩的关系已经西泠终古、天涯梦断了。然而我们的感情却犹如莲藕虽捣烂而丝不断、麝已煮沸而香不灭。季节变换，我仍然愁闷不已。我空虚、惆怅、伤感，眺望绮窗外，空寂无一人，室内泻入寒冷的月光。远处，秋花瑟瑟，芭蕉叶残，气象肃杀。我伤心悲哀，以致不愿妆台对镜，那曾经无比红润的颜面如今瘦尽，只会令我嗟叹。

这首诗被苏曼殊的朋友郑桐荪读到，他马上步其韵作诗一首安慰苏曼殊：“曾傍红楼几驻车，青衫无奈又天涯。诗成百绝情难写，雪冷三冬恨梦赊。漫去深山盟落叶，应怜空谷老名花。朱颜未减少年态，何事频频揽镜嗟？”

然而，旷世深情终难敌心中的佛陀。情感的潮水澎湃过后，苏曼殊

的心池又回复为一泓止水。

“白云深处拥雷峰，几树寒梅带雪红。斋罢垂垂浑入定，庵前潭影落疏钟。”在白云禅院，苏曼殊白天与昙谛法师相互切磋佛学，或去西子湖边写生作画；夜晚就着佛灯，继续撰写已辍笔多日的《梵文典》。他把画好的《孤山图》和《西湖泛舟图》寄给知音陈仲甫；他把已写至过半的《梵文典》给前来探望自己的柳亚子过目，柳亚子为他仅用了一年多的时间，就精通了别人几十年才能弄懂的梵文而叹服，赞其为“不可无一，不可有二”的天才。

4

桨声灯影里的十里秦淮，流光溢彩，鼓乐喧天。两岸鳞次栉比的飞檐漏窗、金粉楼台，倒映在潋滟妖冶的河水中，如梦似幻，茵陈如酒。

“桃花扇”号灯船，在夜色中凌波吻浪。苏曼殊、刘季平、赵声、柏烈武一同围坐在一张方桌上，一边游览，一边豪饮和畅谈。赵声和柏烈武都是军官，赵声时任南京江南陆军标统，柏烈武时任南京第 9 镇 23 标 2 营管带。苏曼殊和刘季平则同为南京陆军小学的军事教习。

桌上歪歪斜斜地放着四柄长短不一的佩剑，摆着几碟花生，几盘牛肉，几只烤鸡、板鸭和几壶黄酒。苏曼殊低头猛啃着鸡、鸭、牛肉，很少插话；赵声则时而雄辩滔滔，时而仰起头来，将满碗的黄酒，朝自己的喉咙猛灌，却并不吃菜。

“伯先豪于饮，曼殊雄于食啊！”看着赵声和苏曼殊非凡的吃喝相，刘季平忍不住大笑起来。这位冒险收殓邹容遗骨，遭清廷缉捕流亡日本的义士，不久前因母丧潜回故乡华泾，随后即进入南京陆军小学任教。并给正在西湖盘桓的苏曼殊驰书一封，把苏曼殊也叫到了南京。

正在埋头大吃的苏曼殊吃了一惊，忙抬起头来，疑惑地问：“刘三，你笑什么？”

“没笑什么。我是看见了这船头飘扬着的“桃花扇”旗幡，就情不自禁地想起了孔尚任《桃花扇》中的诗句来了！”刘季平忍住笑，摇头晃脑地吟诵起来：“梨花似雪草如烟，春在秦淮两岸边，一带妆楼临水盖，家家粉影照婵娟。”

“孔尚任好诗！”苏曼殊继续啃起了手里鸭腿，一边说，“秦淮河中，流淌着顾横波、董小宛、卞玉京、李香君、寇白门、马湘兰、柳如是、陈圆圆这八艳的香艳脂粉啊！能够醉眠秦淮，也是一种人生风流啊！”

“曼殊，老哥不赞成你的态度。”赵声放下手中的酒碗，严肃地说，“大丈夫当以澄清天下为志！秦淮自古烟月糜烂之区、销金蚀骨之窟，哪里还值得向往？你难道忘了杜牧‘烟笼寒水月笼沙，夜泊秦淮近酒家。商女不知亡国恨，隔江犹唱后庭花。’的慨叹？”

赵声比苏曼殊大3岁，两人早已结为莫逆之交。自他们相识的第一天起，赵声就以“老哥”自称。他说完后，看看对面的苏曼殊，又问了一句：“曼殊，你说呢！”

“是啊，曼殊，伯先兄说得对！”柏烈武也表示赞同，“秦淮河确实是一条兴亡之江，多少兴衰荣辱、多少朝代更迭在这儿上演着！‘朱雀桥边野草花，乌衣巷口夕阳斜。旧时王谢堂前燕，飞入寻常百姓家。’就是它的写照啊！”

见赵声和柏烈武都在批评自己，苏曼殊吐了吐舌头，忙附和道：“对，对！红颜祸水，祸水红颜！”

赵声见状大笑起来：“那倒也没有这么绝对！亡国的责任，不能一概推在女人身上！”

苏曼殊点点头。

“伯先兄，章行严从上海给我来信，告知蔡孑民先生已同意将‘光复会’并入‘同盟会’，蔡先生被孙逸仙先生委任为同盟会上海分会负责人！”刘季平转头对赵声说。

“是啊，‘同盟会’成立了，我预感中国革命将迎来一个崭新的局

面！作为‘同盟会’的一员，我为这一事件而振奋！”赵声激动地站起身来，拿起桌上的佩剑，“嗖”地将剑从皮鞘中拔出，走向船头，对着河水，慷慨而歌——

“绝域从军计惘然，东南幽恨满诗笺。一箫一剑平生意，负尽狂名十五年！”

“伯先兄真是一位将才啊！”苏曼殊感叹地说。

“是啊，是啊！”柏烈武、刘季平都点头赞同。柏烈武说：“要实现孙逸仙先生提出的‘驱除鞑虏，恢复中华，建立民国，平均地权’的社会理想，我们需要许许多多像伯先兄这样的英杰！”

“文蔚兄也是这样的一位人才！”刘季平说。

“惭愧，但我愿意向伯先兄看齐！”柏烈武真诚地答道……

前面出现了一个码头。码头上灯火辉煌。船家走过来问：“客官，前面是桃叶渡，要不要上去看看？”

“桃叶渡？是不是当年王献之迎接爱妾桃叶、作《桃叶歌》的那个渡口？”苏曼殊兴奋地问。

“是的。”刘季平说。他是江苏人，秦淮河已来过无数次，对秦淮河的掌故也非常熟谙。

“那我们靠岸吧。”苏曼殊说完，吟诵起王献之的《桃叶歌》：“桃叶复桃叶，渡江不用楫，但渡无所苦，我自迎接汝。”

“曼殊，这次就别上去了吧，时间已经不早了，我们下次再上去吧！”赵声劝道。

“对，下次再上去吧！”刘季平和柏烈武异口同声地说。

“那好吧。”苏曼殊说。

看出苏曼殊有点怏怏不乐，刘季平便问：“对了，子谷兄！你和金凤那姑娘现在怎样了？”

金凤是苏曼殊来南京的第二天在秦淮河上认识的一位校书。苏曼殊与她一见钟情。交往没几天，两人便情深意笃。

“我们分手了！”苏曼殊一声长叹，黯然地说。

“为什么？”刘季平惊讶地问。

“我是一个和尚，我只能给她以精神的爱，不能够给她以家庭。她感到很绝望，就离我而去了。”苏曼殊痛苦地说。

“唉！子谷兄，你既然是一块冰，为何又要常燃炭火呢？这样冰炭相煎，何时是个尽头啊！”刘季平感喟道。

“刘三兄，我倒无妨！我只是担心金凤，她那样一个弱女子，寄身青楼，备受蹂躏，在南京孤苦伶仃，无依无靠，任凭命运摆布，漂泊不知所向，真是一个薄命的女子。每当一想起她，我便愁肠满结，愁绪无尽啊……”苏曼殊说着，从怀中取出一方素绢：“这是她给我的，她向我索画，哪知我还来不及给她画呢，她却离我而去了！”说完，苏曼殊趴在桌上，“呜呜”地哭了起来。

“曼殊，不必伤感！”赵声弯腰拍拍苏曼殊的肩，安慰道：“东坡居士有言，‘人有悲欢离合，月有阴晴圆缺，此事古难全。但愿人长久，千里共婵娟。’只要你心里常记得金凤姑娘的好，我想，她也会为自己能够结识你这样一个知己而高兴的。”

赵声把苏曼殊放在桌上的素绢叠好，塞进苏曼殊的衣袋中，说：“曼殊，何时给老哥画一幅画吧！”

“好的，伯先兄，待我稍空下来，一定给你画！”苏曼殊停止哭泣，答应道。

“那好，但愿你不要忘了，不要让我成为第二个金凤哦！”赵声打趣道。

“伯先兄你就放心吧，曼殊忘不了！”苏曼殊肯定地说……

从秦怀河回到陆军小学住处，苏曼殊难抑对金凤的思念，彻夜难眠，赋诗二首寄怀——

“收将凤纸写相思，莫道人间总不知。尽日伤心人不见，莫愁还是有愁时。”（《集义山句怀金凤》）

“玉砌孤行夜有声，美人泪眼尚分明。莫愁此夕情何限？指点荒烟锁石城。”（《有怀》）

不久，苏曼殊离开南京军事小学，应池州杨仁山居士之邀，到南京“祇垣精舍”做讲师。在“祇垣精舍”几个月的日子里，苏曼殊鞠躬尽瘁，得下吐血的毛病。苏曼殊在南京举目无亲，朋友们劝说他回到日本母亲身边去调养一段时日。这年冬天，苏曼殊再次踏上了东归之路……

5

苏曼殊抵达东京的当天，即听到了陈天华已于此前 5 天的 12 月 8 日晨在东京大森海湾跳海自尽、以死报国的噩耗。那时，他乘坐的邮轮刚刚从上海吴淞口向日本启锚。

“什么？”苏曼殊天旋地转，当即呕出一口血来。他伸手扶住了路边的一颗枯树，才使自己没有倒下去。他难以置信，秋季时他们一起从长沙脱险到上海后，陈天华和黄兴、宋教仁、刘揆一、秦毓鎏去了日本，分别才不到两个月时间，自己与陈天华竟然阴阳相隔。

他强支着病体，拦了一辆黄包车，直奔中国同盟会机关报《民报》社——东京牛込区新小川町二丁目八番地（这个地方也是中国同盟会总机关所在地）找黄兴。中国同盟会 8 月 20 日在东京成立后，孙中山被推为总理，黄兴被推为副总理。苏曼殊要向黄兴问个究竟，他敬爱着的星台兄到底是怎么死的！

苏曼殊来到《民报》社时，黄兴、张继、陶成章、汪兆铭、于右任、朱执信、廖仲恺、宋教仁、秋瑾、胡汉民、黄侃等人正聚在一起，商量如何与日本政府交涉，把陈天华遗体运回国内安葬的事情。他们一见苏曼殊来了，都默默无言地围了上来。

“克强兄，星台兄是怎么死的？”苏曼殊悲愤地问道。

“星台是被我们自己杀死的！他是死给我们自己人看的警世钟！”黄兴沉痛地说。

“此话怎讲？”苏曼殊急切地问。

“星台以自己的死，警醒我们内部要团结啊！”张继说。

“到底是怎么回事啊？你们不要跟我打哑谜了好不好！”苏曼殊大声叫了起来。

“你别急，先坐下来，我们慢慢跟你说！”黄兴拍拍苏曼殊的肩膀，安慰道。

秋瑾给苏曼殊端来一杯开水，苏曼殊接了过去，道了声“谢谢”，就在长椅上坐了下来。

“事情是这样的！”黄兴挪过一把木椅，坐在苏曼殊的对面，缓慢而沉痛地对他讲述陈天华跳海自杀的经过：

“11 月 2 日，清廷勾结日本文部省颁布了歧视和限制中国留学生活动的《清国留学生取缔规则》，规定：第一，中国留学生必须在清廷驻日公使馆和日本学堂登记造册，留学生的日常活动都得登记；第二，中国留学生给国内给朋友写信必须登记；第三，中国留学生不准住到别的地方去，只能住在留学生宿舍。”

“狗日的真是欺人太甚！”苏曼殊忍不住骂了起来。

“这个规则一出台，自然引起了广大留日学生的强烈抗议和抵制。”黄兴说完，叹了一口气，“可是在具体的斗争方式上，我们内部出现了严重的分歧。”

“什么分歧？”苏曼殊问。

黄兴看了秋瑾和宋教仁一眼，说：“以秋瑾女士和钝初为代表的一派，主张全体同学罢学回国！”

“就应该这么做啊！”苏曼殊叫道。

黄兴又转头看了汪兆铭和胡汉民一眼，说：“以兆铭和展堂为代表的一派，主张忍辱负重留在日本继续求学，学好本领后再报效祖国。”

“道理也不错……”苏曼殊轻声说道。

“两派发生了激烈争吵，甚至到了水火不相容的地步。”黄兴继续说，拳头不由自主地攥紧，“我们的内部矛盾，给了日本人攻击我们的口实，他们在报纸上把中国留学生描绘成一群‘乌合之众’；12 月

7号的《朝日新闻》甚至干脆说我们是‘放纵卑劣’的一群，挖苦我们中国人缺乏团结力。星台兄就是在看了这张报纸后，当夜手书一封绝命辞，第二天就赴海而死的！”

“星台兄是在羞愤中死去的！是我们害了他！”秋瑾、宋教仁、汪兆铭、胡汉民都满脸羞愧，心情沉痛地低下了头。

“原来如此！”苏曼殊泪光莹莹。

“事情已经发生了，你们也不要过于自责！”黄兴安慰4人道。

黄兴站起身来，走到桌边，从桌上拿起两本书，一只手各扬起一本，对众人说：“这是星台兄留下的《猛回头》和《警世钟》！他用30岁的年轻生命，为我们敲响了警世钟！团结一心才能众志成城！同志们，血的教训我们必须记取。现在中国同盟会已经成立，兴中会、华兴会、光复会、青年会、复兴会、爱国学社、科学补习所等革命团体整合成了一个全国性的政党！我们确立了‘驱除鞑虏，恢复中华，建立民国，平均地权’的革命政纲，确定了‘民族、民权、民生’的革命宗旨！我们要紧密地团结在孙中山先生的周围！为星台兄，向帝国主义和满清政府讨还血债！”

“打倒帝国主义！推翻满清王朝！”群情激昂，山呼海啸。

“克强兄，我想到大森海湾去祭吊一下星台兄！”苏曼殊对黄兴说。

“子谷兄，你身体不好，又坐了五六天的船，人一定很疲劳，先休息休息，下次我再陪你去如何？”黄兴劝道。

“不，今天我一定要去！”苏曼殊倔强地说。

“那好吧！”黄兴说，“我陪你去！”

“我们也去，我们去向星台兄忏悔！”秋瑾、汪兆铭、宋教仁、胡汉民一起说。

6个人同坐报馆的一辆大包车，向着大森海湾驰去。

“秋瑾女士，你什么时候来的日本？我在上海时，我的朋友花雪南常提到你！”苏曼殊问秋瑾。

“哦，我是去年来日本的，在东京青山实验女子学校学习。”秋瑾回答说，转而问苏曼殊，“花雪南还好吗？她可真是个侠骨柔肠的奇女子啊！”

“她应该还好，不过我也已经很久没与她联系了。”苏曼殊答道。

“兆铭和展堂兄又是什么时候来日本的？”苏曼殊又问汪兆铭和胡汉民。

“我也是去年来的，在东京法政大学速成科学习。”汪兆铭道，接着又替胡汉民回答，“展堂兄于壬寅年和去年两度来日本，先是入东京弘文学院师范科，现在在东京法政大学速成法政科。”

“展堂兄壬寅年在东京弘文学院？那我们应该见过面的！”苏曼殊对胡汉民说。

“是的，玄瑛兄，精卫说得不错，我壬寅年在东京弘文学院学习过。我们的确见过面，只是没有交谈过，你可能忘了！”胡汉民说。

“那时我在成城学校学陆军……展堂兄，真是对不起，我确实没印象了！”苏曼殊抱歉地对胡汉民说，转而问汪兆铭：“‘精卫’？兆铭兄又叫‘精卫’？”

“是的，玄瑛兄！‘精卫’是我的号！”汪兆铭答道。

“精卫衔微木，将以填沧海。刑天舞干戚，猛志固常在。这雅号好啊！”苏曼殊情不自禁地吟哦起陶渊明的诗来。

“是啊，精卫填海，其力微薄，其势磅礴！我们就是要以精卫填海的精神，把满清王朝彻底埋葬！”黄兴激昂地说。

众皆点头……

说话间，大森海湾已出现在眼前。远远地听到了海潮的澎湃声，一拨拨浪涛，在朔风的裹挟下，从大海那边，向着岸边席卷而来，猛烈撞击着海岸，把一蓬蓬水花抛向高空。

阴风怒吼，狂波激浪，霭雾沉沉，天色无光。

苏曼殊一行跳下车来，默默地走到沙滩上，向着浩瀚的大海，鞠躬致祭，任喧嚣奔腾的海浪，把他们的双足淹没；任铺天而降的浪花，把他们的全身浇透。

苏曼殊抬起头来，热泪盈眶。他仿佛看到了长发披肩的陈天华，正在粼粼的海浪上，对自己微笑，向自己竖起拳头示意。

“星台兄！”苏曼殊高叫一声。

他的声音，和着怒涛，在大森海湾，久久激荡……

6

仅仅半年时间，邹容瘐死于上海西狱，陈天华自沉于东京大森海湾。惨淡的人生和淋漓的鲜血，令苏曼殊倍感惨凄伤痛。心绪的悲凉更加重了病情，血吐得越来越厉害。他感觉自己再也支持不住。在东京“梵学会”做了几天译师后，他终于下定决心离开东京，回到故乡逗子樱山村慈母的怀抱中去，修复一下千疮百孔的身心。

几年不见，母亲河合仙已经垂垂老矣。妹妹慧子于去年嫁人，只留下母亲一人独守着那幢老旧板屋。河合仙见儿子归来，喜不自胜。转而见儿子病骨支离，又心疼如割。忙接过儿子手上的行李箱，把儿子按在椅子上，转身跑进厨房，不一会儿便端上来一碗热腾腾的鸡蛋汤，嘱儿子吃了。久违的母爱让苏曼殊心底泛起一股暖流，感觉病体一下子轻松了许多。在母亲转身回厨房为自己做饭的当儿，他再也控制不住自己，泪水“吧嗒”“吧嗒”地掉进碗里。

河合仙自己到山上采来一种草药，每天熬制两次，嘱儿子及时服下。并隔三岔五地为儿子烧一只盐焗鸡，或是炖一只鸭子，为儿子滋补身体。在母亲的精心服侍下，苏曼殊的身体渐渐康复起来。他重新从行李箱里拿出那叠未完稿的《梵文典》，一有空闲，便写上几页。尽管母亲不停地劝他要注意休息，但等母亲一离开，他又不由自主地拿起了笔。

自妹妹慧子出嫁后，母亲就孤单一人，苏曼殊知道母亲一定寂寞已久。他决心趁这次东归养病的机会，好好地孝顺一下母亲。母亲一空下来，他便陪母亲聊天，为母亲讲述自己万里投荒的故事，介绍各国奇异的风土习俗。不过对自己在旅途中遭遇到的危险，他一概有意跳过，免得母亲担心。河合仙听得瞪大了眼睛。除了中国，她没有去过别的国家。她为儿子的见多识广而高兴。她知道，儿子真的长大了，已经是一个很有出息的人了。她为之欣慰。

除了陪母亲聊天以外，苏曼殊有时也跟着母亲到雪地里摘菜，摘完菜后又去门前的小水潭边洗菜。回到家里，又帮着母亲添柴、做饭。对做饭，他完全是个外行，不会掌握火候。什么时候该大火，什么时候该小火，什么时候该熄火，他都不清楚。母亲在灶台做饭时，他便帮着母亲添柴，那一刻，他仿佛回到了小时候，他是母亲永远的“戬儿”。

幸福的日子总是流逝得飞快。看看再过不到十来天又到除夕了——1905 年的除夕。这天上午，河合仙从镇里的邮局取回一封信，交给他。苏曼殊接过来一看，信封上的字迹很熟悉，是老朋友刘季平从中国南京寄来的。苏曼殊撕开封口，把信拿了出来。

刘季平在信中询问他的病情好点了没有，并转告了南京诸朋友对他的挂念和祝福。在信的末尾，刘季平告诉他，金凤前不久嫁人了，是被一位富商赎去做妾的。苏曼殊感到胸腔中的那颗心猛然被人摘去般难受，脸色陡然变得煞白。河合仙一见，忙问儿子怎么了。苏曼殊摇摇头，转身走进自己的房间。

苏曼殊呆呆地坐在床头，望着窗外一片皎洁的雪地发怔。逗子樱山村的雪已下了好几天了，上午才刚刚停息。连续刮了几天的老北风也歇了。窗外的山坡，闪现出一片静谧的幽光。远处一直喧嚣可闻的海涛声似乎也藏匿起来了。世界一片沉寂。

“戬儿，你没事吧！”河合仙轻轻地推门走了进来，担心地问。

苏曼殊惊醒过来，忙站起身，对母亲说：“娘，我没事。”

“没事就好，唉！”河合仙叹了一口气，帮儿子掩上门，走了出去。她知道儿子此时最需要的是安静。

苏曼殊走到窗前书桌边，铺开纸，奋笔疾书，作诗一首，权当作给刘季平的回信——

“生天成佛我何能？幽梦无凭恨不胜。多谢刘三问消息，尚留微命作诗僧！”

收起诗稿，他又从墙上取下画板，搁在桌上。再从怀里掏出金凤求他作画的那条素绢，铺平在画板上，四边压上镇纸，准备作画。他决定履行对金凤的承诺，为她作一幅绢画；他要以这幅绢画，纪念他与金凤已然飘逝的爱情。

苏曼殊拧开胶粉瓶盖，朝调色盘中倒入少许胶粉，再加入少许温水，将胶粉化开、调匀，然后用底纹笔蘸着胶水，从素绢中央，一笔一笔地按顺序朝四周作放射状涂刷，以排走绢间空气，使之完全平复于板面上。

待素绢上的胶水稍干，苏曼殊又拿起底纹笔，往素绢上涂第二遍胶水。这回他是从中间向两边竖向排刷。两遍胶水一涂，素绢更平展熨帖了。胶水稍干后，苏曼殊俯下身去，用舌头舔了一下素绢，将绢濡湿，感觉胶的厚薄正好，于是取过几支颜料，拧开盖子，朝调色盘中挤出几股，再往调色盘里洒上一些胶粉，用画笔搅了搅，就开始在素绢上作起画来。

不一会儿，一幅妖娆艳美的《二月韶光图》便跃然绢上。画面上：雨斜花残，柳丝飘拂；绮窗内，有玉人横陈，春梦未醒。

苏曼殊直起身，略微休息了一下，然后挥毫在画面的右上角，题上一首诗：“好花零落雨绵绵，辜负韶光二月天。知否玉楼春梦醒，有人愁煞柳如烟！”

作好画后，苏曼殊将画笔朝地上一掷，蹲在地上，掩面啜泣……

“戬儿，吃饭了！”河合仙在楼下喊道。

苏曼殊站起身，擦干泪花，走下楼去。

月亮已开始从东边山冈升起。雪光月辉，交织一片。

吃过晚饭，苏曼殊对母亲说：“娘，我想到外面走走！”

河合仙说：“外面这么冷，你的病才刚好，去外面干啥？万一着了凉，毛病又犯起来如何是好！”

苏曼殊说：“不碍事的！我多穿件衣服就行了！”

儿子的脾气河合仙最了解，只好说：“那好吧，你多穿件衣服，千万别着了凉！要不要我陪你去？”

“娘，不用了。外面雪厚，要是摔着了您，儿子可担当不起啊！”苏曼殊说。

河合仙只好由着儿子，连声叮嘱他早点回来睡觉……

苏曼殊顶着月光，踏着积雪，深一脚浅一脚地向几里外的禅寺湖走去。

高天旷野间，一轮朗月，照着一个黑乎乎的影子在雪径上艰难地向前挪移。

大约一个时辰之后，苏曼殊终于走到了禅寺湖边。湖边静寂无声，只有一只渔船泊在岸边。船舱里亮着灯光。

苏曼殊走到渔船边，喊道：“船上有人吗？”

正在舱里休息的老渔夫吓了一跳，忙钻出舱来，看见岸上站着一个人影，心里怵了一下，颤声问道：“干……干什么？”

苏曼殊见老渔夫害怕的样子，忙说：“老人家，别怕！我是前面逗子樱山村河合家的儿子，我想租你的船到湖中游玩一下，行吗？”

老渔夫听了，这才放下心来，答道：“好的，可是你会划船吗？”

“这个……我倒真的不会！”苏曼殊说。

“不会划船，老汉我怎敢把船交给你？还是我帮你划吧。再说了，这条渔船就是老汉的家，我要是把船交给了你，我就要待在雪地里过夜了。”老渔夫乐呵呵地说。

“那再好不过了！”苏曼殊高兴地跳上船去。

“坐稳了！”老渔夫叮嘱一声，小船驶向湖心……

雪月横江，水光接天。此时，一种巨大的孤独感、虚无感和幻灭感一齐袭向苏曼殊心头，他想起了拜伦的诗歌《哀希腊》，于是慷慨而歌：

“巍巍希腊都，生长萨福好。情文何斐亹，荼辐思灵保。征伐和亲策，陵夷不自葆。长夏尚滔滔，颓阳照空岛。窣诃与谛诃，词人之所生。壮士弹坎侯，静女揄鸣筝。荣华不自惜，委弃如浮萍。宗国寂无声，乃向西方鸣。山对马拉松，海水在其下。希腊如可兴，我从梦中睹。波斯

京观上，独立向谁语。吾生岂为奴，与此长终古……”

歌毕，苏曼殊放声大哭，似要把自己22年来所有的屈辱与辛酸、爱怜和忏悔、感激与忧惧、热爱和仇恨……一起宣泄出来。哭声与湖水的澎湃声相感应，传遍了禅寺湖上的整个夜空。

苏曼殊歌完哭，哭完歌。老渔夫趴在船舷，不敢作声。终于等到了苏曼殊的一句“老人家，我们回去吧”，连忙扳转船头，向岸边飞驶。

苏曼殊刚一上岸，老渔夫就急急地将船划动起来，逃得远远的，一边逃，一边说：“神经病！神经病！今晚碰上神经病了！”

苏曼殊回到逗子樱山村时，天色已近破晓。河合仙坐在椅子上睡着了。苏曼殊见母亲通宵都在等着自己，心里泛起一阵愧疚。他忙轻手轻脚地从母亲床上抱来一床被子，轻柔地将被子盖在母亲身上，唯恐惊醒了母亲。

他蹑手蹑脚地走上楼去，将为金凤而作的绢画叠好，连同给刘季平的那首诗，一同装进信封里。第二天，他将信带到邮局给刘季平寄去，请他设法交到金凤手里。

7

1906年初春，苏曼殊从日本回到云南，见到因在参与编辑的《警钟日报》上公开辱骂德国人遭通缉而逃亡的刘师培和印度高僧钵罗罕。

钵罗罕对苏曼殊和刘师培说：“贫僧先到扶南盘桓数日，再返回印度。欢迎二位有机会去印度，贫僧在恒河恭候！”

“大师珍重！后会有期！”苏曼殊双手合十。刘师培也向钵罗罕抱拳作别。两人目送钵罗罕飘然而去，消失在绿色丛林中。

“申叔，前些日子长沙明德学堂的校长胡子靖先生请我去教授图画，我想今晚就动身去湖南，你有何打算？”苏曼殊问刘师培。

“我到浙江嘉兴去，敖嘉熊在那里等着我去协助他处理同盟会温台处会馆事务呢！”刘师培答道。

“那好吧，我们也就此别过，保重！”苏曼殊顶礼说。

“保重！”刘师培回礼道。

两个《国民日日报》时期的老同事、老朋友和同年老庚在马关依依惜别……

几天之后，苏曼殊的身影出现在了长沙。他白天到明德学堂讲课，晚上则到郊外的永福寺挂单。黄兴过去在这个学校任教时，苏曼殊曾来过无数次，学校的教职员工多是熟人，再加上他以前的亲密弟子陈果夫此时也已转入明德学堂就读，因此，苏曼殊就像回到了老家，一点也没有陌生感。

转眼三个多月过去了。一天晚上，苏曼殊正在禅房撰写《梵文典》——这部 8 卷本的著作眼看就要进入尾声了，陈果夫带着几个同学找到永福寺来了。

“老师，老师，陈天华的灵柩运回来了！”陈果夫大叫着。

“什么？”苏曼殊搁下手中的笔，跳了起来。

“在日本跳海的陈天华的灵柩运回长沙了！”陈果夫重复了一遍。

“现在搁哪？”苏曼殊抓住陈果夫的双肩，急切地问。

“搁长沙火车站了！”陈果夫答道。

“走，去火车站！”苏曼殊将衣服一披，冲出禅房。

陈果夫和几个同学急忙跟着冲了出来。

夜，黑得伸手不见五指。几串急促的脚步声“嗒嗒嗒”地敲打着地面……

终于到了长沙火车站。苏曼殊紧随陈果夫，急匆匆地跑进站台。

昏黄的路灯下，一具黑漆棺木静静地停靠在铁轨边的站台上，旁边围满了人。棺木旁站着一个头发蓬乱、胡子拉碴、眼窝深陷的魁梧大汉，正双手扶棺。苏曼殊认出他是黄兴。

“克强兄！”苏曼殊大喊一声，拨开人群，冲了过去。

“子谷！”黄兴迎了上去。两双手握在了一起。

“子谷，星台回来了！回他的故乡来了！”黄兴哽咽着说，把苏曼殊领到陈天华的灵柩边。

“星台兄！”苏曼殊高叫一声，扑了上去，抚棺痛哭。

人群中响起啜泣声。

“子谷，别哭了，星台能回故乡，是一件值得高兴的事！”黄兴抽泣着，劝着苏曼殊。

“不哭，不哭。”苏曼殊直起腰来，转身紧紧地攥住了黄兴的手。

“子谷，这是禹之谟，我们一起从日本护送星台的灵柩回来的！”黄兴把身边的一位青年介绍给苏曼殊。

苏曼殊将手递了过去：“禹兄，你辛苦了！”

禹之谟咬咬嘴角，紧紧握住苏曼殊的手，说不出话来。

黄兴又为苏曼殊介绍了几个自愿从上海护送灵柩到长沙的青年同志。

“子谷，星台的灵柩要赶紧寻一个地方暂且安放。星台是为民族而死的，我们要为他举行公葬！只有这样，才对得住星台的在天英灵！但估计当局是不会答应的，星台是他们通缉的革命者，他们不会轻易发慈。我们要有同他们展开坚决斗争的思想准备！”黄兴说。

苏曼殊深思了一会儿，说：“克强兄，你看这样行不行，先把星台兄的灵柩护送到我挂单的永福寺停放几天！永福寺的乐渺长老是个慈悲高僧，他应该不会有意见。星台为国而死，我想为他做一场法事，超度他的亡魂！”

“好吧，也只有如此了。”黄兴考虑了一下，做出了决定，“只是要惊扰永福寺，实在于心难安，还请子谷多向乐渺长老致歉！”

苏曼殊点点头。

一行人护卫着陈天华的灵柩，走出长沙火车站，穿越茫茫夜色，向郊外进发。

永福寺住持乐渺长老早已得到消息，领着众僧，点着火把，站在寺前迎候。

众护卫把灵柩停放下来。乐渺长老双手合十："阿弥陀佛！游子今日得归故里，乐渺率永福寺众僧恭迎英灵！"

"长老，叨扰了！"黄兴抱拳致歉。

"施主不必多礼。英雄为国殉身，也令佛门无比感佩！"乐渺长老答道，指挥众人把灵柩抬进寺里，安放在经堂里。

第二天，乐渺长老与苏曼殊领着众僧，为陈天华举行了一场盛大的法会，超度这个从异域归来的亡灵。

黄兴等人联合长沙各界，为公葬陈天华与当局展开了不屈不挠的斗争。

黄兴等革命党人和长沙社会各界决定：冲破官方的重重阻挠，在岳麓山为陈天华举行隆重的公葬仪式。

7天后的早晨，陈天华的灵柩在一片诵经声中，由8个头扎白布、身穿白衣的青年护灵人从永福寺抬出，向岳麓山进发。

黄兴、苏曼殊等几个逝者生前的好同志、好战友、好朋友和禹之谟、乐渺长老以及从乡下赶来的陈天华的家人，走在队伍的最前头。

长沙各界群众和全城各校师生闻讯，纷纷守候在路边，为英灵送行，送葬队伍达数万人，绵延十余里。

哀歌凄凄，湘江为之悲鸣，麓山为之垂泪。

送葬队伍由朱张渡、小西门两处渡河。适值夏日，学生皆身着白色制服。自长沙城中望去，整个岳麓山一片缟素。

哭声一片。军警们站立一旁，亦为之感动，不忍干涉。

一代革命志士陈天华，终于魂归故土！

星台兄永远走了！他带走了苏曼殊的心。

从岳麓山归来，苏曼殊决定：马上离开长沙，离开这个伤心之地，永远不再回来！

8

“啪啪啪——”苏曼殊刚一跨进安徽芜湖浣江中学的小会议室，室内便爆发出一阵热烈的掌声。

“玄瑛兄！”“子谷兄！”“曼殊兄！”会议桌旁的几个人一齐站了起来，向他亲热地打着招呼。

“焕卿兄！薇生兄！邓兄！”苏曼殊一眼便认出了陶成章、龚宝铨、邓绳侯——陶成章、龚宝铨是他在军国民教育会时的老同志，邓绳侯是他游秦淮时的老酒友，“原来你们也到浣中来了？”

“是啊，殊途同归嘛！”陶成章呵呵大笑。

“玄瑛兄，我是张伯纯，欢迎你啊！”浣江中学督学张伯纯热情地向苏曼殊伸出了双手，“两个月前，刘申叔就给我来信，向我推荐你。这些日子我天天都在盼着你能早日来报到啊！有你这样一个英才加盟，浣中的师资实力就更强了！”

“张先生您好！”苏曼殊紧紧握住张伯纯的手，“申叔早跟我讲了，曼殊这次能来浣江，全靠您的玉成啊！”

“对啊对啊！”龚宝铨说，“凤凰来栖，还得有梧桐枝啊！”

“呵呵！聚天才英才而游，不亦乐乎！”张伯纯朗笑起来。他接着对苏曼殊说，“玄瑛兄！来，我来给你介绍一下——这是江彤侯老师，这是我女儿张默君，他们都是浣中的教师！”

苏曼殊与二人一一握手致意。

“张先生，听说陈仲甫也在浣中，怎么今天不见他？”苏曼殊问。

“独秀他……”张伯纯正要回答，忽然门口响起一声：“我来也！”

苏曼殊回头一看，走进门来的，可不正是陈仲甫！

“仲甫兄！”苏曼殊激动地叫了一声。

“玄瑛！”陈仲甫张开双臂，快步走向苏曼殊。

两人紧紧拥抱在一起。自《国民日日报》停刊时一别，两人不见面转眼就已满 3 年了。

"玄瑛！这几年你还好吗？"陈仲甫问。

"还好，谢仲甫兄关心！"苏曼殊答道。

"刘申叔过一个月也要来浣中任教。"陈仲甫告诉苏曼殊。

"申叔也要来浣中？是真的吗！"苏曼殊有点激动。

"真的，他在嘉兴处理完手头的事情，马上就会过来的."张伯纯代陈仲甫答道。

"那太好了，我们这些老朋友又能在一起共事了！"苏曼殊欢呼起来。

众人一起笑了。

"我们浣江中学现在可真谓'群贤毕至，少长咸集'啊！诸位，浣江中学的未来，就拜托各位了！"张伯纯抱拳道。

"张先生言重了，'伯也执殳，为王先驱！'我们一切听从您的号令！"江彤侯大声说。

"为了一个共同的教育目标，我们戮力同心！同舟共济！"众人齐道。

"好，好，谢谢各位！有劳各位！"张伯纯再次抱拳致谢……

欢迎会结束时，邓绳侯从皮包里掏出一纸，递给身边的苏曼殊："曼殊兄，这是你去日本时我写的一首诗，送给你做个纪念吧！"

苏曼殊接过，铺展在会议桌上。

诗题为《忆曼殊》，诗云——

"寥落枯禅一纸书，欹斜淡墨渺愁予；酒家三日秦淮景，何处沧波问曼殊？"

诗中一片深挚的思念之情，令苏曼殊大为感动，说："谢谢邓兄！曼殊无以为报，也赠你一首如何？"

说完，他从包里掏出笔记本，略一思索，便低头疾速写起来。写毕，他把诗页一撕，递给邓绳侯："请邓兄赐教！"

邓绳侯接过，朗诵起来——

"相逢天女赠天书，暂住仙山莫问予。曾遣素娥非别意，是空是色

本无殊！”

“‘是空是色本无殊！’真是三句话不离和尚本行，呵呵！”陈仲甫笑了。

众人也一齐笑了起来……

苏曼殊开始了在浣江中学的教书生活。

一个月后。这天，苏曼殊正在讲授英文课。

“这位同学请起，叩门的‘叩’字英文怎么读？”站在讲台上的苏曼殊，手指一位学生，点名道。

学生站起来，一脸茫然。

“你把书拿到讲台上来，我来教你。”苏曼殊说。

学生听话地走了上去。

苏曼殊扬起手中的书，狠命地朝这个学生的脑袋上叩击，边叩边大声诵读道：“Knock”“Knock”“Knock”……连叩了十几下，然后问道：“怎么样？现在记住了吗！”

学生摸着已被敲得生疼的头，回答“这辈子都不敢忘了”，赶紧从讲台上拿起自己的课本，一溜烟地跑回座位中去。

“啪嗒！”从他的书中飘下一张硬纸。

苏曼殊弯腰拾起，一瞧，是一张明信片。明信片上印着一个年轻女郎。苏曼殊的眼神一下子直了，盯着女郎出神。讲台下的学生不知道老师捡着了什么宝贝，但见他一脸痴迷的样子，便一齐哄笑起来。

苏曼殊回过神来，说：“这张明信片我没收了。”说着把明信片揣进怀里。

下课后，回到宿舍，他从床头柜里取出一个很大的铁皮盒——这个铁盒子原是用来装他爱吃的“摩尔登”糖果的。糖果吃完后，盒子当作储物箱。他打开铁皮盖，将盒子朝桌子上一扣，“哗——”从里面倒出一大堆漂亮女人的照片来，有照相馆里洗出的照片，也有从报刊上剪辑的。他从怀里掏出明信片，将它与那堆照片放在一起。然后像洗牌一样，把照片码整齐，一张一张地数起来；“1、2、3……100……300……

600、601、602……”

“好啊！有600多张啦！”苏曼殊自言自语道。

原来，苏曼殊有收集漂亮女人照片的癖好。过去在上海时，他曾公然登报征集漂亮女人的照片，每得一张，便如获至宝，密加珍藏。对他来说，这是一种最安全的占有和控制女人的方式，丝毫也没有被她们遗弃的危险。婴儿时期生母乳头的突然消失，9岁那年养母河合仙的突然离去，在他的心灵中，已投下挥之不去的阴影。这阴影，已同他的心壁、同他的生命，牢牢地拴在了一起！

苏曼殊正在瞧着这些照片，门忽然“吱呀”一声被推开了。苏曼殊飞快地脱下上衣，朝桌上一丢，把照片遮住。

“和尚，我来了！”进来的竟是刘师培。

“申叔是你？你果真来了！”苏曼殊兴奋地扑了过去。

刘师培蹲下身子，一把将苏曼殊扛在了肩上，绕着室内疯转起来。

“死申叔，你快把我放下来啊！”苏曼殊在刘师培肩上急得大叫。

疯了好一阵，气喘吁吁的刘师培终于把苏曼殊放了下来。

苏曼殊已被他转得眼冒金星。他在地上立定，闭上眼睛，竭力让自己缓过神来。

等他睁开眼睛时，只见面前还站着一个如花似玉的女人。那女人爆发出一串银铃般的笑声。

苏曼殊下意识地揉了揉眼睛。刘师培一巴掌拍在他的手臂上：“死和尚，你愣什么愣！这是我夫人，也就是你嫂子何震何志剑！”

“嫂子好！”苏曼殊忙向何震打招呼。

“哎呀大师，你怎么这样客气！我号‘志剑’，你就叫我‘志剑’好了！一直以来，你可是我心中的偶像！”何震娇媚地说。

“岂敢岂敢！”苏曼殊很惶然。

“和尚，我们兄弟还客气啥？你就照她说的，以后就管她叫‘志剑’！”刘师培以命令的口吻道。

“行！行！”苏曼殊连忙答道。

何震目光火辣辣地盯着苏曼殊。

苏曼殊忙避开她的目光，下意识地朝窗前桌上扫视了一眼，猛然发现有一张照片没被衣服盖住，心中惊了一下。

苏曼殊的表情没能逃过何震的目光。她微笑着走了过去，从桌上把那张照片拿了起来，“哟！这是谁呀！这么妩媚！”

苏曼殊一看，原来是学生掉落的那张明信片。

“哦，这是我不久前艳遇到的一位姑娘，对我爱得死去活来！”苏曼殊跟何震撒了一个谎，“说起我们的相遇，还有一段曲折精彩的故事呢！”

“哦！真的？说来我们听听！”何震的眸子熠熠生辉。

“今天就不说了，我准备为她写一个小传，会把故事详细写进去的，写好后我再给你们看！”苏曼殊说。

“那好，一言为定！”何震说。

“一言为定！”苏曼殊点点头。

过了几天，苏曼殊果真将一篇《碧迦女郎小传》交到了何震手中。

刘师培夫妇来浣江中学后，何震经常一个人去找苏曼殊，并且一定要苏曼殊收她为弟子，向他学画。苏曼殊看在刘师培的情面上，只得答应。

此后何震来得更勤了。刘师培倒没说什么，苏曼殊感觉大大的不妥。没过几天，苏曼殊便找了个借口，离开浣江中学，回上海去了。

9

上海。八仙桥西江路鼎吉里第 4 号夏寓，同盟会江苏分会驻沪机关部。

夜色如墨。苏曼殊正斜躺在床上读着欧美小说，忽见书中出现了“雪茄”二字，遂情不自禁地拿起笔来，在书页旁批上一行文字：“雪茄！

又是雪茄！”这么一写，烟瘾马上又上来了。他急忙拿起扔在床头的烟盒，低头一看，里面空空如也，再转头瞧瞧旁边的书桌，上面放着一只碗碟，已是满满的一堆烟蒂。他焦灼难耐，犹如困兽。

正在这时，门忽然被推开。

“玄瑛兄，如此美妙的夜晚，你一个人躲在书斋中，岂不辜负大好韶光？”柳亚子大声嚷着，冲了进来。身后是高旭、陈陶遗、宁调元、朱少屏、熊润桐、易白沙等一干人众。

“正在等你们呐！”苏曼殊把书一扔，从床上跳了下来，随手抓起搭在椅子上的僧衣，往身上一披，说，“走，花钱去！”

熊润桐眼尖，瞧见桌子底下塞着满满一纸篓的碎画纸。他走过去，捡出几片稍大的，在桌上拼接，大致可以看出是一幅“古寺闲僧图”。

熊润桐见了，深感惋惜，对苏曼殊说，“玄瑛兄，你的画千金难得，多少朋友求你画一幅你都不答应。这么好的画，你为什么要把它撕了呢？”

“生活中留下痕迹便是多事，我以绘画自遣，绘竟则毁之。”苏曼殊冷冷地说。

“和尚怪人怪行。润桐兄，别啰嗦了，快走吧！”易白沙催促道。

“唉！”熊润桐摇摇头，跟着大伙儿一起走了出去。

“和尚，你这次得了 300 元稿费，可是一笔巨款啊！今天准备怎样犒劳兄弟们呀？”朱少屏打趣道。

“上‘来福楼’！”苏曼殊头也不回，冲在最前头，拦住了一辆揽客的大包车。

包车“嘎”的一声在他身前停了下来。

苏曼殊价也没问，拉开车门，坐上了副驾驶室，对司机说：“前面，‘来福楼’菜馆！”

众人一齐上了车。包车进了夜色中。

不一会儿，“来福楼”到了。苏曼殊从口袋里掏出一把票子，数也没数，朝司机手里一塞，说了声：“给！”就跳下车去。

到了菜馆。一干人众被引领进一间包厢，坐了下来。

高旭随口问了一声："玄瑛兄，刚才打车花了多少钱？"

"不知道！"苏曼殊说，从口袋里把所有的钱都掏了出来，放在桌上，"上午取回的300元稿费，都在这儿了！"

宁调元数了数钱，吃了一惊："曼殊，这一点点路，你竟付了8元啊？"

"什么？8元？在上海租一整天的车才3元钱；我们刚才只坐了一小段路，司机竟收了你近3倍的价钱！"高旭也惊叫起来。

"钱这个东西，生不带来，死不带去，何必大呼小叫！"苏曼殊说。

众人一齐摇头。

"先生，请问谁点菜？"服务生问。

"不用点了！你们店里有什么最贵最好的菜，统统端上来！"苏曼殊朝服务生一挥手。

"好的！"服务生躬了一下腰，退了出去。

酒菜很快就上来了。苏曼殊甩了膀子，大嚼大喝起来。

"曼殊，你这样吃喝，肚子难道不是你自己的吗？"陈陶遗说。

苏曼殊充耳不闻。

"他呀！"柳亚子摇摇头，说，"明天我们准又要看见一个叫苏曼殊的臭皮囊在床上不停地翻腾了。唉！"

苏曼殊对柳亚子咧嘴笑笑。

宁调元批评道："出家人怎能如此贪图口欲！"

苏曼殊放下手中的鸭腿，说："饮食酒肉并不碍菩提！"

宁调元无奈地摇摇头……

酒足饭饱，苏曼殊从口袋中抓出一把钱来，高喊一声："店家，算账！"

服务生跑来，把钱拿到柜台结账，退回一些钱来。

苏曼殊眉开眼笑，再一摸口袋，里面还有一些，更是兴奋，复高叫道："走，吃花酒去！"

“今日和尚发财了，不花白不花，咱们走！”众人一齐响应。

一干人浩浩荡荡，向着普庆里“玉楼春”开拔而去……

校书杨兰春、金宝宝、谢宝玉、叶黄珠等一齐围了上来。众绿叶各拥一朵娇花，16人分成两桌坐下，添酒回灯，重开筵席。

陈陶遗问：“曼殊，你常年这样吃花酒，开支不少吧？”

苏曼殊从口袋里掏出一个小本本，丢给陈陶遗，说：“你自己看吧！”

陈陶遗接过去一看，这是苏曼殊专门用来记载吃花酒的一个账本，但见上面歪歪斜斜地写着——

普庆里桐花馆同春二杨兰春三马路花雪南吉庆坊金宝宝新清和谢宝玉清如一亭玉馆清如二叶黄珠……

陈陶遗将数目粗略地算了算，发现苏曼殊单是在这段回上海的不长的日子里，用于青楼楚馆的开支竟多达1877元。

陈陶遗吃了一惊，大声说：“曼殊，你是和尚，和尚本应戒欲，你怎么能够这样动凡心呢？你难道不知道，现在上海的女仆，每月的工资只有1元吗？”

苏曼殊一边用笔蘸着杨兰春嘴唇上的胭脂给她画扇，一边说：“情欲奔流，利如驰电，正忧放恣，何惧禁遮？”

“是啊，曼殊和尚是风流而不下流啊！”坐在苏曼殊身边的杨兰春搂着他的腰，嗲声嗲气地说。

“袈裟点点疑樱瓣，半是脂痕半泪痕！”苏曼殊喃喃自语。

熊润桐同情地说：“伤哉曼殊，终身为情所累，他不作狂歌走马的生活，又何以遣落叶哀蝉的隐痛呢！”

众才子一时无语。

“偷尝天女唇中露，几度临风拭泪痕！”苏曼殊说，“我多么想自己能像仓央嘉措那样不管不顾，可是我做不到啊！”

说完，他情不自禁地吟起六世达赖仓央嘉措的《缘情纳木错》来——

“自恐多情损梵行，入山又怕误倾城。世间安得双全法，不负如来不负卿。”

“世间没有双全法，所以你是又负如来又负卿啊！”柳亚子感叹地说。

天色将晓，苏曼殊从“玉楼春”回到寓所，肠胃病又折腾了他足足两天。

第三天傍晚，他的好朋友杨爽斋听说他得了300元的稿费，急忙赶来，想打个秋风，刚到寓所门口，便被高旭拦住了：“老兄，你来迟了！”

“为什么？”杨爽斋不解地问。

“他的钱早吃喝光了，正在床上闹着病呢！”高旭答道。

“不会吧！”杨爽斋大讶，“曼殊领到稿费还没出3天呢，怎么会这么快就没有了呢？”

高旭说：“老兄不信就进去问问他吧！”

苏曼殊重新跻身穷人行列，没钱支付鼎吉里公寓的房租，只得再次迁回爱国女校。

囊空如洗，度日维艰。苏曼殊不得不写信再向刘季平告贷：

“刘三长者足下：今不得不再向长者告贷30元，早日寄来美租界新衙门北首和康里第四街爱国女学校徐紫虬转交苏文惠收。今冬长者返申，当如数奉还。长者菩萨心肠，必不使我盈盈望断也！曼殊拜。”

10

苏曼殊离开芜湖后，与几位诗友重游金陵，在名胜古迹处作画，因不慎染上风寒，吐血疾复发。这时他正好得知陈仲甫欲第三次东渡日本，于是便决定与陈仲甫一起，回日本探母。

1906年秋的东瀛，白云遄飞，红枫摇曳。苏曼殊一下邮轮，便与陈仲甫分道扬镳，兴冲冲地直奔逗子樱山村。可是当他回到故乡时，却没有见到母亲。问遍村里人，都不知道河合仙去哪里了。苏曼殊在家里等了一天，始终不见母亲回来，只好怏怏不乐地返回东京，到《民报》

社与陈仲甫相会。

苏曼殊来到《民报》社的时候，已是次日凌晨。门房将他放了进去。他看看天色将晓，便决定不去投宿，就在大厅里的沙发上打个盹。连续一周的旅途颠簸，令他又乏又困，头一沾上沙发靠背，便沉沉睡去，连梦也没做一个。等他睁开眼睛的时候，发现大厅一片亮光，身边围满了人。

“玄瑛，你醒了？”是陈仲甫。他给苏曼殊递过来一条热腾腾的湿毛巾，“先擦把脸吧！”

苏曼殊接过毛巾，擦了擦脸，站起身来。

“玄瑛，我来给你介绍一下！”陈仲甫说。

“这位是章太炎先生。”陈仲甫指着旁边一位三十六七岁、身材魁梧的汉子道。

“章太炎先生！”苏曼殊彻底醒了。他陡然激动起来。如雷贯耳的一代革命家、国学大师章太炎先生竟然远在天边，近在眼前！他忙跨步上去，一把抓住了章太炎的手，声音有点颤抖：“太炎先生！您好！”

“玄瑛，你好！”章太炎面带微笑，温和地说，“欢迎你来《民报》做客！”

原来，几个月前的6月29日，因《苏报》案被判刑的章太炎终于获释出狱，孙中山派专人从东京前往上海迎接，章太炎遂东渡日本，加入同盟会，接任《民报》主编。

苏曼殊紧紧地握着章太炎的手，连连点头，“谢谢！谢谢太炎先生！”

“这位是于右任。”陈仲甫接着介绍道，“他是今年4月份为创办《神州日报》来日本考察新闻并募集办报经费的！”

“伯循兄，你好！”苏曼殊把手递给于右任。他知道于右任是个革命与书法的“双枪将”。

“玄瑛兄好！”于右任热情作答。

“玄瑛，你累了，要不要到招待室休息休息？”陈仲甫问。

“不了，难得见到太炎先生，我想向太炎先生讨教一些问题！”

“那好啊！”章太炎听了，热情地说，“玄瑛，你随我来吧！”

众人各忙各的事情去了。苏曼殊跟着章太炎来到他的办公室。

苏曼殊从行囊中掏出一沓文稿，对章太炎说：“太炎先生，这是我这次来日本时在轮船上完成的《拜伦诗选》译稿，请您提提意见！”

章太炎接过文稿，认真地翻阅起来，不停地点头，一边说：“以你的天分、性情，确与诗最相近。看得出，你是个独行之士啊！”

苏曼殊得到章太炎的鼓励，喜形于色，遂又从包里拿出一叠稿子，说：“这是我写的部分诗歌，也恳请太炎先生指正！”

“哦！”章太炎眼睛放光，将诗稿接了过去。

“不错，不从流俗，所作之诗，于西方最为妍丽，犹此土有义山也！”章太炎说，“只是平仄、韵律和意境方面尚有一定欠缺。”

“我没系统地学过诗律。太炎先生能为我讲解一下吗？”苏曼殊说。

章太炎不置可否。他从身后的书柜里抽出几本书，递给苏曼殊，说：“这是几部古人诗集，你今既愿学，就拿去多多揣摩揣摩吧。要作好诗，应该多读读别人的东西，不管是古人的，还是今人的，天天拿来读，读了许多东西以后，诗艺便自然有进步了！”

“谢谢太炎先生赐教！”苏曼殊拿起书，告辞而去。

此后十余天，苏曼殊失踪了，朋友们都不知他去了哪里。最后还是陈仲甫找到了他。原来他一个人躲到一家偏僻的小客栈里发愤读诗去了。

“你的身体这么不好，还这样玩命！”陈仲甫见他神情恍惚，人也消瘦了不少，心疼地说。

苏曼殊“嘿嘿”一笑。

跟着陈仲甫从小客栈回到《民报》社后，苏曼殊径直走到章太炎的办公室。章太炎正在与报社的几个同仁谈事。苏曼殊把自己新写的几首诗拿了出来，请章太炎提意见。

章太炎接过诗稿，读了起来：“收拾禅心侍镜台，沾泥残絮有沉哀……”“忏尽情禅空色相，琵琶湖畔枕径眠……”

章太炎的眼睛越读越亮。当他读完《忆西湖》之后，手朝桌子上一拍，抑制不住内心的喜悦，对大家说：“玄瑛现在写的诗，无人改得一字了！”

“给我看看！”“给我看看！”众人拿过诗稿，争相传阅。

于是章太炎的办公室里，便一遍又一遍地响起了抑扬顿挫的朗诵声——

“春雨楼头尺八箫，何时归看浙江潮。芒鞋破钵无人识，踏过樱花第几桥？”

“好！”掌声雷动。

告别章太炎的时候，苏曼殊又向他提出了一个请求：“太炎先生，我的佛学著作《梵文典》日前已经脱稿了，打算正式刊行，能否请您为我写个序？”

“哦！《梵文典》？好啊，你把稿子给我看看！”章太炎满口答应。

苏曼殊从行囊中将厚厚的《梵文典》书稿拿了出来，双手捧给章太炎……

省母不遇，苏曼殊怅然若失。他在东京盘桓了半个月之后，又回到了中国，重至芜湖皖江中学教书。

两个月后，苏曼殊又不告而别，回到上海，与静安寺住持智真长老约定，打算长期驻在该寺。几天后，他被一干诗友强邀到西湖游玩。到杭州后，杭州的朋友们竭力劝说他留下来，在杭州的佛教公所任教，苏曼殊没有答应。

几天后，苏曼殊又回到了上海。然而这时智真长老误以为苏曼殊爽约，外出云游去了。苏曼殊只得又住到爱国女校去，在爱国女校住了几天，实在感到无聊，于是又搬到鼎吉里4号夏寓，与柳亚子同挤一床。

农历十一月底，苏曼殊又一个人独赴温州。在温州，他给刘季平写信：“昔人诗‘木落山前霜雪多，手持寒锡远头陀’，长者可想而知我为况矣。”刘季平回信说：“早知如此，你为什么还要东奔西走，一年之内，日本、中国，云南、长沙、芜湖、上海、南京、杭州、温州到处跑？”

苏曼殊回信说：“我生性不能安分，久处一地，甚是沉闷。”

刘季平知道，这个和尚之所以如此一天都不肯安居，仆仆于道路，朝发夕驻，任意西东，匆匆去来，飘泊无定，宁愿把生命消磨在旅途上，乃是为了打磨掉一些痛苦，使心灵有所寄托啊。

年关将近的时候，苏曼殊从温州回到上海。在客栈中，他一个人孤独而寂寞地迎来了农历 1907 年的新年。

水晶帘卷一灯昏，寂对河山叩国魂。
只是银莺羞不语，恐妨重惹旧啼痕。

第十一章　浊世昌披

行人遥指郑公石，沙白松青夕照边。
极目神州余子尽，袈裟和泪伏碑前。

1

1907年2月13日。农历大年初一。太平洋。一艘开往日本的邮轮上。

苏曼殊、刘师培、何震、刘母李氏、刘的姻弟汪公权一起坐在船舱里。苏曼殊一边大嚼着糖果，一边同刘师培夫妇聊着。李氏斜仰在座位靠背上，正打着瞌睡。

“光汉兄，这次太炎先生盛情邀请贤伉俪赴日，足见他对你的奖掖和倚重啊！”苏曼殊说。

“是啊，太炎先生对我惠施良多！”刘师培感慨地说：“3年前，我会试落第，盘桓沪上，正是受到了太炎先生的影响，我才走上革命道路，以抨击专制、倡扬民主为己任。无论是革命还是学问，太炎先生都是我的领路人啊！”

“太炎先生和你，一个字‘枚叔’，一个字‘申叔’。你们‘二叔’的学问堪在伯仲之间啊！”苏曼殊由衷地赞道。

“有人把他们比作‘康梁’，”何震接话道，“我倒真希望有一天这叫法能倒过来，变成‘梁康’啊！”

刘师培轻声喝止何震：“志剑，别胡说！”

“我胡说啥了？”何震咄咄逼人，“你呀，最令我痛恨的就是这一点，一点都不像个男人。人家是人，你也是人，又不比人家少点什么，凭什么你一定落在人家后面啊？”

刘师培不敢作声。

“志剑，你说这话对光汉可有失公允！”苏曼殊批评何震道：“光汉自投身革命以来，击楫中流，激扬文字，男人得很哩！正因为如此，所以上海的革命同志们才会把你们伉俪比作中国的‘普鲁东’和‘索菲亚’啊！”

“我就喜欢你这样性格鲜明的男人，不像光汉。”何震听到有人把自己称做中国的“索菲亚”，立刻喜上眉梢，说。

苏曼殊觉得有点尴尬，忙转移话题：“光汉，听说你曾把张继赠给你的手枪借给义士万福华去行刺王之春那个老官僚，可有此事？”

刘师培点点头，陡然激动起来：“那老贼一口一个‘满汉一体’，以卖自己的祖宗为荣。满族自古就是外夷，与汉族非同种之人，非同国之人！非我族类，其心必异！满族统治者卖国残民，无所不为，原是不足为怪的！”

“所以你才与仲甫兄他们秘密组织‘岳王会’，并且将自己的名字改为‘光汉’的吧？”苏曼殊问。

“是的！”刘师培答道。

“怪不得你自署为‘激烈派第一人’，现在我懂了。”苏曼殊说完，转而问何震：“志剑，听说你前不久写了一篇《女子复仇论》，称天下男子都是女子的大敌，可有此事？”

何震点点头，愤激地说：“天下女子理应向男子复仇！要革尽天下压制妇女的男子，革尽天下甘受压制的女子，要反对一夫多妻！”

“志剑你乱说了！”李氏不知何时醒了过来，“自古龙在上，凤在下，这是历朝历代的规矩。真要像你说的，那不是要造反吗？”

“伯母，志剑说得对！过去那种老观念，现在是该反一反了！”汪公权为何震帮腔道。

“倡导男女一切平等是对的，但把男人作为女人的敌人，恐怕有点极端吧！”苏曼殊说。

“非如此，不够刺激！”何震激昂地说。

苏曼殊摇摇头，转身对刘师培说：“光汉兄，我的《梵文典》已经写好了，也想请你给我作个序啊！”

“好啊！为曼殊作序，光汉责无旁贷。我一到东京就给你写。”刘师培满口答应。

几天后，邮轮抵达东京港。一行人直奔同盟会东京本部《民报社》。

章太炎与钱玄同、黄季刚、孙少侯、陈陶遗等人早已在报社大厅等候多时。见刘师培他们来了，章太炎忙从沙发上站起身来，伸出双手，

迎了出去："光汉兄，玄瑛，欢迎你们啊！"章太炎一手握住刘师培的手，一手拉住苏曼殊，把他们领进大厅。

"啪啪啪！"大厅里响起一阵掌声，《民报》的同仁们对刘师培的到来表示热烈的欢迎。

"光汉，你来了，今后我们可以共同作战啊！"章太炎难掩内心的欢欣，对刘师培说，"有你的加盟，我们《民报》的实力更强了！"

"愿听太炎先生的差遣！"刘师培为章太炎的热情所感动，真诚地说。

何震在一旁，露出不以为然的表情。

"我住的那套房子比较大，你们一家就与我和玄瑛住在一起吧！"章太炎对刘师培说，"这样我们交流起来就方便多了，你看如何？"

"那太好了！谢谢太炎先生。"刘师培感激地说……

没过几天，刚回国不久的陈仲甫，因在安徽芜湖继续从事革命活动，又遭清廷通缉，被迫第四次东渡，重回日本。故友相聚，苏曼殊立马请陈仲甫为《梵文典》作序。陈仲甫愉快地应允。

苏曼殊的印度僧友钵罗罕这时也来到日本，苏曼殊遂又请他作序。

章太炎、陈仲甫、刘师培、钵罗罕写的序言都拿到手之后，苏曼殊立刻去联系印制。

《梵文典》很快就出版了。这部空前绝后的佛学著作一面世，立即在佛教界、学术界引起强烈反响。朋友们纷纷致贺。陈仲甫亦抑制不住心头的喜悦，作诗一首祝贺苏曼殊："千年绝学从今起，愿罄全功利有情。罗典文章曾再世，悉昙天语竟销声。众生茧缚乌难白，人性泥涂马不鸣。本愿不随春梦去，雪山深处见先生。"

3月4日晚上，《民报》社会议室，空气异常紧张，一触即爆。黄兴、陶成章、张继、谭人凤、宋教仁、田桐、黄季刚、孙少侯、陈陶遗、刘师培、苏曼殊、陶冶公、陈仲甫、钱玄同、汪公权、丁维汾、南桂馨、汪东、桂伯华、龚未生、刘叔雅先等同盟会东京本部人员齐聚在一起，讨论孙中山背着同盟会接受日本政府一万五千元馈赠一事。

原来，就在此前不久，日本政府接到清廷的外交照会，强烈要求将在日本大肆从事反清革命活动的孙中山驱逐出境。外交惯例，必须依循。日本政府遂决定对孙中山下驱逐令，但又觉得这样做有点对不住孙中山，便由外务省赠予路费五千元、由股票商铃木久五郎馈赠一万元，作为补偿。孙中山正为募集组织武装起义的经费而暗自犯愁，此项赠款来得恰是时候，他便悉数笑纳。由于此事未经同盟会内部商议，其他人并不知晓。

《民报》经营维艰，经济上捉襟见肘，章太炎此前曾多次向孙中山讨要经费。然而孙中山早就在办报的指导思想上与章太炎意见相左，觉得章太炎不充分利用《民报》这个阵地宣传革命，却迂腐地谈什么国粹，实在不合适，因此一直没有理睬。章太炎则认为孙中山不理解更不支持他的工作，表白自己谈国学，无非是为革命实践奠定更深厚的理论根基。孙中山接受馈赠的事情传出后，章太炎要求孙中山将铃木久五郎馈赠他的一万元拨给《民报》，孙中山以南方再举起义更需用钱为由，只拨给《民报》两千元。孙中山收款后，于 3 月 4 日带着汪兆铭、胡汉民两大亲信离开日本，前往南洋。

坐在会议桌上首的章太炎颈上青筋暴起、脸色铁青，他“腾”地站起身来，扭过头去，抬手把挂在墙上正中的孙中山的肖像摘下，狠命地朝地上一掷。“咣当”一声，玻璃镜片被砸得粉碎。

众人的心跟着一起狂跳了一下。

“孙文收取了日本政府的大笔黑金，拨给我们《民报》的经费却只有区区两千元！”章太炎怒不可遏，“孙文自欧洲来到东京，囊空如洗，一文莫名，所有日常生活开支，概由同盟会同志捐献供应。而今孙文得自日本当局馈赠一万五千元，以自动离境为交换条件，事前事后，本会毫不知情。孙文如此见利忘义，不珍惜志节，不愤发艰苦卓绝情操，接受了污染渗透的赠予，使本会大公无私的号召力，蒙受毁损的阴影，殊感莫大遗恨！为挽救本会开创之士气与信赖，拟请孙文引咎辞去本会总理职，由黄克强兄接替。”

“我同意！”“我同意！”张继、谭人凤、田桐、汪公权等人一齐

表示赞同。

“我等下回去就写一篇文章，将孙文的罪状公之于众，让世人看一看孙文到底是一副怎样的嘴脸！我们要在东京、在日本、在中国、在世界各地，掀起一个‘倒孙风潮’！”陶成章推波助澜，火上浇油。

“孙文本不学之徒，不知道德为何物！”刘师培说，他想起2月25日晚上，日本外务省次官举行宴会，为孙中山饯行。参加宴会的有黄兴、章太炎、胡汉民、汪兆铭、宋教仁、张继、汪东和他，日本方面则有宫崎寅藏、清藤幸七郎、和田三郎。在宴会上，他对孙文与日本人亲昵的举止早就心生鄙夷，“我提议，明天我们就去找代行总理职权的庶务总干事刘揆一，要求召集同盟会会员大会，对罢黜孙文的总理职务，由黄克强取代进行表决！”

“我赞成！”“我赞成！”，会议室一片拥护声。

“克强兄！我认为孙先生应该不是这样的人，其中一定另有隐情！”苏曼殊用手碰了碰坐在旁边的黄兴的手，轻声说道。

“是的。”黄兴点了点头，他表情凝重地站了起来，说：“各位同志！如今革命风潮笼罩全国，清廷暴虐变本加厉，万事莫如伐罪急、建国急，关键时刻我们必须头脑冷静、顾全大局！各位欲求革命成功，万望对孙总理释除误会，维护孙总理的领袖地位。根据我对孙总理为人的了解，我可以负责任地告诉大家，他接受馈赠，决不是为了中饱私囊，一定是为了革命事业！至于他事先没有与我们沟通，也许是他另有考虑，也可能是他确实做事不够周全，但是，这决不是他的污点！”

苏曼殊和其他几个人一齐点着头。

黄兴接着说：“日本人为什么要给孙总理馈赠？他们的用意何在？我认为，这是他们见我中国同盟会发展壮大，好像挨了当头一棒！日本政府希望清王朝继续腐败下去，他们好从中受益，不愿看到革命成功。日本这次驱逐孙总理出境，一反常态地举办馈赠程仪，完全违反外交惯例，是否别有居心？是否包藏祸心，以糖衣毒药为诱饵，欲引发同盟会的内讧，使之自行瓦解？诸位当有所警惕！”

会场上有人鼓起掌来。

“我真诚希望太炎先生和光汉先生二公，能就此息议，千万不要做出令亲者痛、仇者快的事情来。至于我，是绝对不会当这个总理的！”黄兴斩钉截铁地说……

2

“太炎先生，《民报》经营困难，作为同盟会的一员，理应为它分忧。这是我画的一批画，何志剑原想帮我拿去把它们辑为图谱付印，可是印刷厂索价太高，我决定不印了，都捐给《民报》，把它们卖了，多少能换几个钱，就算我对同盟会尽的一份绵薄之力吧！”

这天，苏曼殊抱着一堆画，来到章太炎的办公室。

章太炎很感动，忙起身将画接过去，放在办公桌上，请苏曼殊在对面坐下，一边翻看着画幅，一边对他说：“玄瑛啊，你真是一个厉高节、抗浮云的独行之士啊！赤子之心，天地可鉴！相比身为同盟会总理，却背地里大收黑钱的孙某人，不知要高尚高少倍。陶成章起草的《七省同盟会意见书》你看过吗？他在文章中历数孙文的十九条罪状，真是写得痛快淋漓啊！”

苏曼殊对章太炎有点失望，他没有想到自己心目中一直很崇敬的革命领袖和学术泰斗章太炎，胸襟竟如此狭窄，于是说：“太炎先生，我认为大家可能真的是误会了孙先生。黄克强说得对，日本人极有可能包藏祸心，欲令我们内讧，自行瓦解啊！”

章太炎已经察觉到了苏曼殊的不快，他不想让苏曼殊小瞧自己，急忙说：“好吧，我们不谈这事！看了你的《猎胡图》《岳鄂王游池州翠微亭图》《徐中山王莫愁湖泛舟图》《太平天国翼王夜啸图》《孤山图》《愁思图》《江干萧寺图》这些画，我感觉有一个鲜明的特点，那就是追求佛教所说的“顿悟”，这与你撰写的《梵文典》，似有相通之处啊！”

“太炎先生所说极是！”苏曼殊点头称是，在学问上，包括佛学研究领域，章太炎无疑是常人难于望其项背的。这一点，他佩服得五体投地。

“玄瑛，不瞒你说，这些日子我眼见同盟会日趋腐败，心灰意冷，真想出家去做和尚啊！”章太炎对苏曼殊掏出心窝子，无限神往地说，“什么时候能去一趟印度就好了。”

“哦？去印度，那好啊！”苏曼殊眼睛一亮，同时脸陡然一红。未能抵达印度朝圣一直是他的一块心病。3年前，他原本下定决心要去印度一饮恒河之水，不料在锡兰遇见并爱上了佩珊，半途而废，狼狈回国。

“太炎先生，您什么时候去，我陪您！”苏曼殊说。

“唉！”章太炎叹了一口气，说：“事情太多，只怕一时半会儿也脱不出身。这样吧，我们先做一点力所能及的事情吧，我和你一起为佛教徒起草两则文告好吗？”

“好啊！写什么文告？”苏曼殊急切地问。

“《告宰官白衣启》和《儆告十方佛弟子启》，宣讲一下佛教的‘风教’作用。”章太炎说。

“好的！”苏曼殊愉快地接受了任务。

“对了，玄瑛，你觉得何震这个人怎么样？”章太炎问。

“她……还行吧！”苏曼殊回答说。他不知道章太炎为什么会突然问起她，一时不知如何回答是好。

“何震是光汉的夫人，按理来说我是不宜在背后评论她的。”章太炎叹了一口气，接着说：“但正因为她是光汉的妻子，所以我才不能不说。”

章太炎如骨鲠在喉，不吐不快：“我总觉得她这个人很浮，不牢靠。我担心她有一天会坏光汉的大事啊！”

苏曼殊悚然一惊，问道：“何以见得？”从认识何震的第一天起，苏曼殊也一直都有这么一种感觉。他与刘师培情同兄弟，对何震自然如同亲嫂子一样亲近和敬重，可是何震却似乎对他别有情愫，以向他拜师学画为名，一直缠着他，举止轻浮，既不像一个嫂子，也不像一个弟子。

他曾有几次向刘师培暗示过，要刘师培不要让何震学画，可是刘师培非但没有引起警惕，反而帮着妻子说话。

“你难道没有看出，她来日本才几天，就已经艳名远‘震’了！这段日子，又是鼓噪‘社会主义’，又是鼓噪‘女子复权’不说，每天浓妆艳抹，热衷于交际，简直就是一个‘交际花’嘛！光汉是个书生，每天就只知道埋头书斋，在老婆面前又没有一点刚性，一切都听老婆的，我担心他迟早要吃亏的！”章太炎说。

苏曼殊点头称是。

章太炎接着说：“我看光汉那个姻弟汪公权，不是一只好鸟，整天价跟何震眉来眼去的。何震可是他的表嫂啊！表嫂也要侵犯，还是个人吗？我也不知道光汉究竟是怎么想的，竟然能够容忍！”说到这里，章太炎猛然拍了一下桌子。

苏曼殊惊了一下，随即重重地叹了一口气。

“玄瑛啊，这样的话我也只能跟你说说，光汉那里是根本说不进的啰，也不好对他明说。”章太炎摇了摇头，接着说：“要说光汉这个人，可是个巨才伟器！年纪轻轻，今年才24岁，就已经在政治和学术两个领域，享有盛誉。只可惜他进行革命斗争是个勇士，可是在家庭生活中却没有骨气啊！”

苏曼殊无语。

“要说我们同盟会也是人才济济啊！政治方面有宋教仁、陶成章，革命方面有黄兴，学术方面有刘师培、黄侃。可是我们没有一个好的领袖，像孙文那样，一个背本忘初的小人，哪里能够担当起领导中国革命的重任呢！”说到最后，章太炎又把话题绕回到孙中山身上来了。

苏曼殊不愿再继续这个话题，于是站起身，向章太炎告辞。

章太炎握住苏曼殊的手，说：“玄瑛，我代表《民报》社全体同仁谢谢你！你的那些画作拍卖前，我准备先全部在《民报》副刊《天讨》上发表，为你留一个纪念吧！”

“谢谢太炎先生！”苏曼殊说完，转身欲走。

正在这个时候，从门外走进一个平头、浓眉大眼的矮个子青年人，一见章太炎便叫道："太炎先生，我来看看您！"

"豫才啊，你好！"章太炎乐呵呵地招呼道。

"来，玄瑛，我来介绍一下！"章太炎说："这是我的学生，绍兴人周树人，我的浙江老乡。这是苏玄瑛，大名鼎鼎的曼殊和尚！"

"你好！"

"你好！"苏曼殊和周树人相互招呼道。

"树人兄是何时来日本的？"苏曼殊问道。

"我是光绪三十年来的，已经是第 4 年了，今年准备回中国去！"周树人说，"我先是在东京弘文学院预科，后来到仙台学医，不过我现在已经弃医从文，从仙台退学了！"

"这是为何啊？"苏曼殊惊讶地问。

"我认为凡是愚弱的国民，即使体格如何健全，如何茁壮，也只能做毫无意义的示众的材料和看客。病死多少是不必以为不幸的。所以我们要努力改变国民的精神，而要改变国人的精神，首推文艺！所以我计划寻几个有志于文学和美术的同志，创办一本文艺杂志，取名为《新生》！"周树人说。

"好啊！"苏曼殊眼睛一亮。

"玄瑛是画家，又是诗人、作家和翻译家，你找他合作，那是再好不过的人选了！"章太炎对周树人说。

"有玄瑛兄加盟，那是求之不得的事了！"周树人欢欣鼓舞，"不知玄瑛兄可否愿意？"

"好啊！"苏曼殊答应道，"你陪太炎先生好好聊，我有事先走了！"苏曼殊说。

"那我们就这样说定了，回头我联系你！"周树人把手伸给苏曼殊，送苏曼殊出了门。

在回去的路上，苏曼殊碰见了陈仲甫。他对陈仲甫说："在学问上，我得到了太炎先生不少帮助，但我觉得自己始终不能同他成为知心朋友。

我很想在与人相处方面向太炎先生提点意见，却始终开不了这个口。看来我和太炎先生还没有这个缘分啊……”

3

4月的东京，气温全面回暖。这天，《民报》社会议室内，章太炎、张继、刘师培、陈独秀、苏曼殊、陶冶公、南桂馨、钱玄同、汪公权、龚未生、何震、刘叔雅、丁维汾、汪东、日本革命家幸德秋水和以僧人钵罗罕为首的几名印度代表，集聚在一起，商讨成立“亚洲和亲会”的事宜。

章太炎首先讲话：

“在遭受殖民统治的亚洲诸国中，中印乃两大国，若幸得独立，则足以为亚洲屏蔽！今天我们共同发起成立一个以中印为主的国际性组织——亚洲和亲会，其宗旨是反抗帝国主义，期使亚洲已失主权之民族，各得独立而自保其邦族，最终实现世界大同无政府！

“帝国主义的目的就是要灭亡我们亚洲各国。可是，孙文却可笑地把希望寄托在这些帝国主义列强身上，期待他们援助中国的革命，接受他们的所谓馈赠，真是滑天下之大稽！

“孙文近年来频频活动于英、美诸国，幻想给中国引进所谓的‘西方文明’，可是诸位应该都知道，亚洲历史上之所以安定，原因就在于悉被梵风、虑餐华教！然而自西方列强入侵以来，我亚洲就不得安宁。所以我们说，正是这所谓‘西方文明’，才是我们亚洲人民遭受不幸的根源！因此，振我婆罗门、乔答摩、孔老诸教，就成为了排摈西方旃陀螺之伪文明的最锐利的武器！

“我们‘亚洲和亲会’的旨趣与孙文尖锐对立！我们就是要独创一套全新的革命理论和实践产品，与孙文一比高低！”

会场上响起稀稀拉拉的掌声。章太炎见自己的讲话没有产生预期的

效果，急忙收住了话题。

接下来由幸德秋水讲话。这位刚从美国流亡回来不久、在日本享有盛誉的社会主义者和无政府主义者，正在东京组织工人进行总罢工。他说：

“近段时期，我注意到刘光汉君所宣传的社会主义、无政府主义和女子复权学说，我认为，刘君是中国革命出现的一位追求新哲理的新的革命家！他的主张，已经不满足于过去的民权论及排满论，显然大大超越了孙文的‘民族主义’，进入了更高的思想境界……”

章太炎的脸上有些挂不住。刘师培、何震、汪公权的脸颊则显出抑制不住的兴奋，熠熠闪光。

“谢谢秋水先生勉励，光汉实在不敢当啊！”刘师培连忙站起来，谦虚道。

回到住处，何震对刘师培说：“看出来了没有？章太炎想背离孙文、另立旗帜啊！”

“孙文原本就是个无德无才之人，章太炎另立旗帜又有何妨？”刘师培不屑地说。他因见孙文受贿，早已心轻之；不久附议章太炎罢免孙文的提案，又遭黄兴和同盟会总干事刘揆一的严词拒绝，自己想向上爬一爬的希望彻底破灭，心里已萌生对革命党人的憎恨。

“光汉啊，刚才我们都听了章太炎的讲话，名震寰宇的章太炎先生，水平也不过如此啊！”何震说。

刘师培不语。

何震见丈夫不说话，便继续开导他说：“光汉，你不能仅仅满足于为别人当配角，甘居人后啊！秋水先生的话你刚才也听见了，他说你是‘中国革命出现的一位追求新哲理的新的革命家’，他这叫慧眼识英雄啊！如果你实在没有能力，我不会赶鸭子上架的；可事实上你有啊！而且你的才能决不比他章太炎差，有才能却不上去，那叫屈才，对中国革命也是个损失啊！有了秋水先生的支持，你还怕什么？我是你的妻子，我还能害你吗！”

“光汉兄，志剑说得对，章太炎那个人，你完全可以取而代之！”汪公权说。

刘师培心有所动。

何震继续做丈夫的思想工作：“现在孙文和章太炎都建立了自己的山头，都有自己的信徒和阵营，都成为了自己那一派的核心和领袖，你要想实现自己的政治理想，也应该早日独立出来啊！不然，你永远都是一个配角，最后可能连配角也没得做！没有自己的势力范围，你最后还能有安身之所吗？”

永远做配角？那当然不是他刘师培的个性。他刘师培向来就是一个喜好标新立异的人，他刘师培何曾想过永远甘居人后！

何震的话，在刘师培听来，如醍醐灌顶。他终于决定听从妻子的劝告，在孙文和章太炎之外，创出第三个山头。

尽管如此，刘师培的心里还是有点吃不准，他决定去问问苏曼殊，苏曼殊是个没有心机的人，他的话诚实可信！

“曼殊，刚才章太炎先生的讲话，你听了有何感想啊？”刘师培找到苏曼殊，小心翼翼地问道。

“毫无新意，老生常谈，纠缠不休，小肚鸡肠！”苏曼殊连用了四个词语作答。

苏曼殊这么一说，刘师培的心里就彻底有底了。

6 月 8 日，刘师培的《辨满人非中国之臣民》在《民报》第 14 期上发表，章太炎读后，感慨地说：“申叔此作，虽康圣人亦不敢著一词，况梁卓如、徐佛苏辈乎？”喜悦之情溢于言表。

章太炎的话传到了何震耳边，她对刘师培说：“你看看你看看！这章太炎表面上是夸赞你，实际上他还是以康圣人自居，把你比做他的弟子梁启超啊！他的言外之意再也明白不过了：只有康有为才是他的对手，而梁启超等人，交给你刘光汉去对付就行了。他也太傲慢了吧！”

刘师培一想，何震说的似乎有点道理。看来自己在章太炎心里，一直就是个配角，他不服这口气！

他决定奏几个不和谐音给章太炎听听，让章太炎瞧瞧他刘师培的能耐！

不久，刘师培与张继在东京发起成立了“女子复权会”和“社会主义讲习会”，奉幸德秋水为精神领袖，主张废除等级制度，实现人权平等；创立“农民疾苦调查会”，征集民谣民谚，反映民生疾苦；组织人手翻译《共产党宣言》和克鲁鲍特金的《面包掠夺》《总同盟罢工》等纲领性文件；为《共产党宣言》中译本作序，盛赞阶级斗争学说为“千古不磨之论”，马克思与达尔文双双造福人类“其功不殊”。俨然是一位无政府主义、进化论和社会主义的多重信仰者。

正在这时，清廷派一位程姓使者来东京，向革命党媾和，开价一万元，求革命党不要搞暗杀。程氏实际上是个革命者，他把这一消息暗中向同盟会总干事刘揆一通报。刘揆一觉得，现在正是革命要用钱的时候，不如以术取之。刘师培得知消息后，立刻找来自己的两个至交——日本浪人北辉次郎和清藤幸七郎，与程氏商量，希望用这笔钱来买他们所憎恶的孙中山的人头。程氏听此，深感诧异，立即偷偷告诉了刘揆一和宋教仁，刘师培的阴谋才未能得逞。为了泄愤，刘师培指使日本浪人加藤位夫和吉田三郎把程氏诱骗到一条僻静的小巷，拳脚相加。因程氏大声喊叫，警察闻声及时赶到，才未被打死，但已成严重脑震荡。

之后，刘师培又与何震一起，脱离《民报》，在东京小石川区久坚町，创办《天义报》，宣传无政府主义和社会主义思想。

章太炎虽对刘师培的所作所为颇有微词，但出于对后学人才的爱护，并没有多说什么……

4

苏曼殊与章太炎合撰的《告宰官白衣启》和《儆告十方佛弟子启》，第一次从宗教的地位和社会功能高度，敦请政府官员与废佛兴学的士大夫了解世界大势，认识宗教的社会功能，不要参与庙产兴学。文告发表后，在社会上产生了广泛的影响。佛学研究者和佛教徒们纷纷登门求教，苏曼殊所任职的东京“梵学会”一时间门庭若市，俨然成了一个佛学交流中心。

苏曼殊捐出自己所藏的所有梵本，与桂伯华、陈独秀、章太炎一起商议，打算筹建一座梵文典籍图书馆，无奈应者寥寥，最终未能成功。

这天，他又来到《民报》社章太炎的办公室，与章太炎一起商谈赴印度朝圣、研究佛典、深造佛学的事情。章太炎叹了一口气，为路费无着而苦恼。他轻声告诉苏曼殊，自己已分别托人给国内的军机大臣张之洞和两江总督端方转去多封书信，联系筹款以作远赴印度的游资。章太炎深知苏曼殊是个完全可以信赖的朋友，因此把这个不能轻易示人的秘密告诉了他。不过他最后还是嘱咐苏曼殊，必须守口如瓶，不能对任何人提起这事。

苏曼殊点点头。他从皮包里掏出一叠书稿，对章太炎说：“太炎先生，我这两天写了一个笔记小说，请您看看！”章太炎接了过去。小说题为《岭海幽光录》，叙写的是明清交替之际，抗节不挠、视死如归的义僧祖心的事迹。章太炎情不自禁地轻声朗诵起来：“嗟夫！圣人不作，大道失而求诸禅；忠臣孝子无多，大义失而求诸僧；春秋已亡，褒贬失而求诸诗。以禅为道，道之不幸也；以僧为忠臣孝子，士大夫之不幸也；以诗为春秋，史之不幸也……”

“写得好！”章太炎赞了一声，随即又长叹了一口气，“极目方今世界，大道不存久矣！以禅为道，看来是你我的最终归宿啊！”

“太炎先生何出此言？”苏曼殊问。

章太炎摇摇头：“不说也罢！唉……”

正在这时，周树人又来了。

周树人再一次见到苏曼殊，显得异常高兴，他说：“玄瑛兄，我刚看了你和陈仲甫合译的嚣俄的《惨世界》了。你们那种译法很有趣啊！特别是小说对满清治下悲惨世界和数千年来的封建观念的批判，以及用

暴力手段推翻专制统治，建立一个没有剥削和压迫的‘公道的新世界’的主张，都振聋发聩啊！”

“呵呵，胡添乱造而已，不足为训！”苏曼殊谦虚地说，转而问道：“树人兄，《新生》杂志筹备工作进展如何啊？”

周树人说：“正在进行当中，最大的困难是资金问题！”

“如果经费实在困难，我捐些画给你吧！”苏曼殊主动提出。

“谢谢玄瑛兄，如果需要的话，我一定与你联系。”周树人说。

“你们两个都爱好文艺，就好好聊会儿吧，我有事先出去一下。”章太炎说完，就离开了办公室。

苏曼殊与周树人聊了起来。

“玄瑛兄的日语说得真好，简直就像日本人一样。”周树人说。

“我是日本生、日本长的嘛！”苏曼殊答道。

“我看过玄瑛兄译的几首拜伦诗，译得很好，但古奥了一点，一般人看不懂啊！这样可能会影响流传。”周树人坦言相告。

“没办法的事，我基本上还是一个旧人物。”苏曼殊调侃地说。

“呵呵！玄瑛兄可真是一个有趣的人。”周树人笑了起来，接着说，“我有个日本朋友，名叫增田涉，前些天听说有你这样一个人，非常惊讶，很感兴趣，一直同我说想要认识认识你！”

“那好啊！树人兄什么时候可以把他带来见见面啊！”苏曼殊说，“增田涉对我这么感兴趣,莫非是树人兄在他面前说了我什么坏话吧！”苏曼殊开玩笑地说。

“没有没有！”周树人笑了起来，“我只这样对他说——我有一个朋友叫苏曼殊，诗文写得非常棒，可是脾气很古怪，有了钱就喝酒用光，黄金白银，随手花尽；没有钱就到寺里老老实实地过活，与其说他是虚无主义者，倒应说是颓废派！”

苏曼殊大笑，说：“呵呵，确实如此！”

“玄瑛兄，你推崇拜伦和雪莱的诗，我也是拜伦和雪莱的一个崇拜者啊！”周树人说。

“哦！树人兄也是拜伦和雪莱的知音？”苏曼殊大感兴趣。

“知音倒谈不上，我是和玄瑛兄一样，别求新声于异邦啊！”周树人说。

“别求新声于异邦？说得好！”苏曼殊道。

“英国保守派诗人把富于叛逆精神的拜伦和雪莱视为撒旦，把他们的诗歌称作‘撒旦派’，我却认为他们都是立意在反抗、意向在动作，争天抗俗的精神界战士！”周树人说，“他们的抗争精神，他们冲破一切罗网的决绝意志，代表了人类一种可贵的精神品质！他们是天地间的一群摩罗，我们就是要汲取这种精神，借此唤醒我们愚弱麻木的国民！”

“我们都是这样一群摩罗！”苏曼殊点点头。

“拜伦的长篇叙事诗《恰尔德·哈罗尔德游记》，可真是变化多端，世为之惊绝啊！”周树人说。

苏曼殊表示同意。

“可是像他的叙事诗《海盗》的主人公康拉德，虽然内秉高尚纯洁之想，尝欲尽其心力，以致益于人间，但其纯粹个人主义的反抗，结局往往是悲剧性的。我认为康拉德的为人，就是拜伦的变相啊！”周树人雄辩滔滔。

“这就是拜伦的宿命，所有的悲剧莫不是环境造成的！”苏曼殊感慨地说。

“不然，他们自身也应该负一定责任！”周树人说，“就拿拜伦的两个诗剧《曼弗雷德》和《该隐》中的主人公曼弗雷德和该隐来说吧，他们既离经叛道、桀骜不驯，又离群索居、悲观厌世，正是这种性格上的矛盾，才使得他们命运的悲剧性进一步加剧。拜伦就是这样的一个人！与其说曼弗雷德和该隐是拜伦塑造的艺术形象，毋宁说他们是拜伦的影子。”

苏曼殊不语，周树人的话点到了他的痛处。他不得不佩服周树人的深刻，却无力改变自己。

这时，章太炎回来了。三个人继续交谈了一会儿，各自散去。

几天之后，苏曼殊去找周树人，捐献了几幅自己的画作，并把为《新生》杂志画好的一批插图也一并交给了周树人。

周树人筹办的《新生》杂志接近出版的时候，几个主要撰稿人因故离开了；出资人又忽然在这时候抽走了投资。一份即将诞生的文艺刊物胎死腹中。

苏曼殊捐献的《洛阳白马寺》《潼关》《嵩山雪月》等画作和他为《新生》所作的部分插图，后来被周树人推荐到同盟会河南分会会刊《河南》杂志上发表。周树人也在这家杂志上发表了《摩罗诗力说》等一系列论文。

周树人很推崇苏曼殊的诗文，却难于认同他的人生方式。因为世界观迥异，两个中国现代文学史上的巨了，因《新生》杂志而短暂地亲密地走到了一起，此后，便很少交往……

没过几天，一个晴天霹雳把苏曼殊震懵了——他的母亲河合仙再婚了！男方是一个60多岁的富商。母亲再婚之后，搬到了男方横滨南太町的家中居住。

母亲再婚，成了苏曼殊一生的痛，成了他羞于向人提及的心灵秘密！在他的观念深处，女人再婚，是一件可耻的事情。

他心灵原野上最后的一座信赖之塔，轰然垮塌。

永别了，逗子樱山村！

永别了，与逗子樱山村有关的一切记忆！

5

“曼殊，秋瑾女士牺牲了！”

这天下午，苏曼殊从《天义报》社来到《民报》社找章太炎讨论佛教问题，在楼下碰见了钱玄同。钱玄同把他叫住，沉痛地告诉他。

“什么，秋瑾牺牲了？什么时候？”苏曼殊大吃一惊，急切地问。

“7 月 15 日，在绍兴轩亭口被害！”钱玄同答道。

7 月 15 日，那正是他随刘师培一家从与章太炎合住的房子里搬出，迁往小石川区久坚町《天义报》社公寓的日子。那段日子，刘师培一家正与章太炎闹得不可开交。事情源于一天章太炎中途从《民报》社回住所取遗忘的东西，正好撞见了何震与汪公权在屋内偷情。章太炎本来就看这对狗男女不顺眼，同时又深为刘师培抱不平，遂将这件事告诉了刘母李氏。哪知李氏非但不相信，反说章太炎不安好心，挑拨离间，存心破坏儿子的家庭幸福，马上把何震和汪公权叫出来当面对质。世上有哪一对奸夫淫妇会主动承认自己的奸情？何震和汪公权当然矢口否认。章太炎多事的结果，是当场引发了李氏的一顿臭骂、何震的一阵哭嚎和汪公权的一记老拳。

刘师培晚上回家后，何震和汪公权在他面前对章太炎交相指责。刘师培不怪妻子和姻弟给自己戴的帽子太绿，却恨章太炎让自己面子受损，遂与何震和汪公权同仇敌忾。经此事件，刘氏一家，在心里种下了对章太炎的刻骨仇恨。在何震的威慑下，刘师培与章太炎彻底决裂。第二天，刘师培一家即从住处搬出，住到他们夫妇俩刚刚创办不久的《天义报》报社去了。苏曼殊原本倒并非一定要随刘师培一块搬走不可的，因为他尽管对章太炎不停地攻击孙中山很有看法，但总体上还是尊敬章太炎的；尤其在这个时候，更不宜在章太炎和刘师培之间做出明确的选择。但最后还是架不住刘师培动之以情的劝说。因为从私交上说，他和刘师培的关系，显然比他和章太炎的关系更亲密。而更深一层的原因是，在何震不断的进攻下，他的内心深处，对这个狂野妖媚的尤物，也已渐渐萌生了一种情愫。他纵然能狠下心来谢绝刘师培的强邀，却决无勇气拒绝何震那勾魂摄魄的眼神的牵引……

“秋瑾女士是去年春天回国的吧？”苏曼殊悲痛地问，“她是怎么被害的？”

“是的。去年春天，为抗议日本政府颁布取缔中国留学生的规则愤而回国的！”钱玄同回答说，“她回国后，先在绍兴女学堂代课，接着

到湖州南浔女校任教，暑假离职到上海，组织‘锐进学社’，创办《中国女报》，今年主持绍兴大通学堂，联络浙省革命志士和会党成员，组织光复军，与徐锡麟策划皖浙同时起义。7月徐在安庆起义失败，清廷探查到皖浙联系，派兵包围大通学堂。秋瑾拒绝逃走，遂于14日被捕。审讯时秋瑾只字不答，只写了‘秋风秋雨愁煞人’7个大字。15日在绍兴轩亭口被杀害！”

“秋风秋雨愁煞人！”苏曼殊吟诵着秋瑾的诗句，但觉一团烈火在胸膛里乱窜。

“曼殊，我们在日本的同志，已商议把秋瑾女士的遗诗编成一个集子，我们已请太炎先生撰写好了一个序言，也想请你写一个！”钱玄同说。

“好的！”苏曼殊点点头。

“你随我来，先把稿子拿回去看看吧。”钱玄同说。

苏曼殊跟着钱玄同上了楼，来到他的办公室。

钱玄同拿起放在桌上的一叠书稿，递给苏曼殊，说：“这就是我们整理好的秋瑾女士的诗稿，太炎先生的序也在里面。”

苏曼殊将诗稿接了过来，一页一页看了起来——

《黄海舟中日人索句并见日俄战争地图》：“万里乘云去复来，只身东海挟春雷。忍看图画移颜色，肯使江山付劫灰。浊酒不销忧国泪，救时应仗出群才。拼将十万头颅血，须把乾坤力挽回。”

《鹧鸪天》：“祖国沉沦感不禁，闲来海外寻知音。金瓯已缺终须补，为国牺牲敢惜身？嗟险阻，叹飘零。关山万里作雄行。休言女子非英物，夜夜龙泉壁上鸣。”

《对酒》：“不惜千金买宝刀，貂裘换酒也堪豪。一腔热血勤珍重，洒去犹能化碧涛。”

……

读着秋瑾烈士的遗诗，苏曼殊的眼前，浮现起一个不畏风雨载途，为革命仗剑天涯的巾帼英雄的形象，他的眼眶湿润了。

从钱玄同的办公室回到《天义报》社的住处后，苏曼殊心潮起伏，悲愤难抑。秋瑾女士视死如归的气概令他感佩不已。

他激动地拿起笔来，开始为《秋瑾遗诗》撰写序言——

“死即是生，生即是死。秋瑾以女子身，能为四生请命，近日一大公案。秋瑾素性，余莫之审，前此偶见其诗，尝谓女子多风月之作，而不知斯人本相也。秋瑾死，其里人章炳麟序其遗诗，举袁公越女事。嗟夫，亡国多才，自古已然！视死如归，唏嘘盛哉！”

刘师培与章太炎反目不久，章太炎在《民报》上发表《排满平议》一文，宣布与刘师培、何震夫妇所鼓噪的无政府主义绝交。与此同时，他让钱玄同下发通知，要求《民报》社成员不得参加幸德秋水和刘师培召开的会议。南桂馨与刘师培私交甚笃，因此当章太炎严令禁止《民报》成员与刘师培继续往来时，南桂馨愤而去职，表达自己的强烈抗议。

一天，苏曼殊去看章太炎时，章太炎对他说：“刘光汉终日埋头著作，又有肺病，何震则外好名而内多欲。她一面利用刘光汉的文名，替她办刊物出名、挣钱；一面又嫌弃刘光汉的羸弱，不安于室。我早就说过，刘光汉最后总要毁在这个女人手里。”

章刘交恶，令苏曼殊痛心疾首。而章太炎对孙中山的穷追猛打、不依不饶、纠缠不休，更令苏曼殊对革命前途感到灰心绝望。章太炎不断地在报章上撰文攻击和诋毁孙中山，素具雅量的孙中山终于大动肝火，痛斥章太炎是“丧心病狂”的“陋儒”。双方都已失去理智，两位革命党的泰山北斗，由昔日同仇敌忾的战友，变为冤家对头。

孙中山与章太炎展开谩骂，更让刘师培对他们充满鄙夷和仇恨。革命党人在公生活与私生活两方面的缺失，让刘师培对革命产生了强烈的失望之情。此时在刘师培的心里，已开始萌发脱离革命阵营的念头。

孙中山、章太炎和刘师培，都是苏曼殊敬重和友好的人。然而三人之间今日竟势同水火。苏曼殊心焦如焚，更无所适从。他只好做一只鸵鸟，把头深深地埋进沙堆里，继续写文作画，远离是非的旋涡，麻醉痛苦的心灵。他这段时期的文章和绘画，如《画谱·自序》《秋瑾遗诗·序》《海哥美尔氏名画赞》等文，以及《女娲像》《邓太妙秋思图》《清秋弦月图》等画，都发表在《天义报》上……

6

上海爱而近路国学保存会藏书楼。苏曼殊与黄晦闻、诸贞壮、陈去病四人同住一室。

东京革命阵营的乌烟瘴气，令苏曼殊感到窒息，他决定回国透一透气。这年八月，他从日本回到了上海。

这天下午，他刚去拜访有“南黄北齐”之称的山水画大师黄宾虹回来，正坐在床上对黄晦闻、诸贞壮和陈去病，聊着他与黄宾虹的这次相见。黄宾虹，这位比他大 19 岁的画家，对他的画作给予了极高的评价。两人一起探讨了中国艺术与泰西艺术的异同点，还一起品评了西村澄的《耶马溪夕照图》。苏曼殊借用董其昌评论赵孟頫的话，说西村澄的画作“有唐人之致去其纤、北宋之雄去其犷的中和风貌，诚为空谷之音也”。他的这种艺术见地，以及他在画作中所体现出来的独到的悟性，让黄宾虹连连称奇……

“曼殊，晚上花雪南有一个玫瑰酒会，我们一起去参加吧！”蔡哲夫、张倾城夫妇走进屋来。

“花五姑要搞玫瑰酒会？”苏曼殊从床上跳了下来。

不一会儿，一支由苏曼殊、邓秋枚、高旭、蔡哲夫、张倾城、高吹万、杨千里、朱少屏、柳亚子、胡寄尘、汪兆铭、宋教仁、黄晦闻、诸贞壮、陈去病等人组成的队伍，浩浩荡荡地向花雪南预定的纳德大酒店开去。

到了纳德大酒店，花雪南、张娟娟、梨花馆以及从浙江湖州南浔赶来的徐自华、徐双韵早已在楼下大厅迎候。

苏曼殊问花雪南：“五姑，今天的玫瑰酒会是什么内容啊？”

花雪南答道：“等会儿你就知道了！”

一干人随着花雪南她们上了楼。

众人一齐愣在了门口。

这是一个摆有四张圆桌的大包厢。包厢内，电灯已拉灭。上首左边的圆桌上，摇曳着 31 支白色的大蜡烛；右边圆桌子上，则簇拥着一堆艳红的玫瑰花。玫瑰花丛中，放着一个相框。相框中，发髻高盘、身披大氅、手执宝剑的秋瑾女士正在花枝中看着他们。

“各位朋友！”花雪南开腔了，“衷心感谢你们今晚能前来参加五姑的玫瑰酒会，今天这个酒会是五姑为自己的好姐妹、7 月 15 日被杀害于绍兴轩亭口的秋瑾女士而举办的！”

众人一齐静默。

“今天是秋瑾女士被害一个月的忌日！五姑虽是一个风尘女子，但也深深知道，秋瑾女士为了民族大义而死，她死得其所！”花雪南接着说，“今晚，我的心头已没有了伤悲，有的，是对满清统治者的刻骨仇恨！”

众人一齐点头。

“今晚玫瑰酒会的主题是追思秋瑾女士的一生，这个主题也可以用‘酒’和‘剑’两个字来概括！”花雪南说。

“不惜千金买宝刀，貂裘换酒也堪豪。一腔热血勤珍重，洒去犹能化碧涛！”人群中有人轻声吟诵起秋瑾的《对酒》诗。苏曼殊扭头看去，是陈去病。

陈去病一起头，包厢内一首接一首，响起连绵的吟诵声——

《满江红》：“小住京华，早又是中秋佳节。为篱下黄花开遍，秋容如拭。四面歌残终破楚，八年风味徒思浙。苦将侬强派作蛾眉，殊未屑！身不得，男儿列；心却比，男儿烈！算平生肝胆，不因人热。俗子胸襟谁识我？英雄末路当折磨。莽红尘何处觅知音？青衫湿！”

《秋海棠》：“栽植恩深雨露同，一丛浅淡一丛浓。平生不借春光力，几度开来斗晚风？”

《满江红》：“肮脏尘寰，问几个男儿英哲！算只有蛾眉队里，时闻豪杰。良玉勋名襟上泪，云英事业心头血。醉摩挲长剑作龙吟，声悲咽。自由香，常思爇；家国恨，何时雪。劝吾侪今日，各宜努力。振拔须思安种类，繁华莫但夸衣玦。算弓鞋三寸，太无为，宜改革！”

……

朗诵声停下来时，花雪南、徐自华和徐双韵各自深情地追述了与秋瑾相识、相交的往事，回忆了秋瑾对自己的教导和影响，倾诉了对秋瑾的无限缅怀，表达了对暴虐的满清王朝的无比痛恨。

一杯杯烈酒，伴随着一声声激昂的朗诵、深情的缅怀和愤怒的控诉，吞下肚去。激情在燃烧，包厢变成了一个讨伐满清王朝的战场。

酒会直到很晚才结束。众才子们唯一一次没有在酒场散后奔赴欢场，各自回到住处。

苏曼殊回来后，依然激动难抑，他奋笔疾书，写下两首诗——

“绿窗新柳玉台旁，臂上微闻菽乳香。毕竟美人知爱国，自将银管学南唐。”

“江头青放柳千条，知有东风送画桡。但喜二分春色到，百花生日是今朝。”

第二天，苏曼殊正在藏书楼为高吹万绘折扇，上海佛教协会的几位僧人来找，请苏曼殊为五个寺庙题写楹联。苏曼殊稍一思索，搦管而书——

“恒河落日千山碧，王舍号风万木烟”；

“壮士横刀看草檄，美人挟瑟请题诗”；

“随缘消岁月，生计老袈裟”；

“乾坤容我静，名利任人忙”；

“芙蓉腰滞春风影，茉莉心香细雨天”……

在上海待了3个月，苏曼殊又惦记起在日本的陈独秀、章太炎、刘师培等人来了。章刘二人正势同水火，也不知道他们现在怎么样了。

苏曼殊决定回日本去看看。

这天一早，苏曼殊给刘季平写信，商借路费——

“季平我哥垂鉴：前抵沪奉上一笺，作返东路费，今将二旬，尚未蒙赐覆，日以怅怅；抑兄尚未接吾信否？弟今居此，日复一日。前乡友借去三百余元，弟已寄书速其来申，弟今亦杳无消息，殊难为计。今再乞兄为筹一款寄下，俾得早日成行，免虚掷韶光。归东后当筹还，否则尚望兄有以教弟也。余未细陈，即请清安。”

刘三接信后，特意从杭州赶到上海，为苏曼殊送来了东渡的旅费，并托苏曼殊将自己给《天义报》的捐款，带去日本，交给刘师培。

柳亚子也为苏曼殊凑了一些旅费。

7

《天义报》经营上的困难、一家人的日常用度，特别是妻子何震用于打扮、交际和享乐的巨额费用，让刘师培感觉到了自己身上沉重的经济压力。加上章太炎拟赴印度学佛，更令刘师培悲观失望。与此同时，何震和汪公权也为越来越入不敷出、捉襟见肘的生活而苦恼不已。他们都在期待和寻找着经济上翻身的机会。

徐锡麟案发生后，端方、善耆、铁良等满清权贵终于醒悟过来：弹压并不能挽救危机，“用兵之法，攻心为上”，要想清廷的统治长治久安，最有效的做法就是对革命党人实现攻心，各个击破，使其内部瓦解。他们派人来到反清革命大本营的东京，苍蝇逐臭般地到处游荡，寻找已有裂缝的臭蛋，进行收买和网罗。

汪公权和何震一眼就被他们识破。一个是以骗女人玩女人傍女人吃女人为职业的花中蝶，一个是以出风头赚眼球纵肉欲图享受为己任的交际花。当蝶与花遭遇铜钱，答案毫无悬念可言。汪公权和何震两人同时被收买，成为了清廷的密探。汪公权和何震投靠清廷后，马上对刘师培展开了攻心战，日夜怂恿刘师培跻身官场，以谋取荣华富贵。刘师培外恨党人、内惧艳妻，渐动其心。

汪公权趁热打铁，假冒刘师培的名字给端方写了一封尽忠信，端方

阅信大喜，马上要刘师培回国去见他。章太炎知道这件事后，念在昔日革命战友的情分上，想对刘师培进行一番挽救，马上给刘师培写去一信，劝他不要上端方的当，但遭到刘师培的断然拒绝。

1907年冬，由何震出面联络，刘师培作《上端方书》，表示今后“欲以弭乱为己任，稍为朝廷效力，兼以酬明公之恩”，并献“弭乱之策”十条，恬然下水，充当清廷暗探，走上了一条背叛革命的不归路。年底，夫妇二人返沪办理自首事宜，不久即返回东京，又创办了一份报纸——《衡报》，表面上继续宣扬无政府主义，实际上是以此作伪装，将报社作为替清廷搜集情报的工作站。

刘师培无耻之尤的叛变行为，遭到了革命党人的一致唾弃，并引起了他们的高度警惕。

章太炎得知刘师培变节投敌的消息后，沉痛地说：“卿本佳人，奈何做贼！”

回日本后的苏曼殊与刘师培一家继续住在一起。自己一直敬重和友爱着的好友，竟然成为端方的走狗，苏曼殊无比痛心、愤激而悲郁。11月28日，他写信给好友刘季平，倾诉自己“处境苦极”的心情。

卖身投靠成功，何震、汪公权和刘师培得意忘形。他们都把苏曼殊当成一个傻子，与端方派来的人勾结、密谋时，从来都不避苏曼殊。苏曼殊听了后，都偷偷地跑去把情况告诉陈仲甫。

置身于贼窝，苏曼殊无比灰心与郁闷。于是他一有空便往《民报》社跑，与同样悲观失望的章太炎谈谈佛，浇一浇胸中块垒。苏曼殊频繁与章太炎交往，令刘师培大光其火。更令他不能容忍的是，有几次他和何震、汪公权一起，正与端方派来的人谈事，苏曼殊竟指着来人破口大骂，甚至拿起棍棒驱赶。

1908年悄然来临。新年刚过，苏曼殊即因长期精神压抑和一贯的暴饮暴食，导致肠胃病复发。母亲河合仙听到消息后，只身来到东京，说服儿子回横滨治疗，以便照顾。苏曼殊住进了横滨医院。2月，苏曼殊的病情稍有好转，旋即出院，回到东京，继续从事创作和翻译，出版

《文学因缘》一书。

转眼又是夏天。5 月 24 日，刘师培窃得章太炎的一枚私章，假冒章太炎之名，在上海《神州日报》上刊登一份伪造的《炳麟启事》——

“世风卑靡，营利竞巧，立宪革命，两难成就。遗弃世事，不撄尘网，固夙志所存也。近有假鄙名登报或结会者，均是子虚。嗣后闭门却扫，研精释典，不日即延请高僧剃度，超出凡尘，无论新故诸友，如以此事见问者，概行谢绝。特此昭告，并希谅察。”

启事说章太炎对革命已失去信心，不久就要剃度为僧，从此告别立宪革命，专研佛学。章太炎得知此事后气愤莫名，他在 6 月 10 日的《民报》上刊登《特别广告》，斥责《神州日报》捏造事实，大骂刘氏夫妇是清廷密探，并揭发有人伪造他与清廷电报往来的揭帖。

刘师培如此下作的行径被揭露后，换来的是一片鄙视声。

不久，又发生了“毒茶案”。一天，章太炎中途外出后回《民报》办公室，口渴难耐，端起搁在桌上的茶杯就喝了一口，马上腹痛如绞。他急忙拿起茶杯一瞧，发现杯中的茶水有异样，马上送去化验。化验结果，原来有人在杯中下毒，想谋害章太炎。东京警方迅速介入调查，真相很快水落石出，原来是刘师培的姻弟汪公权下的手。

下毒之事败露后，舆论一片哗然。刘师培夫妇立刻陷入四面楚歌的境地。

刘师培的堕落，给了苏曼殊以极其沉重的打击。他写信给刘季平：“浊世昌披，非速引去，有呕血耳！”友情一直是他赖于支撑生活信念的重要的精神支柱，如今这根支柱发生了动摇，他整个的信念大厦便随之垮塌，精神一时失去了常态。一天夜晚，苏曼殊忽然一丝不挂，赤身裸体闯入刘师培夫妇的卧室，手指桌上的洋油灯，破口大骂，似与鬼神对话。刘师培和何震都吓了一跳，瞠目结舌。

刘师培夫妇把苏曼殊从《天义报》住处赶了出去。苏曼殊移居神田区猿乐町清寿馆。有一天，陶成章去看他，发现他拥着被子，躺在床上有一声没一声不住地呻吟，一问，才知道原来他已经断炊几天，饿得眼

冒金星。陶成章说："我要是迟来一步，你就成了阴间饿鬼了！"马上买来米菜，为苏曼殊做了一顿美味佳肴，让他饱吃了一顿；临走时，又留给了他100个大洋。

过了不到10天，陶成章再去看苏曼殊，又发现他断食了，躺在床上呻吟如故。陶成章大吃一惊："你想绝食自杀吗？我上次给你的钱呢？"苏曼殊回答说："你给我钱后，我饱吃了好几天，身上又有劲了，就出去逛街，在店里看到一种自行车，非常精美，就花了60个大洋把它买下来了。回来的路上，又碰上了一个乞丐，他都好几天没吃东西了，我就把多余的钱全都给他了。"陶成章哭笑不得，说："你又不会骑车，买自行车干什么呢？"苏曼殊说："我喜欢呀！"陶成章看看再这样下去，肯定要出人命，就为苏曼殊请了一个短工，替他买菜做饭……

不久，应清廷的照会，日本政府查封了《民报》，刘师培、何震主办的《天义报》也未能幸免。没过多久，《衡报》也因经费困难被迫停办了。这时候，刘师培又与以前两个亲密的朋友苏曼殊和陶成章的关系形同"水火"。刘氏夫妇在东京革命阵营中已声名狼藉，失去了立足之地，只得全家回国。

11月中旬，刘师培回到上海。他对章太炎积怨难消，决定对章太炎实施严厉的报复。他把章太炎先前要自己与端方联系筹款以作远赴印度游资的5封书信，影印寄给了同盟会副总理黄兴，揭发章太炎曾答应两江总督端方，只要拨给2万元，便可舍弃革命宣传，去印度出家。这些当然是刘师培的捏造。事实上章太炎给端方去信联系筹款是真，而他对端方的所谓承诺却纯属子虚乌有。刘师培在背后乱捅刀子，自然令章太炎暴跳如雷。刘师培此举更加深并加速了同盟会内部的分化，令亲者痛，仇者快；也为他和苏曼殊的友谊，彻底画上了一个句号。

8

苏曼殊是在 8 月份从东京回到上海的，住在虹口区西华德路田中旅馆。

柳亚子、黄节、包天笑、高吹万、黄晦闻几位老朋友上旅馆看他。柳亚子带去了自己写的一首诗，赠给苏曼殊："无计逃禅奈有情，青山故国画难成。相逢一笑拈花处，好向灵山证旧盟。"谈兴正浓时，苏曼殊忽然叫道："和尚好久没洗澡了，浑身奇痒，洗澡去也！"说完，把客人一丢，独自跑进盥洗室去了。

不一会儿，便从里面传出"哗哗"的水声。

既然已经回到了上海，吃花酒是一个必选的娱乐项目。这回是黄节做东，选的娼寮是"月朦胧"。去年 8 月苏曼殊在上海与陈去病同住国学保存会藏书楼时，黄节是藏书楼的常客，苏曼殊与黄节二人诗画酬唱，结下了深厚的友谊。苏曼殊绘有多幅画作馈黄，黄亦有多首诗题其画。这次苏曼殊从海外归来，黄节自然要一尽故友之谊。

一行人来到目的地，围着桌子坐定下来，开始喝酒。苏曼殊大声说："你们知道吗？洋人骂我们中国人的'支那'一词，在古印度语中，却是用来赞美我们华夏民族的，它的意思是'智巧'！因此'支那'这个词，非但不是一个耻辱的蔑称，反而代表了我们汉人的优越！"苏曼殊怀中的云娘惊讶地仰脸说道："不会吧，这两个意思正好相反啊！"苏曼殊说："是真的，我查过印度古代史诗《摩诃婆罗多》！不过跟你说这个你也不会懂！"苏曼殊呵呵地笑了起来。

包天笑点点头，说："玄瑛兄是梵文大家，他说的应该不会有错！我们华夏民族，本来就是一个智巧、伟大的民族！"苏曼殊的这个发现让大家欣喜不已，筵席上掀起了一个小高潮。

苏曼殊兴致勃勃，诗兴大发。他对云娘说："来，云娘，让和尚为你写几首诗！"

"那太好了！"云娘忙站了起来，唤龟奴拿来纸墨笔砚。

苏曼殊在纸上运笔成风，一气呵成——

“罗幕春残欲暮天，四山风雨总缠绵。分明化石心难定，多谢云娘十幅笺。”

“星裁环珮月裁珰，一夜秋寒掩洞房。莫道横塘风露冷，残荷犹自盖鸳鸯。”

在上海与朋友们纵情欢娱了几天，忽然从长沙传来消息：黄兴领导的湘江起义失败了。苏曼殊的心一下子沉重起来，他为自己沉湎于欢场，忘却了时局而羞愧，内心产生了一种深深的罪恶感。那沉重的铅云压上了他的心头。

苏曼殊想到杭州去看看挚友刘季平。这个少怀大志、任侠好义的朋友，从日本留学回国后，就投身到反清革命活动中去了，他还曾组织过革命团体“丽则学社”，目前正在杭州陆军小学任教习。这些年来苏曼殊一直与他鸿雁传书、诗画往来，情深意厚。他在西湖已经一年多了，也不知道现在情况怎样？

中秋节这天，他来到杭州。一下火车，他就直奔西湖。西湖的仲秋，是最令人陶醉的季节。西湖，在苏曼殊心中，一直就是一只可以安放魂魄、抚慰创痛的情人湖、母亲湖。在东京时，他就曾凭着过去游西湖的印象，画过《孤山图》《西湖泛舟图》等多幅与西湖有关的图画。

游毕西湖，他即前往雷峰塔下的白云禅院，去访老友——禅院的住持昙谛法师。昙谛法师见到分别两年的苏曼殊，喜形于色，忙命寺僧为苏曼殊安排住处。苏曼殊在白云禅院住了下来。第二天一早，苏曼殊正欲前往杭州陆军小学看望刘季平，刘季平得知消息，主动上门找他来了。两个生死至交抱做一团，好不亲热。

“海天空阔九皋深，飞下松阴听鼓琴。明日飘然又何处？白云与尔共无心。”在白云禅院见过刘季平，几天后苏曼殊到了韬光庵。此庵地处灵隐寺西北，唐代时即享有盛名。

这天夜深，禅房外鹃鸣声声，哀中带愁，幽怨惊心。苏曼殊听闻鹃声，触发起忧国伤时的愁绪，又想起了好友刘寄平，心潮难平。于是披衣下床，作画一幅，名《听鹃图》，并题上一诗，邀刘寄平第二天来庵，一议国事。诗云：“刘三旧是多情种，浪迹烟波又一年。近日诗肠饶几许，何妨伴我听啼鹃。”

第二天刘季平收到苏曼殊的赠画赠诗，欣然前来，说苏曼殊“只是有情抛不了，袈裟赢得泪痕粗”，一语道破苏曼殊的心声。

在韬光庵住到9月中旬，一纸信函飘至庵中，佛学家、金陵刻经处杨仁山老居士邀请苏曼殊到南京“祇垣精舍”讲学。“祇垣精舍”为杨仁山所创，是近代中国第一所奉行新式教育的僧学堂。苏曼殊对杨仁山推崇备至，认为“祇垣精舍”的创办，是“佛日重辉，或赖此耳”。他对刘季平说：“仁老八十余龄，道体坚固，声音洪亮……仁山老居士创设学林，实末世盛事，不敢不应赴耳。”

就这样，苏曼殊又来到了南京。杨仁山自讲《楞严经》，陈三立教诗歌，李晓暾教汉文，苏曼殊教英文和梵文，谛闲法师任监学。学生中有日后复兴佛教的太虚、仁山、智光、开悟、惠敏等法师。由于学堂新创，师资紧张，教学任务异常繁重，苏曼殊每天从早上8点一直要教到中午12点。开始大家都以为苏曼殊一定会像传说中的那样放浪不羁，没想到他教起学来竟如此严谨敬业、鞠躬尽瘁，都大为吃惊和叹服。正在这时，德国汉学家、柏林大学教授法兰来访，向苏曼殊求教，两人在一起讨论了佛教问题。

超负荷的工作，很快就将一向体弱多病的苏曼殊累倒了，他咳嗽不止，痰中夹有血丝。这是吐血病的前兆，苏曼殊只得休息。

这年年底，苏曼殊又从南京返回日本省亲兼养病。

九年面壁成空相，万里归来一病身。
泪眼更谁愁似我？亲前犹自忆词人。

第十二章　百助眉史

乌舍凌波肌似雪，亲持红叶索题诗。
还君一钵无情泪，恨不相逢未剃时。

1

1908年底，苏曼殊回到日本。先去横滨南太町探视母亲，在母亲的新家休养了几天，却并不开心。苏曼殊尽管没有说出口，但河合仙知道，自己的改嫁，一直是儿子心头的一个疙瘩。儿子是个孝子，他当然不会明确地用语言表达出来。但他的眼神不会撒谎。河合仙觉得有点对不住儿子。她甚至怀疑起自己当初的选择，到底是不是对了。

河合仙最终还是没能挽留住儿子。几天后，苏曼殊即回到了东京，与张卓生、罗黑芷、沈兼士等人一起，住在小石川智度寺。他在寺中一边养病，一边研读佛教典籍，迎来了1909年的新年。

一段时日之后，他想起应去看望旧友张文渭。自12年前，他们结伴从上海来日本求学后，因为人生之路不同，自己与他疏于联系。人的心情索漠萧肃时是最容易想起故友的，苏曼殊决定去看看他。

张文渭当年从早稻田大学高等预科学校政治科毕业后，并没有投身政治，而是进入了金融界。他在横滨大同学校读书时，有过一段在太古洋行横滨支行兼职的经历，正是在那里，他接受了最早的金融启蒙。

已经娶妻生子的张文渭见到突然出现在面前的苏曼殊，惊喜得跳了起来。他扑上前去，一把将苏曼殊抱了起来，随即连忙把日本妻子和一男一女两个孩子唤了出来，与苏曼殊相见。同学情谊是人世间最真挚的情谊。两个人尽管人生建树不同、贫富迥异，但当年的生死之谊却并没有一丝一毫的减退，相反，却因多年分开变得更加炽烈。

在张文渭家吃过午饭，张文渭提议一起到外面走走，苏曼殊欣然答应。这些年颠沛流离，已很少有闲适的心情散步了。早春的东京春寒料峭，远处富士山的峰巅，依然白雪皑皑，幽寒可见。苏曼殊不觉黯然神伤。想起自己落叶衰蝉般的身世，一种“世上飘零谁似我”的悲凉充溢心胸。他的脉管里流淌的，一半是大汉民族的精，一半是大和民族的血；一半是咸腥，一半是苦涩；一半是火，一半是冰；一半是无语话凄凉，一半是多情伤离别。在他的心目中，东瀛与赤县，都

是故国，又都是异邦。

故友重逢的喜悦，到底难敌远处的衰景、心中的怅惘，苏曼殊浮想联翩，百感交集，悲情奔涌而出——

“寒禽衰草伴愁颜，驻马垂杨望雪山。远远孤飞天际鹤，云峰珠海几时还？”

从张文渭家回来的第二天，章太炎上智度寺找他来了。章太炎告诉苏曼殊，精通梵文的印度人密史逻到东京来了，他想在智度寺办一个梵文学习班，请密史逻做讲师，组织几个人一起学习梵文，学费大家分摊。考虑到密史逻不懂中文，授课有困难，所以他想请苏曼殊担任翻译。苏曼殊答应下来。

章太炎想起正在东京的周树人和许寿裳曾向他学过《说文解字》，遂马上给二人写信，邀请他们一起来参加梵文学习，又代他们先垫出了半个月的学费。就这样周树人和许寿裳都来到了学习班，苏曼殊和周树人于是又有了接触。密史逻每节课一上就是两个半小时，苏曼殊当然也得陪着翻译两个半小时。苏曼殊正在患病，医生劝他每次至多只能翻译一个小时，但是因为实在找不到代替的人，苏曼殊只好抱病坚持。不久学习班因经费困难而提早结束，苏曼殊这才缓过一口气来。周树人离开学习班没多久就回国了。苏曼殊与他的直接交往，至此结束，此后没有再见过面。

“玄瑛！”一天苏曼殊正躺在禅房里的床上，看他刚出版不久的《文学因缘》一书，忽然门口响起陈仲甫那熟悉的声音。

“仲甫兄！”苏曼殊把书一扔，一骨碌从床上爬起来。

“你不是回中国了吗！怎么又回来了？”苏曼殊抓着陈仲甫的手，急切地问。

“是啊，我去年是回国了，而且去的是杭州，和刘三他们一起在浙江陆军小学任教呢！”陈仲甫乐呵呵地说。

“那我在杭州时怎么没听刘三提起过啊？”苏曼殊疑惑地问。

“你离开杭州去南京后我才去那的，他当然无法提起啊！”陈仲甫答道。

“哦，原来如此！”苏曼殊接着问，“你在杭州好好的，怎么又跑回日本来了？大嫂她们还好吗？”

“唉！”陈仲甫叹了一口气，告诉苏曼殊，他在浙江陆军小学担任国文史地教员，因密写革命檄文张贴于府署衙门，事发后被迫再次亡命来日。

“这不灭亡绝无天理的大清！”苏曼殊狠狠地骂了一句。

“玄瑛，搬到我那儿去住吧！”陈仲甫说。

“哪儿？”苏曼殊问。

“猿乐町！”陈仲甫答。

“好啊！那地方我去年住过几天。”苏曼殊兴奋地说。

“那岂不是更好！”陈仲甫高兴地答道。

苏曼殊简单地收拾了一下行李，跟着陈仲甫住到了猿乐町……

“仲甫兄，我听刘三说，你和高晓岚大嫂之间发生了一些问题，是真的吗？”一天晚上两人闲聊时，苏曼殊问陈仲甫。他刚接到刘季平的来信，说陈仲甫在浙江陆军小学任教时，是带着小姨子高君曼一起去的，而且两人同居在一起。

陈仲甫点点头，说：“她啊，与我的思想相距不止一个世纪！”

苏曼殊瞪大了眼睛，等候陈仲甫的下文。

“我 18 岁与她结婚，她比我大 3 岁，目不识丁不说，我每次劝她多识些字，学点文法，看些有趣的小说，学些好听的诗歌，她都不屑一顾，每次都是一句‘女子无才便是德’，把我噎到天边去，我早就心灰意冷了。这些年来，我们很少说话，早已形同陌路了！”陈仲甫长叹一声，“她的大脑，比花岗岩还顽固啊！”

“大嫂不是很支持你吗？而且你们也有了几个孩子啊！”苏曼殊问。据他的了解，高晓岚从清军安庆统领府的娘家嫁到陈家后，恪守妇道，生活十分俭朴，在乡里很有贤惠之名；数年之后，又为陈家添了对儿女。照理来说，他们这对夫妇应该相安无事啊！

"你们只看到了表面现象，"陈仲甫说，"其实我和她在性格和思想上的差异已到了难以弥合的地步！"

陈仲甫顿了顿，接着说："我和她在家里就一直没停止过争吵！我第一次来日本时，问她借一对10两重的金镯作游资，她坚决不肯。你说，她这能叫'支持'吗？"

"可是，你们两个这样，延年他们怎么办？"苏曼殊说。母亲河合仙与父亲苏杰生的仇隙，曾让他吃尽了苦头。切身体验告诉他，父母反目，受害最深的是孩子。

"也顾不了那么多了！"陈仲甫说，"我和君曼是真心相爱。我们两个情趣相投，相见恨晚，由相敬而至相恋！我就想不通，高晓岚和高君曼，同一个父亲所生，可差别太大了！"

苏曼殊不语。他知道，陈仲甫这次是飞蛾扑火，义无反顾了。刘季平告诉他，陈仲甫在杭州时，曾写过一首诗"侵晨不报当关客，新得佳人字莫愁……"，欣喜之情溢于言表。对陷身于这样一场爱情的人来说，旁人的劝说，能有作用吗？

猿乐町春天的夜晚，美丽得令人感伤。一排排朦胧的樱花树影后，偃卧着一幢幢灯火熙明的小木屋。隔不了三两步，便能听见有婉转清越的弦歌，带着灯光从窗棂中飘出，碰落屋外树梢上的一瓣瓣樱花，袅娜在空中。街道上流淌着潮湿的脂粉味儿，有点令人窒息。这里是东京歌舞演员的居住地，几乎云集了日本所有最好的艺伎。

苏曼殊和陈仲甫在樱花树影下行走着，蹚过一条条从洞开的大门里泼泻在路面上的灯光河。一段日子以来，陈独秀因为与小姨子高君曼的爱恋，遭到家人的一致反对，心里异常懊丧和烦恼，时常带着苏曼殊出来听歌舞，寻找心灵的寄托与抚慰。

"玄瑛，爱情和家庭对于男人来说，是事业和生命中不可或缺的重要港湾啊！你一直以来，孤苦自守，这样太难为自己了。多去接触一些女性，早日成个家吧！"陈仲甫边走边劝着苏曼殊。

"谢谢仲甫兄关心！"苏曼殊说，"对男欢女爱，我早已心灰意冷。"

“可是你时而禅心苏醒，凡心寂然；时而凡心复萌，禅心死灰。在这生与灭、萌与寂的交织冲突中，你的心，就感觉不出悲苦吗？”陈仲甫说。

苏曼殊不语。

“玄瑛，我看你还是还俗吧。红尘有爱，再不可意的俗世生活，也比青灯孤影要温暖得多啊！”陈仲甫说道。

苏曼殊摇了摇头。这么些年来，他已习惯了在佛法与爱情之间挣扎，在内省与孤独中体会青春的苦闷与痛苦。

“唉！”陈仲甫长叹一口气，像是为苏曼殊，又像是为自己……

“先生，你们是来听看歌舞的吧？里面请！”苏曼殊和陈仲甫走到一幢挂着“柳稍青”木牌的屋子前，站在门外的一个身着和服的中年女子，拦住他们问。

“柳稍青，这名字好！”苏曼殊抬头看见木牌，赞了一句。他想起自己平素十分喜欢的元朝倪瓒的《柳梢青》词——“楼上云笙吹彻，白露冷飞琼佩玦，黛浅含颦，香残栖梦，子规啼月；扬州往事荒凉，有多少愁萦思结，燕语空梁，鸥盟寒渚，画栏飘雪。”，对陈仲甫说：“仲甫兄，我们进去看看吧！”

陈仲甫点点头。两人跟着那女子走了进去。

这是一场小型歌舞音乐会。小小的剧场，小小的舞台。台上正上演着歌舞伎《鸣神》片段，台下坐着十几位客人。苏曼殊和陈仲甫拣了个座位，刚一坐下，《鸣神》表演就结束了。

“接下来请欣赏古筝独奏——‘柳青娘’！”报幕的话音刚落，一位身着白色和服、妆饰端整、温文尔雅、素静如玉的妙龄女子，踏着碎步，缓缓地从舞台后侧走了上来。但见她相貌娟秀，面色红润，未施粉黛，恰如出水芙蓉。

苏曼殊定定地盯着那女子，忽然激动得站了起来，大叫一声：“菊子！”

台下的听众一齐把目光转向了苏曼殊。

陈仲甫连忙拉了拉他的后衣襟，让他坐下。

苏曼殊这才醒悟过来。原来自己刚才一恍惚间，把那女子认作10年前为自己投海殉情的菊子了！可是那女子的神情体貌怎么竟会如此酷似菊子呢？也难怪他在刹那间会产生幻觉。

那女子也朝苏曼殊看了看，嫣然一笑，从容地在古筝前坐下，玉指在古筝上划拨了几下，将弦索调定，然后站起身来，向台下的听众鞠躬致意。

“哗——”台下响起一片掌声。

那女子复在筝前坐下，双手搭在古筝上，垂下弯曲如月的柳眉和明澈如泉的秀目，凝视着琴弦，矜持而端庄。

琴声悠悠响起。那女子一手按弦，一手弹拨。乐曲由浅入深，哀愁宛转，缠绵不休，不绝如缕。弹奏者似把自己凄苦的身世、多难的命运、孤标的性格，以及心中那永远都无法实现却又无从摆脱的人生梦想，全部凝聚在指间一起弹奏了出来。苏曼殊被那深沉哀婉的乐曲深深地震撼着，产生了强烈的共鸣。他感觉那女子通过琴声，把他心灵中的一切情愫都表达了出来。

苏曼殊不禁感慨万千，潸然泪下……

散场后，苏曼殊迫不及待地找到那女子，他要倾诉自己对她的感激之情！感谢她为自己呈上的一场音乐的盛筵！感谢她通过琴声给自己的心灵带来的知音般的安抚和慰藉！

交谈中，苏曼殊得知那女子名叫百助枫子，来自横滨。

“横滨！你是横滨人？”苏曼殊激动地问。横滨是他的出生之地、求学之地，也是他母亲生活的地方。那是一个无比亲切的名词。

“是的。”百助枫子回答说，“不过我被母亲卖到东京调筝卖唱后，已经很久没有回去过了！”

百助枫子的回答，在苏曼殊心里引起一阵悲怆。他知道，每一个艺伎的身世，都是一部辛酸史……

夜色已深。在陈仲甫的催促下，苏曼殊只好依依不舍地同百助枫子道别。

第二天一早，苏曼殊便按着百助枫子给她的地址，找到了她的住处。

这是一间狭小、简陋、黑暗的小屋。苏曼殊的到访，让百助枫子既吃惊又感动。面对这位知音，百助枫子详细介绍了自己悲惨的身世，言至伤心处不禁泣不成声。苏曼殊也把自己 26 年来的坎坷经历向百助枫子和盘托出。“同是天涯沦落人，相逢何必曾相识！”相似的遭遇和命运，使两颗孤独寂寞的心灵，迅速融在了一起。

苏曼殊感觉自己的心灵在震动。他似乎看到了自己的情感世界，又将迎来一场暴风骤雨。

百助枫子接触过很多男人，但像苏曼殊这样多才而深情的人还是第一次遇到，她也情不自禁地将自己全部投入了进去。

他给她写诗：“碧玉莫愁身世贱，同乡仙子独销魂。袈裟点点疑樱瓣，半是脂痕半泪痕。”劝慰她不要因为出身卑微而忧愁；称赞她就像仙女般纯洁美丽；告诉她自己是那样的爱她，自己袈裟上点点樱花瓣般的水痕，一半是她的脂粉所留，一半是自己为她的不幸遭遇而洒落的泪滴。

他为她画像：“收拾禅心侍镜台，沾泥残絮有沉哀。湘弦洒遍胭脂泪，香火重生劫后灰。”“淡扫蛾眉朝画师，同心华髻结青丝。一杯颜色和双泪，写就梨花付与谁？”

他庆幸自己认识了她：“慵妆高阁鸣筝坐，羞为他人工笑颦。镇日欢场忙不了，万家歌舞一闲身。”

他感叹于她对自己的深情：“春水难量旧恨盈，桃腮檀口坐吹笙。华严瀑布高千尺，不及卿卿爱我情。”

他称赞她是东方美人，妙婉绝伦。说她于自己，就犹如雅典女郎之于拜伦。他甘心做她的奴仆。

他把她的照片和自己为她手绘的画像，印成明信片，题上款识，分送友人，让他们与自己一起分享快乐。刘季平、邓牧秋和包天笑等人都收到过他寄去的明信片……

2

百助枫子阴暗的小屋里。

灰旧的窗幔被最大限度地拉至窗边，一抹斜阳透进窗棂，落在靠窗摆放的一架古筝上。筝台上10余根横陈的琴弦，在斜阳的撩拨下，发出冷冷的幽光。

百助枫子临窗而坐，低眉垂首，脸色寂静，心无旁骛地刮、按、揉、吟。琴声时而珠圆玉润，时而低沉浑厚，时而清越剔透，时而又如流水淙淙。苏曼殊坐在她身边，无限爱怜地看着她。他的目光，化做一团柔曼的樱花，在琴声漾起的音乐河上飘舞、沉醉。

他忽然触到了放在怀中的那只紫色玉燕，忍不住把它掏了出来，不住地摩挲着——这只玉燕是他刚才从“梵学会”出来时，在路边的一家玉器店买的，花去了刊印社预付给他的《拜伦诗选》译稿的全部定金，他打算将它送给百助枫子，作为他和她的定情礼物。

“曼殊，你怎么了？”百助枫子忽然觉察到身边似乎已很久没有动静，就停下弹拨，扭头嫣然一笑，问苏曼殊道。

“枫子，我买了只玉燕，送给你！”苏曼殊说。

“玉燕，真的？”百助枫子激动得站了起来。宽大的衣袖拂着了古筝，琴弦快乐地和鸣了一声。

“给！”苏曼殊抓起百助枫子的手，把玉燕放进她的手中。

百助枫子喜不自胜。她双手握着玉燕，在苏曼殊的怀里坐了下来，将头靠在苏曼殊肩头，一脸的幸福。少顷，又情不自禁地仰起头来，在苏曼殊的脸颊上，印上一个深情的吻。

“枫子，嫁给我好吗？”苏曼殊搂着百助枫子，喃喃地问，像是在梦中。

百助枫子黯然地摇摇头。良久，她轻声道：“我不是一个自由身。”

“为你赎身需要多少钱？”苏曼殊急切地问。

“不必了。你我萍水相逢，我不能对你提这样的要求！”百助枫子幽幽地说，“我是一个歌伎，娶了我，你会后悔的！”

“我不会后悔！”苏曼殊着急地说。他揽过百助枫子，让她将耳朵，紧紧地贴在自己的心窝上，说：“你听听，我这颗心是怎么跳的！”

百助枫子轻轻地拿开苏曼殊的手，在他怀里坐正身子，双手捧着苏曼殊的脸庞，说：“曼殊，我们不谈这个话题好吗？”

说完，她站了起来，走向窗前，在琴凳上坐下，“叮——”的一声挑响了琴弦。随即传来一串哀婉的音符，如怨如慕，如泣如诉。

百助枫子凝视窗外，泪光莹莹。

苏曼殊怆然泪下。“燕燕于飞，差池其羽。之子于归，远送于野。瞻望弗及，泣涕如雨。”他情不自禁地喃喃自语……

苏曼殊收到何震从上海的来信。傍晚回住处时，他把信带了回来，问计于陈仲甫。

在信中，何震痛哭流涕地忏悔了自己一家将苏曼殊从《天义报》社住处赶出的行为，倾诉了自己自芜湖浣江中学与他初次相见，一年多来对他的刻骨爱慕。她说，刘光汉代表她的俗世身份，汪公权代表她的欲，而唯有他苏曼殊，才是她的精神恋人、她的幸福、她的梦。何震表示，如果苏曼殊能接受她的爱，她将立刻离开上海，东渡日本，回到他身边。

那一刻苏曼殊心旌摇荡。他知道，何震的这番话，多半是发自真心的。与何震相处年余，他知道她对自己的感情。说自己一点也不爱她，那是自欺欺人。

但是，这个人鬼迷心窍，为了自己的贪欲，竟走向了一条背叛革命的道路！她不仅自己把灵魂交给了魔鬼，而且还胁持了他的好友刘师培。这是一种不可饶恕的罪行！她是一条美人蛇！他的心中，对她纵有千般眷恋、万般不舍，也要斩情丝！更何况她仍然是自己曾经的好友之妻。

“玄瑛，你做得对！她现在已经感觉到自己已陷入灭顶之灾，想捞一根救命稻草！”陈仲甫听完苏曼殊内心的真实想法后，说：“她作恶多端，与汪公权一起，充当端方的密探，孙少侯和陈陶遗的被捕，就是她告的密。前些日子，她和刘师培在上海诱捕陶成章未遂，又将浙江起

义的机密出卖给端方，使革命机关天宝栈遭到破坏，金华龙华会的首领张恭被捕入狱。”

陈仲甫端起桌上的茶杯，喝了一口茶，继续说：“她哪里是自己想离开上海，她现在是想不离开上海也不可能了！”

“为什么？”苏曼殊问。

“天宝栈遭破坏后，浙江的王金发奉命到上海锄奸，他挟枪闯入刘师培的寓所，当场击毙了汪公权。刘光汉跪地求饶，答应与何震一起离开上海，保证竭力营救张恭，这才侥幸捡回了一条性命。”

“原来如此！”苏曼殊恍然大悟。

“玄瑛，太炎先生和孙文先生之间最近发生的事情你听说了吗？”陈仲甫问。

“他们又怎么啦？”苏曼殊吃惊地问。

“唉！”陈仲甫叹了一口气，说：“两人交恶，太炎先生的浙江派公开反对孙文先生，宣布脱离同盟会，恢复他们以前的光复会，《民报》也于去年因经费紧张停刊。今年孙先生任命汪兆铭为主编，秘密复刊《民报》，出版发行了两期，太炎先生闻之大怒，撰《伪民报检举状》，指斥复刊的《民报》非法，并对孙先生进行攻击。两个人又干上了！”

“真是一场悲剧！”苏曼殊闻听，怃然叹道。

“不说他们了，说说你吧。你和百助现在怎样？”陈仲甫说。

“千古难逢是知己！自从遇见她，我感觉我胸膛里的这颗心都快要焚毁了！”苏曼殊以手抚胸，答道。

“既然如此，那就继续发展吧！”陈仲甫说。

“可是我向她求婚时，她拒绝了。”苏曼殊的情绪陡然变得低落。

“为什么？”陈仲甫惊讶地问。

“她说她不是一个自由身，还说我若娶了她，以后一定会后悔的！”苏曼殊答道。

“你自己怎么看？”陈仲甫反问道。

“我也说不好！”雪梅、静子、菊子、雪鸿、佩珊、花雪南、金凤、素贞……过往岁月的一幕幕，重又浮现在他脑海。他忽然怀疑起自己来。

“你呀，要是真心喜欢她，就义无反顾地去爱吧。要是犹犹豫豫，我倒要劝你就此止步为好！否则，不仅伤了百助，也会伤了你自己啊！”陈仲甫语重心长地说。

“刘三、柳亚子和包天笑他们也是这样劝我的。”苏曼殊从枕头底下抽出几封信，交给陈仲甫。

陈仲甫接过一看，刘三等人在信中对苏曼殊说，与一个歌伎逢场作戏一番未尝不可，但要是动真感情，则大可不必。

陈仲甫点点头。

苏曼殊又从衣袋里掏出一张折叠着的纸，递给陈仲甫，说：“这是我给他们的回答。”

陈仲甫将纸展开，上面是一首诗——

“落日沧波绝岛滨，悲笳一动剧伤神。谁知北海吞毡日，不爱英雄爱美人！”

他摇摇头，对苏曼殊说：“你啊你，前生的孽缘未了啊！”

3

夜来的一场骤雨，将屋外的樱花打落一地，到处是粉红色的花瓣，一小堆一小堆地，聚在一洼一洼的水汪里，凄艳、刺目。

苏曼殊早早地便起了身，袈裟飘飘，踏着一路花魂，赶往百助枫子的住处。今天百助要随队离开东京，到九州的福冈、佐贺、长崎、熊本、大分、宫崎和鹿儿岛等地去演出半个月，苏曼殊特地赶去为她送行。

百助枫子早已在屋内等候多时。她玉面桃腮，身着一套粉红色和服，艳光照人。她在听门外的动静。自到东京卖艺以来，她曾无数次离开这座城市，到各地巡演，从未有人为她送过行，更从未体验过这种等人的滋味。

她在焦急地等待着。她甚至对昨天晚上苏曼殊对她的承诺怀疑起来。苏曼殊答应今天一早就来给她送行的，他会不会反悔？或者，他会不会睡过了头，耽误了送她的时间？

百助枫子惴惴不安地等待着。与苏曼殊相处的这段日子，是她的心灵有史以来感到最温暖、最幸福的一段日子。她 13 岁被人贩子从横滨乡下带到东京，从此便开始了屈辱的卖笑生涯。这么些年来，由于她的美貌、她超群的才艺，她的身边，围满了狂蜂浪蝶，却没有一个不是轻薄之徒，没有一个不是以玩弄她为目的。她在东京举目无亲，蜂飞蝶去，她依然孤苦伶仃、虚空寂寞。而自从与苏曼殊相识后，她的心里，就被一股暖流填得满满的，每当见到他，心里便如同见到了亲人。她知道，这就是爱——一种真正的爱！

正因为自己爱他，所以就更不能轻易答应他。她是一个下贱的歌伎，而他却是个遐迩闻名的才子。她当然爱他，爱得刻骨铭心。这些日子以来，她每夜都做梦，梦见他娶了她，梦见自己成为他的新娘，与他琴瑟和鸣。每次她都是笑醒的，可是一睁开眼，环视这个黑暗的小房间，她的心就又跌回到冰凉的现实中。她惧怕——惧怕心头的那个幻想终有一天要破灭。

百助枫子蹲下身去，打开放在地上的藤条箱，将箱子里的那只紫色玉燕取了出来，将玉燕捧在手心里，不停地摩挲着。忽儿又把它贴在自己的脸上，侧着头，闭上眼睛，一副沉醉的样子。她知道，苏曼殊对她是真心的，她为自己能够遇到这样一个真情郎君而感到庆幸。

百助枫子的心狂跳起来，她听到了那熟悉的脚步声，急切、轻飘，正向自己的门前走来。她急忙放下玉燕，走过去把门打开。

苏曼殊风一样卷了进来，裹住百助枫子，把她吻成一条颤雨带露的花枝。

过了好一会儿，苏曼殊才轻轻地把百助枫子松开，从怀里掏出一条绢帛，对她说："枫子，你昨天嘱我画的绢画，我画好了！"

"快给我看看！"百助枫子惊喜地把绢画接了过去。

苏曼殊为她画的是一幅《金粉江山图》，画上，还有他题赠的两首绝句——

“乍听骊歌似有情，危弦远道客魂惊。何心描画闲金粉，枯木寒山满故城。”“送卿归去海潮生，点染生绡好赠行。五里徘徊仍远别，未应辛苦为调筝。”

苏曼殊惜别的情愫，尽在诗画中。百助枫子读着读着，眼眶再次潮湿。她痴痴地望着苏曼殊，依依不舍。

苏曼殊说：“枫子，咱们走吧！要不然你该赶不上船了！”

百助枫子点点头，叠好绢画，将它和那只玉燕，一齐放进藤条箱里。

苏曼殊提起藤条箱，百助枫子紧挽着他的臂弯，两人一起走出门去。

到港口了。百助枫子的队友们都在船上等着她。苏曼殊拉着百助枫子上了船，说了句“枫子，想着我”，就跳下岸去。

百助枫子的船行远了，苏曼殊这才放下一直挥动着的手臂。一股忧愁重新袭上他的心怀。

昨晚回住处时，陈仲甫告诉他，他的家人从广东沥溪托人捎信到日本，说他 84 岁高龄的祖母林棠已于日前病故，希望他能够回去奔丧。

“我和苏家没有关系！”苏曼殊冷冷地说。5 年前生父苏杰生去世的时候，他正在香港，同乡找到他要他回去奔丧，被他拒绝；今天，他决定再彻底地做一回“不肖子孙”。

“唉！你是因为曾经伤得太重啊！也罢。”陈仲甫理解苏曼殊，摇摇头，走了出去。

祖母的死讯，只在苏曼殊的心头漾起了几个小涟漪，很快就平复了，对苏曼殊来说，这根本算不上是什么忧愁。他所忧愁的，是何震的纠缠。

汪公权被王金发击毙后，何震也许已经看到了刘师培和自己不妙的前程，再加上刘师培患严重肺病，体质很差，因此心中已经暗生改换门庭之念。苏曼殊一直是她暗恋的梦中情人，如果能趁此人生变故之际，攻下苏曼殊，让苏曼殊接受自己，绝对是她人生的最大幸福。

上海已被王金发勒令离开，想到日本投靠苏曼殊又遭拒绝，何震只

好跟着刘师培去南京，躲进两江总督端方的直接翼护下。此时刘师培已公开入幕，为端方考订金石，兼任两江师范学堂教习；又拜徐绍桢为师，研究天文历法。何震到南京后，一封接一封地给苏曼殊写信，倾诉自己对他的爱慕。

苏曼殊的心被搅乱了。他决定回横滨去住几天，听听母亲的指点。河合仙告诉他，人要有大是大非，不能为了个人私利，包括感情，而背叛自己的群体。母亲的话极其简单、朴素，却如醍醐灌顶，让苏曼殊大彻大悟。他的心一下子变得宁静和澄明起来。他下定决心，坚决躲开何震的纠缠！

从横滨回到东京后，苏曼殊静静地等候百助枫子的归来。每天一下班回到住处，歌舞也不再去看了，只待在室内。《拜伦诗选》的翻译已全部完工，自序也已经写好。只是拜伦年谱的整理工作还没有结束，因为手头缺资料，还不能定稿。他想回上海去一趟，看看能否找到资料。东京的图书馆他找遍了，都没有找着。

去年《岭海幽光录》和《娑罗海滨遁迹记》已先后在《民报》上刊发，他又在开始着手将所撰的《潮音》译成英文，此外就是画画。他已经凭回忆给百助枫子画了好几张调筝图了，准备待百助枫子一回来，就送给她，给她一个惊喜。

陈仲甫很少看见苏曼殊有这样心如止水的时候，他感到很纳闷，就问苏曼殊：“玄瑛，你不想百助姑娘了？”

苏曼殊笑而不答，他拿出一首诗，递给陈仲甫——

“白妙轻罗薄几重，石栏桥畔小池东。胡姬善解离人意，笑指芙蕖寂寞红。”

陈仲甫看后呵呵大笑，说：“曼殊本是多情种，一领袈裟锁火焰啊！”

在等候百助枫子归来的这段日子，苏曼殊好好地思考了几天，给正在南京的何震写了封回信，既不伤及她的面子，又明确地表达了自己与她决绝的鲜明态度。

4

何震收到苏曼殊的信后，并没有过于感到意外。在过去的近两年时间里，她屡次示爱，屡次遭到苏曼殊的婉拒。但她从苏曼殊的眼神中看出，他对自己并非全无好感。何震知道，苏曼殊之所以如此决绝，一是碍于自己是刘师培的妻子，二是恨自己背叛民主革命。而这二者，对她来说，都不是不能改变的。为了苏曼殊，她可以抛弃一切，包括她的政治立场。她原本就是一个不服输的人。苏曼殊的拒绝，非但没有让她死心，相反，更激起了她的征服欲。她在端方的总督府，拨通了苏曼殊在东京“梵学会”的电话，告诉他，自己不日将东渡赴日。

何震的电话，让苏曼殊方寸大乱。他没有想到，何震竟如此难缠。爱情无罪，哪怕她是一个罪人，她也有爱的权利。可是无论怎样，他都是不会接受她的。然而要是他真的返回日本了，以她天不怕地不怕的性格，他该如何应付？百助枫子再过两天就要回东京了，何震若果真成行，岂不糟糕？

苏曼殊感觉头都大了。他只好把这个消息告诉陈仲甫，希望陈仲甫能给自己指点迷津。

“玄瑛，你艳福不浅，我得恭喜你啊！”陈仲甫打趣道。

“哎呀仲甫兄！人家都快焦虑死了，你就别寻开心了！”苏曼殊急道。

“办法也不是没有。”陈仲甫思忖了一会，说。

“什么办法？”苏曼殊问。

“这事啊，只有一个人能制止得了！”陈仲甫说。

“谁？”苏曼殊抓住陈仲甫的手，急切地问。

“刘光汉！”陈仲甫道。

“刘光汉？”苏曼殊疑惑地问。

“是的！”陈仲甫点点头。

“这件事我怎么好跟刘光汉说。”苏曼殊摇摇头。

“你当然不好说，得由我来说，而且不能直截了当地说，得旁敲侧击！”陈仲甫答道。

“那这件事就拜托仲甫兄您了，谢谢！”苏曼殊高兴得跳了起来。

“先别谢，我也不知道能不能成功，试试看吧。刘光汉太怕老婆了！”陈仲甫把苏曼殊按住，说。

“不管成不成，我都请您吃饭！”苏曼殊说。

“那好哇，一言为定！”陈仲甫乐道。

“一言为定！”苏曼殊连忙点头。

几天后，陈仲甫果真给南京去了一个电话，把何震要来日本找苏曼殊的事情委婉地告诉了刘师培。刘师培是个聪明人，不用陈仲甫说得多明白，他就完全明白了是怎么一回事情。男人的自尊心告诉他，决不能让妻子的日本之行付诸实施。一来他深爱着何震，他决不能失去她；二来他现在正是端方的红人，感觉自己有了一点在妻子面前说话的资本；当然更主要的是，妻子暗中偷人他可以容忍，但如此明目张胆地公然背弃自己，那已经触犯了他的最底线，是可忍孰不可忍！放下电话后，刘师培在心里把苏曼殊恨得痒痒的。

在刘师培的百般阻挠下，何震最终打消了去日本的念头。事情圆满地得以解决，苏曼殊非常高兴，当天晚上请陈仲甫到饭店大吃了一顿，酩酊而归。

第二天午后，酒醒过来的苏曼殊拉着刚认识不久的朋友、陈仲甫的安徽怀宁小老乡邓以蛰，兴冲冲地来到上野公园，庆祝自己彻底摆脱了何震的纠缠，心灵重获自由。

苏曼殊与邓以蛰漫步在公园。樱花即将凋谢，公园满是游人，都来和这场人间最盛的花事做着告别。两人一边观赏樱花，一边谈论着邓以蛰的祖上、清朝著名书法家与篆刻家邓石如的书法和篆刻艺术成就。

忽然，苏曼殊的目光仿佛被什么勾住了，定定地望着左前方，傻傻地愣在那儿。

邓以蛰循着苏曼殊的目光看去，见左前方路边草地上，坐着3个人：

一个女子和两个孩子。那女子，娴静温婉，约莫二十六七岁左右。两个孩子，一男一女，女孩八、九岁的样子，男孩五六岁的模样。一大二小三个人，正在草地上非常投入地做着什么。

那女子大约已觉察到有人在看她，抬头看了苏曼殊一下，忽然浑身一颤，从草地上站了起来。

那女子怔怔地看着苏曼殊，良久，忽然泪水夺眶而出，哽咽了一声："三郎！"

苏曼殊的身子也战栗了一下，如梦方醒。脚步不由自主地向前挪去，也哽咽地叫了一声："静子姐，是您！"

两人相迎着跑向对方。却又都在快要靠近的时候，停下了脚步。

相顾无言，唯有泪千行！

良久，良久。静子掏出手绢，擦干泪花，轻轻地问了一声："这些年你还好吗？"

"还好！"苏曼殊的喉咙蠕动了一下。他觉得有千万把尖刀，在自己的胸膛里来回飞蹿。自 11 年前自己从逗子樱山村逃婚后，就一直没有再见过她。他只听母亲说过，由于自己的绝情，静子万念俱灰，很快就嫁给了江户一位海军军官，姨妈河合堇跟着她一起搬离了谷口。江户早已改名东京，自己原以为今生今世再也见不到她了，不想今天竟在这里相遇。

"我姨……她……还好吗？"苏曼殊道。

"她还好，只是年纪大了，身体大不如以前了！"静子说。

那一刻，苏曼殊真想对静子说，他要去看看姨妈。但是，11 年前，自己辜负了姨妈对自己的一片挚爱，他又有何面目再去看她老人家呢！想到这里，他只得把已到嘴唇边的话又强压了回去。

"这两个都是你的孩子？"苏曼殊指着男孩女孩问道。

静子点点头："大的叫直子，今年 8 岁；小的叫镰仓，今年 6 岁。还有一个大儿子，叫小泉，今年 10 岁，他今天在家陪外婆，不肯跟我们出来玩。"

“妈妈，他是谁啊？”6岁的镰仓见静子一直光顾着跟苏曼殊说话，不理睬自己，抱着静子的大腿，扯着她的衣襟，不满地说。

“他……是你们的三郎舅舅！”静子弯下腰，拍拍儿子的头，说，“镰仓，快叫舅舅！”

“三郎舅舅，我以前怎么没见过啊？”镰仓歪着脑袋问。

“哦，三郎舅舅是中国人，他常年住在中国！”静子说。

“中国！中国在哪里？”镰仓很好奇，继续问：“三郎舅舅，中国好玩不好玩？”

“中国在大海那一边，好玩得很！”苏曼殊从衣袋里掏出一把糖果，分给镰仓和直子，说。

“三郎舅舅，你带我去中国玩好不好？”镰仓把糖果塞进裤袋里，扑了过来，抱住苏曼殊。

“好，好！只要镰仓愿意，三郎舅舅就带你去中国玩！”苏曼殊拍着镰仓的后背，连声说。

“我也要跟三郎舅舅一起去中国！”一直没有吭声的直子忽然说。

“好，好！你们一起去！”静子笑着说。

苏曼殊也笑了。

这时，从远处小卖部里边走出一个身材魁梧的男子，抱着满满一包吃食，一边向这边走来，一边大声喊道：“镰仓！直子！快来帮爸爸拿东西哦！”

镰仓和直子听到了，对苏曼殊说了声：“三郎舅舅，我们去帮爸爸拿东西了！”转身向前跑去。

“他就是我丈夫。”静子对苏曼殊说，“去见见吧！”

“不了。”苏曼殊摇摇头，转身对邓以蛰说：“以蛰，我们走吧……”

“那……三郎……你……多保重！”静子目送苏曼殊远去，泪水再一次模糊了双眼。

5

“红酥手，黄藤酒，满城春色宫墙柳。东风恶，欢情薄，一怀愁绪，几年离索。错！错！错！春如旧，人空瘦，泪痕红浥鲛绡透。桃花落，闲池阁，山盟虽在，锦书难托。莫！莫！莫！”

从上野公园回来后，苏曼殊的情绪跌到了冰谷。与静子的不期而遇，又使他对自己爱情的前途产生了怀疑、惶惑和动摇。自那年与雪梅结缘，15 年来，多少痴情女子、柔曼娇娃，与自己情意缠绵，却没有一个修成正果。漂泊是他唯一的归宿，无论何时何地，都只是他短暂停留的驿站。那些鲜花般的女子，都曾让他感受到尘世的温暖，只是，这温暖不是他的故乡。他的故乡，是漂泊和孤独。爱情的短暂欢乐与孤独的心灵两不相干。他漂泊而孤独的灵魂，是一片黑暗的深海，没有人能够横渡。

他开始认真反思起自己与百助枫子的这段感情。百助枫子的出现，在他的生命里，再一次掀起了一场钱江怒潮。百助枫子对他一往情深，他亦对她倾情投入。她的笑靥和泪影，她的香吻和筝音，都深深地左右着他的生命。他原本是可以继续纵情欢爱的，然而多年爱河跋涉的惨痛记忆告诉他，他可以暂时放下禅修，但却不可能长住红尘。他若继续将他与百助枫子的感情向前推进，换来的一定也是不堪说尽的苦楚。

“异国名香莫浪偷，窥帘一笑意偏幽。明珠欲赠还惆怅，来岁双星怕引愁。”苏曼殊深深地忏悔起自己轻惹情尘的孟浪行为，后悔自己结识了百助枫子，以致在感情的漩涡中无力自拔，在进与退的矛盾中犹豫、彷徨。自己多年面壁，端坐静修，按理说应该早已参悟，他既然许身佛门，就不应该再属于这个多情的世界。他已经负情无数，不能再亵渎和伤害百助这样一个美丽而多情的女子的感情了。苦海无边，回头是岸。苏曼殊的理智渐渐苏醒，渐渐回到他的皈依处。他决定从与百助枫子的这场感情中淡出。“禅心一任蛾眉妒，佛说原来怨是亲。雨笠烟蓑归去也，与人无爱亦无嗔。”

曾经的海誓山盟，转眼间渺茫无迹；曾经的海市蜃楼，转眼间飘渺

成空。虽然残酷，虽然无情，却也让苏曼殊的心灵如释重负……

这天是百助枫子巡演归来的日子。苏曼殊按照约定，赶到码头去迎接百助枫子。

“曼殊，我回来了！”船尚未靠岸，苏曼殊就看见百助枫子站在甲板上，向他拼命地摇着手臂高喊。

苏曼殊的心房忽然涌上一股暖流，他感觉原本虚空的躯壳，突然又回填进了某种温软的物质。笑意马上漫上了他的脸。他也挥起手臂，向百助枫子摇动起来。

船靠岸了。百助枫子迫不及待地跳下船，扑进苏曼殊的怀抱。

苏曼殊接过她手中的旅行箱。百助枫子挽着苏曼殊的臂弯，向住处走去……

路旁的绿树枝叶婆娑，街上的行人熙来攘往。百助枫子掩饰不住一脸的幸福，兴高采烈地一路滔滔不绝。

“曼殊，你知道这些日子来我是多么想你吗？”百助枫子说，“我每天都做梦，梦见自己骑着你送我的那只玉燕，飞回到了你的身边！”

苏曼殊“哦”了一声。

“我在宫崎演出那次，看见台下有个人长得非常像你，那一瞬间我还认为是你到宫崎看我演出来了，激动得我‘腾’地就站了起来！”百助枫子继续讲述道。

“哦。”苏曼殊应道。

“在鹿儿岛结束演出后，我们到鹿儿岛湾的御岳火山去游玩了一次。那里的景色非常美，什么时候我们一起去玩玩吧！”百助枫子说。

“哦。”苏曼殊又淡淡地答了一声。

“曼殊，你怎么了？发生什么事了？”苏曼殊的连续三个“哦”，让百助枫子看出他情绪有点低落，不复往日的热情。她吃惊地问。

“没什么！”苏曼殊摇摇头，说。

“真的没什么？”百助枫子不放心地问。

“真的没什么！”苏曼殊说。

“那……你这些日子也想我吗？”百助枫子问苏曼殊。

“想！”苏曼殊低声说。

“怎么想？”百助枫子停下脚步，问苏曼殊。

苏曼殊不语。

“怎么想我的？快告诉我嘛！”百助枫子撒娇地说。

“我……我给你画了很多像，每天看着你的像，就好像是与你在一起。”苏曼殊说。

“真的？那太好了！”百助枫子高兴得跳了起来，在苏曼殊脸上亲了一口。

到家了。百助枫子把门打开，走到窗前，拉开窗幔，推开紧闭的窗户。一股清新的空气和几缕斜阳迅速扑了进来。

百助枫子在琴凳上坐下，面向窗外，双手搭在筝弦上，扭头对苏曼殊说：“曼殊，我给你弹一曲吧！你知道吗，我在九州演出的这半个月，每当我在台上落座的时候，我的心中，就会涌出一个最大最迫切最强烈的愿望，那就是回去后为你好好地弹一曲，而你，是我唯一的听众！”

苏曼殊点点头，在床沿上坐了下来。

琴声响起。百助枫子把半个月以来自己对苏曼殊的刻骨思念与倾慕，把自己对未来的憧憬和担忧，都一齐融入到了如泣如诉的琴声中。

百助枫子饱含深情的弹奏，令苏曼殊愧悔交加。他愧的是面对百助枫子的真情，自己却已生遁逃之心；悔的是既然早知无法消受百助枫子的爱，自己当初不应该轻易去拨动她的情弦。

苏曼殊面对百助枫子的侧影，在情与佛的撕扯中，他那颗脆弱的心，就像一株无依的浮萍，东飘西荡，忍受着痛苦的煎熬。

“曼殊，让我一辈子都为你弹琴好吗？”百助枫子忽然停下琴来，转过头，凝视着苏曼殊，说。

苏曼殊赶紧躲开百助枫子深情的目光，低着头，期期艾艾，不忍心把自己心中的决定告诉百助枫子。

聪明的百助枫子一切都明白了。眼前这个自己深爱着的男人，同样

无法给自己任何承诺。在自己有意回避他时，他如胶似漆；可是当她决定与他相伴一生时，他却退却了。天底下的男人都一个德行。她幽幽地叹了一口气。

百助枫子是个善解人意的女孩，她没有对苏曼殊苦苦相逼。她的心头，也没有太大的悲怆。或者说，她早已麻木。谁让自己是一个歌伎呢！

琴声悠扬依旧，百助枫子泪水涟涟。

苏曼殊无地自容。他不知道自己该如何去安慰百助枫子……

夜幕降临，苏曼殊在百助枫子的住处留宿。他不忍心，也不放心就此离去，留下百助枫子一个人悲伤欲绝。

尽管苏曼殊不能给自己以婚姻，但他毕竟是她百助枫子唯一一个真心爱过，并且仍在深深爱着的人。她要把自己完整地给了他！只有这样，她的这场旷世之恋才能不留下一丝缺憾。

百助枫子在灯光中将身上的衣服一件件褪下，扔在一旁，爬上床，仰卧下来。

一具香艳的青春的胴体，在灯光中横陈，闪射着神秘而诱人的光辉。

苏曼殊吹熄灯盏，和衣躺上床去。

百助枫子在黑暗中等啊等，只听到身边不停地辗转反侧，却一直不见苏曼殊有何动作。夜已过半，百助枫子实在撑不住，不知不觉中沉沉睡去。

百助枫子醒来时已是曙光临窗，看看身边的苏曼殊，仍在和衣呼呼大睡。

百助枫子气恼地推醒苏曼殊，幽怨地问："曼殊，你难道就这么讨厌我？"

苏曼殊说："我怕达到沸点也。我乃三堂具足之僧，永不与女子共处……"

6

苏曼殊走后，百助枫子伤心得眼泪“簌簌”直流。她没有想到，自己半个多月来对苏曼殊如烈火焚胸般的思念，等来的竟是这样的结果。她不知道是哪个环节出了问题，不知道自己到底做错了什么，让苏曼殊对自己的态度发生了这么大的转变。她唯有自怨自艾，怨自己命不好，怨自己是一个歌伎。她的心头有一种不祥的预感，她因这个预感而不安，而恐惧。她拿起摆在桌上的那只紫色玉燕，抱在怀里，不住地摩挲着，失魂落魄，一任泪水打湿胸前的一大片衣襟。

苏曼殊也在一种难以言喻的矛盾中经受着痛苦的煎熬。情感告诉他，他爱百助枫子，他不能这样玩弄她的感情。然而，他心灵中那无时不在的佛，却又严厉地训诫他，出家人四大皆空，不要为儿女私情所羁绊。万般无奈，他只得向陈仲甫倾诉、求助，希望能得到陈仲甫的指点。他垂泪挥毫，写下《本事诗》10首，向好友和盘托出自己心灵的挣扎和凄苦——

“无量春愁无量恨，一时都向指尖鸣。我亦艰难多病日，那堪更听八云筝。”

“乌舍凌波肌似雪，亲持红叶索题诗。还卿一钵无情泪，恨不相逢未剃时。”

“九年面壁成空相，持锡归来悔晤卿。我本负人今已矣，任他人作乐中筝。”

……

诗歌中，苏曼殊欲爱不能、欲罢不忍的矛盾，无奈负心的悔恨，逃避爱情的痛苦，一齐跃然纸上。陈仲甫看过之后，深深同情苏曼殊的情感遭遇，也和诗10首，对他进行开导——

“双舒玉笋轻挑拨，鸟啄风铃珠碎鸣。一柱一弦亲手抚，化身愿作乐中筝。”

“目断积成一钵泪，魂销赢得十篇诗。相逢不及相思好，万境妍于

未到时。”

“昭王已死燕台废，珠玉无端尽属郎。黄鹤孤飞千里志，不须悲愤托秦筝。”

……

次日上午，苏曼殊带着他在百助枫子去九州演出期间给她画的几张画像，去百助枫子的住处找她。他答应过百助枫子，要把这几幅画送给她。

百助枫子刚刚起床，还没来得及去洗漱，脸上还挂着宿梦的泪痕。见苏曼殊来了，忙给他开门。

“枫子，给你画的像我带来了！”苏曼殊腾出一只手，指了指怀里抱着的一捆画轴，对她说。

“真的？快给我看看！”百助枫子把画轴抢了过去，急不可耐地一幅幅展开。

总共是 5 幅画像。每幅都是百助枫子的调筝图，神态各异，但画面大多凄婉悱恻，且旁边各题有一首诗——

“生憎花发柳含烟，东海飘零二十年。忏尽情禅空色相，琵琶湖畔枕经眠。”

“禅心一任蛾眉妒，佛说原来怨是亲。雨笠烟蓑归去也，与人无爱亦无嗔。”

“偷尝天女唇中露，几度临风试泪痕。日日思卿令人老，孤窗无那正黄昏。”

“斜插莲蓬美且鬈，曾教粉指印青编。此后不知魂与梦，涉江同泛采莲船。”

“无限春愁无限恨，一时都向指间鸣。我已袈裟全湿透，那堪更听割鸡筝。”

百助枫子一看，如同蓬起的火焰陡然遭遇了一场骤雨，兴奋的表情僵在了脸上，又迅即消散，被一种惨白取代。她的神情，立刻变得恍惚起来。

她知道，梦中的预感应验了，苏曼殊与她分手的时刻到了。

看着百助枫子的表情，苏曼殊如万箭攒心。

“乌舍凌波肌似雪，亲持红叶索题诗。还卿一钵无情泪，恨不相逢未剃时！”苏曼殊拿起桌上的纸笔——这纸笔是百助枫子在苏曼殊第一次上自己的住处后，特意买来供苏曼殊写诗作画用的——沉痛地写下这首诗，然后对百助枫子深深地鞠了一个躬，无限愧疚地说了声：“枫子，真对不起！”

百助枫子惨然一笑，说：“曼殊，不必这样，你我本来就是两个世界的人。能够遇上你，枫子不后悔，只要你以后心里永远记得，在日本，有过枫子这样一个人，枫子就心满意足了！”

百助枫子说完，热泪如倾。

苏曼殊扑上去，抱住百助枫子，失声痛哭。

很久，很久，百助枫子从苏曼殊怀里抬起头来，对苏曼殊说：“曼殊，我的爱不在了，我在东京待着也没有意思，我要去寻找新的生活了。我准备过几天就离开东京，究竟去哪里，我也不知道，随命漂吧……”

苏曼殊哽咽着说：“枫子，都是我害了你啊！”

百助枫子苦涩地摇了摇头，说：“是我自己的选择，与你不相干！曼殊，你我就要分别了，你能再给我画一幅像，送给我留念吗？”

“唔！”苏曼殊含泪点了点头。

百助枫子从床头拿起包，拉开拉链，从里面掏出胭脂、粉盒、眉笔和镜子，坐在床沿上，对着镜子，在脸上一笔一笔、一下一下，认真地描画、涂抹起来。她的神情是那样的专注，仿佛整间小屋、整个天地间，只有她一个人。完了，她又弯腰从藤条箱里取出演出服，穿在身上，然后，缓缓地走到窗前的古筝前，恬然坐下。

百助枫子把双手搭上琴台。琴声响起，一条江流从琴弦间奔涌而出，这江流越涌越急，越涌越急，紧跟着浊浪排空，惊涛裂岸，转瞬间又雪山迸溅，冰泉呜咽……

苏曼殊看着艳光照人的百助枫子，泪水模糊了他的双眼。

一种生离死别的气氛笼罩着整个小屋。苏曼殊一会儿注视百助枫子，一会儿又低头在画板上描摹起来。眼前的人是那样的美，屋里的光是那样的暗，手中的笔是那样的沉，心间的情是那样的悲。他画得那般专心，那般深情，那般神圣，那般庄严。他要把百助枫子的形象，牢牢地镌刻进自己的心壁，镌刻进自己的生命里！

苏曼殊一边画着，一边思绪万千。他想起自己感情的泉水原本已经枯竭，那人生的愁绪已经干结在心底深处，不复飘动。不想却又遇上了百助枫子，她以凄苦的身世、凄美的琴声和深沉的感情，重新震颤了他的心弦，使他那死灰般苦寂的心，又重新燃起了蓬勃的火焰。而这一切，转瞬间又将永远成为过去……

画像终于完成了。苏曼殊一会儿看看画板上的调筝女，一会儿看看沉浸在琴声中的百助枫子，一种巨大的悲怆如排山倒海般从他的心胸间奔涌而出。他抑制不住心中的伤感，提笔在画幅上题上一首诗——

“孤灯引梦记朦胧，风雨邻庵夜半钟。我再来时人已去，涉江谁为采芙蓉？”

百助枫子终于离苏曼殊而去了。第二天一早，当苏曼殊再次来到百助枫子的住处时，一把铁锁，冷冷地斜挂在门边。

苏曼殊马上跑到“柳稍青”演艺馆去寻找。馆里的伙计告诉他，百助枫子没有来。

离开“柳稍青”，苏曼殊又发疯似的四处去寻找。找遍整个东京，都没有发现百助枫子的踪影。

百助枫子的离去，令苏曼殊痛不欲生。他在床上不吃不喝，连续躺了几天，彻底沉沦在一种灵魂被掏空般的情殇里。

陈仲甫和邓以蛰日夜守候在他身边，开导，劝慰，几天后，苏曼殊总算暂时平复了心头的哀伤，从床上爬了起来……

7

1909 年 8 月，苏曼殊、陈仲甫、邓以蛰、戴季陶、叶麟趾、李根源、阎锡山结伴搭乘同一艘邮轮，由东京返回上海。

终于学成归国了！戴季陶、邓以蛰、叶麟趾、李根源、阎锡山抑制不住心头的兴奋，他们围倚在船舷上，兴致勃勃地交谈着。一种即将报国壮志的豪迈情怀激荡着他们每个人的心胸。5 张年轻而兴奋的脸，在红日和飞沫的映照下，显得格外的青春和生动。

“传贤兄，听说你说的‘中国强，日本就是妾；中国弱，日本就是贼！’这句话已经传到了国内，成为名言了，众口传诵啊！呵呵！”李根源对戴季陶说。

“印泉兄过奖了！一句感慨而已。祖国积弱不振，列强虎视眈眈啊！”戴季陶沉重地说。

“是啊，人为刀俎，我为鱼肉，唯有奋发图强，方能自立于世界民族之林啊！”叶麟趾表示赞同。

“天下兴亡，匹夫有责！当此国势危殆之际，正是我热血男儿驰骋疆场、报效祖国之时！”阎锡山慷慨激昂。

“百川兄言之有理。驱除鞑虏，恢复中华！我们大显身手的时候到了！”邓以蛰激情澎湃。

与邓以蛰、戴季陶、叶麟趾、李根源、阎锡山 5 人明显不同，此时的陈仲甫和苏曼殊却心事重重，他们分别站在甲板两旁，手扶船舷，一个朝西，一个向东，各人想着各人的心事。

“唉！”陈仲甫深叹一口气。去年他与小姨子高君曼私奔到杭州，在浙江陆军小学任教了一段时日，不久因张贴革命檄文于府署衙门，被迫再次亡命日本。他与高君曼的事情，在社会上引起了轩然大波。这次他回去就是要同高晓岚正式办理离婚手续。爹娘离异，延年、乔年、松年和筱秀这 4 个孩子可怜啊！

苏曼殊面朝东方站着。邮轮在抖动的洋面上缓缓行驶，奔腾的浪涛

与缓驰的邮轮相撞击，把一蓬蓬银色的水花，泼溅到半空中。几只灰色的海燕，一直追逐着邮轮欢叫、翔舞，一会儿箭一样冲向高空，一会儿又闪电一样劈下来。

“一炉香篆袅窗纱，紫燕寻巢识旧家。莫怪东风无赖甚，春来吹发落庭花。”看着海天间的这几只自由的精灵，苏曼殊情不自禁地想起百助枫子，想起自己送给她的那只紫色玉燕，想起自己为她写的这首《晨起口占》的诗。百助枫子自那一天离开猿乐町的住处后，就再也没有消息。他与她的樱花之恋，绚烂、夺目，却也是刹那芳华，转瞬间便消逝得无影无踪。想到这里，苏曼殊不禁悲从中来，不可断绝。

“曼殊，听说你和一个叫百助的歌伎缔结了一段生死之恋，可有此事？”戴季陶、叶麟趾、李根源和阎锡山走了过来。戴季陶故意逗弄苏曼殊。

“一定是骗人的，一个姑娘家怎么会看上一个和尚呢？再说要是百助真的爱上了曼殊，怎么不见她跟曼殊一起回来呢！曼殊，你说是不是？”阎锡山也假装不信此事，起哄道。

苏曼殊盯着戴季陶和阎锡山两人看了看，呼吸急促，两颊潮红，他闷声不响，转身跑进船舱内，从里面捧出一大堆女子的发饰和照片，递到身边的每个人跟前，一迭声地说：“给你们看！给你们看！给你们看！”而后，手一扬，将手中的那些发饰和照片全部抛进大洋中，蹲身痛哭。

戴季陶和阎锡山都慌了，忙说：“曼殊，别哭！别哭！我们逗你玩儿呢。”

陈仲甫走了过来，对戴季陶和阎锡山说：“你们就别捉弄玄瑛了，他的心正苦着呢！”

众人七哄八哄，苏曼殊总算止住了哭声。

“樱花落，樱花开，燕子飞去又飞来，千里迢迢多风雨，但求无难亦无灾！”苏曼殊望着空中翩飞的海燕，喃喃道。他要把心灵中的祝福，送给已然杳无消息的百助枫子；他要把生命中的那段铭心刻骨的爱情，就此在大洋彻底埋葬。

“契阔死生君莫问，行云流水一孤僧。无端狂笑无端哭，纵有欢肠已似冰！”

几天后，他们回到了上海。

苏曼殊仍然住进了福州路的田中旅社。好友柳亚子、蔡哲夫来看他。苏曼殊对二人提起自己的《拜伦诗选》的翻译工作已全部结束，只是因资料缺乏，拜伦有几个年头的行藏无法定稿一事。蔡哲夫一听，当场就乐了：“玄瑛兄，这事你问我，算问对人了！”

“哦！蔡八兄你手头有资料？那太好了！”苏曼殊激动得一把抓住了蔡哲夫的手。

“我没有！”蔡哲夫摇摇头，“不过我知道有人手里有！”

“谁？快告诉我！”苏曼殊急切地问。

“我妹夫，英国人佛莱蔗！”蔡哲夫答道。

“那你快带我去见他呀！”苏曼殊说。

“别急，我先给他打个招呼，明天我们再一起去见他吧！”蔡哲夫道。

“好的，那就这样说定了！”苏曼殊兴奋地说。

第二天上午，蔡哲夫领着苏曼殊前往英驻沪领事馆，去找他的妹夫领事佛莱蔗。佛莱蔗也是个拜伦诗歌的崇拜者，见苏曼殊来访，异常高兴，决定并肩作战，共同编制《拜伦年表》。两个人在一起待了几天，将全部资料整编好。不久，《拜伦诗选》付梓出版。

佛莱蔗的夫人、蔡哲夫的妹妹蔡莲华嫁给佛莱蔗的时候，将一本《师梨诗选》(即《雪莱诗选》)带到了上海，佛莱蔗把他送给了大舅子蔡哲夫，蔡哲夫又将他转赠给了苏曼殊。苏曼殊获赠后，爱不释手。雪莱和拜伦都是他所崇敬的诗人，他们对自由和爱情的勇敢追求，都深深吸引和影响着苏曼殊。苏曼殊说：“雪莱是个恋爱信仰者，他在恋爱中找着涅槃；拜伦则为着恋爱，并在恋爱中找着动作。”他在《师梨诗选》上题诗一首：

“谁赠师梨一曲歌？可怜心事正蹉跎。琅玕欲报从何报？梦里依稀认眼波。”

结束《拜伦年表》的编制工作后，苏曼殊即躲在田中旅社，研习《师

梨诗选》。一天柳亚子带着20个芋头饼去看他，他一个晚上就把芋头饼全部干光，第二天肚子痛得在床上直打滚。为了吃他喜欢的摩尔登糖，连裤子都典押出去。蔡哲夫实在看不下去，就帮他赎回了裤子，并且给了他一笔钱花，谁知他拿到钱后，马上又全部用来买摩尔登糖了。隔了两天蔡哲夫再来看他时，他又光着腿杆，没有裤子穿。蔡哲夫看了直摇头，只好拿钱再去帮他把裤子赎回来。

刘师培在南京探闻苏曼殊已回上海，住在福州路田中旅社的消息，感到报仇雪恨的机会终于到了，立刻带着两个便衣潜回上海，准备抓捕苏曼殊。何震得知消息后，大吃一惊。刹那间她的心里翻江倒海。苏曼殊这个让她又爱又恨的男人，竟然一而再、再而三拒绝她对他的真爱。她已经深深地意识到，对这个不解风情的和尚来说，无论自己怎么爱他，他都是不会接受的。由爱生恨，她心里真的巴不得他受到一点惩罚。然而，她也深深地知道，要是苏曼殊落入刘师培特别是那两个端方的鹰犬之手，他一定会没命的。毕竟自己曾经爱过他一场。也罢，因着爱的名义，自己就最后再为他做一件事吧！她与苏曼殊，就此两讫了！想到这里，她马上拨通了柳亚子的电话，请他赶快告知苏曼殊。

由于何震的及时通知，刘师培和两个便衣扑了一个空。当他们赶到田中旅社的时候，苏曼殊早已人去房空。

苏曼殊感觉在上海极不安全，立刻前往杭州，那里有他一生的至交——刘季平！

姑苏台畔夕阳斜，宝马金鞍翡翠车。
一自美人和泪去，河山终古是天涯。

第十三章　词客飘蓬

秋风海上已黄昏，独向遗编吊拜伦。
词客飘蓬君与我，可能异域为招魂。

1

苏曼殊仓皇逃至杭州，径投白云庵而去。

昙谛法师已于去岁暮冬圆寂，本寺和尚意周接任住持。苏曼殊是白云庵的常客，与意周和尚及庵中另一位高僧得山和尚等人俱是熟人。意周和尚见苏曼殊来投，喜出望外，忙命沙弥引去住下。住下之后，苏曼殊旋即前往浙江陆军小学，去访好友刘季平。日暮归庵，此后便日与意周、得山坐以谈佛，意气甚相得。

白云庵在雷峰塔夕照寺旁，始建于宋代，庵里有著名的月下老人祠，祠门有联曰“愿天下有情人都成了眷属；是生前注定事莫错过姻缘”，常年有善男信女前来祈求姻缘。昙谛法师怛化前同情和倾向革命；意周和得山，名为和尚，实则为革命党人。因此白云庵从一开始便成为浙江3个主要革命机关之一，是光复会和同盟会浙江分会的秘密联络处，成为孙中山、秋瑾、陶成章、徐锡麟、陈其美、蔡元培等革命党人经常出没的场所。

一日，苏曼殊因意周和尚索墨，正在意周的禅房为白云庵南楼书写楹联：“石墨一枝春，问山僧梅子熟未？梵钟数杵晓，唤世人尘梦醒来。”忽然沙弥进来向意周报告，说有一个叫雷铁崖的人，从上海而来，手里拿着一封介绍信，请求在白云庵出家为僧。

“雷铁崖？从上海来！”意周和尚一听，马上站了起来。雷铁崖这个人他听说过，四川自贡人，本名雷昭性，是著名文学团体“南社”的重要诗人，又是一个卓有成就的报人，他的时事点评在当时独树一帜。雷铁崖又被誉为“华侨之友”，在南洋一带，享有盛誉。

“走，看看去！”意周和尚说。

苏曼殊跟着他走了出去。

庵门口站着一个三十几岁的人，衣衫褴褛，头发长而凌乱，胡子拉碴，然而目光炯炯如电，背上背着一床破旧的被褥。

“您就是意周长老吧！这是陶成章先生的介绍信，他介绍我来贵寺出家。”来人将手里的介绍信递给意周，说。

“哦，原来是铁崖施主，欢迎欢迎！”意周和尚看过介绍信后，忙把雷铁崖请进庵中。

原来这段时日，端方在上海大肆搜捕革命党人，雷铁崖被通缉。他匆忙之中向胡适借了一床棉被，又让陶成章写了一封介绍信，连夜赶到杭州白云庵出家。

“这是曼殊和尚，他也是前几天从上海来的！”意周和尚转头把苏曼殊介绍给雷铁崖。

雷铁崖很不友好地看了苏曼殊一眼，没有做出任何表示……

雷铁崖被安排与苏曼殊同住一间禅房。雷铁崖对苏曼殊一直不理不睬。有时苏曼殊实在憋得难受，想主动与他搭讪一下，但一看见雷铁崖那种警惕和敌视的目光，只得把快到嘴边的话咽回去了。

苏曼殊觉得极其郁闷。他以前与雷铁崖并无交往，不知自己什么时候得罪过他。

既然与室友没法交谈，苏曼殊便白天睡觉，一到午夜，披上短褂，赤脚穿着木屐，跑到西湖边去尽享湖山夜色，至天明方归。与大伙儿一块吃饭的时候，他一声不吭，坐下来便吃，吃完了便走。他的手头似乎常常很窘，老是向意周和得山借钱，然后把钱汇到上海的一个妓院中去。过不了多久，便有人从上海给他寄来许多摩尔登糖果和雪茄。糖果和雪茄一来，他就不吃饭了，独个儿躲在禅房里吃糖、抽烟，满禅房都是糖果纸和烟蒂。

苏曼殊昼伏夜出的反常行为，更加引起了雷铁崖的警觉。

一天拂晓，刚从西湖边回到白云庵的苏曼殊，在禅房门口拾到一封信，信封上写着“呈曼殊和尚”5个字。苏曼殊撕开封口，“扑”地两声，从信封里滚出两粒子弹。子弹在地上跳了几跳趴在了那儿。苏曼殊大惊失色，急忙掏出封中的信纸，展开一看，脸色变得煞白。

这是一封匿名的恐吓信。信里说，苏曼殊卖身投靠清廷，与叛徒刘师培和何震夫妇狼狈为奸，出卖战友，破坏革命机关，罪大恶极。革命

党人早就看出他形迹可疑，警告他若再敢与刘、何二人沆瀣一气，同流合污，不思收敛，明年的今日就是他的忌日。信中勒令苏曼殊立刻滚出白云庵，否则对他就地正法。

苏曼殊惊出一身冷汗，来不及与意周和得山和尚打招呼，更顾不上与刘季平辞行，胡乱地将衣物往包里一塞，回上海去了。

苏曼殊遭不明真相的革命党人恐吓的消息传出后，舆论一片哗然。此事惊动了章太炎，他赶紧发表《书苏元瑛事》一文，出面替苏曼殊澄清他与刘师培夫妇的关系，为苏曼殊辩解。章太炎说在文章中说："香山苏元瑛子谷，独行之士，从不流俗……凡委琐功利之事，视之蔑如也。广东之士，儒有简朝亮，佛有苏元瑛，可谓厉高节、抗浮云者矣……元瑛可诬，乾坤或几乎息矣。"

后来人们才知道，这封匿名恐吓信原来是雷铁崖所为。苏曼殊与刘师培、何震过去的亲密关系人所共闻，而他与刘师培夫妇已然决裂的真相却很少人知道。因此不少革命党人都误认为苏曼殊与刘师培和何震是一丘之貉，把张恭被捕、"天宝栈"遭破坏的账也算了一份在苏曼殊头上。雷铁崖在白云庵，见苏曼殊昼伏夜出，形迹可疑，认定苏曼殊一定在继续从事破坏革命的阴谋活动，所以，写了这封匿名信，把苏曼殊吓走。

苏曼殊受此恐吓仓皇离杭，事后难免觉得委屈。

刘季平得知后，马上写诗去安慰苏曼殊："苏子擅三绝，无殊顾恺之。怀人红伴影，爱国白伦诗。流转成空相，张皇有怨辞。干卿源底事，翻笑黠成痴。"

苏曼殊被雷铁崖吓回上海的消息传到南京后，何震禁不住内心一阵狂喜。她感到机会又来了，原本已经完全绝望的心田，又重新燃起了火星。恰在这时，端方奉命调任直隶总督兼北洋大臣，不日将去天津赴任。刘师培计划携何震随之北上，任直隶督辕文案、学部谘议官之职。何震决定在离开南京赴天津之前，去上海找一找苏曼殊，试一试自己与苏曼殊还有没有挽回的余地。

刘师培虽然知道妻子此行的目的，却徒唤奈何。他与何震，名为夫妇，实乃虎羊，人送雅号“惧内泰斗”。平日里对何震又爱又怕。何震打着“男女平等”的旗号，动辄“河东狮吼”，对刘师培施以训斥乃至拳脚耳光。时间一久，刘师培对她的畏惧变成了一种习惯，事事以讨取她的欢心为宗旨。

何震到上海后，找到柳亚子，向他打听苏曼殊的住址。柳亚子只得以实相告。何震刚一走，他立马抄近路赶到苏曼殊住的客栈。苏曼殊立刻转移。

何震扑空后，并不死心。她仍然一封又一封地给苏曼殊写信。

为了彻底断了何震的念想，1909 年 11 月，在陶成章和陈沧海的推荐下，苏曼殊决定离开中国，前往爪哇任教。

2

苏曼殊由上海到广州，再从广州码头登上了开往新加坡的客轮。他决定在新加坡稍事休息，然后再动身赴爪哇。

船过香港。南太平洋海域，海天一色，光景奇丽。大大小小的岛屿星罗棋布，恰似一串撒落在苍茫云水间的明珠。苏曼殊从船舱走到甲板上，不禁心旷神怡。

忽然，苏曼殊在到甲板上散心、攀谈的旅客中，看到了一双熟悉的身影——那男士 50 出头，曲发长髯，一派绅士风度；那女郎二十五六岁，金发碧眼，粉白丰腴——可不就是自己的老师罗弼·庄湘先生和师妹雪鸿！

“老师！雪鸿！”苏曼殊大叫一声，激动地跑了过去。

“戬儿！”“苏戬！”罗弼·庄湘父女乍见苏曼殊，同样喜出望外。

久别重逢让师生俩不胜惊喜，苏曼殊与罗弼·庄湘搂作一团。雪鸿则含情脉脉地站在一旁，看着师兄与父亲热烈地拥抱在一起。

“戬儿，你这是要去哪里？”罗弼·庄湘松开苏曼殊的身子，问道。

“我去爪哇任教，先到新加坡盘桓几天。”苏曼殊告诉老师，接着问道，“老师，您和雪鸿去哪里？我师娘呢，怎么不见我师娘？”

“戬儿，你师娘这两年身体不好，前年已经回西班牙去了。我这次也辞了香港的教职，和雪鸿一起回我的祖国去，以后我们就在马德里定居了。”罗弼·庄湘告诉苏曼殊。

“什么？你们要永远离开中国！”苏曼殊大吃一惊。他的心猛然一坠。

“是的。戬儿，为师老了，你们中国不是有句俗话叫‘叶落归根’吗？我在香港待了这么多年，也该回去了！再说你师娘一个人在马德里，孤苦伶仃，为师也不放心啊！”

苏曼殊听了，心如刀绞。自 9 岁那年自己入读香港皇娘书院受教于罗弼·庄湘老师以来，整整 18 年个年头，眼前这位与自己毫无血缘关系的异国男子，却给予了他胜过生身父亲的大爱！这么多年来他就像风筝一样四海飘零，可是他心里知道，自己这只风筝上拽着一根长长的线啊！这根线就是罗弼·庄湘老师一家对他的爱，这根线就攥在在香港任教的罗弼·庄湘老师的手心里。如今这根线就要断了，他就要彻底成为一架飘飘无所依的断线风筝了！

想到这里，泪水渐渐模糊了苏曼殊的双眼。在过往的岁月中，他与罗弼·庄湘老师曾多次别离，尽管当时也黯然神伤，但他知道，别离不久，迎来的必将是重逢！然而这次却不同了。东亚、西欧，路途迢远，此别以后，再见的希望极其渺茫！苍天有情，为他们这对父子般的师生安排了这次意外的邂逅；苍天无情，喜相逢转眼就将成为永别离！

苏曼殊又将泪眼投向了雪鸿。对雪鸿，他有的只是满腹的愧疚。香港皇娘书院同窗共读的短暂时光，却为他们缔造了青梅竹马般的深厚情谊。雪鸿的心思他何尝不知道，她一直在深情地爱着他。这是一位多好的姑娘啊！美貌淑良，庄重温柔，知书达理，善解人意。他当然爱她，爱火过处皆为灰烬，然而他却不能接受她，佛的无情剑总是在他情丝万缕的时候，砍向他的心房……

“相见时难别亦难，东风无力百花残。春蚕到死丝方尽，蜡炬成灰泪始干。晓镜但愁云鬓改，夜吟应觉月光寒。蓬山此去无多路，青鸟殷勤为探看。”苏曼殊的脑海里，忽然浮现起李商隐的这首诗。“蓬山此去无多路”？“青鸟殷勤为探看”？不！今日离别后，便如参与商！蓬山万里远，青鸟难探看！各自在天涯，再见永无期！

苏曼殊心旌摇荡，怆然神伤。

罗弼·庄湘见苏曼殊神情恍惚，知他对雪鸿不舍，心中难受，于是对他说：“戬儿，你如果还爱着雪鸿，愿意娶她为妻，那你这次就随我们回西班牙去吧。或者，我让雪鸿留下来也行！”说完，满怀期待地看着苏曼殊，等候他的回答。

雪鸿站在一旁，静静地听着。

那一刻，苏曼殊差点就要庄重地点点头。然而，冥冥中一种不可抗拒的力量，却捉住他的头颅，左右摇动起来：“老师，苏戬已一心向佛，我不能误了雪鸿……”

泪水从雪鸿眼里夺眶而出。

“唉！”罗弼·庄湘重重地叹了一口气，“流水有意，落花无情。婚姻是一种天定，也罢！孩子，你和雪鸿再谈谈，我回舱中去休息了！”

说完，罗弼·庄湘走下了甲板。

苏曼殊与雪鸿四目相对，柔肠寸断。

“雪鸿，真是对不起……”苏曼殊嗫嚅着说。

“不必道歉！其实结果我早就知道了，父亲只不过是为我作最后的争取罢了……”雪鸿惨然一笑。

苏曼殊无地自容。

雪鸿低头从挎包里拿出一本书，递给苏曼殊，哀伤地说：“这是我珍藏多年的一本《拜伦诗集》，送给你，作个纪念吧……”

苏曼殊双手将诗集接了过去，将书翻了翻。书里边夹着雪鸿的一张照片。

苏曼殊深为感动。他从背囊里掏出一叠书稿，对雪鸿说：“这是我

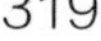

刚刚译成英文不久的《燕子笺传奇》，你给提提意见吧！”

雪鸿接过译稿，浏览起来。

这是中国明末的一个著名剧作，描述的是一个悲欢离合、动人心魄的爱情故事：才子霍都梁到京城会试，与长安妓女华行云相恋，并将两人郊游图像送书画店裱装。时礼部尚书有女飞云，亦将一幅水墨观音送裱。因飞云与行云极像。因而裱工将裱好的两幅画错送。飞云见送回的画像中，一人酷肖自己，一人却是风度翩翩的少年，不禁为之惊慕。阳光灿烂的春天，少女情思缠绵，作诗抒怀。诗笺放在镜台上，被一只飞来的燕子衔往曲江，恰巧飞落在到曲江郊游的霍都梁面前。安史之乱后，霍都梁历经磨难，后易名参军，立功而得重用，擢为节度使，与飞云成婚。夫妻二人，一个拿出图画，一个拿出诗笺，互为惊异，详叙衷情。以后都梁又与行云重逢，历经考验，感情愈加深挚，遂又结为百年之好。从此 3 人相依为命，同甘共苦，白头偕老……

雪鸿览毕，大为感动，喃喃道：“真是太美了，太感人了！”马上提出，让苏曼殊将译稿给她，带到西班牙马德里出版。她要将这个美丽动人的爱情故事，介绍给世界。苏曼殊无限感激，将译稿交给了雪鸿。

船至新加坡，已是日暮时分。愁云惨淡，雾霭沉沉。苏曼殊与罗弼·庄湘和雪鸿随着人流登岸。罗弼·庄湘父女到码头售票处购票，转乘西去的轮船。苏曼殊陪着老师和师妹，在码头旁边的客栈住了一晚。

第二天一早，去西班牙的轮船就要启航。苏曼殊为罗弼·庄湘和雪鸿送行。生离死别，苏曼殊的心，淹没在一股悲怆的潮水中，他搂着罗弼·庄湘，泣不成声：“老师！”

罗弼·庄湘也老泪纵横，他强忍住心中的不舍，轻轻地拍了拍苏曼殊的肩头，说：“孩子，你回去吧，我们走后，你要学会照顾自己，多多保重身体！以后我们一定还有机会再见面的。你要是想我们了，就去西班牙找我们吧！”

“嗯！”苏曼殊使劲地点点头。

“雪鸿！”苏曼殊紧紧地抱住了雪鸿。咸咸的泪水，滴落在雪鸿的脸颊上。雪鸿睁着泪光凄迷的双眼，把一个深情的吻，深深地印在了苏曼殊的嘴唇上。

“呜！”轮船鸣笛了。罗弼·庄湘对苏曼殊说了声：“孩子，我们走了！”就一手拉过雪鸿，跳上了甲板。

苏曼殊目送着轮船渐渐远去，拼命地挥着手，久久不肯放下……

雪鸿永远离去了！回到客栈，苏曼殊思绪万千。雪鸿这个曾给自己以无限慰藉的姑娘，就此永远走进了历史，成为他心灵的剧痛，和无限珍惜的美好回忆！

他拿起雪鸿赠予他的《拜伦诗集》，把满腔愁绪凝聚于笔端——

“秋风海上已黄昏，独向遗编吊拜伦。词客飘蓬君与我，可能异域为招魂？”

“但丁拜伦是我师，才如江海命如丝。朱弦休为佳人绝，孤愤酸情欲语谁？”

旅途的劳顿、离别的悲凉、独行的孤寂，使苏曼殊又病倒了。他在客栈床上躺了好几天，总算痊愈了。他拿起笔来，向南社好友柳亚子写信，袒露自己爱慕雪鸿的心迹：“南渡舟中遇西班牙才女罗弼氏，即赠我西诗数册。每于榔风椰雨之际，挑灯披卷，且思罗子，不能忘弭也……”

算来已在新加坡停留了一个礼拜的时间了，苏曼殊决定，赶紧动身去爪哇。喏班中华会馆的校董黄永淇等他一定等得很着急，会馆的那些华侨子弟等他这个英文教师也一定等得很心焦。

两天后，苏曼殊就出现在了喏班中华会馆的讲坛上。这期间，他与黄永淇成了最亲密的朋友。爪哇处于赤道附近，炎热潮湿，苏曼殊经常生病，黄永淇的母亲无微不至地照顾他，苏曼殊无比感动。为了表达自己的寸草之心，苏曼殊认黄母为义母……

3

喏班中华会馆。1910年春天的太阳明媚而温暖。

苏曼殊的四个女学生杨琛、黄鸾娘、苏金英和林璇正在为他抄录《去国行》《哀希腊》译稿。

俏丽而顽皮的黄鸾娘放下手中的笔，夸张地伸了一个懒腰，对苏曼殊说："累死我也！老师，你剥削我们这么多劳动力，准备怎么犒劳我们啊？嘻嘻！"

苏曼殊佯装生气地用笔轻轻地敲了一下黄鸾娘的头，嗔道："你这小妮子，才抄了几页就喊累。说吧，想怎么敲诈我？"

杨琛、苏金英和林璇都停下笔来，看着苏曼殊和黄鸾娘。

黄鸾娘吐吐舌头，装作思考的样子，说："要你请我们上'椰岛风'去，你可能没那么多钱，本姑娘也不太忍心。这样吧，你就请我们吃一顿克杜巴或沙爹、登登什么的就行了。怎么样？"

"行！我给你们钱，你们自己买去。"苏曼殊爽快地答应了。

"耶！"姑娘们一起欢呼起来。

苏曼殊弯下腰去，拉开桌子抽屉找钱。他从抽屉里抓出一把纸币，朝桌上一扔，说："拿去吧！"

"咯！"纸币中掉出来一个图章，碰着桌面，清脆地一响。

"老师，这章谁给你刻的？刻的什么？"黄鸾娘一把将图章拿起来，瞧了一下，问道。

"这是我的一位朋友帮我刻的，刻的是篆文。"苏曼殊回答道，随即念道，"'我本将心向明月，谁知明月照沟渠。'"

"什么意思？"黄鸾娘歪着头问道。

"别问那么多。趁我现在没反悔，赶快去买吃的吧，要不然你们就没得吃了！"苏曼殊开玩笑地恐吓道。

"别！别！别！"几个姑娘嚷嚷着跑了出去。

屋内一下子安静了下来。苏曼殊拿起刘季平昨天寄到的来信，呆坐在椅子上，沉重地叹了一口气：“唉！”

刘季平在信中告诉苏曼殊说，同盟会内部目前正闹得不可开交：一月份黄兴在《日华新报》发表《章炳麟背叛革命党人之铁证》，指斥章太炎为清政府特务、革命党之叛徒；二月份，章太炎与陶成章等人在东京重组光复会，章太炎任正会长，陶成章任副会长，并创办《教育今语杂志》作为机关报，与同盟会正式决裂……

想起国内的革命形势，苏曼殊立刻便感觉胸中堵得慌，心中忽然涌起了一股强烈的绘画念头。他站起身来，在桌上铺好画纸，拿起笔，开始作画。不一会儿，一幅山水画便跃然纸上：远山淡影，雁阵南飞；近处孤树，一叶轻舟漂于寒江之上。整个画面寒气砭骨。

黄莺娘她们不知什么时候已经回来了，手中拎着吃食，静静地站在苏曼殊身后，瞧着桌上的画，谁也不吭声。她们似乎也感觉到了老师内心的孤愤与落寞……

不久，苏曼殊的吐血疾复发。前后折腾了几个月，医药费耗去七百余金，始愈。

时局的动荡，革命阵营内部的争斗，令苏曼殊深感人心叵测，不禁悲痛万分。多年以来，革命队伍就像一块陆地，他的生命之舟的铁锚，就扎在这块土地上。革命队伍内部团结，土地就坚实，锚就扎得稳，他的心灵之舟就感到安全、踏实；反之，他就感到风雨飘摇。他渴盼革命队伍能同力同心、团结一致，每当听到革命队伍内讧的消息，他的心就泣血。

如今，苏曼殊又感觉自己像锚铁已经脱了岸的破船，被风雨裹挟向烟波深处。他内心又动荡了起来，飘摇无依。为了安定自己那痛苦不安的灵魂，他决定再次踏上朝圣之路，去印度参谒佛诞处，请求佛祖赐予自己一把慧剑，彻底斩断自己心灵中的情根，还自己一片清凉世界，早日参透人生禅机，证得无上觉悟，修得功行圆满，乐登净土。

1910 年 5 月，苏曼殊再次开始印度之行。轮船沿着苏门答腊岛，出马六甲海峡，入印度洋，向印度驶去。

这一次，他终于来到了印度。多年的愿望实现了！苏曼殊抑制不住内心的兴奋，他暗暗告诫自己，一定要趁这次机会，倾心空门，静坐蒲团，精穷玄机，研味佛旨，彻底解决一直以来困扰自己的关于生命终极意义的问题。苏曼殊在中印度的芒碣山寺住了下来。他虔诚地到各处的古寺名刹去朝拜，聆听梵音，追寻佛踪，谦虚地向各座庙宇的高僧们讨教。那些僧人对苏曼殊也很是尊重，甚至将他与曾亡命印度的康有为相提并论。

在往复拜谒的过程中，苏曼殊惊奇地发现，中国的莲花只有红白两色，而印度的莲花竟有白、青、红、黄、紫等多种颜色，而且各种莲花都比中国的大许多而且更香。这一发现更让他坚信佛诞地的神秘和丰饶。

芒碣山寺在山中，山上遍是果树。苏曼殊喜欢吃甜食，每天都要采摘五六十颗鲜果食用，连续吃了将近一个月，心里高兴得不得了，暗自想：有这么美味的鲜果可吃，今后可不食人间烟火了。没想到因为吃得太多，不消化，严重便秘，6日解一次大便，便时痛苦不堪。后来便秘好了，却又患了痢疾，一日拉稀数次。

这样一结一拉，让苏曼殊彻底明白，自己“去道尚远，机缘未至尔”。一个连口欲也戒除不了的人，还谈什么参悟修行呢？这一觉悟彻底粉碎了多年以来支撑他灵魂的信念。参禅不成，反而希望破灭，徒增许多烦恼。这是苏曼殊做梦也没有想到的事情。他痛苦不堪，思谋着逃离印度。

正在这时，他的朋友黄节给他来信，邀他到广州一聚。黄节的信，一下子勾起了苏曼殊的归国之思。他给黄节寄回一诗：“忽闻邻女艳阳歌，南国诗人近若何？欲寄数行相问讯，落花如雨乱愁多！”没过几天，便又踏上了归国之途。

苏曼殊自巴利八版出石叻，一路走走停停，向祖国进发。由于信念幻灭，他的情绪很消沉，沿途所见多悲戚之景。

第二年春天，苏曼殊终于从印度回到了广州。一进花城，他便兴冲冲地直奔广雅书院，去拜访黄节和蔡哲夫。归国之路的艰辛，让苏曼殊成了一个头发和胡须都一尺多长的“野人”，当他出现在黄节和蔡哲夫面前时，两个人一开始竟没有认出他来。等到苏曼殊开口说话了，黄节和蔡哲夫这才知道原来是曼殊和尚从印度回来了。两个人赶紧把苏曼殊拉到外面的澡堂子去洗了个澡，又把他拖到理发店。一番修理之后，“野人”这才变回了眉清目秀的苏曼殊。

苏曼殊与黄节和蔡哲夫一起在广州城大醉了几天后，又离开广州回上海，跟着新认识的朋友马小进，一起到照相馆照了几张相。这时，他开始撰写自传体小说《断鸿零雁记》，并且着手翻译梵文诗剧《沙恭达罗》。在上海住了一段日子后，他又回到了日本。苏曼殊先到松岛的金阁寺去拜访了僧人飞锡。飞锡是苏曼殊母亲河合仙的一个远方亲戚，当时正替苏曼殊删改旧作《潮音集》，并且为他撰写好了书跋准备印行。

这时苏曼殊收到黄永淇从爪哇的来信，请他重回喏班中华会馆任教。面对挚友的盛情。苏曼殊不能拒绝。于是在这年 7 月，苏曼殊又重渡爪哇，仍主讲喏班中华会馆。

4

苏曼殊回到爪哇，看到在自己出游期间寄到喏班中华会馆的刘季平的来信，这才知道广州起义失败、好友赵声忧愤成疾在香港病逝的消息。

原来这年 1 月，孙中山在马来半岛的槟榔屿召集赵声、黄兴、胡汉民、邓泽如等同盟会重要骨干开会，鉴于之前运用会党为主力在边区的起义皆未能成功，革命正陷入低潮，会议决定集同盟会精英，在广州起义，和清政府决一死战。任命赵声为起义总指挥，黄兴为副总指挥。4 月 27 日下午，黄兴率 120 余名敢死队员直扑两广总督署，与清军激战一昼夜，终因寡不敌众而告失败。黄兴被打断右手中食两指第一节，化装避入一家小店才幸免于难。赵声率领的另一路起义军于 28 日晨紧急回援，到达广州时已无法入城，被迫撤退。后来，革命党人在两广总督署周围收殓到 72 具烈士遗骸，合葬于黄花岗。由于广州

两次起义均遭失败，赵声悲愤抑郁，于5月18日在香港病逝……

得知赵声去世的噩耗，苏曼殊大哭了一场。自6年前与赵声在南京陆军小学相识以来，他与赵声缔结了情同手足般的生死情谊。赵声志向高远，雄才大略，能文善武，肝胆照人，一直是他深深敬爱着的兄长和同志。他的去世，是民主革命的一个重大损失！苏曼殊想起还是在南京的时候，赵声曾向自己求画，自己承诺一定满足他的愿望，然而，6年时间过去了，自己却一直没有履行诺言。想到这里，苏曼殊悔彻心肺、痛彻心肝。他暗下决心，等自己回到国内时，一定要偿还这个心债，为伯先兄画一幅画，焚化于他的墓前。

广州起义失败的消息，令苏曼殊忧心如焚。他萦怀国内的反清斗争，然而他身处海外，远离祖国，对国内的革命形势不甚明了，因而他的内心，充满怅惘与抑郁。在答日本僧友云上人的诗歌《步元韵敬答云上人》中，他表露了这种颓丧的心情："诸天花雨隔红尘，绝岛飘流一病身。多少不平怀里事，未应辛苦作词人。""旧游如梦劫前尘，寂寞南州负此生。多谢素书珍重意，怜依憔悴不如人。"

10月28日下午，苏曼殊正在宿舍撰写小说《断鸿零雁记》，黄鸾娘、杨琛、林璇和苏金英四位女生围坐在另一张书桌上，为他誊抄梵文诗剧《沙恭达罗》的汉文译稿。黄永淇手里拿着几封信，兴冲冲地跑了进来，嘴里高声嚷着："曼殊，武昌起义了！湖北军政府成立了！满清要垮台了！"

"什么？"苏曼殊"腾"地从椅子上弹了起来，不敢相信自己的耳朵，"永淇！你再说一遍！"

黄鸾娘、杨琛、林璇和苏金英也停下了手中的笔，一齐站了起来。

"武昌起义了！满清要垮台了！"黄永淇兴高采烈地说，他把手里的信一齐递给苏曼殊，说，"柳亚子、马君武他们给我们来信说，武昌新军起义取得胜利了！"

"真的？"苏曼殊激动得跳了起来，他一把夺过信去，急不可耐地一封封快速浏览了起来。

柳亚子、马君武等人在信中告诉黄永淇和他，10 月 10 日晚，武昌城内新军工程第八营士兵，打死镇压革命士兵的排长，发动了向湖广总督署和张彪的第八镇司令部的进攻，攻占了楚望台军械库，打响了武昌起义的枪声。经过一夜战斗，11 日，起义军占领了武昌城；12 日至 13 日，又攻占了汉阳和汉口。起义军掌控武汉三镇后，湖北军政府成立，黎元洪被推举为都督……

原来，清政府的“铁路国有”政策公布后，立即引起湘、鄂、川、粤四省人民的反对，出现了广泛的“保路运动”。“保路运动”规模最大、斗争最激烈的是四川。1911 年 6 月，四川成立“保路同志会”，宣布“以保路、废约为宗旨”。9 月，全省 60 余县成立“保路公会”，数千万人卷入运动。清政府一面调湖北新军入川，一面命“实力弹压”保路运动，四川保路运动成为武昌起义的直接导火线。四省保路风潮兴起时，湖北武昌的“文学社”和“共进会”便积极准备相机发动武装起义。10 月 9 日，孙武在汉口机关配制炸药不慎，起义机密泄漏，刘复基、彭楚藩等人被捕。10 日晨，彭、刘被杀，清军四处捕捉革命党人，武昌起义因此爆发。

“万岁！”苏曼殊高呼一声，将信朝桌子上一扔，一把抱起黄永淇，在室内疯转了起来。

“和尚，快放我下来！和尚，快放我下来！”黄永淇被他转得眼冒金星，一个劲地直喊。他没想到苏曼殊这个平素看来羸弱不堪的病和尚，发起蛮来竟有这么大的牛劲。

黄鸾娘、杨琛、林璇和苏金英都瞪大着眼睛，吃惊地看着老师。虽然她们对革命一无所知，但她们知道，黄校董带来的这个消息，一定是个天大的喜讯，不然她们的老师不会高兴得这么失态。

苏曼殊终于把黄永淇放了下来。他自己也累得直喘气，一边喘，一边喃喃自语：“我要回国去，我要回国去！”

振奋人心的消息激动着苏曼殊，他再也无心写小说了。送走黄永淇和 4 个女学生之后，他难抑心头的兴奋，马上提笔给柳亚子和马君武回信：

“亚子君武两公侍者：久别思心弥结，谁云释矣？迩者振大汉之天声，想两公都在剑影光中，抵掌而谈；不慧远适异国，惟有神驰左右耳。天梅止齐，为况何似？楚怆兄近居沪否？不慧又病月余，支离病骨，谁怜季子！今拟十二月遄归故国，邓尉山容我力行正照，届时望诸公惠存，为我说消魂偈。君武亚子，愿耶否耶？”

11月，他又给柳亚子寄去一信：“亚子足下：曼离绝语言文字久。昨夕梦君，见縢上蒋虹字腿，嘉兴大头菜，枣泥月饼，黄垆糟蛋各事，喜不自胜；比醒则又万绪悲凉，倍增归思。‘壮士横刀看草檄，美人挟瑟请题诗’，遥知亚子此时乐也。如腊月病不为累，当检燕尾乌衣典去，北旋汉土，与天梅、止斋、剑华、楚仓、少屏、吹万并南社诸公，痛饮十日；然后向千山万山之外，听风望月，亦足以稍慰飘零。亚子其亦有世外之思否耶？”

紧跟着，他又接二连三地接到国内的友人们传来的好消息：武昌起义胜利后才41天，湖南、陕西、江西、山西、云南、浙江、贵州、江苏、安徽、广西、福建、广东、四川等15个省纷纷宣布脱离清政府宣布独立。关内18省中只剩下甘肃、河南、直隶、山东4省效忠清朝。辛亥革命取得了伟大胜利，清王朝的覆灭指日可待。

国内如火如荼的革命斗争形势，让苏曼殊在爪哇再也待不住了。他的胸膛，再一次燃烧起熊熊的革命怒火。他必须立即回国，投身到火热的革命斗争中去，与革命同志一起，为彻底烧毁罪恶的清王朝，再添一把柴薪！

黄永淇得知苏曼殊的决定，紧紧握着他的手，说：“曼殊，你回去吧，我支持你。压迫我们汉人几百年的清政府终于要被推翻了，我高兴啊！”

听说苏曼殊要回国参加推翻清政府的最后斗争，苏曼殊的义母、黄永淇的母亲手里提着一袋吃食，颤巍巍地来到苏曼殊的宿舍，抓着苏曼殊的手，对他说：“儿啊！俺老黄家祖上就是清兵入关那年逃到爪哇避难的，你回中国后，可要替俺老黄家多杀几个清兵啊！”

“唔，干娘，我会的！”苏曼殊噙着眼泪答应道。

苏曼殊临行前的晚上，黄鸾娘拿着一个红色丝带扎的小礼品盒跑来送行。苏曼殊看她眼圈红红的，正要劝她，黄鸾娘把盒子朝他手里一塞：“老师，给您。祝您一路顺风！”说完，转身就跑走了。

苏曼殊把盒子打开一看，里面搁着一绺青丝。青丝下，折叠着一封信。信下，放着一张黄鸾娘的照片。

苏曼殊展开信来，是黄鸾娘写给他的一封情书。信中，黄鸾娘倾诉了对他的一片爱慕之情。苏曼殊又拿起照片，在反面看到了这样一句话：“请永远记得我！我敬爱的曼殊老师！”

原来这个孩子已暗恋他很久了，怪不得她平时总是寻找各种理由，和自己待在一起。苏曼殊这时终于明白了过来。他心中一暖，喃喃道：“鸾娘，我会的！”说完，将青丝、照片和信，揣进了贴胸的衣服口袋中……

1911 年 12 月，苏曼殊再次登上了归国的海轮。

上船前，他把购票余下的上百金的储蓄，全部用来买糖果。见到的人无不感到惊讶，大家都在心里说，从爪哇到上海，才不到半个月的旅程，苏曼殊一个人怎么吃得完呢？然而海轮尚未抵达吴淞口，苏曼殊早已把那大袋糖果吃得精光。同船的旅客莫不瞠目结舌。

绮陌春寒压马嘶，落红狼藉印苔泥。
庄辞珍贶无由报，此别愁眉又复低。

第十四章　汾堤梦碎

江南花草尽愁根，惹得吴娃笑语频。
独有伤心驴背客，暮烟疏雨过阊门。

1

海轮驶离爪哇的泗水港，向着香港劈波斩浪。

12 月的太平洋，寒风凛冽，卷起一层层凶猛的巨浪，向海轮扑来，又被船头击得粉碎。一排排银色的水花，弹到半空，“哗”的一声，倾泻下来。

苏曼殊焦躁地在甲板上踱来踱去，全然不理会那如泼的浪花。他的全身已被浇得透湿，却丝毫没有回舱的意思。此刻，他的胸膛，正熊熊燃烧着一蓬烈火，让他焦灼难耐。他恨不得立刻插上双翅，横绝这烟波浩渺的洋面，飞向祖国，飞回革命队伍中去，飞到他敬仰的孙中山先生身边去……

“曼殊！快进舱吧，甲板上太冷了，你看你的衣服都全打湿了，要生病的。”苏曼殊在船上刚刚结识的新朋友平智础，不知什么时候走上了甲板，对他喊道。

“智础，我不冷。”苏曼殊疾步走到平智础身边，抓起他的手，按在自己的胸口上，“你摸摸我的心口，是不是像火一样？”

平智础的手触到苏曼殊胸前的衣服，已湿得像块寒冰，他不由地打了个寒颤，说了声“都湿成这样了”，忙一把将苏曼殊拖下了甲板。

“智础，革命成功了，中华民族有救了！”苏曼殊被平智础拖着走进船舱，边走边嘟囔着。

“快把湿衣服脱了！”平智础说着，解开苏曼殊的包裹，拿出一套衣服，递给苏曼殊。

苏曼殊一边换衣服一边说道：“满清终于快完蛋了，中国要实现共和了。我是多么渴望能早一天投身到革命的激流中，一展长才啊！”

“曼殊，你说的革命我不懂，我就知道一个理，这衣服要是湿了就得脱掉换上干衣服，不然是要生病的！”平智础戏谑道。

“你说得太好了！”苏曼殊一把握住平智础的手，“这旧世界就是一身湿衣服，我们中国穿湿衣服穿得太久了，所以才病成这样。现在好

了，革命成功了，这身湿衣服终于可以扔进太平洋了！”说完，苏曼殊抓起刚刚换下的一身湿衣服，“啪”的一声拉开船窗，将衣服扔了出去。

平智础目瞪口呆：“曼殊！你还真扔啊！”

“怎么，埋葬旧世界你舍不得？”苏曼殊反问一声，目光炯炯，直视着平智础。

平智础苦笑一声，无奈地摇摇头。

海轮终于抵达香港。苏曼殊拉着平智础，下了甲板……

第二天上午，苏曼殊拉着平智础，到码头买票去广州。在售票处，竟意外地遇上了他的从兄苏维翰。苏维翰也正准备回广东老家，见了多年不见的苏曼殊，异常兴奋。他拉着苏曼殊的手，说：“三弟，回沥溪看看吧，你自 12 岁那年离开家，已有 17 个年头没回过老家吧？”

苏曼殊摇摇头，没有作声。

苏维翰以为苏曼殊是记恨大陈氏的缘故，就告诉他，大陈氏前年莫名其妙得了一场怪病，怪病好了之后，却突然疯了，一天去河边淘米时栽进水里淹死了。

“报应！”苏曼殊冷冷地吐出两个字。

“三弟，跟我回去看看吧！”苏维翰诚恳地说。

“哥，别再说了，我是不会回去的！”苏曼殊生硬地说了一声。

苏维翰长叹一口气。他知道苏曼殊的脾气，父亲和祖母死了他都拒绝回家奔丧，看来他是不会跟着自己回去的。苏家伤他伤得太深了啊！

“也罢，三弟！”苏维翰从提包里取出五百银圆，塞到苏曼殊的怀里，“这些钱你拿着，能派上用场的。”

苏曼殊没有推辞。

买好票后，苏维翰拉着苏曼殊到照相馆照了一张合影，以作留念。两人就此分手。

苏曼殊的心早已飞向了上海。到广州后，他马上奔赴上海。到达上海时，已是 1911 年岁尾的最后一天。第二天，中华大地迎来了 1912 年新岁的第一缕曙光。

过了些天，苏曼殊与好朋友张继一起去杭州西湖北山路边的秋社。秋社是他们俩共同的好朋友、南社诗人陈去病、徐自华夫妇的客居地。因为天气寒冷，这时陈去病和徐自华都还在房里睡着懒觉。

“嗵！嗵！嗵！”苏曼殊用力地叩击着院门。

“谁呀？”陈去病、徐自华一起被惊醒，忙唤仆人去开门。

“你们两个大懒鬼，太阳都晒到屁股了，还在与周公约会啊！”苏曼殊大声嚷嚷。

“春宵一刻值千金，从此君王不早朝啊！”张继开玩笑道。

“原来是曼殊和溥泉啊！稀客稀客。”陈去病和徐自华忙穿衣起床，打开房门。

4 人草草地扒了几口不知应该算做早餐还是算做中餐的饭，一同在门口雇了一只木船，泛舟游览西湖。

“卖报！卖报！上海《申报》！中华民国临时政府在南京成立，孙中山被推举为临时大总统！”一个报童手中扬着报纸，从远处向他们跑来。

“什么？”4 人一齐呆了。

“中华民国临时政府在南京成立！孙中山被推举为临时大总统！先生太太，买几份报纸吧！”报童重复了一遍。

“革命胜利了，万岁！”4 个人一起高呼。徐自华搂着丈夫，狂吻起来；苏曼殊双手搭在张继的肩头，跳到了他的身上。

报童傻傻地看着他们。

徐自华忙从包里拿出 4 个铜钱，塞给报童，要了 4 份报纸，一人一份。

4 个人都迫不及待地看了起来——

1911 年底孙中山从海外回到上海后，受到热烈欢迎。各省代表在南京集会，决定成立中华民国临时政府，推举孙中山为中华民国临时大总统，黎元洪为临时副总统。1912 年 1 月 1 日，孙中山在南京宣誓就职，宣告亚洲第一个民主共和国——中华民国正式成立。中华民国

定都南京，采用五色旗为国旗，改用公历，以中华民国纪元，1912 年为民国元年……

这从天而降的特大喜讯，让他们每个人都血脉贲张。整整一天，他们在湖上纵情谈论，憧憬着民族美好的未来。

四人在湖上玩了 3 天。3 天来，天气有晴，有雨，有雪，张继每每引之为人生至乐，说晴湖、雨湖和雪湖，正曲尽了西湖之美。

第三天晚上，张继接到民国临时政府发来的电报，说他当选为临时参议院议长，要他速到南京履任。第四天一早，张继去南京赴任。苏曼殊留了下来。

下午，苏曼殊去访白云庵。不意竟见着了过去写恐吓信把自己从庵中吓跑的雷铁崖。雷铁崖也刚刚接到了民国临时政府任命他为孙中山临时大总统秘书的通知，正在收拾行囊，准备赴南京就职。

看见苏曼殊，雷铁崖忙就一年前自己误会苏曼殊而采取的过激行为，真诚地向苏曼殊道歉。两人前嫌冰释，恩仇尽泯，惺惺相惜，苏曼殊特意画了一幅画，赠予雷铁崖，以表心意……

一个月之后，苏曼殊收到柳亚子的来信，请他速回上海，到北伐军机关报《太平洋报》担任主笔。

苏曼殊打点好行装，告别陈去病和徐自华夫妇，离开杭州，登上了开往上海的火车。

2

苏曼殊在上海没地方住，柳亚子便邀他到七浦路自己家租的一套出租屋同住。柳亚子家没有多余的被子，苏曼殊便跑到陈去病的出租屋里，把陈去病唯一一床薄被，抱了回来。

第二天，苏曼殊跟着柳亚子，来到《太平洋报》社上班。

《太平洋报》是沪军都督陈英士倡议创办的。中华民国临时政府成立后，陈英士感到应该加强上海的革命舆论宣传工作，于是与滞留在上海的北伐军总司令姚雨平和参谋长叶楚伧商量，决定创办一份新报，取名为《太平洋报》。社长姚雨平，总主笔叶楚伧，总经理朱少屏，柳亚子、胡寄尘、姚锡钧、李叔同、徐小淑、姚鹓雏、沈道非、陈陶遗、费天健、林一厂、傅盛勋、余天遂、林寒碧等人，分别主编一个版面。这些人全都是南社社员，而且大部分都是苏曼殊的老朋友，因此苏曼殊到《太平洋报》主理笔政，一点也没有陌生感。

“玄瑛，你去看望过章太炎先生吗？”约莫过了一个礼拜左右，有一天柳亚子忽然问苏曼殊。

“没有，”苏曼殊摇摇头，“我不想去看他。”

“为什么？”柳亚子惊讶地问道。

“民国政府都已经成立了，他还在与孙先生分庭抗礼，真是不应该啊！他怎么就这样没有大局观念呢？糊涂啊！”苏曼殊回答说。他指的是章太炎归国后，与黎元洪及立宪官僚鼓吹“革命军起，革命党消”，要求解散同盟会，并且为了对抗孙中山为首的民国临时政府，于 1 月 3 日，同程德全、陶成章等人发起组织“中华民国联合会”，自任会长这件事。

“是啊，我有个预感，这个超级糊涂的犟儒，最终有可能走到民主共和的反面啊！”柳亚子叹了一口气，继续说，“照理说孙中山先生对他是够宽怀的了，临时政府一成立，孙先生就聘他为枢密顾问，待之于国礼啊！”

“就不谈他了吧！”苏曼殊说，“刘申叔现在如何？你有他的消息吗？”从自己为了躲避何震逃到爪哇后，他就一直没有听到过刘师培的消息。虽然他们两个已经反目，但毕竟自己与他曾经朋友一场啊，说实话，他的心里对刘师培还是有点挂怀的。

“他啊，自作孽，不可活！好好的人不做，偏要去做鬼！”柳亚子骂了一声，“去年端方从直隶前往四川镇压‘保路运动’，在资州被哗变的新军击杀，跟着他去的刘师培被新政权羁押在四川军政府资州军政

分府！现在民国临时政府有两种声音，一种认为刘师培罪不容诛，应该对他认贼作父的罪行进行严惩，杀无赦；一种希望政府看在刘师培为饱学之士，人才难得的份上，对他网开一面，让他戴罪立功。现在两种意见呈胶着状态，结果不明啊！听说他陷身樊笼，已完全变成一只惊弓之鸟了！”

说完，柳亚子从桌上拿起几份报纸，递给苏曼殊，说：“这是章太炎、蔡孑民和陈仲甫3人为营救刘师培而发表的言论，你看看吧！我弄不明白的是，章太炎既然能宽宥刘师培，他对孙中山先生为什么就没有一种宽容精神呢？唉！”柳亚子叹了一口气。

苏曼殊接过报纸，看了起来。

第一份报纸上登载着章太炎的《宣言》。章太炎尽弃往日嫌隙，顾念刘师培学问精湛，人才难得，为他争取一线生机：

“昔人曾云，明成祖‘城下之日，弗杀方孝儒，杀之，读书种子绝矣’……今者文化凌迟，宿学凋丧，一二通博之材如刘光汉辈，虽负小疵，不应深论。若拘执党见，思复前仇，杀一人无益于中国，而文学自此扫地，使禹域沦为夷裔者，谁之责耶？”

第二份报纸上刊载着刚被任命为安徽都督府秘书长的陈仲甫，吁请临时大总统孙中山特赦刘师培的上书。在信中，陈独秀历数故友功绩，以“神经过敏”为开脱，以“延读书种子之传”为保全。文字如下：

“大总统钧鉴：仪征刘光汉累世传经。髫年岐嶷，热血喷溢，鼓吹文明，早从事于爱国学校、《警钟日报》《民报》等处，青年学子读其所著书报，多为感动。今共和事业得以不日观成者，光汉未始无尺寸功，特惜神经过敏，毅力不坚，被诱佥任，坠节末路，今闻留系资州，行将议罚，论其终始，实乖大法，衡其功罪，或可相偿，可否恳请赐予矜全，曲为宽宥，当玄黄再造之日，延读书种子之传，俾光汉得以余生著书赎罪……谨此布闻，伏待后命。”

第三份报纸上登载着身为南京临时政府教育总长的蔡孑民在不知刘师培音信的情形下写的《求刘申叔通信》：“刘申叔学问渊深，通知今古，前为宵人所误，陷入范笼。今者，民国维新，所望国学深湛之士提倡素风，任持绝学。而申叔消息杳然，死生难测。如身在地方，尚望先一通信于国粹学报馆，以慰同人眷念。”，以及在获知刘师培下落后以教育部名义要求四川“将刘护送来部，以崇硕学”的致电。

章太炎、陈仲甫、蔡孑民等人以文化事业为重，对刘师培不念旧恶、多方营救的宽广胸怀，令苏曼殊大为感动。他说：

“浪子回头金不换！革命党人这么宽宏大量，只是不知道刘申叔是否能够回头啊！”苏曼殊忧虑地说。

“难说啊，唉！”柳亚子沉重地叹息了一声……

苏曼殊和柳亚子一家同住好几天了，柳亚子的儿子柳无忌已有六七岁了，天天和苏曼殊玩在一起，可苏曼殊是个粗心人，竟一直弄不清楚他的性别，总把他当成一个女孩子，有时候连他的名字也要叫错，把他唤做“无垢”。在送给柳无忌的几张风景画片上，封套子上竟书写“无垢女公子收入”7字；又有一次，他给柳无忌送了两朵绢花，竟在信笺上写上“绢花两朵，无忌女弟哂存。瑛”的字样，让柳亚子一家哭笑不得。

一天晚上，苏曼殊跟柳亚子去看完冯春航主演的《血泪碑》一剧，回到七浦路住处后，两人兴犹未尽，坐在客厅继续聊了起来。苏曼殊评论说：“春航数年前所唱西曲，不如今日完美，实觉竿头日进，剧界前途，大有望于斯人也！”柳亚子表示赞同。聊着聊着，话题转到了苏曼殊的诗画艺术造诣。柳亚子由衷地对苏曼殊说：“玄瑛兄，你的诗歌清新自然，不愧为灵界诗翁！你的画笔意灵动，真乃千秋绝笔！所谓的才子诗画，说的就是玄瑛兄你啊！你的文学和绘画才能，不是死读和死练获得的，全靠你的天才啊！”

3

上海静安寺旁的沧州别墅，绿槐夹道，清幽绝俗。苏曼殊由七浦路搬来此处居住已有一段时日。与柳亚子一家同住，一切都好，就是无忌那孩子太顽皮，有事没事总爱缠着他，影响他创作《断鸿零雁记》，正好这时他得了一笔比较丰厚的稿费，于是就同柳亚子商量，说自己想搬出去一个人单独住。柳亚子和夫人郑佩宜知道他的脾气，没有多作挽留，雇了一辆车，夫妻二人亲自把苏曼殊送到了沧州别墅。

这天，苏曼殊正在楼上窗前写作，偶尔抬头，忽见一辆黑漆漆的包车从远处开来，在别墅门前停住了。随即从驾驶室跳下一个二十来岁、身着戎装的青年军人，他拉开了车门，一个三十四五岁的汉子从车上下来。这汉子身形魁伟，一身戎装，英俊儒雅，气宇轩昂。他扯了扯军装的下摆，就要迈步向前。

“都督，您在这里候着吧，我上去把苏曼殊叫下来。”青年军人说。原来来人就是沪军都督陈英士。青年军人是他的马弁。

“不，我上去！”陈英士说完，向苏曼殊住的楼房走了过去。

苏曼殊在楼上早已认出陈英士。不过他没有太大的惊喜。此前社会上盛传，正是这位陈英士，派人刺杀了陶成章。这传闻在苏曼殊心房投下了一片挥之不去的阴影。尽管他将信将疑，但从此对陈英士这位留日时结识的好友，不复往日的印象。不过，苏曼殊也确实没有想过陈英士会主动来看望自己，这多少令他心里产生了一丝感动。

“玄瑛啊，你到上海多时了，又在我创办的《太平洋报》做事，怎么不去看看我啊？你的架子好大噢！”陈英士一进门，就大声调侃道。

“哦！原来是都督大人驾到，有失远迎，恕罪恕罪！”苏曼殊话中带刺，双手顶礼。

“都老朋友了，你还同我客气做甚？”陈英士佯装生气，说，“我来看看你生活得好不好！”

“托都督的福，和尚目前还没死。”苏曼殊的口气依然生硬。

“你呀你，真是改不了的臭和尚脾气！”陈英士骂道。他接着说：“我为你送钱来了。和尚在风尘中生活，不可令床头金尽啊！”

“给我送钱？那好，那好！”苏曼殊眉开眼笑，双手一伸，说，“拿来吧，和尚虽然不太喜欢你这个人，但钱却是喜欢的！”

马弁将一叠银票交到苏曼殊的手中。苏曼殊一把将它揣进口袋里。

陈英士拉起苏曼殊的手，诚恳地说：“玄瑛啊，到临时政府去做事吧！你是民国的一位功臣，也是一位革命元老啊！你去找找大总统吧，他一定会重用你的！那么多后来参加革命的人现在都成了民国的股肱之臣，你怎么这么沉得住气啊！”

“你要我去做官，那不是等于拿刀杀我吗！英士，和尚我只会舞文弄墨，这你是知道的。而且和尚这么多年来闲云野鹤惯了，实在受不了那份洋罪啊，你就饶了我吧！”

“强扭的瓜不甜，也罢！”陈英士叹了一口气。过了一会儿，他问：“玄瑛，你这段时日同章太炎联系过没有？”

苏曼殊摇摇头：“此次过沪，与太炎未尝相遇，闻已北上矣！”

陈英士点点头，说：“是的，这陋儒现在与大总统是越走越远，与袁世凯是越走越近啊！他最近与程德全、张謇、熊希龄和宋教仁等人组织什么‘统一党’……”

“陶成章到底是不是你杀的？”苏曼殊忽然正色问道。

陈英士怔了一下，旋即勃然大怒：“胡说八道！这谣是谁造的？要是被我查出来了，我一定饶不了他！暗杀革命同志，我陈其美是这样的卑鄙小人吗！”

陈英士越生气，苏曼殊心里越高兴。在他看来，陈英士的生气，即意味着对传言的否定。在他的内心深处，他是宁愿相信杀害陶成章的凶手另有其人，而不是眼前这个自己一直友爱着的革命朋友和同志。

“玄瑛啊，你回上海后，也没去看过黄克强吧！”陈英士见苏曼殊一副出神的样子，问道。

“没有。”苏曼殊摇摇头。民国临时政府成立后，黄兴就任陆军总

长兼参谋总长。在苏曼殊看来，黄兴这是算发达了。对所有在民国成立后发达了的人，他都自觉地避得远远的；要是搁以前，苏曼殊早就去看望自己敬爱着的克强兄了。

“你去看看他吧，他生病住院了！”陈英士说。

“什么，克强兄病了？严重吗！”苏曼殊一下子急了，忙问陈英士。

“这次有点严重，不住地吐血，正在南京的马林医院住院，我刚去看过他。唉，他这是积劳成疾啊！”陈英士叹道。

“英士，你有车，马上送我去南京，我要去医院看克强兄！”苏曼殊抓着陈英士的手，急迫地说。

“哎呀和尚！你这个人，要么根本不理人家，要么恨不得马上就扑到人家身上去，我哪有你这样自由，说去就去啊。我是抽不出身陪你去了，这样吧，过两天我安排车子陪你跑一趟，总行了吧？”陈英士说。

“那好吧！”苏曼殊无奈地说。

陈英士没有食言。过了几天，他果真安排车子载着苏曼殊往南京跑了一趟……

从南京回来后，苏曼殊的情绪一直很低落。黄兴的病情倒不是太严重，经过几天的治疗，已大有好转。令他情绪低落的主要原因是，他所看到的民国首都，与他想象中的革命新府似乎不是一回事：城里一派歌舞升平，外面前来讨官跑官的人如过江之鲫。革命尚未成功，长江以北的半壁江山还控制在清兵之手，这样下去，李闯王和“太平天国”的悲剧，难免要在民国重演啊！

苏曼殊又开始和朋友们流连于秦楼楚馆、酒池肉林，借以摆脱心中的苦闷和凄楚。他几乎每天都有饭局，时而西装革履，时而袈裟飘飘，不是大吃花酒，便是吃西餐，吃中菜。花酒还是到以前常去的“江南春”“海国春”和“一家春”吃，西餐选在“岭南楼”和“粤华楼”吃，中菜则多在“杏花楼”吃。活动的发起人，一般都是苏曼殊。

一天下午，给孙中山担任秘书的雷铁崖专程从南京赶到上海报馆来看望苏曼殊。无巧不成书，苏曼殊的义兄苏墨斋也恰在此时到访。

下班后，苏曼殊邀朱少屏、叶楚伧和柳亚子与自己一起上“江南春”去陪客人玩乐。

“曼殊，叫上李息霜吧，在我们《太平洋报》社，你们两个人，可是最有共同点啊！”朱少屏对苏曼殊说。

“是啊是啊，玄瑛和叔同，都留学过日本，都是南社社员，都擅长丹青，又都与佛有缘，具有这么多共同点的人，还真是不多啊！”柳亚子表示赞同。

“我邀过他一次，人家孤高自恃，不肯跟我们一起去，那就算了！”苏曼殊冷冷地说。

“你们的关系不是很好吗？你的小说《断鸿零雁记》，就是他力荐在《太平洋报》上发表的呀！”叶楚伧惊讶地说。

“他们不是关系不好，而是性情不同。曼殊热烈起来像烈火，冷漠起来如寒冰；息霜的性格比较平和稳重。两个人连画风也迥然不同呢！曼殊的画风萧瑟孤僻，息霜的画风雄健遒劲，一柔一阳，相得益彰啊！”朱少屏解释说。

“李息霜？就是那个在日本创办‘春柳社’，反串‘茶花女’的人吗？”雷铁崖好奇地问。

“正是他。”苏曼殊回答说，“前数年东京留学者创春柳社，以提倡新剧自命，曾演《黑奴吁天录》《茶花女遗事》《新蝶梦》《血蓑衣》《生相怜》诸剧，都属幼稚，无什么可看的。”

柳亚子见苏曼殊对李叔同演的《茶花女》诸话剧颇有微词，觉得不妥，忙转移话题，打趣地问道：“曼殊，你今天去吃花酒，还化不化名‘秦佛陀’啊？”

4

玉兔西坠，天色破晓。苏曼殊、朱少屏、叶楚伧和柳亚子一齐走出

"江南春"的绣楼，到街上寻车，各自打道回府。

"曼殊，我问你一个问题。"朱少屏忽然停下脚步，回头问苏曼殊。

"什么问题？少屏兄但说无妨！"苏曼殊答道。

"你的血统到底属于中国还是日本？有人说你的生父是中国人，也有人说你的生父是日本人，你能告诉我吗？"朱少屏说。

苏曼殊的脸色陡转煞白。他迟疑了良久，终于长叹了一口气，含糊地说："少屏兄，我的身世有难言之恫啊！"

朱少屏见苏曼殊痛苦的情状，便不再追问下去。

一时冷场。

叶楚伧忙调节气氛，没话找话，问道："曼殊，你对花雪南、张娟娟、杨兰春和好好这四个姑娘怎么评价？"刚才就是这4个人接待他们的。

"花雪南年纪已大，得气之冬；张娟娟颇静默，有名士风，得气之秋；至于杨兰春和好好么，不过两个小孩子罢了，和尚不予置评！"苏曼殊回答说。

叶楚伧哈哈大笑起来。

朱少屏见有了话头，忙接上了茬："和尚，你整日沉湎于花街柳巷，却又不动荤腥，这是为何？"

苏曼殊正色道："我本佛子，不欲取肉欲之乐也！"

柳亚子说："是啊！佛是玄瑛的圣地，是玄瑛的精神栖息之所；而女人则是玄瑛在这圣地之外的精神疗养院啊！"

"知我者，亚子也！"苏曼殊感动地说。他一把抓起了柳亚子的手，紧紧搂在自己的怀里。

"哈哈哈哈！"众人一齐大笑起来。

"对了，曼殊！我昨天看了你的《南洋话》，真是写得太好了！"朱少屏由衷地赞道。他说的是当荷兰殖民主义者对我爪哇华侨进行血腥屠杀之际，苏曼殊为了维护华侨的正当权益和祖国的尊严而发表的《南洋话》这篇文章。

"那是自然，玄瑛本来就是一个'兵火头陀'嘛！"柳亚子替苏曼殊答道。

众人一齐点头赞同。

“曼殊，我们同事都这么长时间了，什么时候给我画一幅画吧！”叶楚伧忽然请求道。

“高吹万千里寄缣，请玄瑛绘制《寒隐图》，尚且一再稽延，频年难以到手，你啊，就等着吧！”柳亚子呵呵大笑着说。

叶楚伧神色有些落寞。

“要我画什么题材？”苏曼殊问道。

叶楚伧见苏曼殊接话了，大喜过望，连忙说：“给我画一幅《汾堤吊梦图》吧！”

原来叶楚伧是明朝天启进士叶天寥的后裔。叶天寥曾官工部主事，因不耐吏职，回家乡休养；明亡，弃家为僧。其女叶小鸾才貌双全，文藻斐然，可惜天不假年而早夭。早些年，叶楚伧于旧货摊中觅得叶天寥的《午梦堂集》一卷，得知叶小鸾墓址就在汾湖侧畔。令叶楚伧欣喜欲狂的是，就在前些天，他竟又觅得了叶小鸾曾经用过的端砚一方。叶楚伧遂多次泛舟汾湖，寻访祖上午梦堂旧址并叶小鸾墓。他请苏曼殊为自己画《汾堤吊梦图》，目的就是想以此来纪念祖上叶天寥和叶小鸾。

苏曼殊默不作声。

叶楚伧忙从怀里掏出一把碎银，塞进苏曼殊手里，说：“曼殊！又没钱用了吧？这些银子给你，拿去买些糖吃！”

“你想贿赂玄瑛？只怕是‘竹篮子打水，一场空’啊！”柳亚子笑道。

苏曼殊不答，接过碎银，揣进衣兜里。旋又从怀里掏出两张照片，一张是一个日本姑娘的肖像，另一张是他自己的西装照片，交给柳亚子，要柳亚子帮他在报上登载出来。

“这位日本姑娘是谁啊？”柳亚子问。

苏曼殊笑而不答。

几天后，柳亚子在苏曼殊交给他的那张日本姑娘照上，题上“东海女诗人”五字，铸铜版登载了出来。他又在苏曼殊的那张西装照片上，

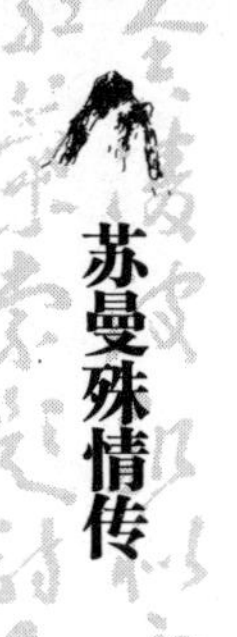

题上“东海诗人苏曼殊”七字，也拿来铸版登报。柳亚子对苏曼殊打趣道：“你们两个，一个是‘东海女诗人’，一个是‘东海诗人’，正好可以配成一对啊！”苏曼殊微笑不言。

叶楚伧的碎银花出去了，可是接连过了几个礼拜，苏曼殊那里却一点动静也没有，根本就看不出他有要为自己画画的意思。叶楚伧有点急了。他眉头一皱，计上心来……

“曼殊！你出来一下！”这天，苏曼殊正在办公室里写稿，叶楚伧走了进来。

“楚伧兄，何事？”苏曼殊抬起头来，诧异地问道。

“我弄了一些北京烤鸭、德州扒鸡和五香牛肉，放在楼上美术编辑室里，咱们俩去喝一盅吧！”叶楚伧压低声音，神秘地说。

“真的？”苏曼殊双眼放光，高兴得跳了起来。

叶楚伧点点头。

“那还不快走！”苏曼殊“砰”的一声把椅子踹开，跑上前去，挽住叶楚伧的臂弯，拖着叶楚伧就朝外走。

“和尚，你和楚伧这样勾肩搭背的，干什么去啊？”在走廊上，碰见了朱少屏。朱少屏奇怪地问道。

苏曼殊含笑不语，拖着叶楚伧继续朝前走。

朱少屏看着两人离去的背影，不解地摇摇头。

苏曼殊拖着叶楚伧，转过几个楼道，上到3楼。

美术编辑室的门大开着。从门口朝里一看，老远便能望见靠窗的那张硕大的画桌上，摆着几大盘菜肴和几瓶烧酒。

这个房间，名曰“美术编辑室”，实际上是《太平洋报》报社广告主任兼美术编辑李息霜的办公室。这天李息霜不知因为什么事外出了，因此整个房间空着。

苏曼殊放开叶楚伧，三步并作两步向窗前跑了过去。

这下苏曼殊对画桌上的所有东西看得真真切切。画桌中间，摆放着一盘北京烤鸭、一盘德州扒鸡、一盘五香牛肉、一盘日本生鱼片、一盘水煮白肚，还有一盘清蒸对虾；画桌左上角，放着笔砚、绢幅；画桌右边，放着一盘摩尔登糖，还有几盒吕宋烟。都是苏曼殊的最爱。

“楚伧万岁！”苏曼殊摊开双臂，欢呼一声，眼疾手快，一把就抓起了桌上盘中的两只肥鸭腿，塞进嘴里，狂啃起来，边啃边含糊不清地嘟囔道：“唔！好吃，好吃！楚伧，你也快来吃一点！”

身后没有应答声。

苏曼殊诧异地回过头去，没有看见叶楚伧的人影。只听得“砰”的一声，门从外面给关上了；紧跟着又听得“吧嗒”一声，门从外面被上了锁。

“楚伧，你把门反锁起来干什么呀？”苏曼殊走到门前大喊。

“干什么？你心里明白！”叶楚伧在门外答道。

“我真的不明白啊！”苏曼殊急得叫道。

“你这个死和尚！臭和尚！答应给我画一幅画，都这么长时间了，连个墨点也没有见着一星，今天你要是不给我把《汾堤吊梦图》画出来，就休想出门！反正今天我给你酒也备了，菜也买了，你就看着办吧！”叶楚伧在门外高声骂道。

苏曼殊终于明白过来，这个死叶子原来是给自己下套啊！看样子今天要是不给他把画画出来，十有八九要在这屋内待上一天了。也罢，自己毕竟答应过人家，再说看在桌上这些酒菜糖烟的份上，也真的应该满足人家的心愿呢！

“那好吧。你这个烂叶子！臭叶子！死叶子！老叶子！看在这两只香喷喷的鸭腿份上，和尚就给你画啦！”苏曼殊像念顺口溜一样，把叶楚伧骂了一通，走回窗前桌边。他一只手抚平绢幅抡转画笔，另一只手啃着鸭腿鸡翅牛肉鱼片白肚对虾；一会儿啃一块肉，一会儿呷一口酒，一会儿抽一口烟，一会儿吃一颗糖，一会儿又奋笔涂抹起来。

叶楚伧趴在门缝上，瞧着苏曼殊的背影直乐。

一炷香工夫，苏曼殊在屋内喊道：“死叶子，画好了，快把门打开！”

叶楚伧“吧嗒”一声把门锁打开，推门跑了进来。

苏曼殊把画笔朝地下一扔，道一声："撑死我也！"便四脚朝天，朝桌边的沙发上一躺。

画桌上，一幅悄怆幽邃的《汾堤吊梦图》赫然入目。

"谢谢，谢谢！"叶楚伧感激无比，从沙发上一把将苏曼殊搂起来，"和尚，我们接着喝！"

"喝不动了！"苏曼殊醉醺醺地说，头一歪，便睡了过去。

苏曼殊酒醒后，叶楚伧送给他一床豹皮被褥，作为犒赏。

这幅《汾堤吊梦图》很快就被李叔同铸版发表在《太平洋报》上，同时刊出的还有李叔同自己的一幅用隶书笔意写成的英文《莎士比亚墓志》，时人称这两件艺术作品为"双绝"。

苏曼殊画的《汾堤吊梦图》，后来一直被叶楚伧视为宝贝。在苏曼殊死后10年，一天叶楚伧展玩旧图，感慨系之，赋诗："池上人寻午梦，画中月遮孤坟。难得和尚谢客，坐残一个黄昏。"

5

1912年春天的黄浦江上空，阴云密布。"窃国大盗"袁世凯戴着一副革命的假面具，依仗手中的兵力，蒙骗和胁迫孙中山辞去了中华民国临时大总统职务。2月15日，南京参议院正式选举袁世凯为临时大总统。3月10日，袁世凯在北京宣誓就职。

窃取革命政权后的袁世凯，开始显露出其反革命的狰狞面孔。他利用同盟会的内部矛盾，对之实施分化和瓦解，一手拉拢"反孙派"与之合作，另一手对"拥孙派"实施排挤和打击。

在民国初年的时局中，袁世凯如同一块硕大的黑色磁铁，"同性"铁片纷纷被他吸附：梁启超秉承他的旨意，将"民主党""共和党"和"统一党"合并，改建为"进步党"，与孙中山领导的革命党争夺政治权力；章太炎被他任命为"东三省筹边使"，而"异性"铁片则不断受到他的拒斥：民国首任内阁总理唐绍仪被迫辞职，主张“责任内阁”和“政党政治”的宋教仁被他视为“眼中钉”“肉中刺”……

与此同时，大批革命党人乘时得位，飞黄腾达。他们慕苏曼殊之名，以高官厚禄拉拢他。然而苏曼殊不屑名利，不为所动。雨花台的碧血早已褪去了猩红的颜色，石头城的青天白日旗上遮满了物欲的云翳。面对此情此景，苏曼殊失望至极。他狂吸雪茄，暴饮暴食，疯狂自戕，以求速死。

这天他与柳亚子、胡怀琛、姚鹓雏和陈无我 5 人又一起到“同芳居”茶馆喝茶。

姚鹓雏一时兴起，想逗一逗苏曼殊，就说：“和尚，你的食量很大，咱们打个赌如何？”

“赌什么？”苏曼殊朝姚鹓雏翻了一个白眼，问道。

“就赌吃包子吧。你要是一口气能吃完 60 个肉包子，我就给你 10 块大洋，怎么样？”姚鹓雏回答说。

“你别发神经了，撑坏了玄瑛怎么办！”柳亚子咒骂道。

苏曼殊一声没吭，拿起包子就吃。1 个、2 个、3 个、4 个……10 个、20 个、30 个、40 个……一个又一个肉包子，被他掰成两半，流星雨似的飞进他那无底洞一般的喉咙，旁边围观的人，一个个惊得目瞪口呆、瞠目结舌。

在他吃完五十几个的时候，柳亚子赶紧把他的手捉住，劝他不要再吃了。

苏曼殊把柳亚子的手一挣，又抓起了包子。

这时柳亚子是无论如何都不能让苏曼殊再吃了，他赶紧从苏曼殊手里夺下包子，扔进盆子里。

苏曼殊把柳亚子一推，坚持要吃完，差点与柳亚子翻脸。

柳亚子只好松手。他无奈地摇摇头，听凭苏曼殊狼吞虎咽地把那剩余的近 10 个包子吃完。

苏曼殊吃完 60 个包子后，又要了一杯咖啡。

悲剧重演，苏曼殊再次肠胃病发作……

几天之后，他从床上爬了起来。此时正是暮春初夏，从黄浦江上吹来的风已有了一丝燥热。然而苏曼殊肠胃病初愈，身虚体弱，犹自感到风寒难胜。他滑下床来，拎起搭在椅子上的那件貂皮大衣，裹在身上。这件大衣是上次他的义兄苏墨斋来上海看他时送的，2月初，他曾穿着它与张继赴杭州西湖秋社探访陈去病、徐自华夫妇，在白云庵住了近一个月。

苏曼殊想起朋友对他的评价，说他“固有超悟，观所造述，智慧天发，非假人力。”但是智慧天发又有何用？还不是眼睁睁地看着世道污浊、魑魅横行？想到这里，苏曼殊自嘲地苦笑了一下。他扣上貂皮大衣的扣子，趿着鞋子，走到桌边，铺开宣纸，拿起画笔。他要实现自己的一个承诺——为在第二次广州起义后不久忧愤而死的好同志、好兄长赵伯先画一幅画。他要以这种特殊的方式，来表达自己对他的缅怀和敬意。革命胜利后，多少人居功邀赏，争权夺利，他们与伯先兄这些在黎明到来前即已长眠的志士们相比，难道就不感到汗颜吗？

7年前，他还在南京陆军小学任教，有天晚上他与赵伯先、柏文蔚一起游秦淮河时，赵伯先向他求画，他当时慨然允诺。但不久他就被杨居仁请到“祇垣精舍”讲学，由于教务实在繁忙，也就没有马上为赵伯先作画。之后他得了吐血病，东渡日本休养。再后来他一直过着飘零般的生活，所以一直没能把为赵伯先作画的事提上生活日程。他的心里总想着以后有的是时间。谁知他与赵伯先南京一别，竟成永诀！去年第二次广州起义失败后，赵伯先深感痛心，忧愤成疾，竟在香港呕血而死……想到这里，苏曼殊愧悔交加，泪水夺眶而出。

正在这时，忽然传来了敲门声。原来是香港汇丰银行上海分行行长张约翰，由陈英士的马弁领着上门求画来了。张约翰手里抱着一卷很宽的宣纸，一进门就向苏曼殊点头哈腰。苏曼殊素来讨厌攀附富贵，而且他生平从来不作大幅，当然不肯允命。后来实在被缠不过，就在大宣纸的左下角画上一只小小的船，再在宣纸的右上角画上一个小小的人。张约翰和马弁看了都莫名其妙。苏曼殊又不慌不忙地画了一条细细的纤绳，由左下角向右上角连过去，竟成一幅绝妙画图。张约翰和马弁连赞："绝了！""绝了！"

苏曼殊把笔朝桌上一扔，说声"好了"，就朝桌旁的床上一躺，闭目养起神来。张约翰扑上前去，用嘴吹着桌上的画作。看看墨迹已干，忙将画幅托了起来，对着睡在床上的苏曼殊千恩万谢，眉开眼笑地和马弁一起告辞而去。

张约翰和马弁一走，苏曼殊马上挺身而起，又站在了画桌前。哀愁重新笼上了他的眉宇。他默默地在调色盘中调好红黑二色，用画笔朝红色格里一杵，蘸上一沱血一般的颜色，朝旁边的宣纸中间一甩，风一般地涂抹起来。一匹血一样的红骠马转瞬间跃然于纸上。他再拿起另一支画笔，蘸上黑颜色，往画幅上方一涂，转眼间画幅上阴云密布，愁惨无光。接着，苏曼殊又将墨笔戳向红色颜料，在盘沿上掭了掭，涂在红骠马的脚下，一片黑紫迅即洇染开来，如同英雄呕血一滩。

苏曼殊笔起笔落，左涂右抹，越画越快，越画越快。片刻工夫，一幅愁黯惨绝的《荒城饮马图》即告完成。画面上，天野苍茫，一线夕阳从密布的乌云间挤射出来，落在红骠马身上。马头前，溪流呜咽淌悲声，芦苇白首泣夕阳；马身后，残墙断垣啸秋风，古寺老树隐昏鸦。故人情怀，英雄魂魄，俱在尺幅间……

接着，苏曼殊又在画上题上了他和赵伯先都非常喜欢、并且常常吟诵的龚自珍的绝句《漫感》——

"绝域从军计惘然，东南幽恨满词笺。一箫一剑平生意，负尽狂名十五年。"

《荒城饮马图》画好后，正好苏曼殊的好友、江苏青浦人王玄穆要去广东，苏曼殊即委托他将画作带到广东去，替自己将《荒城饮马图》焚化于赵伯先墓前，以酬报亡友。

苏曼殊在给王玄穆的信中说："奉去《荒城饮马图》一幅，敬乞足下为焚化于赵公伯先墓前，盖同客秣陵时许赵公者，亦昔延陵挂剑之意，

此画而后，不忍下笔矣。”

苏曼殊总算在赵伯先死后兑现了他的承诺。

此后，苏曼殊便不再作画，以谢亡友。

《荒城饮马图》，成了一代画僧苏曼殊的绝笔画。

6

1912年10月某天上午，上海《太平洋报》社会议室。

《太平洋报》社同仁叶楚伧、朱少屏、柳亚子、李息霜、胡寄尘，以及应邀莅会的章士钊、姚鹓雏、包天笑、徐枕亚、刘铁冷、陈蝶仙、许指严、贡少芹、朱鸳雏、刘半农、钱玄同、张恨水、程寅生等通俗小说作家们齐聚一堂，准备为他们共同的朋友苏曼殊新近发表的长篇小说《断鸿零雁记》举行一个研讨会。

研讨会由报社总主笔叶楚伧发起。因为受邀者之一、为《断鸿零雁记》插图的画家陈师曾此刻正在由江苏南通赶往上海的路上，人员没有全部到齐，会议尚未正式开始，大家便叽叽喳喳地议论了起来。

“曼殊的这部《断鸿零雁记》，可是我们民国建立后的第一部成功之作啊！”程寅生赞叹道。

“是啊是啊！曼殊思想高洁，小说描写人生真处，足为新文学之始基！”钱玄同深表赞同。

“才子才华横溢、潦倒终身，佳人貌丽如花、命轻若絮，玄瑛的这部小说所表达的悲情确实震撼人心啊！”柳亚子发表自己的看法。

“曼殊的小说，内容上首创‘三角恋爱’的情节模式，采用‘自叙传’的叙事方法，并且一变历史上写情小说‘大团圆’的结局模式，以悲剧收束，形成了一种独特的‘断鸿零雁’体，对我们的创作影响很大！”包天笑由衷地说。

“曼殊的小说既保留了我国小说情节曲折、描写简洁等优点，又吸收了西洋小说注重描写人物心理等长处，得中西文学之精髓啊！”陈蝶仙评价道。

面对大家的赞美，苏曼殊无动于衷，他默默地坐在会议桌一角，低着头，自顾自地吃着糖果。这次研讨会，苏曼殊原本是不赞成开的，拗不过叶楚伧、朱少屏、柳亚子他们的盛情，只好答应。刚才进会议室的时候，主持人叶楚伧一定要苏曼殊和他一起坐在上首，苏曼殊死也不答应，叶楚伧只好作罢。这时叶楚伧看见大家议论得热火朝天，苏曼殊却充耳不闻，于是便决定撬开他的话匣子。

“曼殊，你今年 3 月中旬和 5 月上旬两次回日本，跟我们说说你的东渡见闻吧！”叶楚伧朝苏曼殊大声说道。

“没什么，东归省母罢了！”苏曼殊淡淡地说。

“说说吧，有什么值得一提的事情！”叶楚伧穷追不舍。

“唔……认识了博学的梵文师弥君，受益不浅。我们想共同翻译梵文诗《云使》，后因我头痛剧烈，不能工作，只好作罢，移往海滨养病。”苏曼殊想了一会儿，说。

叶楚伧“哦”了一声，接着笑问道：“你那个‘红烧牛肉、鸡片、黄鱼之畔’，在什么地方啊？”

“什么‘红烧牛肉、鸡片、黄鱼之畔’？楚伧，你快说说！”众人听了，都觉好奇，一齐问道。

“呵呵，4 月份曼殊在日本给我和亚子、少屏来了一封信，”叶楚伧呵呵大笑，从贴胸的口袋里掏出一纸，念将起来——

“楚伧亚子少屏三公无恙否？别后蜷卧舟中，今晨抵长崎始觉，不图疲倦至于斯极也。晚上趁急行车，后日二时，可以宁家。沿道柳眼花须，各无聊赖，小住弥月即归。‘天涯何处无风雨’，海上故人，毋以为念。曼殊书于红烧牛肉、鸡片、黄鱼之畔。”

听到最后一句，众人一齐笑翻。

“有什么好笑的！酒肉穿肠过，佛祖心中留，于精神毫无妨碍，我空，人空，宇宙空，今日之美食，不过是异日之尘埃，不吃白不吃！”

苏曼殊答道。

众人笑得更欢。

章士钊捧着肚子，问道：“玄瑛兄，听说你打算重译小仲马的《茶花女遗事》，可有此事？”

“哇！天生情种诠注薄命女郎，值得期待噢！”刘铁冷惊呼起来。

“黄了！”苏曼殊冷冷地说。原来他将要重译《茶花女遗事》一事向陈仲甫征求意见时，陈仲甫鉴于他以前翻译俄国嚣俄（即雨果）的《惨世界》时脱离原著大肆杜撰的做法，委婉地对他进行了劝止，于是作罢。

正在这时，陈师曾赶到了。会议正式开始。

因为苏曼殊不愿意宣传自己，柳亚子便自告奋勇地代他先简单地向与会的朋友们介绍小说《断鸿零雁记》印刷发行的情况：

“《断鸿零雁记》脱稿后，曾在南洋爪哇一家华文报纸上发表过开头部分。今年5月12日开始，由李息霜担任责编，在《太平洋报》上连载。连载过程中，恰逢陈师曾南下途经上海，应李息霜之请，陈师曾为小说作了多幅插图。后胡寄尘又将小说交书局印成单行本出版，使曼殊的著作能借以流行……”

柳亚子的话音刚落，会场上立刻爆发出一阵热烈的掌声。这掌声既是给苏曼殊这位小说作者的，也是给李息霜、陈师曾、胡寄尘这些小说的知音和伯乐的……

正在这时，廖仲恺受孙中山夫人卢慕贞之托，为苏曼殊送来了80元大洋，以资助苏曼殊将《断鸿零雁记》收入他的个人文集中出版。

《断鸿零雁记》发表后，迅速被翻译成英文，并被改编为剧本，演出时“观者数百人，颇闻鼓掌声”。《断鸿零雁记》的风行，引起一批作者竞相效仿。1912年后两三年内，描述情场失意、鸳梦难温的爱情小说蜂起潮涌，著名的有张恨水的《春明外史》、包天笑的《牛棚絮语》、章士钊的《双枰记》等等。中国现代文学史上由此出现一个著名的“鸳鸯蝴蝶派”……

一个月之后。安庆迎江寺。

苏曼殊、陈仲甫、邓绳侯、郑桐荪、沈燕谋、程演生、易白沙、傅盛勋和应溥泉齐聚在寺庙住持拂尘法师的禅房里谈天。10月下旬，由于《太平洋报》发表抗议帝国主义者在上海公园门口竖立“华人与狗不得入内”禁示牌侮辱华人的文章，报馆遭到上海军政府的查封，再加上报社发生资金危机，《太平洋报》最终在月底停刊。苏曼殊和郑桐荪遂应安庆高等学堂校长邓绳侯和教务长陈仲甫之邀，于11月5日，来到安庆任教。

苏曼殊到安庆后，教学之余，常与郑桐荪在斗室谈天，或到“小蓬莱”饭店吃烧卖、吃饭。此外，便常去陈仲甫家，与陈仲甫和高君曼夫妇谈文学、谈社会；或者去迎江寺，与拂尘法师谈禅。陈仲甫家和迎江寺，成了他课余时间的两个重要去处，成了医治他心灵创痛的两个重要的疗伤处。《太平洋报》的被封，让苏曼殊悲愤难抑。严峻而冷酷的现实，再一次浇灭了他心头那蓬希望的火焰。他再一次感受到了一种周天寒彻，为了慰藉孤苦的心灵，他一头扎向友谊的怀抱，扎向佛的怀抱。在苏曼殊的影响和带动下，陈仲甫、邓绳侯、郑桐荪、沈燕谋、程演生、易白沙、傅盛勋和应溥泉这些同事们也成了迎江寺的常客。

“曼殊兄，听说你曾收一女弟子，名马玉鸾，这女子异止乖行，可有此事？”郑桐荪问道。

苏曼殊点点头。

“她有何奇闻逸事？说来我们听听！”易白沙听了，大感兴趣，催促道。

“是啊，说来听听吧！”邓绳侯、沈燕谋、程演生、傅盛勋和应溥泉一齐附和道。

“唉！”苏曼殊长叹一声，缓缓讲述起来，“女弟子马玉鸾，研究泰西文学，很有成就，当今除了辜鸿铭先生之外，就数她了。曾经有一个破落的浪子，住在她村中的破庙中，玉鸾送他衣物，劝他改过自新，还送他金钱。后来又嫁给了他。最后却削发为尼了！”

“红颜薄命啊！”众人听了，一齐感叹起来。

“我记得玄瑛曾为马玉鸾题过一首诗，是吗？”陈仲甫问道。

“是的！”苏曼殊点头称是。

“还记得诗的内容吗？”陈仲甫问。

“记得！”苏曼殊说完，闭目吟诵起来：“《为玉鸾女弟绘扇》——日暮有佳人，独立潇湘浦。疏柳尽含烟，似怜亡国苦。”

“真是好诗！”邓绳侯点评道。他接着问苏曼殊：“听说曼殊兄好以胭脂作画，可有此事？”

郑桐荪忙接过话茬：“实有其事，这点我可以作证。”于是他便讲述起自己昔日与马小进一起陪苏曼殊去江苏华泾，拜会刘季平、陆灵素夫妇时，为陆灵素用胭脂画折扇的趣事：

“陆灵素也是南社社友。那天吃过晚饭后，刘季平和陆灵素的几个孩子都去睡觉了，陆灵素拿来一片如薄饼的胭脂和一把折扇，放在画碟中，请苏曼殊以胭脂为颜料作画。苏曼殊一边作画一边谈笑，顷刻就画成了一幅《黄叶楼图》，画面极其艳冶，陆灵素视为至宝。”

“原来曼殊兄还有这种手艺啊，你什么时候有空了可一定得给我也画一幅啊！”易白沙大声叫道。

“你又不是女子，要胭脂画做甚！”傅盛勋打趣道。

“我不是女子，难道拙荆不是女子吗？”易白沙辩白。

众人一齐呵呵大笑……

7

1913 年正月，苏曼殊与朋友张传琨一起再游杭州，在西湖图书馆住了一段日子，旋返上海，仍住在南京路第一行台。

3 月 20 日晚上，苏曼殊与朱少屏、叶楚伧、陈英士一起上花雪南家吃花酒。酒过三巡，陈英士搁下手中的酒杯，说了一声：“各位失陪，今晚遁初要去北京和袁世凯会谈，10 点 45 分的火车，我得去送一送。”

说完，便匆匆而去。

“宋教仁要去北京和袁世凯会谈？那太好了！南北和议若能成功，民族幸甚！”花雪南说了一声。

“是啊，这次袁世凯电召宋遁初北上和谈，中国革命又有了一线转机啊！”叶楚伧回答。

“遁初此行责任重大啊！”苏曼殊感叹道。

“是啊，遁初自代理国民党理事长以来，积极倡导‘责任内阁’和‘政党政治’，反对袁世凯专权。2月4日，参、众两院复选结果，国民党获392席，占绝对多数。遁初希望以多数党的地位，成立责任内阁，约束袁世凯的权力。在正式国会开会之前，他亲到长江流域各省宣传演说，为建立责任内阁，实现民主政治大造舆论，真是殚精竭虑啊！”朱少屏说。

“来，我们干一杯！为民族的光明前途，为遁初此行成功，干！”叶楚伧提议道。

“干！”大家一起举起杯来，一仰而尽……

众人一直喝到午夜方散。

第二天上午，苏曼殊尚在睡梦中，忽然被楼下巷子里一声高过一声的卖报声惊醒——

“卖报！卖报！宋教仁遇刺，凶手不明！宋教仁遇害，凶手不明！”

“什么！遁初被刺？”苏曼殊惊得差点滚下床来。他急忙起身，胡乱地抓起一件衣服，披在身上，“啪”的一声拧开门锁，旋风一般冲下楼去。

“报童，我买报！”苏曼殊朝报童大喊一声。

苏曼殊看着报纸头版头条上的消息，浑身的血液一下子凝滞了——

昨晚10点多钟，由上海开往北京的火车即将发车，宋教仁在黄兴、于右任、廖仲恺、陈其美、吴颂华等人的簇拥下，从贵宾室走向检票口，准备检票上车。从贵宾室到检票口不过几十米的距离，两三分钟即可走到。宋教仁与黄兴并排走在前面，一路上说说笑笑。快到检票口时，突然斜刺里窜出一条黑影，说时迟那时快，只听“砰”的一声枪响，宋教

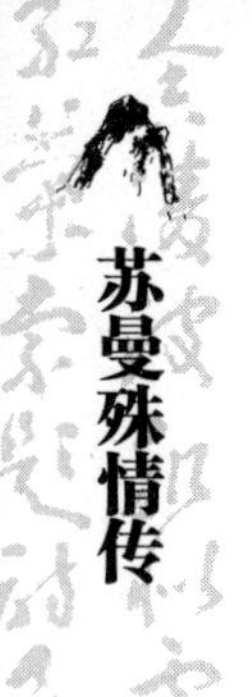

仁迅即倒地。紧接着又响起了两声枪声，一枪从黄兴耳边掠过，一枪从吴颂华胯下钻过。现场立刻一片混乱，凶手身手敏捷，转瞬间逃得无影无踪。惊魂甫定的人们马上到车站外拦下一辆汽车，将血流一地的宋教仁送往最近的沪宁铁道医院抢救。直到第二天凌晨，才由德国医生取出了宋教仁身上的子弹。子弹是从后背射入体内的，击穿腰部，肾脏、大肠均被击中，伤口离心脏很近；更可怕的是，这颗子弹上竟然有毒……

“遁初！”苏曼殊大叫一声，马上跑回屋中，简单地收拾了一下，又风一样卷下楼去，在街上拦下一辆包车，向着沪宁铁道医院急驰而去。

宋教仁的危重病房门外，黄兴、于右任、廖仲恺、陈其美、吴颂华、居正等革命同志，和从四面八方赶来探望的上海市民，以及闻讯赶来的各报刊新闻记者，早已把走廊堵得水泄不通。苏曼殊使出浑身的力量，总算挤到了病房门前，他一把抓住黄兴的手，急切地问道：“克强兄！遁初情况怎样？”

“手术之后，情况依然没有好转，不断呕吐，大小便严重出血。医生说要进行第二次手术……”黄兴沉重地说。

“凶手到底是谁？”苏曼殊悲愤地问道。

“正在调查，他是逃不掉的！”黄兴紧攥着拳头，眼中冒出火光。

“遁初！”苏曼殊悲叫一声，欲破门冲进病房，被黄兴死死拽住。

“玄瑛，冷静点！医生正在进行抢救，我们跑进去，只会造成干扰。”黄兴劝道。

苏曼殊停止冲撞，失声痛哭起来。

良久，苏曼殊问道：“遁初是怎么被刺的？”

黄兴把情况简单地同苏曼殊说了说，过程与报纸报道的差不多。

“遁初被刺后，刚开始他的神志还算清醒。”于右任介绍道，“他对我说——今以三事奉告：一、所有在南京、北京及东京寄存之书籍，悉捐入南京图书馆；二、我本寒家，老母尚在，如我死后，请克强与公及诸故人为我照料；三、诸公皆当勉力进行，勿以我为念，而放弃责任心。我为调和南北事费尽心力，造谣者及一班人民不知原委，每多误解，我受痛苦也是应当，死亦何悔？他在痛苦中仍念念不忘国事，要求我们这些同志在他死后‘总要往前做’，并让克强兄代拟给袁世凯的电报，陈述自己中弹的经过及革命生涯，希望袁世凯‘开诚心，布公道，竭力保障民权，俾国会得确定不拔之宪法，则虽死之日，犹生之年。’……”

“遁初是为民族而流血的！我们要以他为榜样！”黄兴紧握着苏曼殊的手，坚定地说。

“唔！”苏曼殊使劲地点了点头。

下午，医生再次对宋教仁进行手术。为防止意外，于右任亲自在手术室内监视手术进行。

苏曼殊焦躁地和人们一起，守候在手术室门外，揪心地等待着手术结果。

傍晚时分，手术室的门终于开了，主刀的德国大夫走了出来。人们一齐拥了上去。

德国大夫摇摇头，他悲观地用很不流畅的中国话对大伙儿说：“我们已经做了一切努力！其余的……要看上帝的安排了！”

苏曼殊和人们的心一齐沉了下去。

已经整整一天没吃东西了，苏曼殊却一点也不觉得饥饿。他整个的身心，都已飞到了病房中，与正躺在病床上的垂危的宋教仁——他敬重并亲爱着的兄长、战友、同志和朋友，化为一体。

他已完全失去了自己。

人群渐渐散去，苏曼殊却不肯离开。他坚持和黄兴、于右任、廖仲恺、陈其美、吴颂华、居正等同志一起，守候在宋教仁身旁。

22 日凌晨 3 时左右，宋教仁伤势转重。4 时 48 分，心电图仪表上的曲线渐渐拉直，中华民国伟大缔造者之一的宋教仁先生，在民国成立仅仅一年之后就阖然辞世，年仅 32 岁。

苏曼殊、黄兴、于右任、廖仲恺、陈其美、吴颂华、居正等在场的革命同志，无不失声痛哭。

宋教仁逝世的噩耗一传出，沪宁铁道医院门前车马喧嚣，吊唁者络

绎不绝。

宋教仁之死，引起举国震惊。远在日本考察的孙中山当天就给国内发来电报："闻遁初死，极悼。望党人合力查此事原因，以谋昭雪。"并为宋教仁撰写了挽联："为宪法流血，公真第一人。"黎元洪、赵秉钧、章太炎，共和党、民主党等政见不同的个人、政党、团体也纷纷发出唁电。

电报到京，袁世凯正和章士钊一起吃饭。袁世凯意味深长地对章士钊说："遁初可惜，早知如此，何必当初？"接着多次"慰令""慰电""慰唁"，称宋"奔走国事，缔造共和，其功甚伟""学识冠时，为世推重"。

22日当天，黄兴、陈其美就以宋教仁朋友的身份致函上海总巡捕房，如果拿获正凶，他们准备赏银一万元，作为酬劳。与此同时，上海闸北巡警局、上海县知事、上海地方检察厅、沪宁铁路局也都发出了高额悬赏。

第二天，宋教仁的灵柩移往湖南会馆，前来送行的达数千人，到处人山人海，道路为之阻塞……

8

案情很快查清，刺杀宋教仁的凶手为武士英，直接策划人为赵秉钧和洪述祖，而幕后主谋就是袁世凯。

原来，之前袁世凯为拉拢宋教仁，专门派人给宋教仁送去一套价值3000元的西服和一张50万元的支票，并表示如嫌不够还可增加。但遭宋教仁严词拒绝。宋教仁还给袁世凯写了一封回信，信中说："惠赐50万元，实不敢受，仁退居林下，耕读自娱，有钱亦无用处。原票奉璧。"表明了他鲜明而坚定的政治信念。袁世凯见拉拢无效，便生杀念，派人暗中跟踪和监视宋教仁。宋教仁却醉心于政治活动，对自身安全毫无警惕。3月20日，武士英得到指令，跟踪宋教仁到上海火车站，伺机实施暗杀。宋教仁一直到死，都没有怀疑过袁世凯。

宋教仁的鲜血，擦亮了国民党人和全国人民的眼睛。"宋教仁案"

真相大白后，袁世凯的反革命嘴脸彻底暴露无遗。从民间到国会，从报纸到集会，抗议声一浪高过一浪。

国民党人和全国人民的抗议声，并没有使袁世凯悬崖勒马，相反，他越来越变本加厉。4月，袁世凯与英、法、德、俄、日五国银行团签订了《善后借款合同》，作为镇压国民党人的军费。6月，他又下令罢免国民党籍的江西、安徽、广东三省都督，并派兵南下，挑起内战。

这时，孙中山已从日本回到上海，面对袁世凯举起的血淋淋的屠刀，他与黄兴、李烈钧等人一起，决定发动“二次革命”，以武力讨伐袁世凯。

7月12日，江西都督李烈钧在湖口宣布独立，发布讨袁檄文。接着，黄兴也在南京宣布独立。之后，广东、安徽、福建、湖南、四川等省也相继宣告独立。

苏曼殊再也坐不住了。7月21日，他以个人名义在《民立报》上发表了气势凌厉的《释曼殊代十方法侣宣言》。在这篇“讨袁宣言”中，苏曼殊历数袁世凯窃国的罪恶，无情地撕下了嗜血恶魔袁世凯的画皮——

“昔者，希腊独立战争时，英吉利诗人拜伦投身戎行以助之，为诗以励之，复从而吊之曰：

‘希腊！改换了你的主人，你的情况仍旧这般！你的光荣日子过去了，但你的耻辱岁月还是存在。’

呜呼！衲等临瞻故园，可胜怆恻！

自民国创造，独夫袁氏作孽作恶，迄今一年。擅操屠刀，杀人如草；幽蓟冤鬼，无帝可诉。诸生平等，杀人者抵；人伐未申，天殛不逭。况辱国失地，蒙边夷亡；四维不张，奸回充斥。上穷碧落，下极黄泉，新造共和，固不知今真安在耶？独夫祸心愈固，天道益晦；雷霆之威，震震斯发。普国以内，同起伐罪之师。衲等虽托身世外，然宗国兴亡，岂无责耶？今直告尔：甘为元凶，不恤兵连祸极，涂炭生灵；即衲等虽以言善习静为怀，亦将起而褫尔之魂！尔谛听之！”

7月23日，袁世凯发布“讨伐令”，北洋军大举进攻江西、南京。

7月25日，北洋军攻陷湖口。8月18日，南昌陷落，李烈钧出走。北洋军攻打南京时，黄兴先期出走。9月1日，北洋军攻陷南京，“二次革命”失败。孙中山被迫流亡海外。

“二次革命”失败后，苏曼殊的心再次跌入了冰窖。他在南京路第一行台的住处，终日独卧，把帐子深深地垂着，一个人躲在帐里，不停地吸着雪茄。枕边摆了几本破旧的洋文小说，此外帐里帐外更找不出一本书来。

这天，他刚结识不久的书法家、画家，浙江吴兴人沈尹默来看他，给他带来了几本新近出版的，在《生活日报》和《华侨杂志》上的《燕子龛随笔》。

“曼殊兄，你的大作为何取名《燕子龛随笔》？”沈尹默问道。

“燕子龛者，飘泊无定之住所也！”苏曼殊回答说，“唐人王维曾有《燕子龛禅师》诗——‘山中燕子龛，路剧羊肠恶。裂地竞盘屈，插天多峭崿。瀑泉吼而喷，怪石看欲落。伯禹访未知，五丁愁不凿。上人无生缘，生长居紫阁。六时自搥磬，一饮常带索。种田烧白云，斫漆响丹壑。行随拾栗猿，归对巢松鹤。时许山神请，偶逢洞仙博。救世多慈悲，即心无行作。周商倦积阻，蜀物多淹泊。岩腹乍旁穿，涧唇时外拓。桥因倒树架，栅值垂藤缚。鸟道悉已平，龙宫为之涸。跳波谁揭厉，绝壁免扪摸。山木日阴阴，结跏归旧林。一向石门里，任君春草深。’”

“哦，我明白了！燕子龛，是曼殊兄的生活写照和人生追求！”沈尹默恍然大悟。

苏曼殊点点头：“那种世外桃源般的生活，是我的一种理想，一个永远的梦啊！”

沈尹默深以为然：“怪不得曼殊兄的诗画，都体现着那样一种宁适的风格、那样一种田园山水情趣。就像苏东坡评王摩诘所说的一样，是‘诗中有画、画中有诗’啊！我记得你写过一首《淀江道中口占》——‘孤村隐隐起微烟，处处秧歌竞插田。羸马未须愁远道，桃花红欲上吟鞭。’那是多么宁静安详的一个世界啊！在那个世界里，我们似乎看不出纷乱的社会政治，而仿如太平盛世下的生活！”

“革命，并不是为了乱世，而是为了建立一个理想王国、一个处处秧歌的世界！”苏曼殊道。

“曼殊兄言之有理！”沈尹默点头称是。

沈尹默走后，苏曼殊又陷入了一种孤寂中。他忽然想起了还在华泾老家的郑桐荪，连忙拿起笔来，给郑桐荪写信：“未知燕君来时，吾兄能来沪渎聚谈数日否？深恐后此一别，各自分飞，会面不知何日，思之怃然……”

写完信，他又抽开抽屉，低下头去，在里面一阵翻找。一封信被翻了出来，苏曼殊将信打开。这是两年前刘季平给他寄来的一首诗——

“饷君黄酒胡麻饭，贻我《白门秋柳图》。总是有情抛不了，袈裟赢得泪痕粗。”

苏曼殊翻来覆去地读着，感觉内心深处那股铺天盖地的孤寂感正渐渐地被压退下去，心房随之泛起一丝暖意。

过了几天，沈尹默又来看他了，不仅给他带来了两条吕宋烟，走的时候，还给他留下了一笔钱……

年华风柳共飘箫，酒醒天涯问六朝。
猛忆玉人明月下，悄无人处学吹箫。

第十五章　天涯红泪

范滂有母终须养，张俭飘零岂是归？
万里征程愁入梦，天南分手泪沾衣。

1

“他是独特的天才，接近疯子的境界。他抽雪茄，嚼牛肉，大吃摩尔登糖，身边还围了那么多好看的女人。他孤身一人，全无牵挂，来去无影，天马行空。他的自由就像他的独特，独此一家，别无分号。”望着苏曼殊乘坐在锃亮的黑色敞篷包车上，拥着漂亮的女校书绝尘而去的背影，程演生感慨地对身边的柳亚子说。

“是啊！”柳亚子捋了捋头发，赞同地说，“玄瑛不是一个凡间俗物，他思想的轻灵飘逸、文辞的清新自然、言行的特立独行，堪称凄绝南朝第一僧啊！文采风流，我不及玄瑛！玄瑛是个至性之人，可他又是个虔诚的佛徒。礼佛与恋爱，正是曼殊一生胸中交战的冰炭啊！”

“这几个月曼殊好像更癫狂了，整日流连于温柔之乡，暴饮暴食也更无度了！朱贡三和沈燕谋同我说，近段日子，曼殊常常半夜哭醒。唉！这和尚都而立之年了，在精神上却依然是个长不大的孩子！”程演生说。

“玄瑛的心中苦啊！宋教仁被刺，南京失守，‘二次革命’失败，孙中山、黄兴逃亡日本，他的心又坠入深渊了！”柳亚子叹道……

转眼又是隆冬。这年冬天，上海的天气是出奇的冷，老北风“呼呼”地刮着，黄浦江两边的江堤下，弯弯曲曲结起了长长的薄冰。到处可见不怕冷的顽童们，一身臃肿的冬衣，露着一张张冻红的小脸，手持长长的竹竿、棍棒，站在江堤上，拨弄着江里的冰片儿玩耍；或者将一块块瓦片、石子，丢向江里，随着薄冰的碎裂，溅起一阵阵无邪的笑声。

吴淞口，一辆包车在码头上停了下来。车门打开，陈仲甫、朱少屏、程演生、苏曼殊次第跳下车来。苏曼殊戴着一顶毛线帽，裹着貂皮大衣，瘦削虚弱，满脸蜡黄。又是一阵寒风吹来，苏曼殊不由自主地打了个寒战。他连忙掖了掖大衣，转过身去，背对着寒风。

由于长达数月的心情抑郁和饮食放纵，苏曼殊又发病了。这次的病来得异常凶险，吐血疾和肠胃病一齐发作，差点要了他的命。亏得陈英士故人情重，听闻消息后立刻派专车把他送到医院治疗，并由上海军政

府支付了他的全部医药费，方化险为夷。出院后，苏曼殊决定回日本去，到母亲身边调养一段时日。陈仲甫、朱少屏、程演生今天特来为苏曼殊送行。

陈仲甫刚从安徽芜湖袁世凯的爪牙手里脱险来上海不久。7月份“二次革命”时，担任安徽都督柏文蔚都督府秘书长的陈仲甫，到芜湖视察，见当地驻军长官、袁世凯的爪牙龚振鹏残杀无辜，遂给予痛斥。龚振鹏盛怒之下，叫人将陈仲甫五花大绑起来，并要当即枪决。幸亏旅长张永正闻讯后立刻带兵赶来营救，龚振鹏才未下毒手。之后陈仲甫被龚振鹏投入监狱。一个月之前，在章太炎、蔡元培等人的斡旋下，才从囹圄中释放出来。

码头下，开往日本东京的“冰川号”国际邮轮即将启航。程演生扶着苏曼殊，陈仲甫、朱少屏提着苏曼殊的行李，三人一起将苏曼殊送上船。帮着苏曼殊在船舱里安顿好后，三人与苏曼殊互道珍重、握手作别。

“玄瑛，到日本后，若是见着了孙先生和克强兄，替我问候他们一声！”陈仲甫叮嘱道。

苏曼殊点头答应。

陈仲甫、朱少屏、程演生退出船舱。

“仲甫兄，等等——”苏曼殊忽然喊道。

陈仲甫停下脚步，转身问道：“玄瑛，你还有何事？”

“仲甫兄，这次一别，我们不知何时才能再见面了，我送您一首诗吧！”苏曼殊伤感地说。

“好吧！”陈仲甫点点头。

苏曼殊随即吟道：“江城如画一倾杯，乍合仍离倍可哀。此去孤舟明月夜，排云谁与望楼台？”

陈仲甫说：“玄瑛不必伤感，过完年后我可能会去日本。也许过不了多久，我们就能在日本相见的！”

“真的？”苏曼殊惊喜地问。

“真的！”陈仲甫点点头，“既然你送诗给我了，我也回赠你一首吧！”

陈仲甫略一沉吟，脱口而出：“春申浦上离歌急，扬子江头春色长。此去凭君珍重看，海中又见几株桑！”

“呜——”邮轮鸣笛了。

朱少屏催促道：“好了好了，船要开了！你们不要再英雄气短、儿女情长了！”

苏曼殊欲送 3 人下船，被 3 人阻止。他只好依依不舍地目送着 3 人离去。

邮轮起锚了。强劲的大北风裹挟着邮轮，向着一片更为浩大的寒寂中驶去。苏曼殊坐在铺沿上，双手趴在船舱的玻璃窗上，看着浩瀚的洋面，心潮起伏。身后，被袁世凯窃取胜利果实之后的祖国一片阴霾；身体中，是沉沉垂压的病愁；前方，则有着亲爱的母亲和孙中山、黄兴等革命领袖和同志……

6 天后，苏曼殊到了日本。这一次，他在日本呆的日子很长，一直呆到了 1916 年春天，才回到上海。

苏曼殊到达东京后，连夜搭车回横滨省视母亲。在母亲身边住了十几天，耐不住身边没有朋友的寂寥，又重新回到了东京。之后他便拖着病体，在东京和横滨之间辗转，在旅馆和医院之间迁徙，在友情和母爱之间憩息。

苏曼殊缠绵于病榻，百无聊赖，于是便给国内的至交刘季平、柳亚子等人写信。在病中，他仍记挂着那些火坑里的众姝，只有怜惜，只有关怀，而并无一点亵渎之意。他问刘季平：“芳草天涯，行人似梦，寒梅花下，新月如烟。未识海上刘三，肯为我善护群花否耶？”他托刘季平将自己为金凤写的两首诗转交给她：“玉砌孤行夜有声，美人泪眼尚分明。莫愁此夕情何限？指点荒烟锁石城。”“收将凤纸写相思，莫道人间总不知。尽日伤心人不见，莫愁还自有愁时。”表达自己对金凤的思念之情。

他在给柳亚子的信中说：“行时未及一面，吾愁可知也。至西京，

病复发。自分有愁无命之人，又安能逆料后此与吾亚子重有握手之欢否耶？河山信美，只增惆怅耳！亚子足下。曼殊谨伏。”“病骨支离，异域飘寄，旧游如梦，能不悲哉！瑛前日略清爽，因背医生大吃年糕，故连日病势，又属不佳；每日服药三剂，牛乳少许，足下试思之，药岂得如八宝饭之容易入口耶？京都虽有倚槛窥帘之胜，徒令人思海上斗鸡走马之快耳。”

想起大洋彼岸的国内局势，苏曼殊心头“有火乃焚”。柳亚子回信安慰他：“无计逃禅奈有情，青山故国尽难成。相逢一笑拈花处，好向灵山证旧盟。”苏曼殊自叹：“自既未渡，焉能渡人？”

他寄信给已到美国纽约哥伦比亚大学读书的老朋友邓孟硕：“唯牛肉、牛乳劝君不宜多食。不观近日少年之人，多喜牛肉、牛乳，故其性情类牛，不可不慎也。如君谓不食肉、牛乳，则面包不肯下咽，可赴中土人所开之杂货店购顶上腐乳，红色者购十元，白色者购十元，涂面包之上，徐徐嚼之，必得佳品。如君之逆旅主人，询君是何物。君则曰红者是赤玫瑰；彼覆询白者，则君曰白玫瑰。此时逆旅主人，岂不摇头不置，叹为绝品耶？”教邓孟硕拿中国的豆腐乳充作牛油涂在面包上，骗洋人说味道胜过牛油十倍。

他也曾在病体稍安时去看望过孙中山先生和黄兴一次。在流亡的新老革命同志的聚会中，依然不改他那率真的个性。黄兴这样向大家介绍他：“在座者，即吾至友曼殊君，性至仁爱，幸勿以礼防为隔也！”

由于肠病连绵，苏曼殊的经济不久就陷于困境。而对于金钱，他依然疏懒，连住院看病，也不知节省算计，有一回到了该出院的时候，他无法支付医药费，就连随身穿的衣服也已全部典当出去，朋友田梓琴去看他，见他用被子盖住全身，但气色尚好，就问他为何不出院。苏曼殊回答说：“衣已当尽，总不能光着身子走出医院吧！”田梓琴立刻赠他龙洋数十元，让他去买衣服。就在那天，苏曼殊看见报纸上登有德国新出的玩具的广告，立刻托人去购买。玩具价格非常贵，把田梓琴给的钱都花光了。玩具买回来之后，苏曼殊躺在病床上，爱不释手。

这时苏曼殊的另一个朋友杨沧白来医院看他，见了他手里的玩具，大声赞美说：“这个玩具做得真好！”苏曼殊说：“你说好，我就把它送给你吧。”杨沧白说：“我说好，并不是想据为己有。”苏曼殊说：“你如果不收下，便不是诚心赞美；如果你是诚心赞美，便不能不收下！”杨沧白没办法，走的时候只好把玩具带去。过了几天，田梓琴再来看苏曼殊，见他依然赤条条地躺在病床上，还没有出院。田梓琴哭笑不得，只得亲自到外面替他买回一套衣服。苏曼殊这才出了院。

2

东京上野公园的樱花，梦幻一样云蒸霞蔚般地烂漫了两场，又风卷残云般地凋零了两度，转眼到了 1915 年的隆冬。时年 32 岁的苏曼殊，已不知不觉地在日本生活了整整两年。

居觉生家。

表情凝重的居觉生、苏曼殊、田梓琴、邵元冲、邓孟硕、萧纫秋、杨沧白、戴传贤正围坐在八仙桌旁，议论刚从国内传来的袁世凯称帝的消息。苏曼殊从上海回到日本的第二年（1914 年）夏天，恰逢鼓吹反袁、实行“三次革命”的《民国》杂志在东京创办，杂志发行人兼编辑人为居觉生，苏曼殊在杂志上发表了《天涯红泪记》《燕子龛随笔》《〈双枰记〉序》等系列作品，成为《民国》杂志的一位重要作者。此外，他这年出版的《汉英三昧集》，也由居觉生担任发行人。因此机缘，苏曼殊与居觉生结下了深厚的情谊。没过多久，苏曼殊便应居觉生之邀，住到了居觉生家里，写作之余，辅导居觉生的女儿学习英文。

“袁世凯这个独夫民贼！竟敢冒天下之大不韪，倒行逆施，复辟帝制，真是人神共愤啊！”居觉生的拳头“嗵”的一声，狠力捶在了八仙桌上，把桌上的茶杯震得跳了几跳。

“这个专做白日梦的老匹夫！专制妖孽！也不睁眼看看现在是什么

时代？他还认为我中华民众能容忍他骑在头上拉屎拉尿啊！”“二次革命”失败后，追随孙中山流亡来到东京的田梓琴双眼冒火，义愤填膺。

“复辟不得人心，人人得而诛之，这样的人是不会有好下场的！”戴传贤说，“袁世凯称帝，天怒人怨，连北洋阵营中的段祺瑞、冯国璋也深为不满，听说帝国主义列强也对他提出警告了！等着瞧吧，袁世凯的兔子尾巴长不了！”

“季陶兄说得对，袁大头的皇帝美梦最终必定是一枕梦黄粱！”邵元冲接过戴传贤的话头，“孙先生已经发表了《讨袁檄文》，蔡锷、唐继尧在云南宣布起义，发动‘护国战争’，袁世凯已是四面楚歌了！”

“曼殊，你的态度呢？”居觉生目光炯炯，直视着苏曼殊。

苏曼殊痛苦地闭上了眼睛。袁世凯悍然称帝，固然出乎他的意料之外，但袁世凯的狼子野心，早在两年前宋教仁被刺时，他就已经有了清晰的认识。在那篇脍炙人口的《讨袁宣言》中，他就曾痛斥袁氏为“作孽作恶……擅操屠刀，杀人如草”的“独夫”。让他感到痛苦的是，自己曾经的好友刘师培在投清附逆被赦免后，竟然再次对民主革命进行背叛，与杨度、孙毓筠、严复、李燮和及胡瑛等所谓“六君子”组织“筹安会”，伪造民意，鼓吹帝制，为袁世凯复辟帝制制造舆论。

“自作孽，不可活！”苏曼殊冷冷地抛出6个字，像是说袁世凯，也像是在说刘师培等人。他不愿多吐一个字，唯恐“袁世凯”或“刘师培”这几个字，脏了自己的嘴巴……

“狂歌走马遍天涯，斗酒黄鸡处士家。逢君别有伤心在，且看寒梅未落花。”当天晚上，苏曼殊写下这首诗，送给田梓琴。田梓琴读后，回赠苏曼殊一首诗：“廿年囊剑走天涯，海上纵横到处家。今日喜同方外客，垂柳溪畔嚼梅花。”

革命的多次受挫，让苏曼殊的心头，笼罩着一种浓浓的哀愁和深深的悲观情绪。“水晶帘卷一灯昏，寂对河山叩国魂。只是银莺羞不语，恐防重惹旧啼痕。”“碧城烟树小彤楼，杨柳东风系客舟。故国已随春日尽，鹧鸪声急使人愁。”“流萤明灭夜悠悠，素女婵娟不耐秋。相逢莫问人间事，故国伤心只泪流。”……这期间，他写下了大量这样情感消沉的篇章。

这天下午，苏曼殊又一个人跑去上野公园散心。他在石凳上坐下休息的时候，身旁的一个日本人从身上找到了一只虱子，硬说是从苏曼殊这个支那人身上跳过去的。在当时日本人的心目中，中国人是愚昧与肮脏的代名词。敏感的苏曼殊受到这种羞辱，更增添了他作为弱国子民的痛心和感伤，也强化了他对日本的敌意，尽管他是一个中日混血儿，尽管日本是他的第二祖国。

受此刺激，苏曼殊之后便视日人如仇，始终不肯说日语，宁可不厌其烦地让人代言。有一次他患重感冒发烧，躺在床上，萧纫秋正好有事上门找他，摸着他发烫的额头，惊讶地问他：“你都高烧成这样了，为什么不上医院看医生？”苏曼殊故意转移话题，不做正面回答。萧纫秋想强行把他拖进医院。苏曼殊说：“纫秋兄的好意，和尚心领了。但和尚不愿与日本人打交道，这你是知道的！如果你愿意做和尚的代言人，那和尚就跟你去！”萧纫秋“扑哧”一笑，说：“小事一桩！这你不用担心！”

于是苏曼殊便跟着萧纫秋上医院了。医生热情地接待了苏曼殊，详细询问他的病情，苏曼殊一句话不说，萧纫秋在旁边代告。医生一边问，一边在病历本上作着记录。过了一会儿，苏曼殊忽然失踪了，萧纫秋找遍整个医院都没有找到。萧纫秋只好跑去向医生道歉。他回到苏曼殊的住处一看，原来苏曼殊早已回来了。萧纫秋有点生气，责备苏曼殊：“你怎么像个小孩似的，从医院跑回来，也不同我说一声，为什么？”苏曼殊不紧不慢地回答说：“你还怪我？你向医生乱介绍我的病情，疾病难道能乱用药吗？”萧纫秋很不好意思，说：“既然这样，那你为什么不自己同医生说？”苏曼殊回答说：“你难道忘了我是不说日本话的吗？”萧纫秋哑口无言。

为了内心深处的那一份民族自尊心，此后苏曼殊见人便推销他以中华腐乳涂面包的“发明”。他在给郑桐荪和柳亚子的信中说：“近发明

一事，以中华腐乳涂面包，又何让外洋痴司牛油哉！牛乳不可多饮，西人性类牛，即此故。”郑桐荪和柳亚子接信后捧腹大笑，为他的稚气与幽默，更为他拳拳的一颗爱国之心。他给柳亚子写信，倾诉自己对祖国的思念之情，感叹自己：“栾以匈疾未愈，还国之期，仍未定也……”

在日本两年，苏曼殊一直没有创作活动。他的一生与情爱结下了不解之缘，丰富斑斓的情爱生活，既给他带来了欢乐和愉快，也给他带来了痛苦和烦恼，更为他准备了取之不尽、用之不竭的创作素材。1915年夏秋季节，他在章士钊主编的《甲寅》杂志上，相继发表了小说《绛纱记》及《焚剑记》，此时已到日本的好友陈仲甫在为《绛纱记》所作的序言中指出：“人生最难解问题有二：曰死，曰爱。”高度概括了小说“没有爱，毋宁死”的主题。此外，苏曼殊还为自己的少年好友冯自由撰写了《三次革命军题辞》一文。

他依然沉湎于对往昔情爱生活的追忆之中。在为友人章士钊撰写的《〈双枰记〉序》一文中，他深情地回忆：“三五之年，飘香曳裙之姿，掩袖回眸之艳。罗带银钩，绡巾红泪。帘外芭蕉之语，陌头杨柳之烟，人生好梦，尽逐春风，是亦难言者矣。”又不得不感慨“故宅江山，梨花云梦。燕子巷中，泪眼更谁愁似我？”

他依然放纵口欲，饕餮形象不改。饮食无常度，或兼人之量，或数日不举箸。

他给邵元仲写信：“午后试新衣，并赴源顺，食生姜炒鸡三大碟，虾仁面一小碗，苹果五个。明日肚子洞泄否，一任天命耳。某君劝昌勿归，然则中秋月饼，且无福消受，遑论其他？老大房之酥糖，苏州观前街紫芝斋之粽子糖，君所知也。”“君便中购摩尔登糖四瓶，外国火腿一只，为我代送至小花园，可否？”“吾病两日一小便，五日一大便，医者谓散里哆扶斯病，劝余每日吸鸦片三分；他日君来，索我于枯鱼之肆矣！”“摩尔登糖二百三十七粒，夹沙酥糖十盒，红豆酥糖十盒，敬领拜谢！”

他对柳亚子感叹：“欧洲大乱，吕宋烟饼干都贵，摩尔登糖果自不待言。”“吾日吸鸦片少许，病亦略减，医者默许余将此法治病矣……计余在此，尚有两月返粤；又恐不能骑驴子过苏州观前街食紫芝斋粽子糖，思之愁叹。”“此间亦有莲子羹八宝饭。唯往返须数小时，坐汽车又大不上算。打牌九又恐红头阿三来讨厌。”

他向刘季平汇报：“肠疾渐就痊可，但弱不胜衣耳。拟横塘柳绿时西归，随吾刘三走马吹花，或吴波容与，岂非快事？哲夫曾经海上否？”

刘季平挂念他的健康，来信询问他的近况。他回信说：“升天成佛我何能，幽梦无凭恨不胜。多谢刘三问消息，尚留微命作诗僧。”

3

1916年元月某天，雪后的东京一片银装素裹。苏曼殊跟着戴传贤，上孙中山先生的寓所去拜访孙先生。

孙中山先生和新婚夫人宋庆龄早已坐在客厅等候多时。

苏曼殊一到，孙中山热情地向他招呼道：“曼殊，你来了！”

苏曼殊忙向孙中山夫妇致意。

孙中山拉过苏曼殊的手，和蔼地问：“曼殊，我们有13年没见面了吧！”

“是的，孙先生，您的记忆太准确了。我们是民国纪元前9年癸卯年见的面。那时我刚参加军国民教育会不久！”苏曼殊激动地回答。

“是啊是啊，时间过得真快啊！革命形势发生了翻天覆地的变化！满清王朝被推翻了，我们也都在革命斗争中一步步成长和成熟起来了！”孙中山示意苏曼殊在椅子上坐下，脸色随即变得凝重起来：“可是现在革命暂时遇到了挫折，袁世凯背叛民国，复辟帝制，废弃《临时约法》，民国的生死存亡再一次面临严峻的考验了！”

“袁贼不死，国难未已！”苏曼殊应道。

“说得好！”孙中山赞道，大手一挥，“世界潮流，浩浩荡荡；顺

之则昌，逆之则亡！袁世凯想开历史的倒车，必将被历史的车轮碾得粉身碎骨！”

苏曼殊坚定地点点头。

“挫折是暂时的，反袁斗争必将最终迎来光明的前途！你这个‘兵火头陀’可不能灰心丧气哦！”孙中山语重心长地说。

“谨遵孙先生教诲！”苏曼殊答道。

“曼殊，这次让季陶把你请来，是想和你商量一件事情。”孙中山说。

“什么事情？孙先生只管吩咐！”苏曼殊说。

“这段日子我很忙，想请你给我做一做临时秘书，帮我草拟文件怎么样？”孙中山问道。

“这……好吧。只怕曼殊才疏学浅，有负您的重托啊！”苏曼殊略一迟疑，爽快地答应道。

“能把曼殊请到可真不容易啊！”孙中山呵呵大笑，“当下中国的两个大和尚，太虚近伪，曼殊率真！内典工夫，固然曼殊为优；即出世与入世之法，太虚亦逊曼殊多多也！”

“孙先生过奖了。”苏曼殊不好意思起来。

“那我们就这样说定了！”孙中山对苏曼殊说道。随即把宋庆龄向他作了介绍。

主宾 4 人开始畅谈起来。

谈着谈着，面对大门而坐的孙中山忽然说道：“我们民国的‘金童玉女’来啰！”

苏曼殊扭头一看，只见汪兆铭和陈璧君夫妇正手挽着手，跨进门槛。

“兆铭！”苏曼殊激动地高喊一声，跑了过去，与汪兆铭来了一个热烈的拥抱。

“玄瑛，多年不见，你还好吗？”苏曼殊松开手后，汪兆铭双手搭在苏曼殊的肩头，仰着身子，端详着苏曼殊，问道。

“好，好！”苏曼殊连声答道。

汪兆铭和陈璧君坐下。

话题迅速转到了汪兆铭和陈璧君身上。

苏曼殊问汪兆铭："兆铭，庚戌年你刺杀摄政王时，我正在爪哇教书，能把当时的情况再说说吗？"他指的是1910年3月，汪兆铭谋炸清摄政王载沣，事泄被捕，被判处终身监禁一事。

"呵呵，都陈年往事了，玄瑛欲知其详，就去翻一翻当年的报纸吧！"汪兆铭婉拒道。

"你要我们的'道学先生'谈论自己当年的壮举，这可不是他的风格！"孙中山忙为汪兆铭解围，对苏曼殊说道。

"不过我可以把精卫当年写给我的《致南洋同志书》给你复述一遍！"孙中山说完，用他那口浓郁的广东话朗诵了起来："吾侪同志，结义于港，誓与满酋拼一死，以事实示革命党之决心，使灰心者复归于热，怀疑者复归于信。今者北上赴京，若能唤醒中华睡狮，引导反满革命火种，则吾侪成仁之志已竟……此行无论事之成败，皆无生还之望。即流血于菜市街头，犹张目以望革命军之入都门也！"

众人一齐热烈地鼓起掌来，为孙中山惊人的记忆力，更为汪兆铭当年的英雄胆魄。

"兆铭兄的刺载壮举，必将永垂史册啊！"戴传贤由衷地赞道，随即抑扬顿挫地背诵起汪兆铭当年刺载沣失败被捕在狱中所写的诗歌《慷慨篇》来了——

"街石成痴绝，沧波万里愁；孤飞终不倦，羞逐海浪浮。姹紫嫣红色，从知渲染难；他时好花发，认取血痕斑。慷慨歌燕市，从容作楚囚；引刀成一快，不负少年头。留得心魂在，残躯付劫灰；青磷光不灭，夜夜照燕台。"

"慷慨歌燕市，从容作楚囚；引刀成一快，不负少年头。"客厅里响起一片朗诵声。

"汪先生的壮举与诗才，丝毫不让于明末抗清少年英雄夏完淳啊！"宋庆龄插话道。

孙中山、戴传贤、苏曼殊一齐点头赞同。

汪兆铭连连摆手，口称“惭愧”。

“孙先生，您刚才说‘道学先生’是什么意思啊？”苏曼殊好奇地问孙中山。

孙中山呵呵大笑，说：“这个问题，你还是问精卫和璧君吧！”

汪兆铭和陈璧君都笑了起来，就是不作回答。

苏曼殊和宋庆龄两人饶有兴致地等待着答案。

“兆铭和璧君不肯说，我来代他们回答吧！”戴传贤自告奋勇，说，“这‘道学先生’的意思嘛，说的就是兆铭平时不吸烟、不酗酒、不赌博、不嫖妓，生活作风严谨，从来没有桃色新闻，活脱脱一个清教徒！”

孙中山开玩笑地说：“曼殊啊，你和精卫，一个是花和尚，一个是道学家啊！”

众人大笑。

戴传贤接着道：“兆铭有一句名言——‘革命家不结婚’，他说革命家生活无着落，生命无保证，革命家结婚必然陷妻子于不幸之中，让自己所爱之人一生不幸是最大的罪过，所以他发誓说‘革命不成功就不结婚’。”

陈璧君笑着说：“你又不是兆铭肚子里的蛔虫，怎么知道得这么清楚啊？”

“璧君，你先别管我是不是蛔虫，你只说我介绍得对不对？”戴传贤说，紧跟着追问一句：“你是不是就是因为看上了兆铭这一点，才决定嫁给他的？”

陈璧君点点头：“对，对！”在革命导师和同志面前，她毋庸遮掩，老实地承认了。5 年前，她正是因为欣赏他的这一点，才选定他作为自己的终身伴侣。汪兆铭越说不结婚，她反而越爱他。

“这其中应该还有另外一个重要因素，就是因为我们的兆铭兄是民国四大美男之一吧？”戴传贤嘻嘻哈哈地追问道。

“去！去！去！”陈璧君敲了一下戴传贤的手臂，佯怒道。

众皆大笑。

孙中山说："要说人品，曼殊也是一个值得称道的人！民国刚成立的时候，我曾托英士请曼殊到民国政府任职，曼殊坚辞，不像某些革命党人，只顾索取资金及名号，不能如愿则呶呶不已！"

"孙先生过奖了，曼殊实不敢当！佛法断割贪痴，流溢慈惠。曼殊所愿，就是国家的民主自由与繁荣富强！"苏曼殊诚恳地说。

"曼殊不愧为'革命和尚'！"孙中山赞道。

6人谈了好一会儿方散。

临别时，孙中山勉励众人："革命尚未成功，同志仍须努力！望各位同志，戮力同心，为打倒袁世凯的帝制，再立新功！"

此后苏曼殊即给孙中山做了一段时日的临时秘书，为孙中山草拟了一些重要文件。一天孙中山听说苏曼殊又无力支付旅馆费，就让宋庆龄拿出500元钱，资助苏曼殊渡过难关。

4

1916年春，苏曼殊由日本归国，寄住在上海环龙路44号孙中山的寓所。

5月初，他与马小进同去江苏华泾，探望阔别多年的老友刘季平，在华泾盘桓了数日。回到上海后，听说先于自己从日本回国的居觉生，被孙中山先生任命为中华革命军东北军总司令，已在山东起兵反袁，率部攻占了潍县、邹平、临淄等十几个县。苏曼殊听说后，心情异常的高兴和振奋，急忙邀上朋友周南陔，一起到青岛去看望居觉生。

居觉生见苏曼殊特意远道来看自己，喜出望外，第二天即安排司机刘白带着苏曼殊和周南陔去游有着"海上第一名山"之称的崂山。

在海边拔地崛起的崂山，一边是碧海连天，惊涛拍岸；另一边是怪石嵯峨，山势险峻。山光海色，缥缈生烟；青松叠翠，郁郁葱葱。真是

一个“神仙之宅，灵异之府”。

汽车在半山腰停了下来，再也开不上去了，只能改乘山轿。刘白、苏曼殊和周南陔跳下车来。三人分乘三顶轿子，由轿夫抬着，向山上进发。

才上去了没几步，苏曼殊就感到浑身像散了架似的，不胜疲惫，直吵着要下山回家，不再游玩了，嚷得大伙儿游兴索然。周南陔有点火了，在后面大骂：“臭和尚你闭嘴！没见过你这样游山的，坐着轿子还嫌累！不许再吵了，一直游完！”

见周南陔发火了，苏曼殊只好噤口不言。但他确实感到异常疲倦。这一两年来，他感到自己的体力和精神大不如前，虚弱无比。由于长年的过度烟酒、暴饮暴食，他内亏已甚，稍一活动，便会觉得上气不接下气。因此这次即使坐轿上山，也不胜疲乏，愁苦之色，现诸眉宇。

终于坚持着把山游完了。看看天色已晚，加上大伙儿都疲惫不堪，刘白提议，晚上就在崂山脚下的客栈住一宿，明天一大早再回司令部去。周南陔表示赞成，苏曼殊也就只好同意了。下山后，3 人找了一家客栈，草草地吃了几口晚饭，也没顾得上洗漱，开了一间房，早早地便入睡了。半夜时分，苏曼殊忽然大叫有鬼捉他的脚，闹腾了整整一宿。周南陔鼾声如雷，浑然不知；刘白却被他折腾得很惨，彻夜难眠，第二天起床时，两个眼圈黑黑的。

从崂山回来后，苏曼殊神情恍惚，恹恹快快，就像大病了一场。他真想卧床休息一下，可是身不由己。因为居觉生的日本夫人和到他们家来做客的她的姐妹——日本人萱野长知的夫人，都是个“麻将迷”。居觉生忙于反袁战事，自然无空陪她们。主、客两位女性闲得发慌，苏曼殊和周南陔来了，正好可以配齐 4 人，于是天天来逼二人一起打麻将。苏曼殊和周南陔都苦不堪言，却又不好意思拒绝。

周南陔每次一看见居觉生的女儿奉母亲之命来叫自己，就说“宣布死刑”。没过两天，这句话就流行开了，传为成语，后来大家都不说“打麻将”了，直接改说成“宣布死刑”。苏曼殊虽然以前很喜欢打麻将，但技术奇臭，现在又病病歪歪的，情绪低落，因此每赌必输。但为了不扫女主人的兴致，只好勉强自己，坚持“战斗”。

苏曼殊在浑浑噩噩中过了几天，忽然，一个令人震惊的噩耗传来：他的好朋友、好战友、沪军都督、中华革命党重要领导人陈英士，于5月18日下午被刺身亡，时年38岁。

“英士是怎么死的？谁杀了他？”苏曼殊两眼充血，紧紧抓住居觉生的手，急促地问。

“被歹徒枪杀的！”居觉生悲愤地说，“事实真相很快就从被捕歹徒的口中得知了，直接指挥者是张宗昌，主使人乃袁世凯！”

原来，“二次革命”失败后，流亡日本的陈英士奉孙中山之命，重新潜回上海，领导江浙沪的中华革命党，积极开展反袁斗争，闹得袁世凯坐卧不宁。袁世凯对他恨之入骨，拉拢不成，遂下杀机。

受袁世凯指使的张宗昌，假借签约援助讨袁经费，于日本人田纯三郎寓所中将陈英士当场枪杀。

自称“以冒险为天职”的陈英士由于一时疏于防范，竟中了敌人的圈套，丧命于一旦，以身殉国，实现了他“扶颠持危，事业争光日月；成仁取义，俯仰无愧天下”的誓言。

袁世凯对革命又欠下了一笔血债！

陈英士的遇刺，再次给苏曼殊以沉重的打击。他沉浸在悲痛之中，整日沉默不语。

没过多久，一个振奋人心的天大的喜讯传来——“窃国大盗”“独夫民贼”袁世凯，在全国人民的一片讨伐声中，一命呜呼了！

原来，慑于中华大地的反袁怒潮，袁世凯被迫于3月22日宣布取消帝制，恢复“中华民国”年号，起用段祺瑞为国务卿兼陆军总长，企图依靠段祺瑞团结北洋势力，支持他继续担任大总统。但起义各省不承认袁世凯有再做总统的资格，段祺瑞也逼他交出军政实权。广东、浙江、陕西、湖南、四川纷纷通电宣告独立。袁世凯忧愤成疾，因尿毒症发作，于6月6日不治身亡，时年57岁。

袁贼夭亡，举国欢腾。苏曼殊也陡然觉得自己的病体轻松了许多。

"人逢喜事精神爽"，他原本打算在青岛玩上半个月就回上海去，袁世凯一垮台，他便决定在青岛再痛痛快快地玩上几天。由于袁世凯的突然死亡，反袁战事偃旗息鼓，居觉生相对轻闲下来，便亲自驾车，陪着苏曼殊和周南陔四处游玩，以弥补自己先前的怠慢。

"曼殊，刘师培现在蛰居天津租界，你要不要去看看他？要去的话，我派车送你！"一天，居觉生问苏曼殊说。

苏曼殊摇摇头。良久，他说："扬雄、华歆之流，全无人格可言，屡次下水，两度做贼，不值得怜悯！"

"唉！一个知识分子没有生活独立、学术独立和人格独立，代价真是太大了！"居觉生长叹一声，"听说他现在贫病交加，惶惶不可终日。早知今日，何必当初啊！"

"也算是现世报吧！"苏曼殊冷冷地说。

居觉生继续说："太炎先生要高出刘师培许多，迷途知返，可圈可点！袁世凯篡权后，太炎先生一度被委任为筹边使。袁贼称帝，他怵然惊醒，4月中旬，从长春赶回上海，受到孙先生的欢迎；又前往武昌见黎元洪，以为联合之图。5月上旬，通电袁世凯，要求罢黜梁士诒、赵秉钧、陈宧、段芝贵4凶。6月中旬，发表文章，反对定孔教为国教。'二次革命'失败后，冒着危险返回北京，为袁世凯幽禁，直到日前才恢复自由！"

"泾渭分明，殆谓是矣？"苏曼殊说，"刘申叔连誓死效忠清王室的辜鸿铭也比不上！正如辜氏所说，他头上的辫子是有形的，而刘申叔心中的辫子却是无形的！"

"曼殊所言极是。袁世凯死，全国举哀三天，辜鸿铭却特意请来一个戏班，在家里大开堂会，热闹了3天。看来西方人流传的'到中国可以不看三大殿，不可不看辜鸿铭'这句话，不是没有道理啊！"

5

中秋节过后，苏曼殊和周南陔从青岛返回上海，仍旧住在环龙路孙中山寓所。

回到了熟悉的环境中，苏曼殊奢吃如命的毛病重新发作。他的好友陈仲甫已于上一年从日本帮助章士钊主办《甲寅》杂志回来，在上海创办并主编了《青年》杂志(一年后改名《新青年》)。苏曼殊与陈仲甫等人，经常奔走在上海各大菜馆之间。有一天，苏曼殊的好朋友胡扑安在路上碰见苏曼殊，便问："和尚，你到哪儿去？"苏曼殊回答说："去赴朋友的宴席！"胡扑安问："宴席在什么地方？"苏曼殊说："不知道！"胡扑安又问："是谁请客？"苏曼殊还是回答："不知道！"然后苏曼殊就反问胡扑安："你到哪里去？"胡扑安回答说："我也是去赴宴！"苏曼殊说："既然这样，那我与你一起去吧！"说完，就跟着胡扑安往前走。进了菜馆，苏曼殊一坐下就开吃，也不问问东道主是谁，令胡扑安瞠目结舌。

9月上旬，苏曼殊再去杭州，住在西湖边的新新旅馆。

雷峰塔下，松涛阵阵。苍山似海，残照如血。

苏曼殊从新新旅馆来到白云禅寺，默默地伫立在一座石墓前，双手合十，顶礼膜拜。墓前，竖立着章太炎所书的一块碑碣："革命志士任鸿年之墓"。山风在碑碣前旋起几丝草屑，钻入了苏曼殊的眼睛。苏曼殊揉了眼睛，对着石墓，喃喃道："鸿年兄！曼殊看你来了！袁贼的帝制已经垮台，你可以瞑目了！"说完，深深地鞠了几躬。

石墓里，葬着一位邹容式英年早逝的革命者的遗骸，他就是——任鸿年。

任鸿年，四川省垫江人，祖籍浙江归化（今湖州）。早年留学日本，赞成并支持民主革命。武昌起义爆发后，他立即回国参加斗争。四川"保路运动"爆发后，他与兄长任鸿隽等在沪的川中革命党人，商议组织蜀军，准备入川奔赴国难，出任蜀军书记。南京临时政府成立，任鸿年随兄出任临时政府秘书。当年3月，任鸿年随蜀军返回重庆，任《新中华》报主笔。宋教仁被暗杀，任鸿年见政府之无状，在去天津《民意报》任职途中，折回杭州西湖古烟霞洞，想在此隐居。后惊闻袁世凯复辟、革命成果被断送，觉中国之无望，遂在烟霞洞旁翁家山“老龙井”边，留下一封绝命书，悲叹道：“呜呼，天之生我，逢此不辰，上不足仿屈子沉江，下不足比鲁连蹈海。余死时年二十四，少于前者，躬遇祸乱之将更长久，此则天地之不仁也！”愤而投葛洪井自杀。遗体第二日早被乡民发现捞起，后任鸿泽、吴玉章、雷铁崖等将其遗体迁葬于白云庵内，雷铁崖撰碑文，章太炎书碑碣……

10月30日，苏曼殊从杭州回到上海。

到上海时已是正午时分，下火车后，苏曼殊仍旧投环龙路44号孙中山寓所而去。

一进大门，孙中山的保姆阿桂就告诉他：“苏先生，孙先生和孙夫人去广慈医院了。他们让我告诉您，黄克强总司令病危，您要是回来了，就去医院找他！”

“什么？黄克强病危了？”苏曼殊听了，如五雷轰顶。他把旅行包朝阿桂的身前一扔，转身便跑出了石库门。

苏曼殊在街上拦了一辆黄包车，直奔法租界金神父路上的广慈医院而去……

广慈医院住院部重症病人监护室门外，围满了前来探视黄兴病情的革命同志。孙中山和宋庆龄坐在门外的长椅上，默默无语。

苏曼殊拨开人群，挤到孙中山跟前，焦急地问：“孙先生，克强怎么了？”

“长年奔波，积劳成疾！肝门静脉高压致食道、胃静脉曲张破裂，大量出血，为肝硬化后常见的并发症，现在重度昏迷……”孙中山摇摇头，声音低沉地答道。

1914年孙中山在日本将国民党改组为中华革命党，要求党员入党时按指印，宣誓效忠自己。黄兴等拒绝加入。同年夏，黄兴离日旅居美国，孙中山在叙别宴集古句书联相赠：“安危他日终须仗，甘苦来时要共尝。”袁世凯恢复帝制时，黄兴在旅美华侨中宣传反袁，并积极为护国军筹措军饷。袁世凯死后，他于7月4日回到上海，同孙中山恢复了往日的亲密关系。

苏曼殊听了，心如刀绞。当晚，他和其他几位革命同志彻夜守护在医院。

10月31日凌晨，伟大的民主革命领袖、中华民国主要缔造者之一、中华革命军总司令黄兴不治而逝，享年42岁。

第二天，悲痛欲绝的孙中山即以个人名义，发函海内外，哀告黄兴逝世的消息。

几天后，黄兴追悼会举行。民国政府各部门代表和社会各界人士挤满了福开森路393号黄宅灵堂。孙中山亲自主祭。两面墙壁上，挂满了挽联。“无公乃无民国，有史必有斯人。”——这是章太炎的挽联；“以勇健开国，而宁静持身，贯彻实行，是能创作一生者；曾送我海上，忽哭君天涯，惊起挥泪，难为卧病九州人。”——这是正在日本治病的蔡锷送的挽联……

苏曼殊一边哭祭，一边追忆与黄兴的情谊。他声音哽咽地诵读起黄兴5月份由美洲乘船返国途中口占的一绝：“太平洋上一孤舟，饱载民权和自由。愧我旅中无长物，好风吹送返神州。”他越读越激动，突然胃病发作，眼前一黑，差点栽倒。一旁的陈仲甫连忙把他扶了出去……

“极目神州余子尽！”一位位革命同志和战友的凋零，令苏曼殊寸心成灰。他把自己埋入文字中，以麻醉自己。

11月，苏曼殊的小说《碎簪记》发表于《新青年》杂志。

这时，他已从环龙路孙中山寓所搬出，住到了杨沧白家中。

一天，刘半农来访。这时，室外寒风呼啸，铅云低垂。杨沧白在室内点起一盏煤油灯。杨沧白、苏曼殊、刘半农三人靠窗而坐。刘半农与杨沧白谈起了西洋诗歌，谈了多时，苏曼殊却不开口，只是慢慢地吸着雪茄。到末了，苏曼殊忽然高喝一声：“半农！这个时候，你还讲什么

诗，求什么学问！”

12月，苏曼殊陪着杨沧白的父亲杨太公，再次到杭州西湖游玩。

这时陈去病在杭州省政府任职，他的夫人徐自华主理西湖秋社的日常事务。苏曼殊与杨太公在西湖秋社住了一段日子后，两人搬到陶社居住。没过几天，苏曼殊抛下杨太公，一个人独自搬到巢居阁去住。一天，苏曼殊请住在孤山放鹤亭边的一户人家的女主人替自己缝制一件布衣，他拿出十金，给那女主人，问道：“这些钱够吗？”女主人大吃一惊，连说“太多了，太多了！”，想把多余的钱还给苏曼殊，却见苏曼殊早已扬长而去。

在杭州期间，他又一次登门去拜访了马一孚居士。他给刘半农写信，说：“此间有马处士一孚，其人无书不读，不慧曾两次相见，谈论娓娓，令人忘机也。如学会果成，不慧当请处士有所赞助，宁非盛事？”在信中，他说：“雪茄当足一月之用，故仍无过沪之期”，请刘半农到杭州来玩。

他向刘半农报告自己在杭州的生活：“比来湖上欲雪，气候教沪上倍寒，舍闭门吸吕宋烟之外，无他情趣之事。”他向刘半农讲述自己在杭州的见闻：“‘犹是阿房三月雪，化作未央千片瓦’，这是杭州某人的诗句，这两句诗，做得甚奇！”在信中，他还向刘半农打听包天笑的情况，问自己的小说《非梦记》在包天笑主编的《小说大观》上发表了没有。

在杭州，苏曼殊完成了小说《人鬼记》的创作。

年关将近的时候，苏曼殊从杭州返回上海过年。

6

1917年5月18日上午10时许，浙江湖州城南1公里许秀丽的碧浪湖畔、岘山南坡，花圈林立，挽联披垂，气氛一片肃穆。革命英烈陈英士遗骸归葬典礼在这里隆重举行。葬礼由大总统黎元洪的代表胡汉民主持，各界代表先后发言致祭。上千名身着缟素的民国政要和各界人士，列队向陈英士的灵柩默哀、鞠躬，之后，几声鸣炮在空中炸响，哀乐骤起，陈英士的灵柩，被徐徐放入了墓穴，填上了泥土，浇上了水泥。英烈在遇害一周年之际，终得魂归故里，碧血丹心，与湖山并寿。

1916 年陈英士遇难之时，正是袁贼炙手可热之际。烈士的尸体横陈于室内，其状惨不忍睹。孙中山闻讯后，立即赶到现场，抚尸痛哭。次日凌晨 2 时许，蒋中正将其遗体移至自己家中，购置了一口棺木，于 20 日午后将陈英士人棺成殓。6 月 6 日，袁贼突然不治身亡，武装倒袁不战告捷。8 月 13 日，革命党人云集上海法租界霞飞路尚贤堂，隆重举行“陈英士先生暨癸丑以来殉国诸烈士追悼大会”。会后，陈英士的灵柩暂厝于上海法租界打铁浜苏州集义公所。1917 年 4 月，孙中山向海内外同志发出通告，拟定在陈英士逝世周年之际，将他的灵柩由上海归葬故里湖州。5 月 12 日，在陈英士灵柩暂厝处举行了隆重的开吊仪式。孙中山亲临致祭。

13 日上午，陈英士的灵柩在上万人的护送下，由打铁浜苏州集义公所起灵，途经菜市路、霞飞路、爱多亚路、黄浦滩，抵达招商局金利源码头。早已在码头等候的立兴局所备的船只，载着陈英士的灵柩，在复旦公学童子军以及陈英士的亲友护送下，于 15 日下午抵达湖州。16 日下午 3 时许，灵柩运抵岘山墓地。

默哀的人群里，伫立着苏曼殊孱弱的身影。13 日下午，他不顾自己病魔缠身，来到湖州坚持着要与胡汉民、汪兆铭、蒋中正、戴传贤、张静江和陈英士的次子陈甘夫，侄儿陈立夫、陈果夫等人一起，为故友陈英士扶棺护灵。陈英士的灵柩被放入墓穴的时候，苏曼殊悲叫一声：“英士！”扑身欲前，忽然两眼一黑，差点栽倒在地。身旁的陈果夫眼疾手快，连忙一把将他搀扶住。

5 个月前，陈仲甫应蔡孑民之召去北大任文科学长后，苏曼殊更加孤独了。柳亚子、刘季平等人忙于国民政府的事情，不再有大块的时间陪他。苏曼殊闲来无事，只有常常去刘半农家走走。所幸几位嫂子——

陈仲甫的夫人高君曼、刘季平的夫人陆灵素和柳亚子的夫人郑佩宜倒是经常会来看看他，给他带点爱吃的甜食过来；或者把他请到家中，为他精心制作八宝饭款待他。

正月，他又去了一趟西湖。2月，从西湖回到上海。闰2月，他再一次东渡日本探母。当他风尘仆仆地从东京赶到母亲家时，迎接他的，不再有母亲那无比温暖、无比亲切的笑容——河合仙正病危在床，处于弥留之际，没过十几天，便撒手西去。母亲的突然离世，把苏曼殊抛进了一个无底的深渊，彻底击垮了他求生的意志。用中国的葬礼料理完母亲的后事之后，他返回上海，住在霞飞路宝康里，与柳亚子见了几次面。

从日本回来后，苏曼殊开始了更加疯狂的自杀式进食，这时，他原本就已很严重的肠胃病，发作得更加频繁而凶猛。他的身体，已濒临崩垮的边缘。然而，当他得知陈英士要归葬故土的消息后，却执拗地坚持着要来湖州送老友最后一程。

苏曼殊从湖州回到上海后，即一病不起。

程演生不忍心苏曼殊一个人病卧在宝康里，于是强行把他接到卢家湾与自己同住一套出租屋。不久苏曼殊的疾病加剧，痢疾不止，程演生赶紧把他送入宝昌路医院治疗。一天程演生去探病，苏曼殊拿出几张当票，要程演生替他把当出的衣物赎出。程演生也囊中羞涩，无能为力，只给苏曼殊买了几次水果。

这件事被蒋中正知道了，他马上托陈果夫给苏曼殊送了些钱去……

“曼殊，孙中山先生发动‘三次革命’了！你知道吗？”这天，南社好友、回族诗人伍仲文来医院看望苏曼殊，问苏曼殊道。

“‘三次革命’？不知道！”苏曼殊摇摇头，虚弱地说。他挣扎着坐起身来，抓住伍仲文的手臂，急切地问道，“你快告诉我，究竟是怎么回事？”

这段日子苏曼殊卧病医院，晨昏莫辨，虽然来探望他的同志、故旧络绎不绝，但为了他能够静心养病，谁也没有向他提起外面发生的情况。

“唉！”伍仲文叹了一口气，说：“乱世昌披，国家多难啊！”说完，便向他讲述起张勋复辟的事来——

5月份，围绕是否解散国会这个问题，大总统黎元洪和国务总理段祺瑞争持不下。黎下令解除段的职务。段到天津后，即策动北洋各省督军在徐州集会示威。会后，一些省宣布独立，不承认北京政府。黎元洪被迫召长江巡阅使、“辫帅”张勋入京调解。张勋便以调解黎、段冲突为名，带领三千“辫子军”于6月14日入京。经过一番秘密策划，7月1日凌晨，张勋穿上清代的朝服朝冠，率领康有为等群党，拥12岁的溥仪登基，宣布复辟，将民国六年改为宣统九年，易五色旗为龙旗，恢复清末官制，封官受爵……

苏曼殊眼睛一黑，呕出一口血来。

伍仲文慌了，连忙把苏曼殊扶住，他顺手把搭在旁边椅子上的一条毛巾扯了过来，焦急地问：“曼殊，你怎么了？”

苏曼殊接过毛巾，擦擦嘴角的血迹，脸色苍白得吓人，气喘吁吁地问道：“民国……民国不……存……在了？”

“瞧你，这么性急，我还没把话说完呢！”伍仲文一边扶着苏曼殊躺下，一边说。

“那你……快说下去呀！”苏曼殊催促道。

“你这个急性子啊！”伍仲文摇头叹道。他接着往下说——

“复辟的消息传出后，全国一片讨伐之声。孙中山先生发表讨逆宣言，电令各省革命党人出师讨逆，各地纷纷响应。黎元洪拒绝与张勋合作，逃入日本使馆避难。段祺瑞借助全国反对复辟的声势和日本政府的财政支援，7月3日在天津附近的马厂组成‘讨逆军’，誓师讨伐张勋。‘讨逆军’很快攻入北京，张勋的‘辫子军’一触即溃。7月12日，张勋仓皇逃入荷兰使馆，溥仪再次宣布退位。”

听到这里，苏曼殊长长地舒了一口气，说：“我才住院……没多长时间，想不到……外面竟发生了……这么多事情！”

稍息片刻，苏曼殊又追问道：“既然复辟……破产了，那孙先生为什么……还要发动……‘三次革命’？”

“段祺瑞 7 月 14 日到北京，重掌政府大权，提出‘再造共和’，废止了 1913 年选出的国会。孙先生于是决定发起‘三次革命’，维护临时约法、恢复国会。7 月 6 日，孙先生和章太炎、朱执信、廖仲恺、陈炯明等率海琛、应瑞舰离沪南下，到达广州，召开国会非常会议，组织护法军政府并就任大元帅，誓师北伐。”

“孙先生离开上海……去广州了？”苏曼殊问道。

伍仲文点点头。

“中国革命……怎么这么……艰难啊！”苏曼殊长叹一声。他惦记着孙中山先生的安危和“护法运动”的成败，忧愁重新笼上他的脸。

“曼殊，你就安心养病吧！‘护法运动’，有西南各军事力量和全国人民的支持，我想，总有一天会取得胜利的！”伍仲文劝慰道。

“我怎能安得下心去哟！”苏曼殊叹道。沉默了许久，他说：“仲文兄，还记得……那年我们……游南京游同泰寺时……联句的……事情吗？”

“游同泰寺？哦，记得！记得！”伍仲文连连点头。那是苏曼殊在杨居仁主办的“祇洹精舍”讲学那年发生的事情。苏曼殊邀他一起去游同泰寺。他们一边游着，一边饶有兴致地玩起了联句的游戏。

“我们……再联一联吧！”苏曼殊说。

“好的！好的！”伍仲文连忙应承。

“赫赫同泰寺，萋萋玄武湖。”——苏曼殊起。

“红莲冒污泽，绿盖掩青苑。”——伍仲文承。

“幕府林葱蒨，钟山路盘纡。”——苏曼殊抛。

“苍翠明陵柏，清新古渡芦。”——伍仲文接。

“天空任飞鸟，秋水涤今吾。”——苏曼殊引。

“六代潜踪汉，三山古国吴。”——伍仲文续。

“悠悠我思远，游子念归途。”——苏曼殊叹。

“掉头看北极，夕照挂浮图。”——伍仲文答。

联完句子，苏曼殊已是大汗淋漓。他感慨一声：“那是……民国纪元前……4 年的……事情吧？……一晃 9 年就……过去了！真是……流光容易……将人……抛啊！”

伍仲文点点头，说：“不错，你快点好起来吧！等你好了，我们再去南京游一游同泰寺如何？”

“这次……我怕是好……不了了！”苏曼殊伤感地说。

“曼殊兄，快别乱说！”伍仲文连忙把他喝止住，说：“这世上，总有良药可医病，你就别胡思乱想了。好好养病，朋友们都等你出院呢。喔！”

“替我问候……朋友们……就说……和尚……想他们！”苏曼殊道。

伍仲文的眼眶里忽然落出几星泪花。他紧紧地握了握苏曼殊的手，说：“我会的，你就放心吧！”

为了不致引发苏曼殊的过度感伤，伍仲文就告辞了。

苏曼殊泪光莹莹地送走了伍仲文……

芳草天涯人是梦，碧桃花下月如烟。
可怜罗带秋光薄，珍重萧郎解玉钿。

第十六章　了无挂碍

一炉香篆袅窗纱，紫燕寻巢识旧家。
莫怪东风无赖甚，春来吹发满庭花。

上海海宁医院。苏曼殊抓着前来探望自己的郑桐荪和朱少屏的手，对二人说："我前几天几乎要死，现在已经出险，以后我的雪茄烟及糖，不能再乱吃了！"

"那就好，只怕你病好出院后，老毛病难改啊！"郑桐荪道。

"我现在就盼着自己的病能快点好起来，早一天回到广东去，参加孙先生领导的'护法运动'。"苏曼殊抬起头，望着南窗外，"这些年来我一直都在虚度时光，现在想起来，可真是后悔啊！"

"你呀！就好好养病吧！'护法运动'，有你不多，无你不少。不要再胡思乱想了！"朱少屏轻骂道。

苏曼殊不以为意，自顾自地说着："等我的病好了，我还要去完成两个心愿！"

"哪两个心愿？"郑桐荪和朱少屏一齐问道。

苏曼殊回答说："我的第一个心愿就是，等欧洲大乱平定之后，我想到欧洲拜伦的故乡去一趟，凭吊一下拜伦之墓！"

"那第二个心愿呢？"郑桐荪追问道。

"第二个心愿就是希望北大的陈仲甫和蔡孑民能拨给我一些费用，让我去意大利的佛罗伦萨学一学西洋绘画！我已经拜托程演生给他们带信去了。"苏曼殊答道。

"这两个愿望实现起来都不是太难,你就快点好起来吧。"朱少屏说。

苏曼殊点了点头……

郑桐荪和朱少屏告辞出去没过久，周南陔来了。苏曼殊一见周南陔，就问："周然兄，花雪南、小杨月楼那些姐妹们都还好吗？和尚病重，已很久没去看她们了！"说完，重重地叹了一口气。

"她们都还好，前两天我还请她们吃过饭呢！"周南陔答道，转而嗔怪苏曼殊，"你现在都生病住院了，怎么还在记挂着她们啊！"

"她们都是和尚至亲的姐妹啊！"苏曼殊道，接着不高兴地责问周南陔："你请她们吃饭怎么不叫上和尚？"

周南陔说："你病得这样，还能去喝酒吗？"

“不能喝酒，去看看她们也好啊！”苏曼殊说，“我在病中，让我看看各位朋友开怀畅饮，也是人生的一大乐事啊！况且我不忘各位朋友，也就像各位朋友不忘我一样。所以我写信让你们来，让我知道你们都真的没有抛弃我，那种快乐感百倍于我亲身感受和体验啊！”

周南陔有点感动，忙点头应承：“好，好！下次喝酒我们一定叫上你！”

见周南陔答应了，苏曼殊转怒为喜。接着，他埋怨道：“我住在这个鬼医院，身边没有一只钟表，昼夜难分，要是什么时候真的死了，连死的时间也搞不清楚！”

周南陔忙摘下自己脖子上挂着的怀表，送给苏曼殊，问：“除了不知道时间，还有什么不满意的？”

“这里的医生不善看护，医术又很差，我在这里住了这么长时间，病情一点也不见好转！”苏曼殊说，“你帮我去找找医院的院长，反映一下吧！”

周南陔走出病房，来到院长室，向他反映苏曼殊的情况。

院长从抽屉里拿出三四袋糖炒栗子，给周南陔看：“这是我们护士从那位病人的枕头底下发现的。严重肠胃病患者，是严格禁止吃这些东西的！他不遵守我们医院的规定，私食禁忌之物，他还想病好啊？”

周南陔哑口无言……

此后没过几天，苏曼殊的病情再度恶化。朋友们把他从海宁医院转到法租界的广慈医院，希望这所医院能挽救他年轻的生命。

苏曼殊开始感觉到了死亡的恐惧。虽然此前，他一直疯狂地暴饮暴食，以求速死，但当死神真的站在了他的面前，向他狞笑的时候，他感到了一种如坠深渊般的绝望。对生的强烈的留恋，第一次那么清晰地爬上了他的心头。他整宿整宿地失眠，唯恐自己一旦睡去，第二天再也无法睁开眼来。

正在这时，居觉生从青岛回到上海，也在广慈医院治病，恰好就住在苏曼殊病房的隔壁。昔日的战友，如今又成了病友。居觉生的病情比苏曼殊轻许多，因此常移步到苏曼殊的病房，陪苏曼殊。一天周南陔去探望居觉生，居觉生告诉周南陔："苏曼殊的病情已经回天乏术了，现在他怕死怕得特别厉害。"周南陔让居觉生编一个谎话去安慰苏曼殊。

第二天，居觉生又来到苏曼殊的病房，对苏曼殊说："我昨天晚上梦见一个像佛祖一样的神人，他站在云端上大声对我说：'苏曼殊的病马上就会好的！'说完就不见了。醒来后，我又替你向佛祈福，很久才睡着。既然神人这么说，那你的病一定马上就会好的！"苏曼殊听了，非常欢喜，坐在被子里，双手合一，虔诚地感谢佛祖和居觉生。

长期卧病，苏曼殊已将衣物典质一空，难以为生计。他给柳亚子写信，向柳亚子求援："亚子足下……病卧半载，未克修候，歉疚何似？至今仍不能起立，日泻六七次，医者谓今夏可望痊可，此疾盖受寒过重耳。闻足下见赐医费三十金，寄交楚伧，但至今日，仍未见交来，不知何故？……古历二月初三日，元瑛伏枕拜白。"

二月下旬，他又给柳亚子写信："亚子足下……续手示，敬悉一切，台端春间不克来沪，为之怅然。尊款托友往催，前日始交友人带来，感激无量。贱恙仍日卧呻吟，不能起立，日泻五六次，医者谓须待夏日方能愈，亦只好托之天命。"

转眼到了5月，苏曼殊的病情并没有向好的方向出现丝毫转化，相反，他彻底卧床不起了。

苏曼殊自知将不久于人世。他开始给自己安排后事。他叮嘱朋友们，在他走时，一定要给他换上僧衣。他要以一个佛子的形象，去朝见佛祖……

他的心中，放不下革命导师孙中山先生。他请朋友们向孙先生转告自己对他的思念和敬意；他祝福孙先生领导的"护法运动"获得成功……

他的心中，放不下陈仲甫、刘季平、柳亚子、章太炎、蔡孑民、章士钊、叶楚伧、朱少屏、蔡哲夫、陈少白、高旭、黄节、包天笑、陈去病、汪兆铭、居觉生、周南陔……甚至，还有刘师培和何震。他感谢这些师长和朋友，感谢他们陪伴自己走过了风风雨雨的人生旅程……

他的心中，放不下多难的祖国与苦难的人民。他希望祖国沐浴在“民主、共和”的阳光下，一步步走向繁荣富强，再也不要忍受帝国主义列强的欺凌，再也不要忍受独夫民贼的暴虐。“众生一日不成佛，我梦中宵有泪痕。”他对他深爱着的人民，留下了这样的遗言……

他惦记着那些还在火坑里备受着煎熬的姐妹们。他对她们，只有同情和敬重，而没有丝毫的猥亵和淫欲。他寄信给广州的老友萧纫秋，要他给自己买一块玉佩，他要把这块玉佩，送给一个姐妹。

他想告诉守护在身边的朋友们，他有一只皮包，还寄存在上海虹口某旅馆中。包中藏着一些纪念品，那是他过往岁月中爱情的见证。其中有一条手巾，是百助送给他的，上面还有百助的泪痕。包里还有一些胭脂和香囊，是他要送给姐妹们的，还没来得及送出去……

然而，他再也说不出话来。没有人能明白他的所思所想，没有人能听懂他内心的声音。

5 月 2 日下午，苏曼殊进入弥留之际。

一队队人影，从天空中飘过。他清楚地认出，那队是雪梅、雪鸿、静子、菊子、佩珊、百助……那队是陶成章、赵伯先、宋教仁、黄兴、陈英士……那队是自己的母亲、师父赞初大师和老师罗弼·庄湘先生……他们都不说话，直向他招着手。

苏曼殊面带微笑，轻轻地吐出八个字：“一切有情，都无挂碍。”之后，缓缓地阖上了他那双深陷却秀气的眼睛……

人间天上结离忧，翠袖凝妆独倚楼。
凄绝蜀杨丝万缕，替人惜别亦生愁。

尾声

相逢天女赠天书，暂住仙山莫问予。
曾遣素娥非别意，是空是色本无殊。

1918 年 5 月 2 日下午 4 时，苏曼殊结束了他 35 年的红尘孤旅，留下一句“一切有情，都无挂碍”的遗言，在上海法租界广慈医院病逝。

遵照苏曼殊的遗愿，柳亚子、汪兆铭等人为苏曼殊穿上僧衣，安放在广慈医院。

病逝前的苏曼殊，早已将衣物典质一空，囊空如洗，他又先后在海宁医院和广慈医院就医，欠下医院不菲的医药费。汪兆铭等人具名在上海报纸发布曼殊大师圆寂的讣告。孙中山先生闻讯，对苏曼殊的英年早逝惋惜万分。孙先生指示汪兆铭，曼殊所有的医药费、丧葬费均由革命党人负担，其后事由汪负责主持料理。

5 月 4 日，汪兆铭等人将苏曼殊的遗体从广慈医院的太平间，移到上海西侧临苏州河的义冢地——广肇山庄寄存。

苏曼殊圆寂后，曹洞正宗第四十六世传人圆瑛大师承认他是阿罗汉；革命团体光复会追认他为“文化导师”；柳亚子这样哭他：“鬓丝禅榻寻常死，凄绝南朝第一僧。”一位南社诗友在挽联中这样对他进行概括：“曼殊本是多情种，一领袈裟锁火焰！”

苏曼殊的老友陈仲甫在北大得知苏曼殊的噩耗，沉痛地说：“曼殊眼见自己向往的民国政局如此污浊，又未找到其他出路，厌世之念顿起，以求速死。”

自此，一代奇僧苏曼殊的骸龛在破败寥落的广肇山庄，孤独而寂寞地搁了整整六个春秋。

旷世奇僧，自然不宜长久寄骸于荒郊义冢。必须尽快为曼殊选择一处墓地安葬，以告慰大师的在天之灵，这个话题在 1924 年的夏天到来时，又重新被苏曼殊的朋友们提上了议事日程。

苏曼殊一生居无定所，四海漂泊，杭州是他的一个重要的精神故乡，他与杭州结下了不解之缘。1916 年他由日本归国，住上海环龙路寓所。这年农历 9 月，他即叩访杭州，住在西湖边上的新新旅馆。自此，每当身心疲惫的时候，他总要到杭州去一趟，会晤西湖，行吟孤山，一生前后到杭州 13 次，独游 9 次。苏曼殊在上海辞世前的 1917 年正月，他还曾到杭州，一度隐居在西湖雷峰塔下的白云庵。湖山毓秀、风月无边的杭州西湖，自然是大师长眠的首选之地。

在杭州的徐自华得知柳亚子、陈去病们正在为苏曼殊寻找墓地，便主动捐出了西湖孤山北麓的一块地，以安顿大师的英魂。

孙中山先生听到消息后，捐出千金，用作苏曼殊的迁葬之资。

社会各界闻知信息后，也纷纷捐资相助。

墓地和葬资的问题解决了，柳亚子、陈去病等人动手将苏曼殊的遗骸从上海迁葬于杭州。

1924 年 6 月 8 日正午的杭州，绿风拂柳，湖光粼粼。曼殊大师的朋友们和杭州各界人士，在西湖孤山北麓、西泠桥南堍，为曼殊大师举行了隆重的迁葬仪式。

孤山之阴，人山人海。曼殊大师的灵柩，在一片金色的阳光和一片崇敬的目光中，徐徐滑入大地母亲的怀抱。大师的英灵，终于得以安息。

朋友们还在大师的墓前，矗起了一座石塔，上面镌刻着六个大字——“曼殊大师之塔”。

苏曼殊大师栖息处，与南朝名妓苏小小墓南北相对，与鉴湖女侠秋瑾墓隔水相望。

1929 年第一届西湖博览会期间，浙江省政府主席张静江在曼殊大师的故友叶楚伧的函商下，着令组委会对曼殊大师的墓寝进行了一次修缮。由于岁月风雨的剥蚀，到了 1964 年夏天，曼殊墓墓壁坍塌，大师的遗骨被再次迁至杭州西南侧的鸡笼山安葬。不久发生十年浩劫，大师墓被毁，遗骨不存。现今在孤山南麓原曼殊大师葬骨处，徒余一根石柱，上镌“苏曼殊墓遗址”六字，提醒游人，此处曾是大师的葬身之地。

曼殊大师身后得于与苏小小和秋瑾的芳魂相伴，自然为他的传奇故事平添了一笔异彩风流。正如诗人刘半农后来在他的诗歌《十七年十二月十六日访曼殊塔》中所赞——

残阳影里吊诗魂，塔表摩挲有阙文。
谁遣名僧伴名妓，西泠桥畔两苏坟。

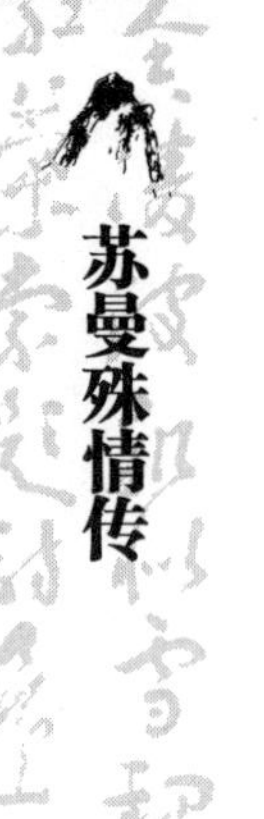

蹚过孤独的河流

——《苏曼殊情传》后记

文 / 涂国文

一

曼殊活了，我死了。

当我在键盘上敲下《苏曼殊情传》的最后一个字时，我感到了一种前所未有的解脱。我马上关闭电脑，冲上楼上的露台，点燃一支烟，斜倚着不锈钢围栏，翘首夜空，看朗月在云中流转；看城市在一片灯海中，涌动不夜的激情。

我已经很久没有好好地看看夜空、看看我生活的这个城市的夜景了！在长达 6 个月的写作过程中，我几乎把所有的夜晚，都耗进了我与苏曼殊灵魂的对话中。

昨晚的月亮，椭圆，清冷，晶莹，剔透，像一颗珠泪，硕大的珠泪，挂在夜空。连片的或薄或厚的云团，被秋风推搡着，从它跟前经行。远处，一两颗黯淡的星子，与它遥遥相对。

浮云在夜空漂移。它一会儿避开月亮，一会儿又将它遮蔽。我的思绪，也随着那浮云飘荡，越过苍茫夜空，越过岁月长河，回到清末，回到民国，回到我刚刚从中走出的那个风雨如磐的时代。

我的眼睛紧盯着浮云。忽然，那颗硕大的珠泪，从蓝天的腮边，斜坠了下来。它流星般砸向浮云，砸向我的心头。我一阵晕眩，定了定神，睁眼再看，却发现它分明依然挂在天边，一动不动。

那轮在夜空中经行了多少万载的明月啊，从它诞生的那一刻起，它就开始了在宇宙中的独自穿行。那是一种怎样的大孤独？

宇宙的孤独。苏曼殊的孤独。我的孤独。

二

苏曼殊无疑是孤独的。或者毋宁说，他就是一个孤独的标本。

他的一生，看似热热闹闹，斑驳纷纭，可却只用两个字就能破解——“孤独”！

他投身革命，壮怀激烈；按剑高歌，蹈刃不顾。他芒鞋破钵，三次出家；万里担经，漂流异域。他频频恋爱，一往情深；寿短情长，此恨绵绵。他留连青楼，冶游北里；逐色风月，以情求道。他耽于美食，暴饮暴食；疯狂自戕，以求速死。他鸾飘凤泊，零雁断鸿；四海飘零，屐痕处处。他形为心役，亦僧亦俗；放浪形骸，歌哭无常……却原来，无论是革命、礼佛、恋爱，还是声色、美食、漂泊，于他，都是寻找刺激，借以摆脱心头那浩瀚无边的孤独的一种手段和方式。

孤独，猛兽一样追逐着他，如影随形。无论他如何挣扎，都无法摆脱孤独的攫掠。

他一直都在出发，都在寻觅，却从来也没有找到归宿。在35年的人生历程中，他在情与禅、僧与俗，现实与理想、铭记与忘却之间辗转，备受着冰与炭的煎熬；在天堂与地狱中，百轮千回。无论是钟鼓梵音，还是人间情爱，都无法真正安放他那颗孤独的灵魂；无论是革命，还是漂泊，最终都没能治愈他的心灵创伤。他的孤独无可救药。

“契阔死生君莫问，行云流水一孤僧。无端狂笑无端哭，纵有欢肠已似冰。”他把自己的孤独，这样写进了自己的人生传奇，写进了天地之间，写进了我们疼痛的心灵。

只是，有谁，能真正识得透他热闹背后的寂寞，浪漫背后的孤独？——那用斑斑血泪酿造的人间大孤独啊！

三

按照弗洛伊德的观点，苏曼殊的孤独，根源于他身世的“难言之恫”，根源于他“落叶哀蝉”般的命运。这种婴幼儿和童年时期爱的缺失，是他生命的“底色”，是破解他人生种种怪诞行为的心灵密码。

这个中日混血私生子，出生才3个月，生母就突然离他而去。在那至关重要的时期，这个世界，没有给予他基本的信任感、安全感。而童年时代的备受欺凌和养母的突然东归，使他认为自己得不到爱，因而对爱充满渴求；另一方面又认定自己不受人待见，孤独是自己的宿命。

这种生命潜意识，铸就了苏曼殊日后的双重人格。

苏曼殊几乎所有的人生行为，都可以从这儿找到答案——

苏曼殊的交游史，简直就是一部民国史。民国初年几乎所有的历史事件，苏曼殊都涉身其中；民国初年几乎所有的风云人物，苏曼殊都与之交情甚笃。苏曼殊之所以交游四海，答案只有一个，那就是：寻找温暖，摆脱孤独。

苏曼殊渴望得到真爱，而当真爱真的出现在他面前时，他无一例外地都选择了逃避。“乌舍凌波肌似雪，亲持红叶属题诗。还卿一钵无情泪，恨不相逢未剃时！”这成了他永远的遁词。与其说他没有勇气接受真爱，毋宁说他正是由于早年两位母亲对他的抛弃，使得他对女人缺乏一种终极的信任感和安全感。为了不重蹈被抛弃的命运，他宁愿主动放弃。

为了寻找一种生命的安全感，摆脱那无傍无依的旷世孤独，苏曼殊在佛门和情爱间辗转，在母爱和友谊中流连，在酒池和美食中放逐，在华夏和东瀛之间奔徙。“世上飘零谁似我？”飘零，他只有飘零！他把自己置于命运的惊涛骇浪上，随波逐流。除此之外，他还能怎么做？

这与生俱来的浩瀚孤独啊！

四

在酿制这部28万言作品的近180个夜晚，我感受着大师的魅力，孤独着大师的孤独。

这位一代情僧、诗僧、画僧和革命僧，他扑朔迷离、落叶哀蝉的畸零身世，他袈裟披肩、风雨一生的坎坷命运，他特立独行、卓尔不群的超拔个性，他至情至性、如血奔心的浪漫情怀，他天下为怀、苍生为念的炽热衷肠，他天真烂漫、不谙世事的赤子心地；他出污不染、孤标纯洁的高尚品格，他半僧半俗、落拓不羁的奇异人生，他冷艳其外、熔岩其中的怪诞行止，他不可无一、不可有二的天纵奇才，他裁章闲澹、刊落风华的锦绣文字……对我，都形成了一种挡不住的诱惑。

今天，还有苏曼殊这样的人吗？

历史的烟云散尽，唯余苏曼殊的一袭袈裟，在空中迎风招展，斑斑点点，半是脂痕，半是泪痕。

孤独者，总是被历史所铭记！

在中国近、现代文学史上，在历史转型期，苏曼殊成功地扮演了“桥梁”的角色，将新、旧文学天衣无缝地焊接在了一起。他的文学作品、他的浪漫气质，影响了“五四”前夕的一代青年人，成为“五四”一代重要的精神资源和文学资源之一。

只是，今天，还有多少人知道苏曼殊？

五

创作历史长篇小说的过程，是一种“戴着镣铐跳舞”的过程。痛苦的舞蹈！孤独的舞蹈！

写作这部小说之前，我有一个小小的野心，那就是把它写成目前

中国最好看的一部苏曼殊传、一部关于苏曼殊特别是关于他的情爱生活的"百科全书"，将苏曼殊一生的行藏，尽纳其中。

如今，书稿完成了。我不知道这一目标是否已经达成——裁判权在读者那里。我只能说：我尽力了。

我引以为豪的是：这是一部"真实"的苏曼殊传。说它真实，并不是说它没有运用虚构的手法，而是说，我在写作过程中，最大限度地尊重历史，尽量真实地还原历史的本来面貌。

这部小说所涉及的所有历史事件，都是有案可稽的，只在细节上进行了虚构。在正式动笔之前，我通读了数百万字与苏曼殊有关的史料，包括苏曼殊研究的最新成果。当然，由于史料的芜杂性和平面化，我在材料的取舍和角度的选择上，还是颇费了一番功夫的。有些素材风马牛不相及，只有进行艺术处理，才能巧妙地把它们统一起来。

在历史小说的创作手法上，我推崇"再现"，鄙薄"塑造"。"塑造"出来的苏曼殊，也许血肉丰满、栩栩如生，但他不是历史上那个真实的苏曼殊，他可能只是顶着苏曼殊名字的一个别的什么人。我认为，那是对历史的不尊重，也是对历史人物的不尊重。

真实的史实不容篡改，而史料尚付阙如的地方，却是创作者可以大展身手、应该大展身手、必须大展身手而且能够大展身手的地方。历史小说的创作魅力就在这里。如果说拙作运用了什么"塑造"手法的话，那么这种手法，就主要体现在这些史料的"空白地带"上。

我知道，把小说写成一部关于主人公的"百科全书"，这在小说创作上可能是犯忌的。但我不是为写一部小说而写小说，不是为出版而写小说。我在书写自己心目中的苏曼殊，我在为自己书写一部心灵史。我写苏曼殊，同时，我也在写我自己。既然如此，"犯忌"又何妨?

"古今多少英雄骨，埋遍西湖南北山！"

飘零的孤独者啊，愿我的小说，能成为你安寝的墓茔！